DIS-MOI QUI DOIT MOURIR...

DU MÊME AUTEUR

Étienne Boulay – Le parcours d'un battant, Éditions Libre Expression, 2018.

MARC-ANDRÉ CHABOT

DIS-MOI QUI DOIT MOURIR...

Libre Expression

Catalogage avant publication de Bibliothèque et Archives nationales du Québec et Bibliothèque et Archives Canada

Titre: Dis-moi qui doit mourir... / Marc-André Chabot.
Noms: Chabot, Marc-André, 1965- auteur.
Identifiants: Canadiana 20189434066 | ISBN 9782764812471
Classification: LCC PS8605.H3226 D57 2019 | CDD C843/.6—dc23

Édition : Nadine Lauzon
Révision et correction : Marie Pigeon Labrecque et Sabine Cerboni
Couverture : Clémence Beaudoin
Mise en pages : Coralie Jetten
Photo de l'auteur : Andréanne Gauthier

Remerciements
Nous remercions le Conseil des Arts du Canada et la Société de développement des entreprises culturelles du Québec (SODEC) du soutien accordé à notre programme de publication.
Gouvernement du Québec – Programme de crédit d'impôt pour l'édition de livres – gestion SODEC.

SODEC Québec | Financé par le gouvernement du Canada | Canada | Conseil des Arts du Canada | Canada Council for the Arts

Les Éditions Libre Expression
Groupe Librex inc.
Une société de Québecor Média
4545, rue Frontenac
3e étage
Montréal (Québec) H2H 2R7
Tél. : 514 849-5259
www.edlibreexpression.com

Dépôt légal – Bibliothèque et Archives nationales du Québec et Bibliothèque et Archives Canada, 2019

ISBN : 978-2-7648-1247-1

Distribution au Canada
Messageries ADP inc.
2315, rue de la Province
Longueuil (Québec) J4G 1G4
Tél. : 450 640-1234
Sans frais : 1 800 771-3022
www.messageries-adp.com

Diffusion hors Canada
Interforum
Immeuble Paryseine
3, allée de la Seine
F-94854 Ivry-sur-Seine Cedex
Tél. : 33 (0) 1 49 59 10 10
www.interforum.fr

Merci à Maud Chabot, ma petite sœur,
pour m'avoir initié à l'indignation devant l'injustice,
aux blessures qui ne guérissent jamais vraiment
et aux chagrins qui nous suivront toujours.

PÉRIODE D'ÉCHAUFFEMENT

Les droits du client de Me Liebstein

« L'avocat est un maximum d'habileté
tempéré par un minimum d'honnêteté. »

Charles Dumercy, *Blasphèmes judiciaires,* 1908.

PROLOGUE

Mercredi 17 octobre 2018 – 10 heures

Me Jacob Liebstein adore ces moments, et la façon dont il pratique son métier lui en procure fréquemment. En fait, il est au bord de la jubilation. Il fait des efforts louables pour que ça ne se voie pas, mais quiconque le côtoie assez régulièrement pour connaître son langage corporel n'est pas dupe. Il se balance nerveusement d'une jambe à l'autre, et son regard balaie la scène qui s'offre devant lui comme s'il prenait des clichés en rafale. C'est un spectacle impressionnant. Il doit y avoir une vingtaine de journalistes et au moins sept caméras de la télévision, dont deux de la société d'État. Debout derrière les lourdes portes vitrées donnant sur le parvis du palais de justice, Me Liebstein perçoit la fébrilité qui se dégage du groupe qui attend le *scrum* qui débutera d'une minute à l'autre. Les caméras sont déjà à l'épaule, les micros, testés et fonctionnels ; il ne manque plus que lui et son client. Il fait poireauter sciemment la meute pour savourer encore un peu ces secondes où il sent si clairement son pouvoir, où il peut presque le toucher.

Comme criminaliste, Me Liebstein se consacre à une spécialité dans sa pratique. Au fil des années et des procès, il est devenu l'avocat des salopards. Le défenseur de l'indéfendable. Celui qui prend les causes perdues et qui met tout son art à tordre la loi pour que les pires ordures s'en tirent alors qu'on les aurait spontanément lynchées si on ne vivait pas dans un État de droit ; un État de tous les droits, pour tous, incluant ses clients.

Après une quinzaine d'années à faire rager les procureurs de la Couronne, Liebstein n'est pas peu fier de son palmarès. Pour lui, c'est un jeu qui consiste à prouver aux gens ordinaires, si limités par leur perception primaire de la justice, que son talent et son esprit supérieur volent bien au-dessus de leur capacité à comprendre ce qu'est la loi et comment elle doit être appliquée. Il y prend son pied chaque fois. Plus la meute de crétins est scandalisée par l'issue des procès, plus le jeu devient excitant. Plus sa victoire est jouissive.

Sa satisfaction est de pouvoir cracher au visage de la populace : « Regardez, bande de tarés obtus ! Ça ne fonctionne pas comme vous l'aimeriez ! Vous n'êtes pas avocat, vous ne pouvez pas comprendre. C'est trop tordu pour vos têtes de merde. Et vous savez ce qui est le plus drôle dans tout ça ? Tout ce que je fais et qui vous dégoûte tant, c'est d'appliquer les règles de notre droit ! Allez-y ! Gueulez tant que vous le voudrez. *I win. You lose.* »

Cette soif de révolter les gens ordinaires, d'où lui vient-elle ? Pourquoi a-t-il épousé ce rôle avec tant de délectation ? Il n'y pense pas trop. Peut-être parce qu'il a toujours été le petit gros que tout le monde ridiculisait dans la cour d'école. Le dernier à être choisi par les beaux gars sportifs quand on faisait les équipes de ballon-chasseur. Cette soif de répugner les bonnes gens, c'est peut-être un peu sa façon de les remettre enfin à leur place. De leur montrer que c'est maintenant le petit baquet à lunettes le plus fort du groupe. Pas besoin d'un postdoctorat en psychologie pour pondre ces théories pathétiques. C'est même une réponse très en vogue pour expliquer à peu près tout, en ces temps de non-imputation de quoi que ce soit à qui que ce soit. Ah ! Les affres de l'intimidation font des ravages inattendus. Mais trêve d'introspections oiseuses ce matin. Il a mieux à faire.

Dans quelques secondes, il sortira pour annoncer aux gens ordinaires qu'ils vont encore morfler. Il leur assènera crûment une vérité implacable : vous vivez bel et bien dans une société où le système de justice est devenu beaucoup trop évolué pour vos esprits simples. Dans un monde où tout est en place pour protéger les droits des pédophiles en leur évitant de subir les conséquences de leurs actes, mais où rien ne protège ceux des enfants qui jouent dans les parcs. Leurs droits de continuer à respirer et à vivre passent après ceux de celui qui les kidnappe, les viole et les tue. C'est ce qu'il dira à la plèbe dans quelques secondes, quand les agents de sécurité reconduiront son client aux portes du palais de justice. Son client, Réginald Bertrand, qui grâce à lui sera libre comme l'air. Une autre bonne journée au bureau pour Me Liebstein. La Couronne mord la poussière une fois de plus. Petit gros : 1. Cour d'école : 0.

Il a défendu toutes sortes de personnages ayant commis les actes les plus abjects, mais il doit admettre que, malgré son expérience, il ne peut réprimer un frisson en présence de ce client : Réginald Bertrand, un pédophile avéré et condamné plusieurs fois. Me Liebstein n'arrive pas à s'habituer à ce que cet homme a au fond des yeux. Ou bien est-ce à ce qu'il n'a pas ? Mais ça ne change rien au jeu. Bertrand va sortir d'ici dans quelques minutes et rentrer chez lui. La Couronne n'a pas réussi à le coincer avec les moyens dont elle dispose. Tant pis pour elle. Tant pis pour tous. Tant pis pour le gamin qui s'est trouvé sur son chemin. Ce n'est pas à lui de se demander si Bertrand est coupable. Les règles du jeu sont limpides : on est présumé innocent jusqu'à ce que quelqu'un prouve, hors de tout doute raisonnable, qu'on est coupable. Les armes des criminalistes sont innombrables pour que ça ne se produise pas. Celles de la Couronne, restreintes. Vaut mieux libérer dix coupables que d'emprisonner un innocent, n'est-ce pas? Ce dogme sur lequel a été élaboré tout l'arsenal des avocats de la défense est solidement mis à l'épreuve ce matin. Parce que Me Liebstein ouvrira les portes du palais à un homme qui a avoué son crime. Mais pas dans des circonstances acceptables aux yeux de la justice. Son aveu n'existe donc pas. Sauf pour ceux qui l'ont entendu sortir de sa bouche. Il est vraiment fort, Jacob. Très fort. Probablement le meilleur de sa promotion. Cependant, avant de célébrer sa victoire, il doit offrir un *scrum* aux journalistes présents. Quelques questions pour leur permettre d'étoffer leurs papiers. Le dernier acte du jeu.

Liebstein voit du coin de l'œil les constables spéciaux du palais marcher vers lui en encadrant son client. Bertrand et lui échangent un bref signe de tête, sans que leurs regards se croisent. Me Liebstein pousse les portes et sort, son client juste un pas derrière lui. Leur apparition déclenche immédiatement une cacophonie de voix et de cliquetis mécaniques. L'air est bon et éveille ses sens, rendant le moment encore plus délectable. Le bruit des rafales d'appareils photo qui crachent sans discontinuer est assourdissant. Liebstein attend que la mitraille se calme un peu. Rien ne presse, de toute façon.

Seul bémol à cet instant extatique: il doit parler en français, langue qu'il casse assez violemment et qu'il ne maîtrise pas aussi bien que sa langue maternelle, l'anglais. Rien n'est parfait dans la vie. Il arbore son sourire le plus arrogant, balaie une dernière fois du regard la masse de journalistes regroupée devant lui et commence à parler. On y est enfin…

— C'est inadmissible dans *un* société de droit qu'*une suspecte* n'ait pas son avocat dans des délais normaux. C'est contre *le* Charte des droits qu'on l'interroge sans son avocat, tout le monde il sait ça. C'est dans *le* loi, c'est dans *le* Charte, c'est comme ça *in* Canada… Mon client, c'est *une* citoyen comme les autres avec les mêmes droits que les autres. Et dans ce pays, on a le droit à *une* avocat. Et, surtout, *le* police, il peut pas commencer *une* interrogatoire sans que son…

Une jeune journaliste brandit son iPhone au-dessus des têtes devant elle et lui coupe la parole.

— Maître Liebstein, votre client a fait des aveux…

— *Le* question il est pas là. *Le* première question c'est: est-ce qu'on a respecté les droits de mon client, *yes or no*? *Le* réponse c'est *no*, alors, mon client est libre. *Le* deuxième question c'est est-ce que le DPCP a déposé des accusations contre mon client avec *le* preuve qu'il avait? *Le* réponse c'est *no* aussi, alors mon client est libre. C'est ça *le game*…

— Vous ne pensez pas que votre client représente un danger en liberté?

— C'est pas à moi de décider ça…

La même journaliste, tenant toujours son téléphone au bout de son bras, enchaîne avec une autre question.

— Les policiers ont dit qu'ils avaient dû faire vite parce qu'ils croyaient avoir des chances de retrouver l'enfant encore vivant, et que dans les circonstances…

— Dans *le* loi, y a pas des circonstances pour qu'on arrête de respecter *le* loi…

— … même pour la vie d'un enfant de six ans?

— *Le* loi il est clair, madame. Moi je fais mon job et *le* police il fait son job avec *le* loi aussi. Et si quelqu'un a un problème avec *le* loi, il va voir le ministre *du* Justice pour faire *le debate* et faire changer *le* loi, *that's it*! Merci beaucoup. Maintenant, mon client, il a hâte de rentrer chez lui…

À moins de 300 mètres de Me Liebstein, un ex-lieutenant des forces spéciales russes respire très lentement et très profondément, fermant les yeux de temps en temps pour bien sentir son pouls ralentir. Il est allongé au bord du toit d'un édifice de six étages situé en face du palais de justice, de l'autre côté de l'avenue Viger. Le long caisson métallique du système de ventilation le dissimule. Mais de toute façon, qui penserait à regarder vers le toit de l'immeuble d'en face quand le spectacle se déroule 100 mètres plus bas, de l'autre côté de la rue Saint-Antoine ? Quand la cible s'écroulera, quelques regards se tourneront peut-être dans sa direction pour chercher la provenance du coup de feu. Peut-être. Mais il aura déjà roulé sur lui-même et ne sera plus visible d'en bas. Une autre technique de *sniper* répétée des milliers de fois. Et exécutée avec succès des dizaines d'autres fois en situation réelle. Il aura même le temps de récupérer la douille du projectile pour ne laisser aucune trace.

C'est un premier contrat à Montréal pour l'ex-lieutenant Andrei Mikhaïlev. Une jolie ville, paraît-il. Il n'a pas eu le temps de s'en faire une idée depuis son arrivée. Il ne connaît de Montréal que les quatre coins de rue autour du palais de justice. Le *fixer* est venu le prendre à l'aéroport tôt la veille et l'a mené directement au quadrilatère où il devait travailler le lendemain. Il lui a fait visiter le théâtre des opérations puis l'a laissé terminer son repérage seul, ce qui lui a pris le reste de la journée et une bonne partie de la soirée. Vraisemblablement, il n'aura pas le temps non plus de faire du tourisme avant son départ prévu en après-midi. C'est un contrat qui exige de travailler de façon un peu précipitée. D'habitude, il préfère avoir plus de temps pour attacher les détails, mais les affaires roulent lentement depuis qu'il s'est installé en Amérique. Il a accepté ce travail en se disant que ça fera circuler son nom à travers le réseau parallèle des gens qui ont les moyens d'engager un ancien lieutenant des Spetsnaz pour régler un problème.

La cible est à une distance aisément atteignable. Les réflexes assimilés durant des années s'imposent sans qu'il ait à y réfléchir. Le simple fait de se retrouver en position de tir, la crosse d'aluminium d'un Tac-50 calée solidement au creux de son épaule droite, le plonge dans un état où seuls des automatismes commandent ses gestes. À travers le télescope, il cadre sa cible. Pas de vent, pas de pluie, cible immobile à moins de 300 mètres. Impossible de rater. Il a réussi des coups au but beaucoup plus complexes et mouché des cibles beaucoup plus éloignées. Chaque fois, elles se sont écroulées, foudroyées. Sa fiche est parfaite. Mikhaïlev est un professionnel à la réputation immaculée. Ce contrat est somme toute trop facile pour la somme qu'on lui verse. Mais ça, ce n'est pas son problème. Et ça compense les fois où il a risqué sa peau, les sueurs froides et les blessures en mission pour lesquelles il ne recevra jamais de médaille. Il fait passer la double croix de visée de la lunette du fusil du front chauve de l'avocat grassouillet qui parle à l'auditoire à celui de l'homme au regard vide debout juste derrière. Il exécute rigoureusement chaque phase de sa routine de tir. Comme toujours. Il en est maintenant à l'avant-dernière. Mentalement, il commence le décompte habituel et son index augmente imperceptiblement la pression sur la détente de l'arme. Sept... six... cinq...

À quatre secondes, il bloque sa respiration pour s'assurer d'être totalement immobile au moment du tir. Trois... deux...

À 298 mètres devant Mikhaïlev, Me Liebstein s'apprête à terminer la mêlée de presse. L'hostilité du groupe qui l'entoure est palpable. Il a eu ce qu'il voulait, il a pris son pied. Il a bien joui du moment.

— ... Monsieur Bertrand, il est fatigué, il a le droit de retrouver *son* vie privée. On est dans un pays démocratique avec des lois et des droits. On n'est pas dans *la* Far West, où on tire les gens dans la rue... *end of discussion.* Merci.

Liebstein passe derrière son client pour quitter l'assemblée. À cet instant précis, il sent une onde de choc violente et des éclats de matière chaude et collante sur le côté de son visage. L'arrière de la tête de Réginald Bertrand vient d'exploser, éparpillant sang, chairs et plusieurs échantillons de son cerveau malade dans un rayon d'un mètre autour de lui. La plupart des représentants des médias se sont jetés au sol, d'autres se sont enfuis en criant. La cohue parfaite pour qu'un *sniper* professionnel ait amplement le temps de disparaître sans que personne le remarque. La réputation d'Andrei Mikhaïlev est intacte. Me Liebstein rampe en cherchant ses lunettes, paniqué. Il a été éclaboussé par le sang de son client. Il aura besoin d'un nouveau rabat et d'une nouvelle toge. Une fois ses lunettes récupérées, il s'agenouille maladroitement et son regard tombe pile sur le visage figé de son client. Il voit clairement le point d'entrée du projectile au milieu du front de Réginald Bertrand, qui est mort les yeux grands ouverts. Ce qui frappe Liebstein, malgré la folie du moment, c'est que rien n'a changé dans le regard de l'homme. Mort ou vivant, il affiche la même absence de vie humaine.

C'est à quatre pattes que Me Liebstein regagne l'intérieur du palais de justice. Une position grotesque, mais très pratique pour que personne ne remarque sa toge souillée.

Il s'est chié dessus.

PREMIÈRE PÉRIODE

Cinq morts

« Tu n'es plus là où tu étais,
mais tu es partout là où je suis. »

Victor Hugo

1

Vingt et un jours plus tôt...

Le soleil entre à plein dans la chambre à travers les lames horizontales du store. Elizabeth est couchée sur le ventre, emmêlée dans les draps et la douillette. Elle fixe un cadre de bois qu'elle tient dans ses mains. C'est une photo d'elle et d'une petite fille aux joues roses, les yeux rieurs perçant sous le rebord du chapeau qui la protège du soleil. Sa Béatrice a huit mois sur cette photo, Elizabeth s'en souvient très bien. Antoine l'a prise dans l'avenue Michigan à Chicago, devant le Wrigley Building dans toute sa blancheur. Ils avaient décidé de faire une escapade de trois jours pour briser la routine. Et Dieu sait si un enfant de huit mois peut imposer une routine, aussi remplie de petits bonheurs soit-elle. En fait, ils n'avaient pas vraiment réussi à briser la routine, mais plutôt à la transporter avec eux à Chicago. C'était déjà une victoire. Elizabeth fixe la photo depuis une dizaine de minutes en lissant doucement l'image du bout de son pouce, comme si elle pouvait redonner vie aux personnages du cadre à force de les caresser.

Le radio-réveil se met en marche à l'heure habituelle et elle prend son temps pour l'éteindre. C'est une journée où elle économisera ses gestes et fera tout très lentement.

C'est une journée où elle ne fera aucun effort pour calmer sa peine ou secouer sa torpeur. Elle accueillera la douleur. Elle s'enroulera dans cette chape de chagrin et en laissera tout le poids peser sur ses épaules. Elle s'accorde à l'occasion des journées où elle baisse sa garde et se laisse envahir par la souffrance. Aussi paradoxal que cela puisse paraître, cesser toute résistance lui procure parfois une sorte de répit. L'anniversaire de Béatrice, c'est toujours ce genre de journée. Depuis quatre ans, en fait. On est le 26 septembre. Béa aurait eu cinq ans aujourd'hui. Elizabeth se lève, ramasse son vieux peignoir au passage et descend à la cuisine se préparer un café.

Elle s'assoit à la table et garde ses mains serrées autour d'un bol de café au lait. La chaleur qui s'en dégage lui fait du bien. Elle a déjà allumé la radio de la cuisine, par réflexe plus que par envie d'entendre ce que le reste de la planète a à raconter. Comme vient de le rappeler l'animateur du matin, on est bien le 26 septembre. La lectrice de nouvelles l'a même redit en ouverture du bulletin d'infos de 8 heures...

«... Un accident de la route a fait deux victimes tard en soirée hier en Montérégie. Le conducteur d'une camionnette a quitté sa voie pour aller percuter de plein fouet une voiture qui venait en sens inverse. La force de l'impact n'a donné aucune chance à ses occupants, une mère et son enfant âgé de sept ans. L'alcool serait en cause. Écoutons le capitaine Marois de la Sûreté du Québec: "Les victimes sont une mère de famille âgée de trente-deux ans et son jeune fils de sept ans. Leur décès a été constaté sur place. Le conducteur de la camionnette, un homme de cinquante-trois ans, connu des policiers, a échoué l'alcootest. Il demeure détenu et devra comparaître aujourd'hui au palais de justice de Cowansville, où il fera face à des accusations de conduite avec les facultés affaiblies causant la mort. Il s'agit pour lui d'une troisième arrestation pour ce genre d'infraction. Il conduisait malgré la suspension de son permis..."»

Elizabeth lâche sa bouée de porcelaine blanche, se lève et fait taire la radio. Elle a déjà assez du poids de sa propre croix aujourd'hui. Pas nécessaire de porter celle du reste de l'humanité. Elle se rassoit, prend le téléphone et appuie sur le premier numéro de sa liste préprogrammée.

*

C'est un matin très doux. On est bien dehors, au soleil. On a du mal à s'imaginer que, depuis cinq jours, c'est l'automne à Montréal. Antoine est dans la cour arrière de sa maison du quartier Villeray, assis sur la dernière marche de l'escalier menant à sa terrasse. Il survole les différents quotidiens disponibles sur sa tablette électronique. Il est loin le temps où il se levait avant le soleil, été comme hiver, et accrochait sur son épaule une très lourde poche de toile bourgogne pour livrer à pied le journal du matin aux abonnés de sa *run* de *Presse*. Les camelots d'aujourd'hui ne sont plus des gamins de douze ans aux épaules solides, mais plutôt des *geeks* à lunettes qui programment l'envoi des journaux et appuient sur *Send* plutôt que de les déposer au pas de la porte des abonnés. Le monde tourne. Et aujourd'hui, on lit aussi avec les doigts et les oreilles. Les yeux ne se tapent plus l'entièreté du travail.

Antoine vient de fermer l'extrait vidéo d'un capitaine de la Sûreté du Québec qui commentait un accident mortel en Montérégie. Un ivrogne a causé la mort d'une mère et de son enfant. Un récidiviste de l'alcool au volant. Les yeux fermés, il sent monter la rage en lui, malgré une profonde respiration. Toujours cette même rage qui lui fait une boule dans le ventre de plus en plus souvent, et avec laquelle il compose de moins en moins bien. Cette rage devant laquelle il se sent si seul, si impuissant. Il a beau regarder autour, personne ne semble partager l'intensité de son indignation devant ces situations complètement insensées. En fait, il la trouve de plus en plus lourde à traîner, cette solitude. Est-ce depuis la mort de Béatrice que ces élans de rage remontent comme une marée de dégoût, ou l'injustice du monde a-t-elle commencé à le ronger depuis plus longtemps ? Difficile à dire.

Pourtant, Antoine a du talent pour le bonheur. Il est rarement de mauvais poil. La boule qui lui pèse dans le ventre, il la garde pour lui. Pour ses amis et ses collègues, il a un tempérament modèle. Il porte bien le début de la quarantaine. Il est plus charmant que beau gosse. Et il aime sa vie. Si on place la tragédie « Béatrice » entre parenthèses, il est bien où il en est. Professionnellement et dans sa vie amoureuse.

À la radio, la voix de l'animateur de l'émission du matin se mêle aux bruits habituels du quartier qui s'éveille. Sa petite cour donne sur la ruelle et déjà plusieurs camions de livraison ont commencé à décharger leurs cargaisons par la porte arrière des commerces du voisinage.

En entrevue avec le ministre de la Justice, l'animateur ne ménage pas les efforts pour lui faire cracher un petit morceau de la vérité. « C'est drôle, pense Antoine. Les politiciens gagnent leur vie en parlant. Ils parlent, toujours, l'éloquence est leur fonds de commerce. Puis, un matin, ils semblent soudain être totalement incapables d'assembler la moindre phrase complète, avec un sujet, un verbe et un complément. Même quelque chose de tout simple, du genre *vous avez raison*, ou encore *on s'est trompés*. Impossible. »

Par exemple, ce matin, la grosse nouvelle concerne le mégaprocès de dix-huit motards, membres des Hell's Angels, qui vient d'être annulé pour « délais déraisonnables » par la Cour supérieure du Québec. Les avocats de la défense qui travaillent pour les Hell's, pour des honoraires qu'aucun honnête citoyen ne pourrait se payer, ont réussi à étirer la cause depuis plus de trois ans, noyant le système sous les procédures et les requêtes. Devant l'énormité de la conclusion foireuse d'un procès qui faisait pourtant la fierté du ministère public trois ans plus tôt, l'élu, supposément imputable, évite de répondre aux questions du *morning man,* comme si on était au milieu d'une partie de « ni oui ni non ». Quand il finit par se prononcer, c'est pour déclamer une litanie de phrases vides qui ne signifient rien, mais qui ne laissent aucun doute sur la position du ministre en ce matin d'automne. Pour faire court, il aurait pu résumer ainsi : « Chers contribuables, je suis baisé à l'os. Je n'ai rien à vous dire qui donnerait le moindre sens à ce gros merdier qui pue. » Mais comme les élections s'en viennent, le ministre de la Justice ne peut pas dire ça.

Antoine ne pourrait jamais être ministre de la Justice. Il est un homme de gros bon sens. Et cette situation n'en présente pas. Il a beau l'examiner sous tous ses angles, c'est totalement absurde. Le critère du « GBS » (Gros Bon Sens) qu'il applique à tout ne colle pas à cette histoire. On dirait que la médiocrité de la situation agit sur le bon sens comme l'enduit de téflon au fond d'une poêle. Et la solitude de son indignation est encore à marée haute.

Dans cette histoire de motards, quelque chose rebute Antoine profondément. Il se dit que pourtant, à la base, tout était si simple : on a accumulé assez de preuves pour arrêter dix-huit criminels pour trafic de stupéfiants et autres « tâches » connexes. Un commerce inacceptable, illégal, qui cause de grands torts et sabote des vies. C'est normal dans notre société qu'on arrête les bandits quand ils commettent des délits et qu'on en détient la preuve. Tout se tient. La police sait que les motards ont enfreint la loi. Les motards sont conscients qu'ils agissaient illégalement. En ce qui les concerne, la seule règle qui s'applique est qu'ils ne doivent pas se faire prendre. Ils doivent bien faire leur job de criminels. Sans faire d'erreurs. Si les policiers réussissent à obtenir la preuve que les motards ont commis des crimes, les motards ont perdu. Ils se font prendre. Jusque-là, tout est encore en équilibre. Jusque-là, le critère du GBS d'Antoine fonctionne sans problème.

Mais c'est précisément à cette étape qu'intervient ce qu'Antoine appelle le «parasite légal», qui vient pourrir et faire complètement déraper le système de justice: le criminaliste professionnel. L'avocat de la défense.

Mercenaires du mensonge aux honoraires variables, ils savent trop bien qu'il n'y a rien à faire avec la vérité. Leurs clients, les motards, sont coupables. C'est écrit dans le ciel en lettres de feu et, subsidiairement, dans le dos de leurs frocs de cuir. Ce sont des *full patch*. Les policiers ont accumulé leurs preuves depuis des années. C'est du béton. Le principe de la justice va alors s'appliquer tout simplement. Que reste-t-il aux *hitmen* du système judiciaire pour réussir ce pour quoi on les paie?

Une seule option: pervertir le système.

En exploiter son infinie magnanimité envers les criminels qui doivent subir un procès. Jouer sur les détails, aussi éloignés soient-ils du fond du procès. Fonder la seule défense possible sur des formalités et des procédures qui n'ont absolument rien à voir avec les gestes répréhensibles que leurs clients ont commis. Rien à voir avec la justice qui devrait prévaloir. Justice dont ils devraient aussi être les gardiens. En principe. Selon le serment qu'ils ont prêté, à tout le moins.

D'ailleurs, on les paie pour quoi déjà? Pour s'assurer que la justice s'applique honnêtement, que le procès sera juste et que les preuves seront dûment présentées afin que leur client ait un procès équitable. Non? Ce n'est pas ça, le travail d'un avocat de la défense? Après tout, c'est probablement grâce à eux si nous avons évolué depuis le temps des cowboys et si on n'accroche plus les voleurs de chevaux aux arbres, après un procès d'un quart d'heure et des suspicions basées sur la sale gueule du client.

Mais non.

Antoine se dit que, vu l'état du droit actuel, ce qui devrait être leur rôle ne l'est plus. Ce n'est plus pour ça qu'on paie les criminalistes. On les paie maintenant pour empêcher, par tous les moyens disponibles et imaginables, que la vérité s'impose, que la justice soit respectée. C'est ça, le mandat des criminalistes. La vérité, ils ne veulent surtout pas la connaître. Ils n'en ont rien à foutre. C'est contre la vérité qu'ils doivent se battre. Ils ont fait de longues études et mettent désormais toute leur science à profit afin qu'un criminel n'assume pas les conséquences de son geste. Non pas parce qu'il ne l'a pas commis mais parce que, en l'arrêtant, les policiers ont mal appliqué telle ou telle règle, parce qu'on a bafouillé en lui lisant ses droits au moment de son arrestation, parce qu'on n'a pas le droit de fouiller là où on a justement trouvé la preuve, parce qu'il s'est écoulé trop de temps avant de pouvoir parler à son avocat. On paie les criminalistes pour que les mille détails insignifiants à leur disposition fassent dérailler le train du sens commun. Pour eux, il s'agit d'une victoire de faire remettre en liberté un assassin qui a avoué son meurtre, mais dont on a enregistré les aveux sans lui demander sa permission, selon la Charte canadienne des droits et libertés. Antoine se dit donc que, dans notre société éperdument éprise des droits des individus, on en arrive parfois à trouver plus dommageable le fait d'enregistrer les aveux d'un meurtrier sans son consentement que celui d'assassiner quelqu'un.

Aussi navrante soit-elle, c'est la seule conclusion logique qu'Antoine peut tirer.

Alors, grâce au génie des avocats de la défense, les meurtriers tuent sans conséquence, les voleurs volent impunément, les agresseurs violent et s'en tirent.

Pour supporter leur reflet dans le miroir, les criminalistes disent qu'ils respectent les règles du jeu. Comme si un geste inique, s'il est fait en suivant les règles, réhabilitait la nature de celui-ci. On nettoie son âme avec ce qu'on peut...

Dans cette dérive imbuvable pour Antoine, les criminels rigolent, les criminalistes s'enrichissent, et la justice, rouge de honte, serre les dents pendant qu'elle se fait mettre. Bien au fond.

En fin de compte, les seuls qui ressentent concrètement la somme de la douleur et de la peine, pour qui ce jeu tordu n'est pas un jeu, ce sont les victimes. Recroquevillées au dernier échelon de la chaîne alimentaire du droit canadien, elles sont les grandes perdantes. Invariablement. Les victimes sont véritablement volées. Elles sont doublement meurtries, violées, déchirées et marquées à jamais. Les morts sont réellement assassinés et ceux qui les aimaient se retrouvent en deuil pour le reste de leurs jours. Le pire, c'est que, au bout de tous ces procès habilement menés par les professionnels du doute raisonnable, ces sacrifiés du droit criminel n'ont même pas le sentiment qu'il existe une justice autour de laquelle organiser leur survie. On leur a trouvé un rôle. Ils sont les idiots du village judiciaire.

Le temps imparti à l'animateur de radio pour faire avouer le ministre de la Justice est écoulé. Le score final est prévisible. Blabla ministériel : 1. Respect de l'intelligence des auditeurs : 0. Il faut maintenant donner la météo, l'heure, la date et dire quelque chose sur les Canadiens de Montréal. N'importe quoi.

« La femme du gardien de but des Canadiens est allée chercher les chemises de son mari au nettoyeur, mais a égaré son petit coupon. Heureusement, le commis a pu quand même retrouver les chemises du numéro 31... »

Parfait. L'auditoire a ses priorités. Il faut les nourrir. Et l'animateur enchaîne sur une autre nouvelle du jour.

La justice n'est pas le seul domaine où l'on se fout de la gueule des gens ordinaires.

Et monte la marée du dégoût. Et se crashent les vagues de l'indignation. Respire, Antoine. Respire.

C'est la sonnerie de son téléphone qui brise le moment. Une mélodie de six secondes archikitch tirée du film *Love Story*. Il ne l'a pas encore changée depuis leur rupture. C'est son ex au bout du fil. Il avait téléchargé cette sonnerie cucul pour faire rire Elizabeth. Au temps où elle riait encore.

Le 26 septembre, 8 h 45, les émotions d'Elizabeth sont décidément réglées comme une montre suisse.

— Allô...

— Allô...

La voix d'Elizabeth est fragile. Antoine sent son effort pour ne pas craquer.

— On est le 26...

— Oui... Je sais, Eli...

— ... Béatrice aurait eu cinq ans aujourd'hui...

— Aurait, oui...

— ...

— ...

— Ça fait quatre ans que je me demande tous les jours pourquoi Béatrice s'est arrêtée de respirer.

Antoine pousse un soupir et inspire profondément avant de répondre d'un ton las. Il a appris à se protéger d'Elizabeth. Sinon, elle le ramène au fond de l'océan de chagrin dans lequel ils ont fait naufrage.

— Et ça fait quatre ans que tu me poses cette question-là, Eli. Comme si y avait une réponse, comme si je connaissais la réponse...

— ...

Pendant le silence d'Elizabeth, Antoine continue de survoler distraitement les manchettes sur son iPad. Un kamikaze a traversé avec sa camionnette bourrée d'explosifs le portail d'un collège pour filles de Kaboul, faisant une vingtaine de victimes. Une vingtaine d'adolescentes déchiquetées parce qu'elles voulaient étudier. Ce matin, le monde souffle manifestement plus que d'habitude sur les braises de son dégoût. Mauvais *timing*. C'est lui qui brise le silence.

— C'est peut-être parce que Béatrice a commencé à sentir l'odeur du monde…

— Aaah ! Tu me soûles avec tes grandes phrases ! Tu la sens, toi aussi, l'odeur du monde, pis tu continues à respirer quand même !

— De moins en moins bien, j'te dirais. Mais si tu penses que je me fais à l'odeur…

Elizabeth retient un autre sanglot.

— Tu m'épuises. On s'en fout de « l'odeur du monde », j'te parle de Béatrice, notre petite fille. T'es pas capable d'avoir juste de la peine comme tout le monde ?

— Ben oui ! C'est ça, d'la peine. Mais ça nous mène où, la peine, Eli ? Nulle part ! Alors, j'essaie de trouver un sens. Qu'est-ce que j'ai à perdre ? J'ai déjà perdu Béa. Je me dis des fois que Béatrice et notre monde, ça pouvait pas marcher. C'est ma façon de placer les choses pour que ça se tienne. Ça en vaut bien une autre. Là, branche-toi, Eli. Pourquoi tu me poses la question si tu veux pas entendre ma réponse ?

— Parce que je suis une fille, pis que si je te parle d'un problème c'est pas nécessairement parce que je veux que tu le règles. C'est peut-être juste parce que ça me fait du bien d'en parler…

— Niaisage…

Il y a un autre long silence. Ce silence, Antoine et Elizabeth le connaissent trop bien. C'est ce même silence qui était devenu si insupportable qu'ils ont décidé de poursuivre leur vie chacun de leur côté, deux ans et demi plus tôt. Ils ont choisi d'aller écouter leur propre silence plutôt que de continuer à partager l'addition des deux. Porter un deuil aussi épouvantable que celui de son enfant est déjà une charge inhumaine. Le porter à deux était devenu impossible. Elizabeth reprend la parole pour conclure. Encore une fois, leur échange ne va nulle part.

— (Soupir.) OK, c'est beau, bye. À tout à l'heure.

Elle raccroche.

Antoine pose son téléphone et ouvre son application « album photo » sur le iPad. Il fait glisser sur l'écran de la tablette quelques photos de Béatrice, toujours hilare, surtout sur celles où elle a du glaçage de gâteau au chocolat, de la crème glacée ou de la sauce tomate jusque derrière les oreilles. C'était une gloutonne. Il fallait prévoir ses repas en quantité suffisante : une partie pour être mangée, l'autre pour être tartinée partout sur sa grosse face de bébé joufflu. Il agrandit une très belle photo d'Elizabeth tenant Béatrice dans ses bras, elle a l'air épuisée, mais tellement heureuse. Il l'agrandit jusqu'à ce que les yeux d'Elizabeth prennent tout l'écran. Le bonheur est spectaculaire au fond de son regard.

Il s'arrête ensuite sur sa photo préférée. C'est un cliché qu'Elizabeth a pris un matin d'été pluvieux. Antoine adorait aller marcher sous la pluie et, ce matin-là, il avait emmené Béa. Il l'avait installée sur ses épaules, dans son ciré jaune canari, avec son chapeau de baleinier, tout aussi jaune. Les petites mains de Béatrice reposaient sur la palette de la vieille casquette des Seahawks de Seattle qu'Antoine usait depuis des années. Béatrice a dix mois et demi sur cette photo.

Deux semaines plus tard, elle cessait de respirer durant sa sieste matinale. Un cas très rare de mort subite du nourrisson. Généralement, ça se produit entre deux et quatre mois, rarement passé six mois. Béatrice en avait onze. Ça arrive, paraît-il.

Antoine sent sa gorge se nouer. Il s'essuie les paupières en se raclant bruyamment la gorge. Ça va. Enfin. Ça va aller…

2

Mercredi 26 septembre 2018 – 9 h 15

« Ce qui compte, ce ne sont pas les années qu'il y a eu dans la vie.
C'est la vie qu'il y a eu dans les années. »
Abraham Lincoln

La circulation est dense rue Saint-Denis. Les feux de circulation rythment le cha-cha-cha trop lent du flot des voitures. Antoine suit comme un zombie le pare-chocs de la voiture devant lui, à moitié conscient de ses gestes. Il arrivera au boulot un peu plus tard que prévu. Il a flâné plus qu'à son habitude, ce matin. La radio de la voiture a pris le relais de celle de la maison pour distiller « l'odeur du monde », comme Antoine l'a dit à Elizabeth une heure plus tôt.

Elizabeth. Eli. Il n'a jamais autant aimé une femme. Il n'aurait jamais cru que quelque chose sur terre puisse les séparer. Pourtant, dix-neuf mois après la mort de Béa, leur couple s'est dissous. Comme un morceau de sucre dans un thé chaud. Plus rien ne les retenait ensemble, si ce n'est l'horreur d'avoir perdu leur enfant. Ils se sont retrouvés un matin, incapables de côtoyer le chagrin incommensurable de l'autre une seconde de plus. Ils étaient devenus toxiques l'un pour l'autre. Et contagieux. Totalement infectés par ce malheur incurable.

Il n'y a même pas eu de discussion ni de déclaration officielle. Antoine a rempli une valise en un quart d'heure, l'a roulée derrière lui dans le corridor et s'est arrêté dans l'embrasure de la porte de la cuisine, où Elizabeth sanglotait doucement, les yeux fixés sur ses mains qui ne tenaient plus rien. Elle n'a pas relevé la tête, même si elle avait très bien entendu le son des roulettes de la valise d'Antoine sur le vieux plancher de bois. Elle savait ce qui suivrait ce son. Elle n'a pas eu la force d'ajouter quoi que ce soit. Leur séparation était d'une telle évidence qu'ils n'avaient même pas eu besoin de la verbaliser. Leur couple se suicidait. Les gens qui s'enlèvent la vie ne le font jamais parce qu'ils ne veulent plus continuer à vivre. Ils se suicident parce qu'ils ne peuvent tout simplement plus supporter la douleur.

Antoine est sorti de leur appartement et s'est honteusement senti soulagé. Il avait désormais sa peine. Sa souffrance à lui tout seul. C'était à peine moins insoutenable. Mais dans ce cauchemar, c'était déjà un pas vers l'avant. Aussi insignifiant soit-il. Quand ça fait dix-neuf mois que tu n'as pas bougé, chaque centimètre compte. Il s'est donc résigné à avancer. Seul. De toute évidence, Elizabeth ne pouvait pas le suivre. Même à ce train de colimaçon. Avancer était maintenant pour lui une question de survie.

L'appel prévisible de la mère de son enfant a quand même mis en marche un triste court-métrage dans la salle de visionnement de sa tête embuée. Les vignettes thématiques se suivent sur un fond sonore rempli d'échos et de sons flous. Comme les vieux films à la pellicule usée qu'on présentait dans le gymnase de son école, quand il avait dix ans. Les séquences de ce court-métrage, qu'il se repasse trop souvent, défilent sans qu'il puisse les arrêter.

Scène 1/Prise 1 : séquence du bonheur
Action !

Le soleil se lève, la lumière est timide à travers la fenêtre de la petite chambre d'hôpital aux couleurs gaies. Dans ses bras, il tient un petit bout de vie rose et tout léger, emmailloté serré dans une couverture de coton. Ça ne pèse presque rien. Huit livres et demie. Béatrice n'a pas passé dix minutes sur terre qu'elle a déjà les yeux bien grands ouverts, et elle fixe son père. Elle compte déjà sur lui. Le lever du jour, c'est l'heure de toutes les promesses. Et c'est ce qu'il fait. Antoine lui jure tout. Il lui donne sa parole.

Fondu au noir.

Fondu à l'image.

Scène 226/Prise 1 : séquence du drame

Action !

Il court en sortant de sa voiture qu'il a stationnée de travers devant leur appartement, juste derrière l'ambulance. Il n'entend que sa respiration haletante. Eli est dehors, accroupie par terre, prostrée au pied de l'escalier qui monte à l'étage, juste à côté de la porte d'entrée. Elle tient sa tête entre ses mains. Ses poings agrippent ses cheveux.

Fondu image à image.

Super ralenti.

Scène 177/Prise 1 : séquence de la plénitude

Action !

La pluie fait des clapotis sur le large chapeau jaune de sa petite fille qu'il porte sur ses épaules. Il sent le poids des mains de l'enfant pesant sur la palette de sa casquette. C'est un mardi matin complètement banal. Il a décidé de ne pas rentrer au travail aujourd'hui. Les voitures passent, les gens se ruent vers leur mine de sel respective comme s'ils avaient hâte d'y peiner. Mais pour lui et Béatrice, le temps s'est arrêté sur cet instant parfait. Ils déambulent ensemble dans un silence presque spirituel. « Toi et moi contre la bunch*, Béa. On ne peut pas perdre. »*

Flash blanc, caméra suggestive. Images saccadées.

Scène 227/Prise 1 : scène de la tragédie
Action !
Antoine monte les marches quatre à quatre. Dans la chambre de Béa, les ambulanciers s'affairent autour de la couchette. Un des deux policiers présents le prend par les épaules. On l'accompagne hors de la chambre.
Fondu à l'image.

Scène 228/Prise 1 : scène de la douleur
Action !
Il serre Elizabeth dans ses bras, il cherche son air. Elle est secouée par les sanglots, mais lui ne pleure pas. Il fixe le vide, l'air incrédule, la bouche ouverte. Il n'émet pas un son.
Fondu au noir.

Un coup de klaxon le ramène à la réalité. Comme quand les lumières se rallument dans le cinéma. Il n'y a pas de générique de fin à son court-métrage. La suite, il est train de la jouer en ce moment même. Si un jour il rencontre le grand scénariste qui a pensé à tout ça, il va avoir des critiques sévères à lui formuler. Particulièrement sur son penchant pour la tragédie. Il pourrait lui proposer un remontage ? Ne garder que les beaux moments dans le film ? Le scénariste lui répondrait que les gens heureux n'ont pas d'histoire.

3

Mercredi 26 septembre 2018 – 9 h 50

Les humains sont des mammifères qui aiment leurs petites habitudes, surtout le matin. Et même si un voile de tristesse flotte sur cette date, la routine ne change pas. Antoine stationne sa BMW au deuxième sous-sol de la tour où se trouve l'agence de pub où il travaille depuis bientôt dix ans, et après une ascension en solitaire jusqu'au onzième étage, il s'installe devant la grande fenêtre de son bureau qui lui offre une vue splendide sur l'ouest de la ville et sur le versant sud du mont Royal. Il regarde la montagne en pensant que de l'autre côté, sur le versant nord, se trouve le cimetière Notre-Dame-des-Neiges et que dans l'allée C-64 est situé le lot où ses ancêtres, et Béa, reposent en paix. Le petit cercueil de bois est enfoui à droite de la pierre tombale des Aubin. Du même côté que sa grand-mère et sa tante Ondine, celle qui s'est ajouté un menton tous les dix ans à partir de sa quarantaine. Elle est morte à quatre-vingt-trois ans, dans un dernier hoquet qui a ébranlé au moins quatre mentons et un tiers.

Dans le granit, gravés et peints en blanc, des lettres et des chiffres rappellent l'histoire atypique de la courte vie de sa petite fille.

Béatrice Aubin
26 septembre 2013 – 27 août 2014

Vingt-six lettres et douze chiffres. Amplement suffisant pour que même un parfait étranger, posant les yeux sur ces deux lignes, saisisse toute la tristesse de ce court destin. Mais pas la douleur. Ça, il faut la vivre pour savoir.

À l'heure du dîner, Antoine ira rejoindre Elizabeth, comme tous les 26 septembre, pour se recueillir et déposer une fleur sur la tombe de leur fille.

Ça lui laisse tout un avant-midi pour réfléchir à la proposition qu'il devra faire dans quatre jours à l'équipe de Chynoweth Mutual, une multinationale torontoise de l'assurance qui veut prendre plus de place dans le marché du Québec. Il soulève l'écran de son ordinateur portable et le dossier « Briefing Chynoweth » le regarde déjà comme pour le narguer. Son cellulaire sonne en même temps qu'il lâche mentalement un « Ark ! » bien senti. Sauvé par la cloche. Faudra qu'il pense à remercier François, son meilleur ami, qui lui donne une raison de procrastiner encore un peu.

— Merci…

— Je t'en prie. Mais pourquoi « merci » ?

— Parce que dans dix secondes j'allais commencer à penser à des slogans qui vantent les mérites d'une grosse multinationale de l'assurance…

— C'est tellement niaiseux, ta job…

— Bon, c'est ça. Mon ami qui a étudié super, super longtemps pour devenir barman me fait la morale. Ta job à toi, c'est d'acheter de l'alcool pas cher, en grosse quantité dans des gros bidons, pis de la revendre trop cher en petite quantité dans des petits verres *fancy*. Comme Al Capone. C'est un service essentiel, ta job. C'est certain…

Antoine a connu François Trudel sept ans plus tôt. Sa boîte avait orchestré la campagne publicitaire qui lançait le nouveau restaurant de François. Le resto-bar « Planqué » est un endroit très branché et très couru par les très branchés qui courent ce qui est très couru. Les 5 à 7 du jeudi et les samedis soir sont toujours gratinés. On y trouve des vedettes de la télé, de jeunes cadres dynamiques encore épatés de faire autant d'argent, des mannequins désinvoltes, mais très conscients socialement, et des femmes moins jeunes qui viennent tester l'effet de leurs dernières rénovations ou de leur poitrine flambant neuve. Il y a aussi des messieurs encore relativement consommables, qui *flashent* leur porte-clés de Ferrari comme un *Toronto Wobbler*, une trôle scintillante utile pour sortir quelque chose du lac aux Sirènes. Bref, toute une panoplie d'humains riches et décoratifs, beaucoup trop contents d'eux-mêmes. On y croise aussi régulièrement des joueurs des Canadiens de Montréal. Ou de l'équipe adverse, de passage pour un match. Ça, c'est toujours une consécration. Comme si le pape bénissait une nouvelle église. Qu'importe la couleur du chandail qu'ils portaient une heure plus tôt, fringués trop cher, fraîchement douchés, du *push-push* plein les aisselles, ils sont immanquablement entourés d'une volée de cocottes spectaculaires, le string entre les dents et la babine humide. Prêtes à décrocher *ZHE* trophée : un petit quart d'heure de boum-boum avec un véritable ailier gauche de la LNH, costaud et connu. Et millionnaire, ce qui ne gâche rien. Question de ne plus jamais regarder une partie de hockey de la même façon. Comme si après, par extension, elles faisaient un peu partie de l'équipe...

François sait tirer tout ce qu'il y a à tirer de ce magma social pathétique. Il se meut avec une aisance admirable dans le décor. Mais c'est un homme brillant beaucoup moins superficiel que son image de playboy fêtard le laisse deviner. C'est son personnage de travail, son uniforme à lui, indispensable pour que roule la business. Clin d'œil opportun, accolade virile et *wassup buddy*; il maîtrise chaque formule efficace de l'univers prévisible où il gagne remarquablement bien sa vie. Pour Antoine, ç'a collé avec François justement quand il a compris ce qu'il y avait au-delà de tous les clichés qui entouraient ce personnage de *jet-setter* nocturne. Cela dit, une chose était établie et immuable, comme un dogme: François ne sortira jamais de l'adolescence. Du moins, pas avant l'âge où l'on a de nouveau des problèmes avec la gestion de nos fluides corporels. Pour Antoine, avoir un imbécile heureux comme meilleur ami, c'est franchement pratique. Ça permet de faire des coups pendables en ne les assumant jamais complètement, comme c'est toujours un peu la faute de son meilleur ami imbécile.

— *Buddy*, je suis en feu. Grosse *game* ce soir, je l'sens dans mes mains de compteur de cinquante buts...

Antoine prend un ton las, pour souligner qu'il a déjà beaucoup trop entendu cette phrase. Les deux jouent au hockey ensemble tous les mercredis soir depuis que François a convaincu Antoine de rechausser les patins trois ans plus tôt.

— Faut juste que j'essaie de te suivre, c'est ça?

— C'est ça. Tu fais comme tous ceux qui ont la chance de jouer avec un *power forward* de concession sur leur trio. Tu suis ton gros Trutru, tu y passes le *pupuck*, pis ça va *ben l'aller.*

— C'est ça. J'ai juste à rester collé pas trop loin. Comme à Vegas l'année passée, hein?

— Ah ouin... T'sais, faut toujours des p'tites exceptions, sinon c'est plate, mais OK, j'ai rien à dire, je l'ai méritée, celle-là. D'ailleurs, je te l'ai dit souvent, t'as le droit de m'écœurer jusqu'à l'hospice avec cette soirée-là. Parce que c'est moi qu'y ai fait le cave pis c'est toi que le *doorman* a sorti à plat ventre sur le trottoir...

— Oui. Plus précisément sur le menton... un peu la joue, aussi. Puis en haut du sourcil... La face, finalement...

— La face.

Derrière le bar du resto, il y a au mur une toute petite photo dans un cadre. Sur le cliché, on peut voir Antoine et François, bras dessus, bras dessous, sur la *strip* de Las Vegas. Le gars au visage assez salement tuméfié, c'est Antoine. Celui qui affiche un des sourires les plus idiots de l'histoire de l'humanité, c'est Trudel.

— Et je te rappelle qu'il pleuvait. Le trottoir était mouillé. T'sais, quand ça va mal... ajoute Antoine.

— Des beaux souvenirs, hein ?

— Comme tu dis...

— J't'appelle parce que mon auto est au garage jusqu'à demain. Ça te dérangerait de me prendre au resto et de me ramener là après la *game* ? On fera notre après-match au coin du bar, sur mon bras. Et tu pourrais rencontrer Oleinka...

Trudel prend un ton mystérieux pour susurrer sa dernière phrase. Il traîne toujours des histoires de filles. C'est souvent une nouvelle fréquentation, spectaculaire, évidemment. Parfois, c'est un *one-night* de la dernière chance, quand les lumières du bar se rallument, que retentit la cloche qui annonce la finale du 100 mètres « en rut » et que s'envolent les derniers espoirs de s'envoyer en l'air sans y laisser un peu de sa dignité. Il lui est même arrivé, un soir, de se retrouver avec une *cougar* archimotivée qui voulait bien régler ça sur-le-champ, dans le cellier vitré du resto, où la température et l'humidité ambiantes sont contrôlées. Mémorable. Ces histoires récurrentes, ça vient avec le personnage. Antoine y est habitué. Et comme cette habitude habite à deux coins de rue du blasement, c'est un peu ça qu'il y a dans le ton d'Antoine. Un blasement habituel.

— Bon, bon. C'est qui ça, Oleinka ? Une espionne bulgare encore ? Attends. Dis-moi-le pas : blonde, yeux bleus, 36D pimpant. Vous avez fait connaissance dans un canot pneumatique pendant que l'île d'un méchant mégalomane explosait en arrière ?

— Presque. C'est ma nouvelle maître d'hôtel. Arrivée directement de Varsovie, capitale de la Pologne. Et tu vas voir que la Pologne, mon Tony, ç'a pas juste produit des patates pis des lanceuses du marteau depuis les vingt-huit dernières années...

— OK, James Bond. On va rencontrer Oleinka après la *game*. Je te ramasse vers sept si on veut être dans la chambre à sept et demie.

4

Mercredi 26 septembre 2018 – 12 h 30

« Le vrai tombeau des morts,
c'est le cœur des vivants. »
Jean Cocteau

Pour Antoine, le cimetière Notre-Dame-des-Neiges n'est pas un endroit triste. C'est un endroit solennel. Un endroit qui commande le respect. On s'y retrouve pour assumer l'une des rares choses avec lesquelles on ne peut pas tricher. La mort arrive et on n'y peut rien. Bête comme ça. C'est ce qui a frappé Antoine dans les jours qui ont suivi le décès de Béatrice. Il n'y avait plus rien à faire. Point. Son imagination, sa force incroyable qui, toujours, lui faisait trouver une solution, son talent pour retourner une situation, même sa résilience et son sens de l'humour n'y changeraient jamais rien. Ses armes habituelles étaient futiles. Il était impuissant. Devant la mort, on obtempère, c'est tout. C'est ce qu'il fait ce midi, au cimetière. Il obtempère.

Il a stationné sa voiture près des bâtiments de l'administration et marché pour rejoindre Elizabeth qui est déjà debout devant le monument de pierre. C'est la coutume. Il se sent toujours un peu ridicule avec sa marguerite à la main. Mais c'est une fleur pour Béatrice. Juste une. Parce qu'il n'y a qu'une seule Béatrice. Ils restent debout quelques minutes. En silence. Le vent se lève et s'en donne à cœur joie, soufflant sur ce champ d'honneur où plus personne n'en a rien à cirer.

— Avec ta façon de parler ce matin, j'étais même plus certaine que tu viendrais...

— Voyons, Eli. J'ai pas dit que je voulais l'oublier, Béatrice. C'est notre coutume. On vient ici justement pour jamais l'oublier. Je viens ici plus souvent que tu penses...

Eli dépose ses fleurs au pied de la stèle. Elle renifle un peu, écrase doucement une larme. Antoine a envie de la prendre par les épaules. Il ne le fait pas. Il aurait l'impression d'en ajouter.

— Antoine, j'y arrive juste pas.

Elle dit tout haut ce qu'il est tout simplement incapable de concevoir, même tout bas. Échouer. Ne pas y arriver. Il n'est pas programmé pour ça. Eli peut s'avouer vaincue. Elle le peut. Ça le déstabilise chaque fois qu'il voit la mère de sa fille capituler. Pour lui, cesser de se défendre devant cette peine incommensurable, c'est la fin. Pour Elizabeth, rendre les armes devant la puissance de la mort de Béatrice, c'est la seule issue possible, la seule façon de pouvoir continuer à vivre.

— Je pourrai jamais accepter que ça soit tombé sur nous. La mort subite du nourrisson, voyons donc, crisse ! Un bébé sur des centaines de milliers qui arrête de respirer sans raison, pis c'est sur Béa que ça tombe ! C'est quoi le tirage de marde qu'on a gagné ? Pourquoi nous deux ? Y a rien qui marche, rien qui tient debout dans tout ça...

— Eli, tu te tortures encore pour rien. Y a pas de réponses à tes questions. Ça fait des centaines de fois qu'on en parle. Le sujet est vide. C'est juste comme ça ! Béa a arrêté de respirer sans qu'on puisse l'expliquer. Au même moment, un paquet de monde, dont un paquet d'ordures, ont continué à le faire et se portent à merveille. Y a pas de justice qui s'applique à ça. On peut pas échanger les places. On peut pas rendre la vie plus juste. Y a des écœurants qui ont des vies merveilleuses pis des gens bons qui attrapent le cancer ou qui perdent leur enfant. C'est mal fait comme ça. C'est le bout qui me décourage, qui m'enrage un p'tit peu plus chaque matin. Moi non plus, j'arrive pas à accepter que ce soit comme ça. Mais faut arrêter de pleurer sur notre sort, faut que tu sois courageuse…

Eli se tourne vers Antoine, bouche bée. Elle est soufflée par sa dernière phrase.

— Quoi ? Parce que tu crois que c'est moi qui manque de courage, Antoine Aubin ? Parce que toi, t'en as plus ? T'as remplacé la douleur par la colère et la rage. C'est pas du courage ça, câlisse ! C'est une façon de fuir…

— Ah ! *Come on,* Eli…

— Y a pas de Eli. T'as l'air de bien te porter, de passer à travers, mais c'est de la grosse marde, pis tu le sais ! Tu passes pas à travers, tu passes à côté ! Tu passes par où ça s'endure. Le courage, Antoine, veux-tu savoir c'est quoi ? Le courage, c'est de laisser entrer le chagrin et la douleur chaque matin quand t'ouvres les yeux et chaque soir quand tu les fermes, aussi insupportable que ce soit. C'est laisser la peine te traverser en t'arrachant le cœur au passage. Le courage, c'est de prendre la douleur. Sans hurler. C'est de te laisser sentir tout le mal que ça fait en priant pour que le temps fasse que ça diminue un jour, parce que y a juste pas d'autres façons de passer à travers. Pour faire ça, Antoine, t'as besoin d'en avoir, du courage, OK? T'as vraiment pas de leçon de courage à me donner ici. Parce que, ben franchement, je pense que j'en ai plus que tout le monde dans cette histoire pourrie. Pis parce qu'il en faut pas mal moins pour être en crisse contre l'humanité.

Quelque chose se brise dans la voix d'Elizabeth. Ses sanglots remontent. Encore.

— Désolée, mais le vrai courage dans tout ça, dans l'histoire la plus triste du monde, c'est moi qui l'ai, Antoine… Pas toi.

5

Mercredi 26 septembre 2018 – 19 h 30

La voiture d'Antoine est garée devant chez Planqué et une pluie ennuyante tombe sur la ville. Les essuie-glaces balaient son champ de vision avec le même effet qu'un pendule dans une séance d'hypnose. Si le lecteur de nouvelles ordonnait à Antoine de s'endormir, il le ferait probablement. Mais l'homme des infos a autre chose à raconter.

«… Un groupe de talibans pakistanais a revendiqué l'attaque d'un dispensaire où se tenait une clinique de vaccination. Neuf soldats de l'armée régulière, six infirmières de la Croix-Rouge et onze enfants sont morts dans ce raid, le quatrième ce mois-ci attribué aux talibans dans le nord-ouest du pays. La Croix-Rouge a dû suspendre la campagne de vaccination visée par une fatwa décrétée par le mollah Lacim Asharaf. La poliomyélite, une maladie maintenant presque totalement éradiquée, fait encore beaucoup de victimes dans les régions tribales du Pakistan, où la mortalité infantile est de l'ordre de près de 20 %…»

Antoine ferme ses yeux et appuie son front sur le volant de la voiture. Il ne bronche même pas quand Trudel cogne deux coups dans la vitre du passager. Antoine déverrouille la portière arrière de la voiture pour que François y balance son équipement de hockey et ses bâtons avant de se laisser tomber sur le siège du passager. Trudel prend son plus beau ton de barman, celui qui lui fait rouler ses R et qu'Antoine trouve beaucoup trop joyeux.

— Envoye ! On fonce à l'arrréna, *buddy*, j'ai un *net* à rrrremplirrr, moi...

— Mmm, mmm...

— Oh ! T'as pas l'air dedans trop, trop, toi...

Antoine secoue la tête de dépit. Il hésite à répondre à Trudel. Un barman de trop bonne humeur, même s'il est notre ami, ce n'est pas toujours le meilleur interlocuteur pour deviser sur la situation géopolitique du sous-continent indien.

— J'viens d'entendre une nouvelle à la radio : des talibans au Pakistan ont mitraillé six infirmières de la Croix-Rouge et onze enfants parce que leur mollah a interdit la vaccination contre la polio... Heille ! La polio, on en parle plus ici depuis au moins soixante-dix ans ! Les infirmières étaient là-bas juste pour vacciner des enfants pour plus qu'ils crèvent avant de fêter leurs cinq ans, d'une maladie qui existe pratiquement plus sur la terre ! Sauf là-bas ! Pis les talibans sont contre ça. Câlisse...

— Wow ! On va t'interdire la radio les jours de match, Tony... *Come on*, tu joues sur mon trio, j'ai besoin d'un ailier fo-cus-sé qui veut manger les bandes, pas de mère Teresa...

— T'sais, François, depuis cinq cents ans, l'humanité a accouché d'une couple d'affaires utiles, comme l'eau courante, l'électricité, le chauffage central, la pâte à dents, Pornhub, la pénicilline...

— Ouin, mais l'humanité a aussi accouché de *Célibataires et nus*, du syndicat des cols bleus de Montréal et d'au moins trois albums d'Helmut Lotti...

Antoine ne peut s'empêcher de sourire devant la descente en piqué de la conversation à une altitude où Trudel est nettement plus à l'aise.

— OK, t'as un point. *Célibataires et nus* et la polio, c'est dans la même catégorie de calamités pour l'humanité. Mais sans blague, y a comme un paquet de petits détails qui nous ont éloignés du primate qu'on était quand on se pognait après les arbres pour faire caca par terre.

— J'ai fait ça à la pêche pas plus tard que l'année passée...

— Arrête d'être cave juste trente secondes! Ces petits détails-là, moi, je classe ça dans le rayon des bonnes nouvelles pour les êtres humains. Mais ceux qui veulent qu'on fasse un grand *u-turn* pour revenir au temps où on mourait d'un ongle incarné pis qu'on brûlait les sorcières parce qu'elles avaient fait coller le ragoût, ciboire! Est-ce que quelqu'un, quelque part, va dire: «Woh! Ça va faire! Pas sur notre planète!»

François reste silencieux. Antoine pense qu'il s'apprête à entrer sérieusement dans la conversation.

— Si tu peux transformer ta montée de lait en coup de patin, on va avoir toute une *game*, mon homme...

Antoine abandonne. Cette conversation est impossible. Pas un soir de match, en tout cas...

— J'aimerais ça être une tête heureuse comme toi, Frank, pis trouver tout drôle. Je l'sais pas comment tu fais...

— On fait un *deal*: tu me la mets su'la palette toute la *game*, pis moi j'te donne des cours d'imbécile heureux gratis, OK?

Antoine acquiesce en secouant la tête, découragé. Ça, c'est une phrase qui sent la bière...

6

Mercredi 26 septembre 2018 – 20 h 05

Dans le vestiaire règne la même ambiance que d'habitude. Et la même odeur. Le hockey de garage est une affaire de coutumes et de cérémonials. Les gars prennent toujours la même place, le gardien toujours le même coin. Chacun a sa petite routine d'avant-match, sa façon de s'équiper, d'enrouler le ruban adhésif autour de ses chevilles ou de ses jambières. Mais ce qui est le plus remarquable dans tous les vestiaires de hockey de ligues de garage, c'est l'échantillonnage d'individus qui forment l'équipe. Les joueurs ont beau venir de milieux complètement opposés, une fois qu'ils ont revêtu leur uniforme, le premier article de la Charte des droits de l'homme qui dit que nous sommes tous égaux ne peut pas mieux s'incarner.

Pour bien saisir la richesse de ce *focus group* hebdomadaire, il faut savoir que tous les sujets chauds de la semaine y sont rapidement vidés par les onze membres présents. Ça donne une superbe table de concertation où les participants discutent en sous-vêtements… Il faut aussi connaître l'alignement officiel de l'équipe : devant les buts, un juge de la Cour supérieure du Québec. Formant la brigade défensive, un fiscaliste rusé, un Français ayant fraîchement reçu sa nationalité canadienne, un ingénieur en géologie transformé en fonctionnaire conventionné du ministère des Transports et un mannequin objectivement très décoratif. À l'attaque : un chef de petite, moyenne et bientôt grosse entreprise florissante, un publicitaire imaginatif et son inséparable joueur de centre-playboy-tenancier de resto-bistro branché. Sur la deuxième ligne, un peintre en bâtiment et un redoutable lobbyiste néolibéral très près du pouvoir, patinant sur le même trio qu'un monteur de lignes d'Hydro-Québec, socialement très convaincu et, conséquemment, délégué de la section locale 448 du syndicat des Métallos. Et ça, c'est sans compter les joueurs remplaçants qui viennent s'ajouter à l'équipe quand un joueur habituel est blessé. Ces remplaçants poussent le côté éclectique de l'assemblée encore plus loin. Comme ce soir mémorable où le juge-gardien s'habillait en face d'un sympathique *dealer*-défenseur sorti de prison une semaine plus tôt après un séjour de huit mois. Ajoutez à l'expérience une certaine urgence et un temps très limité parce que les joueurs ont seulement une vingtaine de minutes pour s'équiper et participer au débat. Tout ça dans une ambiance humide où flottent les effluves de onze vieux *jack-straps* ayant protégé vingt-deux testicules durant des centaines de parties.

Nulle part ailleurs, comme disent les Français.

En poussant la porte du vestiaire, la déclaration de Trudel donne un envol « international » à la discussion.

— Les gars, faut prendre soin de notre Antoine ce soir. Y a pas la tête au hockey parce que des talibans ont tiré sur des gardes-malades qui vaccinaient des p'tits z'enfants au Pakistan. C'est pas une bonne façon de se préparer pour une grosse *game*, ça, mais va falloir faire avec…

L'ex-ingénieur géologue, qui a passé des années sur des chantiers à l'étranger, en est revenu avec des idées bien arrêtées sur l'évolution de certaines régions du globe.

— Antoine, l'homme descend du singe, mais y en a qui descendent moins vite que d'autres. T'y peux rien. C'est de même…

Stéphane, un ailier droit qui répartit plus de 100 kilos sur une charpente de 1,92 mètre, qui ferait un excellent commando des opérations spéciales et dirige son entreprise avec une discipline similaire, suggère un projet audacieux qui créera de l'emploi en plus de relancer l'industrie du bitume : paver l'Afghanistan et le nord du Pakistan pour en faire un grand stationnement. Son honneur le juge fait remarquer avec justesse qu'il y a quand même des gens comme nous qui vivent sur le site du futur stationnement et qu'ils ont même peut-être, comme nous, Netflix sur leur télé. Il ose même avancer, en attachant ses grosses jambières, que l'avenir de la région sera probablement meilleur s'il passe par l'éducation. Le peintre stoppe cette velléité d'élévation dans ce débat en déclarant que les talibans n'en ont rien à cirer, de l'éducation, surtout si ça doit distraire leurs femelles de leur rôle de lave-vaisselle ambulant. Ce *brainstorming* édifiant, en voie de régler l'épineux problème géopolitique de cette région du monde, est malheureusement interrompu par le début de l'échauffement. Et toutes ces pistes de solution se perdent à jamais au fil des trois périodes disputées passionnément, comme toujours.

*

Après la partie, Antoine et François s'installent au bar du Planqué pour « réhydrater leurs corps meurtris et entamer le processus de récupération », comme ils le disent toujours à la serveuse en commandant leurs bocks de bière ambrée. Il est presque 23 heures et les clients se font plus rares. Il y a un homme dans la quarantaine, seul à une table juste derrière eux, qui lit un magazine en descendant très lentement un *single malt* sur glace. Trois jeunes femmes sont assises au fond de la salle, étirant leurs cafés en ricanant. François commande une deuxième tournée de Smithwick's.

— Tony, mon *buddy*, t'étais pas d'dans avant la *game*, pas d'dans pendant la *game*, pis là, t'es pas plus dedans en tête à tête sentimental avec ton chum Trutru. T'es encore avec les talibans qui aiment pas les madames de la Croix-Rouge qui donnent des vaccins ? R'garde, fais comme moi, Antoine : moi, les gardes-malades, c'est pas en train de donner des vaccins que je les imagine...

Le sourire de François, quand il dit des insanités comme celle-là, n'a jamais rien de lubrique. C'est beaucoup plus près du p'tit comique qui vient de faire rire sa classe de troisième année avec une boutade. Un enfant.

— OK. C'est le début du cours d'imbécile heureux, ça ?

— Non, le cours commence juste après le deuxième bock.

Antoine finit par sourire. La tirade d'Elizabeth sur le courage résonne encore dans sa tête. Il ne l'avait pas vue venir. Eli a remis son armure en question. Est-ce que c'est du courage, son attitude stoïque, ou une façon de refuser de voir la profondeur abyssale de sa tristesse ? De nier le vertige qu'elle entraîne ? Eli a semé une sale question.

— Aujourd'hui, avec Eli au cimetière, j'me suis un peu accroché. En fait, j'ai pas pu dire grand-chose, j'me suis surtout fait rentrer dedans. Mais ça m'a sonné, ce qu'elle m'a dit. Ç'a beau être fini, nous deux, on dirait que, quand c'est elle qui me dit des affaires, ça frappe deux fois plus...

— Allô ? Antoine ? Mon Tony à moi, mon ami ? On va prendre trois secondes de nos vies pour faire une pause ensemble, se regarder dans les yeux et se rappeler à qui tu parles. À qui tu parles ?

François n'attend pas qu'Antoine réponde pour continuer.

— C'est ça. Tu parles à moi, à ton chum Trutru qui te connaît. Et non, Antoine, tu peux pas me raconter des histoires qui commencent par « c'est fini avec Elizabeth... ».

François a toujours maintenu que ce n'est pas parce qu'ils se sont séparés que l'histoire entre Elizabeth et Antoine est terminée. Il adore l'ex de son meilleur ami et cette rupture l'attriste. Depuis, François tape sans cesse sur le même clou : la raison de leur séparation n'est pas valable. Il dit souvent qu'Antoine et Eli se sont laissés parce qu'ils n'étaient plus capables de vivre leur chagrin côte à côte, mais que ça ne fait pas partie de sa liste des bonnes raisons de mettre un terme à un couple. Le chagrin est une chose qui finit par passer. Pas l'amour. Quand on aime quelqu'un. Et François répète inlassablement qu'Antoine aime encore Elizabeth, c'est juste qu'il ne s'en souvient plus.

— Aaah ! Arrête de me faire chier avec ça !

— Antoine, si c'est fini entre elle pis toi, moi, je suis une danseuse brésilienne avec des plumes dans l'derrière qui fait du mambo sur un char allégorique.

— Belle image ça, merci.

— Parlant de belle image... Antoine, je te présente Oleinka.

Une jeune femme très élégante se tient juste à côté de François. Elle est d'une beauté spectaculaire. Évidemment. Sinon, il n'en aurait pas fait tout un plat. Antoine se remémore leur conversation de la matinée et se dit qu'effectivement le poncif de la solide paysanne polonaise qui brasse le bortsch fait officiellement partie d'une autre époque.

Alors qu'Antoine tourne le dos à l'entrée de l'établissement et que François et Oleinka y font face, quelque chose s'y produit. Tous les deux se taisent et fixent l'homme qui vient d'arriver. Il est habillé avec soin. Au premier coup d'œil, on sent autour de lui une aura de fric et de puissance. Il est encadré par deux costauds bien sapés qui regardent partout autour d'eux. Pas besoin d'être un agent du MI6 pour comprendre qu'il s'agit d'un homme important avec deux gardes du corps. Oleinka les quitte promptement pour accueillir les nouveaux venus. François garde les yeux sur le trio de clients.

Antoine s'apprête à se retourner pour voir ce que son ami observe quand Trudel l'arrête sec, soudainement sérieux.

— Non ! Retourne-toi pas !

— Depuis quand c'est juste toi qui as le droit de *spotter* les filles qui entrent dans ton resto ?

— C'est pas ton genre de fille. Pas le mien non plus. Juste dans ton dos, le gars qui vient d'arriver avec ses deux gardes du corps, c'est Charles Péloquin.

— Charles « Chuck » Péloquin ? Le fameux « Sir Chuck » ? Le caïd de la *maf*?

— Oui, lui. Il vient régulièrement ici. Très correct, très poli et très porté sur la dernière page de notre carte des vins...

— La page des vins à mille piasses ?

— C'est ça. Il est aussi très apprécié du *staff* parce qu'il *tipe* très très bien.

— Un client en or...

— Un client en or, comme tu dis. Quand tu penses pas trop à son C.V.

— Un vrai *tough*, selon ce que je lis dans les journaux. T'en reçois beaucoup, des comme ça, des citoyens qui se servent dans la dernière page de ta carte des vins ? Des honnêtes hommes d'affaires qui se promènent avec deux *bodyguards* ?

François fait non de la tête et se détend un peu. Oleinka vient juste de passer à côté d'eux avec Sir Chuck et ses deux gardes du corps pour les installer à une table au fond de la salle, à quelques mètres du groupe d'amies qui se sont tues, elles aussi.

Le trio, guidé par Oleinka, a également croisé l'homme au *single malt* qui a brièvement levé les yeux de son magazine. Trudel, à cause de son travail, en sait un peu sur les milieux interlopes de Montréal. Quand tu es propriétaire d'un bar, tu dois faire avec les bons et les méchants, et te faire aimer des deux clans.

— Non. Des comme ça, y en a pas beaucoup. Officiellement, il est président d'une grosse compagnie d'extermination qui a des succursales partout au Canada et dans le nord des États-Unis. Extermination Péloquin inc. Original de même. T'as certainement déjà entendu parler d'eux autres. Ils ont pas le monopole, mais tous les gros contrats commerciaux, c'est sa compagnie qui les ramasse.

— Oui, je connais.

— La légende dit que c'est lui qui a organisé la purge du chapitre des Hell's de Trois-Rivières. Huit *full patch* qu'on a plus jamais revus. C'est lui qui a réglé aussi les problèmes de territoire des bleus pis des rouges dans Montréal-Nord. Les bleus se sont mis à plus être de la bonne couleur, fait que cinq exécutions en deux semaines... Du jamais vu. Problème réglé !

— Un monsieur qui s'y connaît en extermination... Parle-moi de ça !

— On dit aussi que c'est lui qui a tassé les Italiens du Vieux-Port de Montréal, où le gang de l'ouest était installé depuis toujours. Les *containers*, ça passait par eux, mais les Italiens trouvaient que ça coûtait cher. Deux « capos », avec chauffeur, ont sauté dans leur berline noire de l'année le même après-midi. Les Italiens ont recommencé à payer leur *cut* aux Irlandais, pis tout va bien depuis. Ma source dit que c'est un genre de « régleur de problèmes » du crime organisé.

— Y doit plus avoir beaucoup d'amis dans la business, ton client en or. Comment ça se fait qu'il respire encore ?

— Paraît que c'est le gars dont tout le monde a peur, donc que tout le monde respecte. Il *deale* beaucoup à l'international, avec des gros noms, des grosses organisations. Trafic d'armes, entre autres. Un genre de caïd que personne ose toucher. Son surnom de Sir, c'est pas un hasard. « Sir » comme dans « respect ». Y est dans une classe à part. Il fait de la business avec tout le monde et s'arrange pour que la business soit bonne pour tout l'monde. C'est pas si mauvais pour la santé.

Oleinka s'approche de François. Ils échangent un regard entendu.

— Mouain... Ça met toujours une p'tite ambiance pareil, quand il rentre ici, hein? Donc, j'te disais pour la cinquante-troisième fois, et exprès pour te faire chier: ça sera jamais fini, entre Elizabeth et toi. Je crois pas à ça deux secondes.

Antoine lance à François un coup d'œil plein de fausse compassion.

— Hoooon... Je sais, Frank, c'est pas facile une séparation comme ça, mais faut te résigner. Elle est partie, Frank, et elle va pas revenir. Coudonc! C'est moi ou c'est toi qui t'es séparé d'avec elle?

Trudel plonge ses yeux bleus vers le fond de sa bière et fait une déclaration officielle avant de la vider d'un trait.

— Tu peux faire ton *smatte* tant que tu veux... Mais c'est pas fini pour autant entre elle et toi... *Let's drink to that!*

Et c'est exactement le plan qu'ils suivent. Le cours d'imbécile heureux commence avec la bière suivante. Le bar est pratiquement vide. Les trois rigolotes sont parties. Il ne reste que l'amateur de scotch et le groupe de Sir Chuck. Plus tôt, le caïd a reçu la visite d'un autre personnage au *look* inquiétant. La conversation s'est résumée à moins d'une douzaine de phrases, et pourtant tout ce beau monde a l'air de s'être très bien compris. Ça n'a pas duré dix minutes.

Oleinka a rejoint Antoine et François juste avant la quatrième ronde de Smithwick's. Le trio a presque oublié qu'ils étaient assis dans la même pièce que le caïd le plus dangereux en ville. Antoine a décidé depuis longtemps qu'il rentrerait en taxi. Trudel, en professionnel de la nuit, tient très bien l'alcool.

— Oleinka dit qu'il y aurait de la place à Varsovie pour un bon resto dans le genre du mien. On part-tu en repérage, mon Tony? Oleinka, tu pourrais nous faire visiter ton pays et nous présenter toutes tes amies?

Le badinage de fin de soirée continue entre eux. Au fond de la salle, Sir Chuck se lève et se dirige vers la sortie, un homme de main devant et un autre derrière lui. Oleinka s'approche pour les remercier et les reconduire. Arrivé à la hauteur de François et d'Antoine, le caïd s'arrête pour répondre à son cellulaire. Comme le buveur de scotch est directement dans son champ de vision, Antoine note que ce dernier semble soudainement très attentif à ce qui se passe. Rien d'anormal quand un personnage comme Sir Chuck se déplace devant vous avec deux *bodyguards,* se dit Antoine. Mais curieusement, l'homme a une main sur son magazine et l'autre est dissimulée dessous.

Quelque chose cloche.

Antoine se raidit, comme par instinct.

Après avoir répondu à son téléphone, le caïd fait signe à ses deux gardes du corps de le devancer vers la sortie, le temps qu'il termine son appel. Les deux hommes s'arrêtent près de l'entrée du resto. Le client au magazine se trouve donc entre Sir Chuck et la porte où les deux gardes attendent leur patron.

À cet instant, tout se déclenche très vite, directement sous les yeux d'Antoine.

L'homme au magazine se lève d'un bond, se tourne vers la sortie et fait feu trois fois vers les deux gardes du corps, qui s'écroulent. L'arme a un silencieux, c'est à peine si Antoine entend trois petits crachotements secs. Le client pivote sur lui-même et pointe son arme sur le caïd, qui fait volte-face, le téléphone toujours à l'oreille. L'espace d'un quart de seconde, Sir Chuck fige devant l'homme armé, prêt à l'abattre.

Antoine, dans un réflexe insensé, se jette sur le tireur et réussit à attraper son bras juste comme deux coups de feu partent. Les deux projectiles déviés font éclater une lampe suspendue et la vitre du cellier, plutôt que la tête du caïd.

Emportés par l'élan, Antoine et le tireur tombent en renversant une table et ses chaises. Un troisième garde du corps, arme au poing, surgit en courant dans le resto, alerté par le bruit de verre brisé. Le client vient de repousser Antoine et tente de se relever rapidement, toujours armé. Il a à peine le temps de se remettre debout qu'il est atteint à son tour par deux projectiles tirés par le troisième garde du corps. Le client, foudroyé, tombe sur Antoine qui est toujours au sol, sur le dos. Le garde du corps court agripper le caïd par le bras et l'entraîne vers la sortie. Sir Chuck se dégage de sa poigne pour se pencher vers Antoine, coincé sous le corps inerte du tueur à gages. Du pied, Charles Péloquin retourne la tête du tireur et prend une fraction de seconde pour regarder le visage de celui qui a voulu l'exécuter. Puis, il fixe Antoine droit dans les yeux, le dévisage intensément comme pour bien retenir les traits de celui qui vient de lui sauver la vie. Antoine est tétanisé. Le garde du corps interrompt le face à face en accrochant son patron par le bras pour le tirer vigoureusement vers la sortie.

— *Let's go, Sir,* il est peut-être pas tout seul !

Sir Chuck fixe une dernière fois Antoine avant de se laisser guider vers la sortie. Il pointe le doigt vers lui.

— Toi, j't'en dois une…

7

Jeudi 27 septembre 2018 – 2 h 35

Antoine a déjà vu cette scène maintes et maintes fois dans des séries policières à la télévision. La voir se jouer sous ses yeux, dans un décor familier, rend le moment encore plus surréel. Le resto grouille de policiers et du reste de la faune qu'on retrouve dans pareilles circonstances : ambulanciers, techniciens de scène de crime prenant des photos, enquêteurs en civil, médecin légiste aux mains gantées de latex. La totale. Un délire. Mais les larges taches de sang sur la chemise blanche d'Antoine lui rappellent que tout ça lui est réellement arrivé. Il a beau en être à sa première scène de crime, il peut facilement sentir une intensité inhabituelle chez ceux qui l'entourent. Trois cadavres d'un coup, c'est gros, à Montréal. On n'est tout de même pas à Tijuana, où l'on doit enjamber les corps pour aller faire son épicerie.

L'adrénaline aidant, Antoine a eu amplement le temps de dégriser. Le tintement de la petite cuillère dans sa tasse de café est un effet sonore incongru sur ce qui lui paraît être un plateau de tournage très animé. L'agent-enquêteur Joyal – c'est le nom qui est inscrit sur la plaquette épinglée à la poche de sa veste de kevlar – a été patient et courtois avec lui. Antoine a dû lui raconter au moins trois fois le déroulement des faits avec tous les détails dont il se souvient. Le policier prend ses notes avec application en lui parlant doucement. Antoine ne se sent pas particulièrement nerveux ni choqué. Tout s'est passé si vite. Il n'a pas une égratignure. Pourtant, l'officier Joyal fait preuve de beaucoup de sollicitude et de délicatesse envers lui, comme s'il faisait partie des victimes. Antoine se dit que c'est avec les trois hommes raides morts, encore étendus sur le plancher, qu'il faut compatir.

Dès l'arrivée des policiers, François, Oleinka et lui ont été séparés pour que leurs dépositions mutuelles ne se contaminent pas. Le seul élément qu'Antoine a omis dans son récit est ce que Sir Chuck lui a dit avant de partir. Cette phrase résonne encore dans sa tête, comme l'écho d'une promesse qu'il ne veut pas entendre.

« Toi, j't'en dois une... »

Sans trop savoir pourquoi, Antoine a gardé ce détail pour lui. Mais il se doute bien que, de tout ce qui s'est passé ce soir, c'est probablement ce qui est le plus important. Pour lui, en tout cas.

Au loin, on vient de relever les bâches qui couvrent les cadavres des deux gardes du corps à l'entrée du resto. Le photographe de la police scientifique fait des gros plans du visage des deux hommes de main de Sir Chuck, penché au-dessus de leurs dépouilles. Ça fait maintenant au moins deux heures et demie que ces deux hommes ont cessé de vivre. La voix du jeune policier tire Antoine de ses réflexions morbides.

— On a votre déposition. Je vais aller voir si vous pouvez partir. Ça va ?

— Oui, oui. J'ai juste besoin de dormir et surtout de prendre une douche.

Antoine baisse les yeux vers sa chemise maculée de sang. Le policier hoche la tête avec un sourire timide.

— Je comprends toujours pas ce qui vous est passé par la tête. Vous avez sauté sur un tueur professionnel armé, vous avez risqué votre vie pour sauver celle d'un criminel que vous n'avez jamais vu avant. Ça aurait pu facilement être vous, sous une toile de plastique, là-bas...

Antoine pousse un soupir en haussant les épaules.

— Et si je vous disais que je comprends pas plus que vous ? Un réflexe. J'ai juste voulu arrêter la situation, comme si je rattrapais un enfant qui va traverser la rue sans regarder. J'ai pas eu le temps de penser à quoi que ce soit, et encore moins au fait que je sauvais la vie d'un parrain de la *maf.*

— En tout cas, une chose est sûre : vous allez entendre parler de Sir Chuck. Il sait que sans vous il serait mort. Vous êtes dans une drôle de situation, monsieur Aubin. Sir Charles Péloquin a une grosse dette envers vous. C'est pas rien, ça.

*

Le lieutenant-détective Donald McGraw gare sa voiture à une centaine de mètres du resto où il doit se rendre pour commencer l'enquête sur un triple meurtre. Il y a tellement de gyrophares qui scintillent dans toutes les directions qu'on doit pouvoir distinguer la scène de la lune. McGraw est de mauvais poil, comme chaque fois qu'on le réveille au milieu de la nuit pour l'envoyer sur le terrain. Il marche lentement vers l'établissement où trois macchabées l'attendent, refroidis dans l'exercice de leurs fonctions, quelles qu'elles aient été. Il salue l'officier en faction devant la porte, chausse les ridicules petits filets de toile bleue par-dessus ses souliers et passe sous le ruban jaune qui entoure la scène de crime. Il fait une pause près des deux premières bâches recouvrant les corps étendus à ses pieds et jette un long regard circulaire sur la salle, en s'arrêtant sur le troisième cadavre à quelques mètres des autres. Il contourne avec précaution les corps des deux victimes tombées devant la porte d'entrée.

McGraw a la cinquantaine solide, les épaules carrées et une bonne gueule de dur sous une grosse tignasse grise et blanche, toujours en bataille. La seule chose qui adoucit ses traits est que toute l'Irlande de saint Patrick brille dans le vert de ses yeux. Ça lui vient de sa mère. Avec le même voile de mélancolie qu'elle; celui qu'on retrouve souvent dans les yeux des gens qui ont trop vu de choses moches, depuis trop longtemps. Sans dire un mot, il fait une tournée des trois cadavres en soulevant les toiles de plastique pour voir si leurs traits lui sont familiers. Les visages des deux gardes du corps de Sir Chuck lui disent bien quelque chose, mais celui du client à lunettes, rien du tout. Un sergent-détective de son équipe s'approche de lui pour le saluer. C'est un vieux policier que McGraw aime bien. Un autre *tough* irlandais, court, au cou aussi large que la tête, qui casse le français beaucoup plus que lui.

— *Hello, Donald. What a mess, hey?*

— *Yeah.* Ça fait pas mal de monde à terre. Trois d'un coup, ça fait un bout qu'on a pas eu ça à Montréal. Qu'est-ce qu'on sait?

— En gros, l'histoire c'est que Sir Chuck était ici et qu'au moment de partir un tueur, *probably a pro*, s'est levé et a descendu ses deux *bodyguards* avant de se retourner vers lui pour finir la job. Un client a sauté sur le *hitman* avant qu'il réussisse à *shooter*. Le chauffeur de Péloquin est rentré, a descendu le *hitman* et est reparti en tirant son boss par le bras pour sortir et le mettre en sécurité. En gros.

— Attends une minute. Tu me dis qu'un client a sauté sur le tueur qui voulait descendre Sir Chuck?

— *Yes...*

— Et là, y est où, le héros du jour?

— Là-bas, au fond. Il a donné sa déposition et on attendait que t'arrives avant de le laisser rentrer chez lui.

— *Good.* Y est pas question que je fasse pas la connaissance d'un phénomène comme ça. C'est le gars avec la chemise « extra ketchup », là-bas ?

Sans lui laisser le temps de répliquer, le lieutenant-détective traverse le restaurant vers Antoine, qui attend le retour de l'officier Joyal pour partir. McGraw le toise cinq bonnes secondes avant de se présenter.

— Bonsoir. Je suis le lieutenant-détective Donald McGraw, des crimes majeurs.

Antoine regarde le policier qui ne le quitte pas des yeux. Il se dit qu'il en impose et il se rassoit plus droit sur la banquette, sans s'en rendre compte.

— Bonsoir. Antoine Aubin…

Ils échangent une poignée de main. McGraw a un drôle de sourire et dévisage Antoine comme s'il était une créature extraterrestre. Il le désigne même du doigt en s'adressant à lui.

— Fait que c'est toi le gars qui a sauvé la vie de Sir Chuck.

Antoine pousse un soupir de découragement. Il a l'air penaud d'un écolier qui a brisé un carreau en jouant au ballon. Il prend presque un ton d'excuse pour répondre au policier. Il a l'impression qu'il doit justifier ce qu'il a fait.

— Oui, c'est moi, ça. Tout l'monde me regarde comme si j'étais un Martien ! J'ai juste eu un réflexe, j'ai rien prémédité. Je prenais une bière avec mon chum après ma *game* de hockey, puis là, le monsieur tranquille à lunettes décide de descendre d'autres messieurs. Je l'ai juste empêché de tuer quelqu'un devant moi, c'est tout. J'ai rien fait de mal, à ce que je sache ?

— Non. Mais j'suis pas certain que c'était une bonne idée.

McGraw continue d'observer Antoine. Il feuillette la déposition que l'agent-enquêteur Joyal lui a remise avant de relever la tête.

— Bon. Va te coucher. On a ta déposition et tes coordonnées. Pourrais-tu passer me voir au quartier général en matinée ? J'aimerais qu'on regarde tout ça ensemble, tranquilles, une fois que tu auras pris un peu de sommeil. Et que tu auras changé de chemise.

Antoine acquiesce, attrape sa veste et se lève pour prendre congé du détective. McGraw ne le quitte toujours pas des yeux. L'enquêteur sait d'expérience que ça ne sert pas à grand-chose de retenir le témoin plus longtemps ici et que ce sera plus productif de s'asseoir avec lui dans quelques heures, au poste, pour revoir sa déposition en détail. De toute façon, il a un tas de choses beaucoup plus pressantes à faire sur la scène de crime. Il en a pour un bon moment, probablement pour le reste de la nuit. Quand Antoine passe devant lui, il ajoute quand même une phrase, question de préparer le terrain pour leur rencontre.

— Et si Sir Chuck t'appelle d'ici là, tu pourras me raconter comment ça s'est passé avec lui...

Antoine se raidit.

— Qu'est-ce que vous voulez dire par « comment ça s'est passé avec lui » ? Je le reverrai plus jamais, Sir Chuck ! Je le connais même pas !

— Non. Mais maintenant, lui, il te connaît. Et tu vas le revoir bientôt, *believe me.* C'est pas tous les jours que quelqu'un lui sauve la vie. Sir Chuck, c'est le genre de gars à payer ses dettes...

Il salue Antoine avec un clin d'œil et retourne vers l'entrée du resto.

Antoine fige quelques instants avant de marcher vers la sortie, achevé par les dernières paroles du policier. François vient le rejoindre. Lui aussi a l'air complètement épuisé.

— Ça va ? Tu vas pas te coucher ?

— Heu... non ! Parce que, vois-tu, y a eu comme un genre de western ici. Mon ailier gauche préféré a décidé de se jeter devant les balles d'un tueur pour sauver Al Capone. Et devine quoi : y a réussi ! Bravo. Alors, j'ai trois cowboys couchés en dessous des toiles de plastique, là-bas, qui continuent à se vider de leur sang sur mon beau plancher de restaurant. Va falloir passer la moppe, à un moment donné. Y a aussi une douzaine de policiers qui se promènent partout et qui vont bientôt essayer de faire fonctionner ma machine à expresso italienne à 30 000 piasses. Ça, vraiment, c'est super inquiétant. Mais la meilleure, c'est qu'avant d'être un *remake* de *Kill Bill* ici, c'était un restaurant très couru à Montréal, alors, tu vas rire, mais j'ai des clients qui pensent qu'ils vont venir manger ici tout à l'heure. Trois morts sur le plancher du Planqué, c'est pas super bon pour les affaires, comprends-tu ? Ma seule chance, c'est de m'arranger pour que ce soit *business as usual* le plus rapidement possible. Alors, non. Je m'en vais pas me coucher, Antoine. Quand la police va me donner le *go*, je vais avoir juste une couple d'heures pour transformer une scène de crime en resto branché très tendance. Pis ça va prendre plus que Qualinet...

La tirade de François fait du bien à Antoine. Il y retrouve un peu le ton normal de son ami.

— OK. Je comprends. Mais moi, je l'ai eu mon *go* de la police, fait que j'ai officiellement le droit d'aller changer de chemise. Je veux pas t'écœurer, mais j'ai comme l'impression que ton resto ouvrira pas aujourd'hui. Je suis rassuré de voir que tu souffres pas d'un syndrome post-traumatique, mais y a quand même un triple meurtre qui s'est déroulé ici. Ton resto, c'est plus juste « ton » resto, il leur appartient un peu maintenant. Pour un bout de temps, en tout cas...

Antoine désigne l'armée de policiers qui s'affairent dans tous les coins du Planqué.

— Mais c'est vrai que t'es mieux de rester ici cette nuit. Je t'appelle tantôt.

Antoine marche lentement, comme étranger à l'agitation qui règne toujours sur la scène de crime. Il doit sortir par la porte arrière du restaurant, qui donne sur la ruelle, à cause des corps dans l'entrée principale. La petite promenade ravive ses sens. L'air de la nuit est frais. Une fois assis dans sa voiture, il pose ses mains sur le volant et s'appuie le front, les yeux clos, en poussant un long soupir. Ses jambes sont molles et ses mains tremblantes. Comme d'habitude, il ne ressent l'émotion des choses que lorsque le calme revient. Et seulement quand il est enfin seul.

Antoine finit par démarrer et s'engager sur la chaussée déserte. Il ne remarque aucunement la voiture noire qui s'éloigne lentement du trottoir, derrière lui, et qui prend discrètement la sienne en filature.

8

Jeudi 27 septembre 2018 – 10 h 15

Antoine se pointe à l'unité des crimes majeurs de la police de Montréal vers le milieu de la matinée. Le lieutenant McGraw vient l'accueillir à la réception et ils entrent ensemble dans les locaux de la brigade. Le policier fait asseoir Antoine dans une petite salle où les grandes fenêtres laissent entrer le soleil du matin. McGraw revient avec un dossier sous le bras et deux grosses tasses de café fumantes dans les mains. Visiblement, il n'est pas rentré chez lui cette nuit. Il a les traits tirés et porte les mêmes vêtements. L'impression qu'il a faite à Antoine quelques heures plus tôt n'a pas changé. Il se dégage de cet homme quelque chose de rassurant et d'honnête. Antoine n'aimerait pas avoir à lui mentir. Il est content de jouer dans l'équipe des gentils.

Malgré sa nuit blanche, McGraw est souriant et chaleureux. Il ne se la joue pas *top cop*, genre Eliot Ness, avec le flegme du dur qui a tout vu. Antoine apprécie cette attitude. C'est une preuve d'intelligence. Donald McGraw se laisse tomber sur la chaise de l'autre côté de la table, en face d'Antoine.

— Vous avez réussi à dormir un peu? Pas trop sonné?

— J'ai dormi un peu, pas beaucoup. Plus que vous, certainement. Mais ça va.

— Merci de vous être déplacé aussi rapidement.

— Pas de quoi. Mais hier, vous m'avez tutoyé. J'aimais mieux ça. Appelez-moi Antoine.

— OK pour moi, Antoine.

McGraw sort trois photos format lettre du dossier et les étale devant Antoine, qui les regarde avec attention. Ce sont trois clichés du même homme. Son apparence est cependant différente sur chacune des photos. Mais ses traits restent tout de même assez facilement identifiables. Mâchoire carrée, nez fin, regard froid. Antoine croit bien reconnaître l'homme à lunettes sur qui il s'est jeté la veille. Le même qui a ruiné sa chemise blanche. Avec son sang. En mourant. Il tient le cliché de son visage en gros plan à la hauteur de ses yeux.

— C'est pas évident. Honnêtement, je peux pas être certain à 100 % que c'est le gars d'hier, mais ça lui ressemble beaucoup. Par contre, il avait des lunettes et les cheveux bruns coupés court.

— Je sais. C'est justement parce qu'il a bien fait sa job. C'est comme ça que ces gars-là travaillent. Le SCRS nous a aussi envoyé des clichés où il est blond avec des mèches, châtain clair frisé et même rasé avec un mohawk. Mais c'est ton gars à lunettes d'hier. L'autopsie va le confirmer plus tard aujourd'hui. C'est un pro, un vrai. Un tueur professionnel, *freelance*, qui appartient à aucun gang criminel établi.

— Ça existe vraiment, des gars comme ça?

McGraw pouffe de rire en baissant la tête et en retournant une des photos vers lui qu'il fixe durant quelques secondes. Il relève finalement la tête pour observer Antoine, l'air amusé.

— Oh oui, ça existe vraiment. Mais des vrais professionnels comme ça, on en croise pas souvent. Ces gars-là sont en général ben bons dans leur job, alors ils se font pas prendre. Ou ils meurent et on en entend pas parler.

Parce que leur job est risquée. Ils débarquent dans une ville pour quelques jours, ils exécutent leur contrat proprement et repartent quelques heures après sans laisser de traces. L'argent du contrat est déjà déposé dans un compte *offshore* à Aruba ou aux îles Caïmans.

Antoine écoute McGraw religieusement.

— *Honestly*, je suis très surpris que ce ne soit pas toi qui sois couché sur une table, à la morgue, avec un *tag* attaché à ton orteil. Ton réflexe a vraiment dû le surprendre. D'habitude, les gens figent quand ça tire. Ces gars-là le savent. Ils comptent là-dessus. Mais toi, non. Il t'a jamais vu venir.

Antoine a chaud dans la nuque à mesure que McGraw parle.

— La vie de ces professionnels-là, ça se joue souvent sur une fraction de seconde, comme hier. Première seconde, il se lève et abat les deux gardes du corps debout à l'entrée, puis il se retourne très vite vers Sir Chuck, sa cible. Normalement, il t'aurait vu bouger vers lui en pivotant et t'aurait mis une balle dans le front, juste au cas. *Collateral damage*, ça fait partie du travail des pros. Ça lui aurait pris une demi-seconde. Ensuite, il aurait mis une autre demi-seconde pour compléter son tour sur lui-même et abattre Sir Chuck. Au moins trois coups, groupés, au thorax. Il aurait pris encore cinq secondes pour lui donner le coup de grâce, en pleine tête, et serait calmement sorti par la porte de secours au fond du resto, qu'il aurait repérée une demi-heure plus tôt en allant aux toilettes, pour s'assurer qu'elle s'ouvre facilement. Tout ça aurait duré moins de vingt secondes. C'est ça, un *hitman* professionnel.

Antoine écarquille les yeux, médusé.

— Ben voyons donc ! On est dans James Bond, là !

— Pas loin.

McGraw survole le dossier devant lui.

— Il est entré au Canada avant-hier, en provenance de l'aéroport Newark, au New Jersey, sous le nom d'Emmett

Dale Bronson, une des quatre identités qu'on a retrouvées sur quatre passeports dans le coffret de sûreté de sa chambre d'hôtel. Selon ce qu'on en sait, son vrai nom est Matthew John Batten, trente-neuf ans, né en Saskatchewan, ancien commando du FO12, les forces spéciales dans l'armée canadienne, passé dans le privé pour une agence de sécurité en Irak, puis pour une autre en Afghanistan. Il a été rapatrié au pays il y a deux ans, aux frais de sa compagnie, après une blessure grave. Il a été hospitalisé à Regina durant plusieurs semaines. Ensuite, il est sorti des radars. Et là, il est bien *cold* et bien *stiff*, dans un des tiroirs du frigo du Laboratoire de médecine légale après s'être fait descendre dans un petit resto chichi de Montréal. Selon toutes les apparences, il était là pour tuer Charles Péloquin, alias Sir Chuck, un caïd très important à Montréal. Ça allait se passer sans aucun problème jusqu'à ce qu'un gars qui a probablement vu trop de films de gangsters lui saute dessus pour l'empêcher de remplir son contrat. Ça, c'est toi, Antoine. Et c'est là qu'on se rencontre.

Antoine est renversé par ce qu'il vient d'entendre. Lui, un créatif d'agence de pub, bien plus porté sur le pinot noir de l'Oregon que sur les techniques de combat rapproché, a sauté sur un vétéran armé des *Black Ops* canadiennes. Une machine à tuer. Antoine Aubin, qui accuse 90 kilos bien mous, dont au moins 10 de trop, et dont la dernière bagarre remonte à la cour de récré de son école primaire, a attaqué à mains nues un commando capable de dessouder un gus les yeux fermés avec une cuillère à thé et qui compte certainement déjà des dizaines de cadavres à son tableau de chasse. Antoine se demande si la terreur à retardement, ça se peut. Parce que c'est exactement comme ça qu'il se sent. Terrifié. Et très pâle. L'étrange sourire de McGraw, qui l'agace depuis le début, s'explique soudain un peu mieux.

McGraw remarque le malaise d'Antoine. Ce qui ne fait rien pour effacer son sourire. Au contraire.

— Tu comprends maintenant à côté de quoi t'es passé, la nuit dernière. T'es un *lucky guy*, Antoine Aubin. Tu sais pas comment.

— Je réalisais pas vraiment...

— La morale de l'histoire, Antoine, je te la donne gratis: la prochaine fois qu'un tueur à gages travaille dans le même restaurant que toi, tu le laisses faire sa job, et toi tu fais comme tout le monde: tu *duckes*. Tu plonges par terre, les mains sur ta tête en bouchant tes oreilles. T'auras pas deux fois la chance que t'as eue hier. *Got it ?*

— ... Promis.

McGraw a dit plus tôt que c'est là qu'ils se rencontraient. Comme si quelque chose n'était pas encore terminé dans cette histoire, alors que pour lui la limite de folie furieuse dans sa vie de gars rangé a été largement atteinte. Maintenant, il veut juste s'en aller.

— Bon. J'ai identifié le méchant, j'ai raconté une dizaine de fois mon histoire dans les moindres détails, je peux plus faire grand-chose et je vous ai déjà promis de ne plus jamais empêcher un tueur à gages de descendre un autre criminel. Donc, maintenant, vous continuez votre vie de policier et moi je retourne écrire des slogans de céréales pour enfants et tout est très bien comme ça. Y a rien à dire de plus.

— C'est toi qui le dis.

— Quoi ? J'ai eu un drôle de réflexe, OK. J'ai sauté sur un tueur à gages comme un cave. Il est mort, pas moi. Alors, je continue ma vie, pas lui. Fin de l'histoire. Si j'écris un jour ma biographie, ça me fera un chapitre vraiment palpitant. Mais c'est tout, là ? L'histoire finit ici, hein ?

Le lieutenant sourit gentiment. Il n'est pas du tout froissé par le souhait d'Antoine de ne plus jamais le revoir. Il pousse un long soupir en se passant la main dans les cheveux.

— Non.

Antoine baisse les épaules et la tête, brusquement découragé.

— Me semblait aussi…

— J'aimerais bien que tout soit simple comme ce que tu viens de décrire, mais ça va pas se passer comme ça. Je suis lieutenant-détective, Antoine, mon travail c'est d'arrêter les *bad guys*. Sir Chuck, derrière sa couverture *legit* de compagnie d'extermination, c'est un *very bad guy*, extrêmement influent à Montréal. C'est lui qui fait la loi entre les clans, tout le monde le craint et le respecte. Il est *plugué* à l'international : Moyen-Orient, Moscou, suprémacistes blancs américains, et il a des *partners* de business partout. Il gère du très gros trafic d'armes. On essaie de le coincer depuis des années. Il est fort et brillant. Mais on le lâchera jamais, et si on est chanceux, un jour, il va peut-être faire une erreur. En attendant, on se tient informés. En plus, j'te cacherai pas que le fait que quelqu'un ait mis un contrat sur la tête de Sir Chuck, ça, c'est très gros. Ça va brasser à Montréal d'ici longtemps. Pis ça nous inquiète.

— OK. Mais c'est des affaires de police, ça, lieutenant McGraw. Chacun son métier. Je comprends toujours pas ce que je viens faire dans la suite de l'histoire…

— J'vais t'le dire. Dans les prochains jours, tu vas avoir des nouvelles de Sir Chuck. Ça, je peux te l'garantir. C'est aussi certain que le soleil va se coucher ce soir. Tu lui as sauvé la vie, Antoine, c'est énorme pour un homme comme lui. Il a une dette d'honneur envers toi et il va vouloir te revoir, te reparler à tout prix. C'est comme ça, que ça te plaise ou non.

Antoine sent un frisson lui parcourir le dos.

— Tout ce que je te demande, c'est de communiquer avec moi une fois que Péloquin t'aura contacté.

Il prend la petite carte que lui tend McGraw et la regarde, perdu dans ses pensées.

*

Antoine sort du quartier général du SPVM un peu avant midi. Il essaie de rationaliser tout ce qui lui arrive. Peut-être qu'ainsi la boule qu'il a dans l'estomac s'en ira. Le policier exagère certainement, et Sir Chuck, content d'être sorti indemne de la tentative d'assassinat, doit être beaucoup trop occupé à préparer sa réplique pour s'occuper d'un quidam qui a eu la bonne idée de lui sauver la vie. Il recevra peut-être des fleurs avec une carte. Et un petit chèque? Ça vaut combien, la vie d'un caïd de la *maf*? La sonnerie de son cellulaire freine ses calculs mentaux. C'est la sonnerie d'Elizabeth.

— Salut! Ça va?

— Euh... J'ai eu des meilleurs matins. Toi?

— J'appelais pour m'excuser. Je t'ai rentré dedans pas mal fort hier. J'suis désolée. On vivra jamais notre peine de la même façon, c'est clair. Mais ça veut pas dire que t'as pas le droit de vivre la tienne comme tu l'entends.

— Excuse-toi pas. T'avais raison. Comme d'habitude, Eli. Ça va. Tu m'énerves, mais ça va...

Il a dit ça avec un sourire. Il l'entend ricaner. Ce petit rire discret et plein de retenue d'Eli, ça lui manque souvent. Mais jamais autant que durant les mois qui ont suivi la mort de Béatrice.

De l'autre côté de la rue, calé dans le siège de cuir d'une berline noire aux vitres teintées, un homme observe Antoine. Il bâille et s'étire les muscles des bras et des épaules. Cette filature est emmerdante. Le client est un citoyen. Il n'a aucune conscience d'être suivi et ne connaît aucune technique pour semer un poursuivant. Ça rend l'exercice franchement ennuyant. Mais Sir Chuck lui a ordonné de ne pas le perdre, alors il fait ce que lui a demandé son boss.

Antoine est tout à sa conversation avec Elizabeth. Elle a un ton nettement moins grave qu'hier. Le ton du 26 septembre est rangé. Pour ressortir dans un an, comme les décorations de Noël.

— Tu sonnes crevé…

— Je le suis. J'ai presque pas dormi de la nuit.

— Booon… Un autre après-match mémorable avec le beau François et ses amies fines, fines, fines ?

Elizabeth connaît bien le personnage. Elle aime beaucoup François, malgré tout.

— Euh… mémorable, ça oui. On peut dire ça comme ça. Mais attends, cette soirée-là, ça vaut la peine que j'te la raconte. Avec tous les détails. Es-tu bien assise ?

Antoine monte dans sa voiture et une fois son système mains libres connecté, il se lance dans le récit des événements des dernières heures. Bien entendu, quand la berline noire quitte le trottoir et se met à rouler derrière lui, il ne la remarque pas.

9

Jeudi 27 septembre 2018 – 11 h 55

Antoine a donné rendez-vous à sa copine Tamara au Planqué. Il ne sait pas s'ils pourront y luncher, mais il veut voir comment ça se passe pour François. La fusillade qui a fait trois morts occupe évidemment la une de toutes les plateformes d'infos. La ville est sous le choc. En marchant vers le resto, il appelle son bureau pour voir s'il y a des feux à éteindre. Comme il n'a pas été là de la matinée et qu'il sent que son lunch avec Tamara pourrait fort bien s'étirer, il veut être certain que tout roule à l'agence. La jeune réceptionniste répond à la première sonnerie.

— Tink Tank, bonjour !

— Bonjour, c'est Antoine. Je serai pas au bureau avant la fin de l'après-midi. Je peux savoir si j'ai des messages ?

— Attendez… Vous avez un seul message. Vous devez rappeler M. Charles Péloquin. Je vous donne le numéro ?

Antoine ferme les yeux et prend une grande inspiration. Le lieutenant McGraw avait raison. Évidemment.

— Il date de quand, le message ?

— Attendez… 9 h 02 ce matin.

Encore le même frisson sur la nuque. Le même nœud dans le ventre.

— Non, ça va. Garde-le-moi, je vais le rappeler plus tard. Merci.

Il entre dans le restaurant de son ami. Plusieurs employés circulent, pressés. Des vitriers s'affairent à remplacer la grande vitre du cellier qui a volé en éclats. François est debout au milieu de tout ça et dirige les opérations. Antoine s'approche de lui.

— Hé…

Il a l'air d'assurer et, en l'observant, on ne se douterait pas qu'il n'a pas pris une minute de pause depuis le milieu de la nuit.

— Salut, 007…

Antoine jette un regard autour, la tête un peu dans les nuages. Les *flash-back* de la veille déboulent d'un coup. Le bar, la table où était assis le tueur, l'entrée et les deux gardes du corps qui basculent comme des quilles. Il s'appuie sur le comptoir. La froideur du granit le ramène à la réalité. La voix de François aussi.

— *Buddy* ?

— Ça va. Encore un peu sonné…

— Moi, j'ai tellement pas arrêté de me concentrer sur un paquet d'affaires bêtes, depuis ce matin, que j'ai presque oublié ce qui s'est passé. Je vais y repenser certainement, mais pas tout de suite. Juste quand mon restaurant va recommencer à ressembler à un restaurant…

— Ben, j'trouve que t'es pas loin de ça. Tamara s'en vient me rejoindre pis on va luncher. On pensait manger ici, mais c'est vite un peu, hein ?

François regarde son ami avec un sourire froid.

— Tu la veux de quel bord, ta claque s'a yeule, James Bond ?

Une voix aiguë fend l'air. Les deux gars se retournent, saisis, et voient marcher vers eux celle qui vient de faire son entrée. Elle est spectaculaire avec sa tignasse épaisse de cheveux noirs, son teint café et ses lunettes de star.

On peut sentir son énergie vibrer à des mètres à la ronde. Son entrée est tout sauf discrète. Normal. C'est Tamara. La Castafiore version super canon.

— Antoine Aubin !

Elle arrive à sa hauteur, lui prend le visage entre ses deux mains et l'embrasse fougueusement. Puis, elle le palpe sur les deux côtés du torse, comme si elle le fouillait.

— Tu fais quoi, là ?

— Je cherche de quel côté tu portes ton Walther PPK.

François éclate de rire, au grand désespoir d'Antoine, qui n'apprécie qu'à moitié l'humour de sa copine. Pourtant, c'est tout Tamara, ça. Il lui fait l'air le plus exaspéré dont il est capable.

— Aaahh... Tamara, je t'en prie, niaise-moi pas avec ça.

— Mmmmm... je niaise pas. Moi, les histoires de tueurs à gages, ça m'excite tellement. Mais t'aurais pu te faire tuer, tu le sais ?

François se glisse dans leur bulle, la mine piteuse.

— Moi aussi, j'aurais pu me faire tuer...

— Oui. Mais toi, c'est pas grave...

Trudel prend alors un ton faussement vexé.

— C'est ça. Devant tant de sollicitude, je vous prierais d'aller bouffer ailleurs, chez un de mes compétiteurs qui a une vie *full dull* et qui a pas eu la chance, lui, de voir trois taupins du crime organisé se faire descendre dans la salle à manger de son resto.

*

Tamara tient le bras d'Antoine et se serre contre lui quand ils sortent du Planqué. Comme chaque fois, sa beauté racée de Méditerranéenne lui scie les jambes. Au début, son côté criard et ses envolées théâtrales lui tombaient un peu sur les nerfs, mais physiquement elle le fait tellement craquer qu'il est facilement passé par-dessus. Ils se fréquentent depuis plus de six mois. Antoine considère que cette histoire, qui a commencé comme une liaison torride, peut désormais être qualifiée de relation « sérieuse ». Pour lui, une relation sérieuse est celle où l'on a l'impression de tromper une fille si on couche avec une autre. Alors, Antoine et Tamara, c'est maintenant sérieux.

Tamara dirige une petite compagnie d'importation et de distribution de vêtements. Quand sa famille est venue s'installer au Québec après la guerre du Liban au début des années 1990, son père, commerçant doué, a ouvert une première boutique de vêtements. Douze ans plus tard, il était à la tête d'une chaîne de magasins florissante dans laquelle ses deux filles travaillaient. À la mort subite du paternel, les deux sœurs ont vendu la chaîne de boutiques et Tamara s'est retrouvée retraitée multimillionnaire à trente-deux ans. Elle a mis à profit son expérience et sa longue liste de contacts à travers l'Europe pour faire démarrer sa petite entreprise et les affaires marchent très bien pour elle.

Sa rencontre avec Antoine a été tout sauf originale. Elle était dans un 5 à 7 au Planqué et François lui a présenté Antoine, question de l'occuper pendant qu'il passait sérieusement à l'offensive sur Iris, sa meilleure amie. Et à l'arme chimique : Perrier-Jouët 2012, rien de moins. À la fin de la soirée, les cadavres de magnums de champagne reposaient en paix, la tête en bas dans les seaux à glace. Iris a gentiment remercié François, lui a laissé un faux numéro et est rentrée chez elle rejoindre Sandro, son fiancé. Tamara, elle, trouvait qu'il aurait été dommage de gaspiller un si beau vertige de champagne. Elle a donc ramené chez elle un Antoine plus mort que vif, victime collatérale de l'offensive de son ami. Et elle l'a réanimé…

C'est, pour elle aussi, depuis plusieurs semaines une histoire sérieuse.

Ils arrivent à la voiture d'Antoine quand un colosse en trench-coat et complet foncé leur bloque carrément le chemin. Ils stoppent net, interloqués. D'où a bien pu sortir un homme aussi imposant? Le baraqué tend une carte d'affaires à Antoine, que ce dernier ne prend pas.

— Monsieur Aubin, mon patron vous a laissé un message ce matin. Il aimerait vraiment que vous le rappeliez aujourd'hui. Il insiste.

L'homme a un léger accent anglais. Il a l'air dur et froid.

— Écoutez. Dites à votre boss que, vraiment, tout est beau comme ça. Il est arrivé ce qui est arrivé, mais c'est correct. Tout le monde va bien, tout le monde est en vie, c'est l'essentiel et ça finit là, OK? S'il vous plaît... Vous pouvez lui faire ce message? OK?

L'homme ne bronche pas. Il reste impassible devant eux. Les mots d'Antoine sont du vent à ses oreilles. Antoine pousse un soupir en regardant par terre. Il relève la tête vers l'inconnu immobile qui continue de le fixer.

— Je vais dire à mon patron que vous allez le rappeler cet après-midi. Bonne journée, monsieur Aubin.

L'homme glisse la carte dans la poche de chemise d'Antoine et s'éloigne sans se retourner. Tamara sort la carte et la regarde attentivement. Elle est blanche, classique, taillée dans un bristol épais de belle qualité. Visiblement, Sir Chuck ne chipote pas sur la papeterie. Au recto, le logo de sa compagnie, Extermination Péloquin, et plus bas, en lettres délicates, « Charles Péloquin, conseiller en développement des affaires » avec un numéro de téléphone et une adresse courriel.

Tamara remet la carte à Antoine.

— Charles Péloquin, conseiller en développement des affaires... Ben oui. Fais-moi penser de l'appeler si je veux m'ouvrir un salon de thé à Outremont. Tu vas faire quoi avec un parrain de la mafia qui te court après?

— J'sais pas trop. En fait, rien. J'veux rien savoir de Sir Chuck. Y m'doit rien, Sir Chuck.

— Ç'a pas l'air d'être une opinion partagée par le conseiller en développement des affaires, Charles Péloquin. Je pense pas non plus que c'est le genre de monsieur de qui on ignore les appels. Moi, je rappellerais pour clarifier la situation avec lui.

— Tam, c'est un tueur.

— Non. C'est un conseiller en développement des affaires. C'est écrit sur sa carte. De toute façon, t'as pas le choix. C'est comme le ministère du Revenu. On rappelle.

Dans sa voiture, l'homme de Sir Chuck est assis, téléphone à la main. À travers le pare-brise, il peut voir Antoine et Tamara monter dans leur voiture.

— *Tell the boss that I don't think the dude's getting it and that we'll have to move to plan B. I'll be waiting for a go.*

Lors de son appel, il n'a pas quitté Antoine et Tamara des yeux. Il met le moteur en marche pour suivre leur véhicule. Cette fois-ci, il ne se soucie pas d'être repéré par Antoine, il se dit même que ça lui fera peut-être penser à rappeler son patron.

10

Jeudi 27 septembre 2018 – 12 h 40

Ils se sont installés au comptoir pour luncher. Antoine reste silencieux.

— Au cimetière avec Elizabeth, ça s'est passé comment ? Tu m'en as pas reparlé.

— Ben, j'ai pas grand-chose à dire. Ça s'est passé comme d'habitude.

— Donc, vous vous êtes engueulés, puis elle est partie en pleurant.

Antoine ne peut réprimer un petit sourire triste.

— C'est ça. Comme d'habitude.

— Tu sais, *my love,* quatre ans quand on vit quelque chose d'aussi épouvantable, c'est vraiment pas beaucoup de temps. Ça se peut qu'il reste deux ou trois choses par-dessus lesquelles t'es pas encore passé, y a pas de honte là. Pas de honte à en parler non plus.

— Tamara, ç'a rien à voir avec la honte, tu me connais mieux que ça. Perdre Béatrice, je le sais depuis la première seconde que je m'en remettrai jamais. Ça casse quelque chose en toi qui ne se répare pas. Y a ma vie avant et ma vie après la mort de Béa. Après une vacherie comme ça, faut que tu trouves comment survivre. Survivre, juste dans le sens de continuer à être capable de mettre un pied devant l'autre. Juste dans le sens de pas mourir. Mais tu te fais pas un plan pour ça. C'est une affaire d'instinct. Mon instinct de survie a pris le dessus et j'ai décidé d'avancer. J'avais l'impression d'être debout dans une flaque de ciment et que je devais absolument bouger avant que le ciment prenne. Je savais que si je restais là, les pieds dans ma douleur, j'y resterais pour toujours. Je serais devenu fou parce que c'est pas supportable. Y a quelque chose en moi qui aurait lâché.

Tamara l'écoute, ses grands yeux noisette plantés dans le bleu des siens. Elle le sent tellement fragile.

— Elizabeth est programmée différemment. On a pas survécu comme couple. Et je suis pas sûr qu'elle a survécu comme individu...

— Et toi?

— Moi, je suis là. Debout. Encore en vie.

Les yeux d'Antoine abandonnent ceux de Tamara, mais il prend sa main dans la sienne.

— Même après m'être battu à mains nues avec un tueur à gages professionnel.

— Tu changes de sujet...

— Pourquoi tout le monde veut toujours m'entendre parler de ça?

— Peut-être parce que les gens qui te connaissent et qui t'aiment sentent que ça te ferait du bien?

Antoine pousse un soupir résigné. Comme s'il abdiquait et passait aux aveux. Il prend une grande inspiration et retourne dans les yeux de sa blonde.

— Eli a dit que j'avais remplacé la peine par la colère. Y a du vrai dans sa théorie, mais pas tout. D'accord pour la colère, mais j'ai rien remplacé du tout. La peine, crois-moi, je l'ai encore. Je l'ai casée quelque part au fond de moi, le plus creux possible. Mais jamais assez loin à mon goût. C'est vrai que la colère s'est installée. En fait, c'est pas autant de la colère que de la révolte devant l'injustice débile de la mort de Béa. Retiens ce mot-là, Tamara: injustice. Après quatre ans, c'est plus tellement avec la mort de ma petite fille que je ne suis pas capable de vivre, c'est plutôt avec l'injustice. Ça me révolte un peu plus chaque jour. L'injustice des ordures qui se font des couilles en or pendant que les gens bien se font rentrer dedans par la vie. C'est tout ce qui n'a aucun sens que j'arrive de moins en moins à supporter, tous les matins en lisant les journaux. C'est l'ostie d'ivrogne dans les nouvelles d'hier matin, qui a tué une mère et son fils parce qu'il conduisait soûl, encore. Soûl et sans permis parce que, son *fucking* permis, il l'avait perdu après avoir pété la balloune pour une troisième fois. Et y a un criminaliste payé ce matin pour s'assurer que cette pourriture humaine aille pas en prison ou qu'elle y reste le moins longtemps possible. En passant, question quiz: c'est qui la pire pourriture humaine entre les deux, Tam? Lui ou son avocat? Lui, c'est un pochetron fini, y a une excuse. Le champion, y peut pas s'arrêter de boire, pis faut ben qu'y rentre à la maison. Fait que, y prend son char, le cave. Mais Me Chose, lui, c'est quoi son excuse pour faire ce qu'il fait, hein? C'est quoi qui le motive à essayer de faire acquitter le soûlon qui a tué deux personnes qui ont rien fait d'autre que de se trouver au mauvais endroit au mauvais moment? Pourquoi il se contente pas de se dire que, si cet alcoolique fini est en prison, y a moins de mamans avec leur fils qui risquent de mourir sur la route? Ma révolte est là aussi. En veux-tu encore? J'en ai! Tu sais, la compagnie de produits chimiques en Indonésie qui a empoisonné tout un village le mois passé? Des dizaines de morts: des mamans, des papas, des bébés et des vieux y sont passés. Une belle compagnie bien luisante, cotée en Bourse et dirigée par une gang de pingouins en cravate. Ces beaux diplômés de Harvard savaient que leur usine tuait du monde, mais ils attendaient juste que ça commence à couler publiquement pour déménager ailleurs et empoisonner sous un autre nom. Leurs avocats, encore ces merdes-là, vont *dealer* les dommages au cas par cas, une couple de piasses par famille, par mort, avec des paysans qui savent pas lire et pas compter, qui n'ont aucune idée des droits qu'ils ont.

Tamara n'avait encore jamais vu Antoine aussi intense. Le silence s'impose.

— Et, oui, évidemment, ma révolte c'est aussi la mort de Béatrice, ma fille. Sur des centaines de milliers d'enfants, c'est le mien qui s'est éteint, comme une petite chandelle. Une toute petite bougie qui éclairait tellement mes noirceurs. Béa, soufflée comme ça, sans aucune raison. Ma petite merveilleuse, qui aurait eu une belle vie, qui aurait pris soin des autres, qui aurait fait du bien autour d'elle, qui aurait fait de la terre un endroit moins pire à fréquenter. Le soûlon de ce matin, lui, il continue de respirer. Même si ce qu'il fait chaque jour rend la vie des autres misérable. Comment ça se fait que j'ai l'impression que c'est juste moi qui trouve ça insupportable ? Coudonc, crisse ! Est-ce que je suis tout seul à ne pas être capable d'accepter que ce soit comme ça ?

Antoine est ému. Tamara aussi. Il s'est finalement fait prendre la garde baissée. Les dernières vingt-quatre heures ont dû user ses nerfs plus qu'il ne le croyait. Ils se regardent longtemps sans rien dire. Tamara, à son tour, pose sa main sur celle d'Antoine.

— Probablement qu'avec la mort de Béatrice t'as fait une overdose d'injustice... Ça t'a rendu allergique. Ton système ne l'accepte plus.

— Fait que, j'fais quoi ? Je me mets à la méditation et au yoga chaud ? Ou je commence à éliminer les salauds, je fais de l'épuration humanitaire pour me calmer ? Ça doit se soigner, l'indignation ? Je peux faire un traitement d'insensibilisation, comme pour les piqûres d'abeilles ?

— Je pense pas, Antoine. Peut-être qu'il faut que t'essaies de compenser avec des choses qui te réconcilient avec la vie ?

Tamara sourit et se penche vers Antoine comme pour lui dire un secret.

— Avec du *love* tout plein. Avec des longs baisers qui finissent plus. Avec du champagne, avec mon petit corps de rêve tout bronzé. Avec un peu d'imagination, avec quelques heures devant nous. Avec ma peau, ma bouche, mes mains…

*

Il est 22 heures. Antoine est couché sur le dos, les yeux ouverts. Il se sent bien dans cette brume confuse qui nous enveloppe au réveil d'une sieste, à une heure où l'on ne dort pas habituellement. Il n'est jamais retourné au bureau. Après avoir étiré le plus longtemps possible l'heure du lunch en sifflant deux bouteilles de sauvignon blanc, Tamara l'a convaincu que la suite logique était un traitement de médecine douce, très, très douce. Chez elle, dans son grand lit blanc.

Elle dort encore. Les draps sont repoussés de façon qu'Antoine puisse laisser glisser son regard sur son corps. Ses yeux suivent, incrédules, la ligne de ses jambes musclées, le galbe de ses fesses, avec la marque du maillot, le creux de ses reins si cambrés qu'on pourrait y recueillir l'eau de pluie. Il continue sa balade visuelle en parcourant son dos jusqu'à sa nuque où tombe en cascade sa crinière noire. Tamara a réussi l'impossible : lui faire oublier ce qui lui nouait le ventre. Mais l'effet du traitement faiblit à mesure que la réalité d'Antoine remonte à la surface. Il a dormi trop longtemps, conséquence de la nuit blanche de la veille. Il se lève pour s'habiller. Il se recouche à côté de Tamara pour lui faire un dernier câlin.

— Tu t'en vas ?

— Oui, j'ai un petit-déjeuner tôt demain et je veux me réveiller dans mes affaires.

— OK… Mais tu sais pas c'que tu manques…

— Ben oui, je l'sais, c'que j'manque.

Il laisse glisser doucement sa main le long de son dos jusqu'au rebond de ses fesses.

— Je t'appelle demain, après mon déjeuner.

Il referme en silence la porte de la maison de Tamara et descend l'allée de gravier. Le quartier est visiblement endormi. Tamara habite une maison somptueuse dans Mont-Royal avec piscine, Jacuzzi, cuisine d'été et terrasse, en plus d'un vaste stationnement en rond-point, autour d'une fontaine, où l'on peut accueillir au moins six voitures.

Il roule depuis deux coins de rue, la tête encore dans le brouillard des caresses de Tamara, quand il entend le son d'une accélération brusque, puis un crissement de pneus. Une fourgonnette blanche lettrée comme un véhicule commercial pile et s'immobilise devant sa voiture. Le temps qu'il écarquille les yeux, deux hommes sortent d'une autre auto derrière la sienne, ouvrent sa portière et le tirent hors de son véhicule. Antoine est trop surpris pour faire quoi que ce soit. Déboussolé par la vitesse de l'assaut, il se laisse entraîner vers la fourgonnette dont la porte coulissante du côté s'ouvre. Alors qu'on le pousse sans ménagement à l'intérieur du véhicule blanc, il a le temps de voir un troisième homme qui s'installe au volant de sa voiture.

Les deux assaillants prennent place à sa gauche et à sa droite, pour l'encadrer. Il renonce à se débattre, gardant son énergie et sa concentration pour la suite des événements. De toute évidence, les deux costauds assis avec lui sur la banquette ne sont pas du genre à se laisser intimider par un publicitaire qui gigote.

Antoine se dit que l'opération a dû prendre à peine trente secondes et qu'il y a peu de chances que quelqu'un ait été témoin de son kidnapping. Si c'était le cas, la fourgonnette aurait déjà été interceptée par la police, ou pire, il serait au beau milieu d'une poursuite automobile, pris dans la voiture des vilains. Désormais, il n'a plus aucun doute: sa vie est réellement devenue une série policière.

*

Moins d'une heure plus tard, Antoine est assis devant un large bureau d'acajou massif. De l'autre côté, Sir Chuck Péloquin le fixe avec un sourire étrange. L'éclairage est très faible. Il y a quelque chose d'affable dans l'expression du caïd, et curieusement, Antoine ne se sent pas en danger.

— Bonsoir, monsieur Aubin.

Charles Péloquin a une voix douce et grave. Le genre de ton égal, presque morne, où peu d'émotions percent. Un ton pour donner des ordres.

— Désolé pour le petit voyage forcé, mais vous ne retournez pas vos appels.

Antoine ne sait pas trop quel ton emprunter pour s'adresser à Sir Chuck. Il se rappelle la description que lui en a faite le lieutenant McGraw. On dirait que ça ne colle pas avec l'homme calme qu'il a devant lui. À l'œil, il estime que Sir Chuck doit avoir la jeune cinquantaine. Il est droit, large d'épaules. Ses cheveux grisonnants sont coupés court. Il est impeccablement vêtu: veston noir, chemise blanche immaculée, cravate de bon goût. Il porte de fines lunettes à la monture d'aluminium brossé. Il aurait pu jouer le rôle du P.-D.G. d'une multinationale prestigieuse. Antoine est presque surpris d'entendre sa propre voix résonner dans le silence de la pièce.

— Monsieur Péloquin, je veux surtout pas vous manquer de respect, mais quand quelqu'un retourne pas ses appels, c'est souvent parce qu'il... euh... veut... euh... peut-être pas retourner ses appels.

— Antoine... je peux t'appeler Antoine?

Antoine est un peu déstabilisé d'entendre le caïd l'appeler par son prénom.

— Euh… oui… Bien sûr.

— Antoine, tu me replaces bien ? On s'est croisés hier soir au restaurant de ton ami. Tu t'en souviens ?

— Oui, très bien. Je me souviens aussi que trois hommes se sont fait descendre sous mes yeux. Un des trois est mort dans mes bras, couché sur moi. Et j'avais du sang partout sur ma chemise préférée…

Sir Chuck coupe Antoine. Mais sans aucune agressivité. Son ton demeure très calme.

— Oui. Mais ça, c'est des détails. C'est quoi l'affaire la plus importante qui s'est passée ce soir-là ?

Antoine prend un air contrit.

— Euh… Vite comme ça, là ? Trois hommes abattus ? Je trouve ça quand même assez important, non ? Me semble que c'est pas juste un détail ?

Sir Chuck joint ses grosses mains et les laisse choir sur le bureau devant lui. Antoine remarque son alliance. Sir Chuck est un homme de famille.

— Tu vois, Antoine, pour ces trois hommes, ce qui leur est arrivé fait partie des choses normales dans leur milieu de travail. Ce qui s'est passé de plus important, c'est ce que toi t'as fait, Antoine…

Antoine fixe Sir Chuck avec un regard d'épagneul. On y est. Il a repoussé ce moment aussi longtemps qu'il a pu, mais là, on y est. Il sait trop bien ce que Sir Chuck va dire. Et il le dit.

— Tu m'as sauvé la vie, Antoine.

— Ben, en fait, pour tout vous dire, c'était plus un réflexe. J'ai pas réfléchi, j'ai poussé le gars à lunettes parce qu'il pointait une arme…

Sir Chuck secoue la tête lentement. Ses yeux ne quittent pas ceux d'Antoine.

— Courageux et modeste en plus. T'es un personnage intéressant, Antoine. Un homme bien. Ça court pas les rues. Tu peux appeler ça comme tu veux, mais reste quand même que si t'avais pas fait ce que t'as fait je serais mort. Sans toi, Sir Chuck serait sur toutes les unes des journaux ce matin, couché sur le dos dans une grande mare de sang, avec une toile de plastique jaune pour le couvrir. Arrange ça comme tu veux dans ta tête, mais tu m'as sauvé la vie, Antoine. Je te dois la vie. J'ai une dette d'honneur envers toi.

— OK. Mais mettons qu'on est quittes ? Tant mieux si je vous ai sauvé la vie. Vous me dites « merci », je réponds « de rien » et on est quittes. On se salue, on se souhaite bonne continuation et la vie reprend son cours, normalement, comme avant. Je continue mon p'tit train-train…

— Non.

Pour la première fois, Antoine sent un peu d'intensité dans le ton de Sir Chuck.

— Vous avez une façon de dire « non », vous… Genre que, quand c'est « non », c'est comme euh… « non », hein ?

Sir Chuck perd son sourire. Il semble sérieux maintenant. L'ambiance s'alourdit considérablement.

— Antoine, on se connaît pas beaucoup. Mais t'as quand même une petite idée de qui je suis et de ce que je fais dans la vie.

Antoine, figé, l'écoute très attentivement. Sir Chuck parle lentement et pèse chacun des mots qui sortent de sa bouche.

— Ce que je fais, je le fais depuis toujours. J'ai grandi dans la Petite-Italie. Je fais partie de ce que les journalistes et les policiers appellent le « milieu » depuis presque quarante ans. Après toutes ces années, sais-tu c'est quoi ma plus belle qualité, Antoine ?

Antoine hoche négativement la tête. Il se sent comme un élève dans le bureau du directeur.

— C'est d'être encore vivant. J'ai cinquante-quatre ans et je suis toujours en vie, toujours respecté et toujours actif. C'est exceptionnel, ça, Antoine. Tu peux pas savoir à quel point. Et une des raisons, c'est que j'ai jamais dérogé de mon code de vie.

Le caïd prend une gorgée de scotch et dépose le verre sur le bureau avec précaution, exactement sur le petit rond mouillé que la condensation a fait sur l'acajou. Les glaçons tintent dans l'atmosphère dense. Il attend que le silence soit complet avant de continuer.

— Y a des règles très claires dans le milieu. Un jour ou l'autre, les gens les contournent, juste un peu, à peine. Et quand ils font ça, ils meurent. La plupart du temps, bien avant cinquante-quatre ans. Je crois en mon code plus qu'à n'importe quoi. J'en ai jamais dérogé et j'en dérogerai jamais. C'est ma façon de vivre, et surtout, ma façon de rester en vie. Si certains ont leur religion pour laquelle et par laquelle ils vivent et ils meurent, moi, j'ai mon code.

Une autre gorgée de scotch et encore le verre qui se replace directement sur le pourtour du rond de condensation. Une autre fois le son des glaçons qui finit par s'éteindre. Un nouveau silence.

— Une des règles importantes dans mon code est de toujours régler mes dettes, particulièrement les dettes d'honneur. J'ai beaucoup d'amis siciliens, des hommes honorables que j'admire pour leur intransigeance sur certaines choses de base. Je me suis largement inspiré de leurs règles pour dicter les miennes. Ça donne des règles dures, implacables, mais toujours justes. Il y a une de leurs coutumes que j'aime beaucoup, je la trouve presque poétique.

Antoine respire à peine.

— Selon cette coutume, lorsqu'on sauve la vie d'un homme, on sauve aussi celle de sa famille. Parce que, sans lui, sa famille est perdue. Alors, lorsqu'un homme sauve la vie d'un autre homme, celui-ci lui doit sa vie et aussi celle des membres de sa famille. C'est beau, ça, non?

— Oui. Très beau. Euh... Vous avez une grosse famille?

Pour la première fois, Sir Chuck démontre une émotion. La simple mention de sa famille lui donne comme un coup de fierté. Il s'allume. Il sourit franchement à Antoine qui a l'impression désagréable qu'avec sa question, il vient de conclure tacitement un marché avec Péloquin. Qu'il vient d'en accepter les modalités.

— J'ai une belle famille, Antoine. Francesca, ma femme, et trois beaux enfants en santé qui sont toute ma fierté. On est cinq, Antoine.

— Félicitations. Mais qu'est-ce que ça fait, ça, en Sicile, quand on doit, admettons, trois vies à quelqu'un ?

— Si un homme d'honneur doit trois vies à un autre homme d'honneur, il doit prendre les trois vies qui lui seront demandées par celui envers qui il a la dette d'honneur. Une vie pour une vie. C'est clair, non ?

— Pas sûr…

Sir Chuck se lève pour s'approcher d'un cadre accroché à un des murs de son bureau. C'est une photo de famille classique, où tout le monde est endimanché. Au centre, le père, fier, tient sa femme par la taille, et est entouré de ses enfants.

— Pour moi, ça l'est. Je te dois cinq vies. La mienne, celle de Francesca, de Nino, de Sandro et de Magda, ma petite fille. Tu as cinq vies dans tes mains.

Antoine ferme les yeux quelques secondes pour ne pas voir la profondeur du gouffre qui vient de s'ouvrir devant lui.

— C'est ma dette envers toi, ma dette d'honneur. Maintenant, c'est à toi de me dire quand tu voudras que je te la rembourse et avec la vie de qui.

— Vous êtes sérieux, là ?

La question lui a échappé, même s'il en connaît déjà la réponse. Sir Chuck se penche légèrement vers lui pour répliquer sur un ton sibyllin.

— J'ai pas l'air de l'être ? Et si je te redis avec insistance que je déteste avoir des dettes. *Got it ?* Je les paie toujours, sans traîner. Je suis très strict là-dessus. C'est mon code…

Antoine est sans mots, sonné. Il commence à saisir ce qu'impliquent ces paroles.

— Si je vous suis bien, je dois vous commander cinq assassinats ? Comme dans cinq exécutions ? Je peux faire tuer cinq personnes ? Qui je veux ? Dans ma poche, j'ai… cinq morts ?

Le caïd hoche la tête, le plus simplement du monde.

— C'est exactement ça, Antoine. Cinq morts…

DEUXIÈME PÉRIODE

Cinq noms

« On ne doit jamais rien commettre
dont on ne puisse causer. »

Oscar Wilde, *Le Portrait de Dorian Gray*, 1891

11

Lundi 8 octobre 2018 – 15 h 50

Il est là, au milieu du parc, visiblement seul. Ce petit garçon noir doit avoir cinq ou six ans, pas plus. Un bel âge, candide et tendre. Il joue avec ses camions, agenouillé dans le carré de sable près des balançoires. On pourrait se surprendre qu'un enfant aussi jeune soit laissé seul dans un parc, mais dans le rude quartier Saint-Michel ce n'est pas quelque chose d'exceptionnel. Le parc est entouré d'immeubles à logements en piteux état où des parents font ce qu'ils peuvent pour veiller sur leur descendance souvent en surnombre. Qu'un des enfants soit assez autonome pour aller s'occuper de lui-même et jouer dans le carré de sable du parc est tout à fait acceptable pour la majorité des gens du quartier, dans la réalité de ce voisinage. Benjamin Valencienne a six ans. Il a aussi deux frères, deux sœurs, une maman à temps complet, aussi dévouée que débordée, et un papa à temps très partiel. Il est très concentré sur ce qu'il fait et ne prête pas attention à ce qui se passe autour de lui.

Il a remarqué en marchant vers les balançoires qu'un homme dort sur le banc du parc, mais il l'a reconnu. C'est un sans-abri abonné aux bancs de ce parc. Aucun danger.

La faune habituelle. Par contre, la vieille Buick qui est garée le long du trottoir entourant le parc lui a échappé.

Dans la voiture, une fois le moteur éteint, on n'entend que la respiration lourde de l'homme assis sur le siège du conducteur. Il garde les yeux fixés sur le garçon dans le bac à sable. Sur la banquette arrière, un petit chien à poil ras est couché et ne bouge pas. L'homme connaît bien l'état dans lequel il se trouve et sait aussi ce qu'il faut faire quand il se sent ainsi. Ça fait maintenant une bonne semaine que « l'idée » a surgi dans son cerveau malade. Elle s'est imposée un peu plus chaque jour, pour finir par prendre toute la place et lui tordre le ventre jusqu'à l'étourdir. Il a abdiqué au cours de la matinée, et juste après le dîner il a préparé son matériel, a repéré le petit boisé où il se rendra, et finalement il est parti chercher un enfant. Comme les autres fois. Comme l'année dernière.

Ce garçonnet est parfait. Il porte sa casquette des Canadiens à l'envers. Il est jeune, mais pas trop. Et il est seul. C'est parfait. Pour Réginald Bertrand, c'est parfait. Maintenant que « l'idée » est devenue un projet concret et élaboré, il commence déjà à se sentir mieux. L'apaisement n'est plus loin.

Réginald Bertrand est sorti de l'Institut Philippe-Pinel un mois plus tôt. Comme le Dr Leblanc l'a écrit dans son dossier, il a fait des progrès louables et le personnel médical était optimiste. Il participait de façon positive à ses traitements et communiquait très bien avec les différents intervenants et les autres patients de l'institut. On a jugé qu'il pouvait donc retourner vivre chez lui sans mettre en péril la stratégie clinique établie par les spécialistes qui le suivent. Bertrand leur a donné raison puisqu'il n'a raté aucun rendez-vous depuis sa sortie. Bref, un excellent patient. « Ça devrait bien aller, s'est dit le Dr Leblanc. Le risque est "acceptable". On manque déjà de chambres pour des cas bien plus sévères que le sien. » Après tout, on le connaît bien à Pinel. Le diagnostic est on ne peut plus clair. Le patient est un pédo sociopathe. Il a passé une partie des quinze dernières années à l'institut. Il a déjà été arrêté puis interrogé au sujet de deux assassinats de jeunes enfants, mais comme ça n'a pas débouché sur des accusations, il n'est écrit nulle part dans son volumineux dossier que Réginald Bertrand est un meurtrier d'enfants en série. C'est son secret à lui. Et à son chien. Même le bon Dr Leblanc ne le sait pas. S'il l'avait su, le psychiatre aurait été déçu par la progression de son patient parce que, cette fois, « l'idée » est venue plus rapidement. Seulement quatre semaines après son congé.

Réginald Bertrand sort de la voiture le plus silencieusement possible. Dans ses bras, le petit chien est calme. Bertrand est dans la cinquantaine. Il porte des vêtements usés, arbore une barbe de quelques jours et cache son crâne presque chauve sous un chapeau de pêche, comme ceux sur lesquels on pique des mouches. Sur la tête de quelqu'un d'autre, ça aurait pu donner un look sympathique.

Il reste de longues minutes appuyé sur sa voiture pour être certain que personne ne le remarque. Il épie le garçon, qui semble toujours aussi absorbé par ses camions. Bertrand dépose le chien par terre, passe la sangle de la laisse autour de son poignet gauche. La bête le suit docilement quand il se met à marcher en direction du bac à sable. C'est à peine si le garçon tourne la tête quand l'homme et le chien s'arrêtent à côté de lui. Bertrand lui fait un sourire et prend une voix douce. Trop douce. Lui-même trouve qu'il sonne faux.

— Allô !

— Allô.

L'enfant ne lève les yeux qu'une fraction de seconde puis il se replonge dans son important projet d'excavation, actionnant à deux mains la pelle mécanique noire et jaune.

— C'est un beau camion, ça…

— …

— Aimes-tu ça, toi, les petits chiens… ?

Allez trouver un enfant de six ans qui n'aime pas les petits chiens…

Une pluie très fine se met à tomber sur le parc, ce qui réveille l'itinérant qui dormait sur le banc. Il se rassoit péniblement, courbaturé. Même quand ça fait des années qu'on ne dort plus sur un matelas, le corps ne s'habitue jamais. Si la pluie persiste, il va devoir se mettre à l'abri sous les escaliers d'incendie de la tour à logements, près du centre commercial situé à quelques rues de là. C'est son plan « pluie ».

Tout est calme dans le parc. C'est un lundi après-midi gris et nuageux. Il n'y a que ce garçon qui caresse un chien tenu en laisse par un monsieur au chapeau de pêcheur. L'itinérant les regarde quitter le parc ensemble et monter dans une vieille voiture. Le garçon, le chien et l'homme au chapeau…

12

Mercredi 10 octobre 2018 – 8 h 30

Antoine tient le rythme. Il est en nage. Le tapis roulant indique qu'il court depuis trente-sept minutes. Il vient d'augmenter la cadence. Il n'est pas fanatique de l'entraînement, mais courir lui fait toujours du bien. Ça lui permet de remettre de l'ordre dans sa tête et de s'éclaircir les idées. Depuis les derniers jours, il doit bien avoir couru l'équivalent d'un marathon sans que ses pensées se replacent un tant soit peu. Treize jours plus tôt, Sir Chuck l'a informé qu'il était son créancier. Il lui devait cinq morts. Il attendait donc cinq noms. Il est rentré chez lui, la tête bourdonnante de tout ce qui s'y entrechoquait. Il n'a pas dormi. Il a failli réveiller Tamara ou François pour leur raconter ce qui venait de lui arriver. Mais ça lui semblait si énorme et si toxique que la possibilité de le partager avec quelqu'un qui lui était cher a vite été écartée. Qui plus est, Charles Péloquin a insisté sur le caractère très « confidentiel » de la situation. Et des conséquences, s'il lui prenait l'envie de mettre quelqu'un au courant.

Un caïd du crime organisé veut l'obliger à éliminer des gens. Cinq, pour être précis. C'est de la folie pure. C'est démentiel. Antoine Aubin n'est pas un assassin ! Il a beau retourner la question dans tous les sens, il n'a encore aucune idée de ce qu'il fera pour se sortir de ce délire. Alors, il court.

Sur l'écran vidéo intégré au tapis roulant sur lequel il peine, il y a un reportage sur le kidnapping d'un garçon dans le quartier Saint-Michel deux jours plus tôt. C'est LA nouvelle du moment. Tout le monde ne parle que de ça. Les enquêteurs du SPVM font le lien avec une ancienne histoire de meurtres d'enfants qui s'est produite quelques années auparavant. À huit mois d'intervalle, deux garçons kidnappés avaient été retrouvés morts. Les corps avaient été cachés dans un grand bac de plastique, enterré dans un boisé non loin de Montréal. L'autopsie avait révélé que les victimes étaient mortes asphyxiées à l'intérieur du bac. Les enfants avaient été agressés sexuellement. Malgré tous les efforts des enquêteurs, aucune arrestation n'avait été faite. Antoine se souvient de cette affaire cauchemardesque. Il se souvient surtout du fait qu'aucun suspect n'a fait face à des accusations et encore moins été cité à procès. Alors, comme n'importe quelle personne saine d'esprit, il ne peut réprimer une moue de dégoût devant cette nouvelle aberrante. Une autre.

Antoine se rappelle que son grand-père avait une expression qu'il répétait parfois. Il disait : « Plus je fréquente les hommes, plus j'aime les chevaux… »

Antoine en mesure la sagesse un peu plus chaque jour.

Il arrête l'appareil après soixante minutes. Il court rarement aussi longtemps. Il s'éponge avec sa serviette et se dirige vers le vestiaire. Il passe devant le petit bar à *shake* où l'on trouve toujours les mêmes habitués du gym, bronzés et musclés, exposant sans subtilité un taux de gras remarquable. En remplissant sa bouteille d'eau à la fontaine, il les entend discuter de LA nouvelle. Leurs opinions sont prévisibles. Mais que peuvent-ils penser d'autre de cette horreur ? Le traitement applicable au tueur d'enfants selon ce groupe ne change pas. Avec des variations plus ou moins originales dans la façon de l'infliger. À travers l'éventail de sévices réservés à l'assassin, une seule constante : sa mort.

Comme une évidence. La seule chose appropriée. Ah ! Si ces bonnes gens pouvaient commander le meurtre de cet individu, ça ne traînerait pas ...

Mais personne n'a le pouvoir de faire ça, n'est-ce pas ?

13

Mercredi 10 octobre 2018 – 10 h 45

La route a été longue pour Stéphane Lavigne avant de pouvoir occuper ce bureau, celui du commandant de l'unité des crimes majeurs du SPVM. Il a vu beaucoup de choses dans sa carrière. Il a toujours bien réagi, quelle que soit la situation. Lavigne est froid et cartésien. C'est un bon meneur d'hommes. Solide et intègre. Il sait très bien où se tenir entre la politique, qui lui vaut sa position, et le terrain, qui lui vaut le respect de ses hommes. On ne l'a pas placé à la tête de cette section pour rien. Mais pour la première fois dans sa vie de policier, il ne sait pas quoi faire.

C'est un officier du SCRS qui a « levé le *flag* ». Le Service canadien du renseignement de sécurité n'a absolument aucun intérêt à colporter des infos « sensibles » comme ça. Le meurtre d'un petit pégreux sur la liste des témoins protégés ne fait rien pour que le commandant Lavigne détourne le regard. Aussi difficile à accepter que ce soit, l'info concorde avec une ou deux choses qui se sont passées au cours des dix-huit derniers mois et qui l'ont agacé. Des détails, pas assez pour investiguer, mais maintenant que cette information est sur la table, ces détails deviennent logiques. Et inquiétants.

Lavigne doit exposer la situation à un autre policier pour la valider. Il lui faut une deuxième tête dans cette réflexion. Quelqu'un en qui il place une confiance aveugle. D'où la convocation de Donald McGraw dans son bureau ce matin. Mais il regrette presque d'avoir ouvert la discussion avec le vieux policier. McGraw réagit comme un homme de terrain, un gars d'équipe. Comme un Irlandais. C'est prévisible. L'atmosphère est tendue.

— Donald, je t'en aurais pas parlé si c'était pas sérieux. C'est recoupé par plusieurs sources…

— Stef, on parle d'info coulée à partir d'ici, de notre équipe. Voyons donc ! On connaît tout le monde, les gars ont tous au moins quinze ans de faits. Ça peut pas venir d'ici, ça veut dire que ça serait un de nos chums…

— Je l'sais, c'est ce que j'arrête pas de me dire aussi, mais je peux pas faire comme si j'avais rien entendu. Plusieurs sonnettes ont fait pisser l'info aux gars des renseignements de la GRC, Donald…

— Ben oui, des *low life* qui sentent de la chaleur sur eux, fait qu'ils veulent mettre la marde dans la section pour se sortir des *spotlights*, c'est pas la première fois.

— Écoute, l'info qui a coulé, ça peut juste venir de l'intérieur. D'ici. Le SCRS m'aurait pas contacté pour rien. Sont tombés sur ça, par hasard, lors d'une autre enquête. Personne est au courant à la section. On a fait relocaliser un des deux témoins qu'on savait à découvert. Nouvelle identité, nouvelle école pour les kids, nouvelle couverture, nouvelle job pour sa femme, le kit au complet, pas le choix. Mais c'est *bad*, ça, Donald. Pis ça coûte cher aux contribuables…

— *Bad luck.* Je suis certain que ça sort pas d'ici.

— *Bad luck ?* Le deuxième témoin, lui, a été moins chanceux. La police de Gatineau l'a retrouvé plié en quatre dans une poubelle derrière un club. Méchante *bad luck* !

McGraw entend ce qu'il ne veut pas entendre, mais il sait que son boss déteste la situation autant que lui. Et politiquement, ce n'est pas bon. Ni pour lui ni pour la section. S'il partage cette info, c'est que les faits ne lui donnent plus le choix.

— Qu'est-ce que tu veux faire ?

— Premièrement, on reste calmes et on prie pour que ce soit une *bad luck*, comme tu dis. Et surtout, pour pas se ramasser avec un autre témoin protégé dans un *body bag*. Deuxièmement, t'ouvres tes yeux pis tes oreilles très, très grands. Ici, pis en dehors. Si c'est fondé, tu le sais ce que ça veut dire pour le monde sur le terrain. J'veux que tu sois très attentif à la routine de tes collègues. Si tu vois la moindre affaire *odd*, un nouveau char, un voyage *pricy*, une job de boules d'une blonde d'un des gars, tu vérifies pis tu viens me voir...

Le lieutenant McGraw lève un regard incrédule vers son commandant. Il le connaît assez pour savoir qu'il ne se trompe pas souvent.

— J'en ai parlé à personne, Donald. Pour l'instant, on garde ça comme ça, juste toi pis moi, OK? Si j'avance sur quelque chose, je t'en parle. Tu fais pareil. Mais j'ai pas un bon *feeling*.

McGraw se lève et sort du bureau. Il est plus secoué qu'il le laisse paraître. L'idée de se mettre à suspecter des gars avec qui il a fait la guerre depuis quinze ans l'écœure profondément. Mais s'il y a une taupe dans la section, il n'y a pas autre chose à faire. La vie de dizaines de personnes sur le terrain est peut-être en jeu. Et le succès d'enquêtes qui durent depuis des années l'est aussi. Il laisse derrière lui le commandant debout près de la fenêtre, maintenant juste un peu moins seul devant la pire situation qu'il ait eu à affronter depuis son entrée dans les forces policières.

Assis à son bureau, le lieutenant-détective Mike Davignon suit des yeux son vieil ami Donald McGraw. Michel « Mike » Davignon est dans l'unité depuis onze ans, c'est un gars aimé de ses confrères. Il a dirigé plusieurs infiltrations d'agents *undercover* alors qu'il était aux stupéfiants. Il a aussi fait partie d'escouades mixtes qui se sont attaquées au crime organisé et ont obtenu de beaux résultats.

La retraite arrive. Dans un peu moins de deux ans, il jouera au golf tous les jours sur les allées du parcours de Quail Ridge, en Floride, juste un peu au nord de Boca Raton. Il a acheté ce condo au nom de Clarence Pendleton, époux de Liz Pendleton, les mêmes noms que sur les deux trousses d'identités qu'il s'est procurées discrètement. Du travail indétectable pour le commun des mortels. Faux passeports, faux permis de conduire : la totale. Un bon investissement immobilier, ce condo. Payé *cash.* Il n'apparaît nulle part dans le patrimoine familial des Davignon, donc il n'éveille aucun soupçon. Rien de très spectaculaire. Un joli condo avec vue sur le septième trou du parcours réservé aux membres, terrasse floridienne et piscine. Avec le krach immobilier qui a frappé les États-Unis, c'était une véritable aubaine. Le condo est payé et le coffret de sûreté à la Citigroup de Boca Raton est rempli de dollars américains. Avec ça, sa rente de retraite et celle de Sonia, ça leur suffira amplement pour se la couler douce quand il remettra son arme de service pour de bon. La retraite sera plus agréable sous le soleil que dans sa petite cour de la rue Vallières, à Laval-des-Rapides. C'est pleinement mérité ; il a passé la moitié de sa vie à servir et protéger le public.

14

Mercredi 10 octobre 2018 – 22 h 15

Les gars prennent une bière dans le vestiaire, après le match. Ça jase ferme, en s'essuyant au retour de la douche ou en s'habillant lentement. Évidemment, le kidnapping de l'enfant est au centre des discussions.

— Ça prend-tu assez un câlisse de malade ! Ces gars-là, les pédos, ça se guérit pas. J'ai vu un reportage là-dessus. J'me demande pourquoi on perd notre temps à faire des procès. Y pognent une couple de mois en dedans, y ressortent, pis y recommencent.

Le défenseur, qui vient de résumer en trois phrases une centaine de thèses de doctorat en criminologie, a ouvert le débat dans l'atmosphère humide du vestiaire.

— OK, mais tu ferais quoi, le *smatte*? On est pas des barbares ici ! On va pas le saucer dans l'gaz pis le crisser en feu. Y a des lois, des règles...

La tirade est prévisible. Visiblement, le syndicaliste de l'équipe est déjà prêt à défendre l'indéfendable. Déformation professionnelle.

— C'est ça, l'ostie de problème ! On a des lois. Mais des lois tout croches. Pis des sentences de fif. Aux *States*, quand y s'font pogner, y s'ramassent avec deux cent trente-sept ans de prison à casser des roches en pyjama orange.

Le *goaler*-juge s'en tient à son droit de réserve et n'a pas du tout envie, particulièrement après une défaite cuisante, de donner un cours magistral de droit pénal à une demi-douzaine de gars à poil.

— Ah oui ! Beau modèle de pays, ça, les États-Unis ! Vas-y, *buddy*, t'es à une demi-heure de la frontière ! Le citoyen moyen va porter ses vidanges au chemin avec son sac Glad dans une main et son M16 dans l'autre. Nous, on a la chance de vivre dans un pays pacifique, pis c'est justement parce qu'on a des règles.

L'ailier droit qui vient de s'inviter dans cette tribune libre a ses raisons de défendre l'ordre établi. Comme lobbyiste, il couche depuis longtemps avec le pouvoir.

— Pacifique ? Tu trouves ça pacifique, toi, un ostie d'pédo qui kidnappe des enfants ?

— Des malades, y en aura toujours partout, on y peut rien. C'est comment on s'occupe du problème qui distingue les sociétés.

— Wow ! C'est la plus belle phrase que j'ai entendue dans une chambre des joueurs en vingt-cinq ans de hockey...

Celle-là vient du réalisateur qui sort de la douche, nu comme un ver, la serviette autour du cou. Si quelqu'un dans cette chambre peut apprécier un bon dialogue, c'est bien lui.

Antoine joue les auditeurs libres, tranquille dans son coin, en sirotant la meilleure bière du monde ; celle qu'on boit dans le vestiaire, juste après une partie de hockey. Il ne perd pas un mot de ce qui se dit. Il n'a pas encore retiré sa culotte, ses jambières et ses patins. Son t-shirt est évidemment trempé de sueur.

— La journée où c'est ton enfant qui va se faire kidnapper, le gros, tu vas être le premier à trouver que les règles sont complètement débiles pis à vouloir « t'occuper », comme tu dis, du problème toi-même...

Le défenseur qui a ouvert le débat vient de le conclure sèchement. Sa dernière phrase reste dans l'air, et tous les papas présents prennent cinq secondes de silence pour gérer mentalement l'hypothèse qu'un de leurs enfants se fasse kidnapper par un pédophile.

C'est ingérable. Vaut mieux passer à un autre sujet chaud: la dernière partie des Canadiens.

*

Quand Antoine sort de l'aréna, l'air est frais et sec. Trudel n'était pas au match ce soir, alors il décide de rentrer directement à la maison. Il vient de déposer son sac d'équipement et ses bâtons dans le coffre de sa voiture quand une camionnette freine brusquement juste derrière lui. Il entend la portière de côté coulisser avant même qu'il se soit retourné. Sans surprise, il reconnaît, à une ou deux gueules de tueur près, les mêmes hommes qui l'ont kidnappé la première fois, treize jours plus tôt.

— Ah non ! Pas encore, pas ce soir, les gars, *please*...

Les hommes du caïd restent muets, le fixant sans broncher.

— Votre boss, un p'tit coup de téléphone, ça y tente pas ? T'sais là, comme tout l'monde ?

Antoine comprend rapidement qu'il n'y a rien à faire. Il verrouille sa voiture et fourre son trousseau de clés dans sa poche de veste. Le petit couinement du système de verrouillage des portes résonne dans la nuit, comme un appel à l'aide ridicule, trop discret pour être utile. Il monte dans la camionnette et s'assoit entre les deux hommes.

— Bon, OK d'abord. Mais vous me ramenez pas trop tard à mon auto, j'ai un meeting de bonne heure demain...

La camionnette quitte prestement le stationnement de l'aréna et se perd dans la nuit.

*

Un quart d'heure plus tard, derrière une rangée de conteneurs dans une cour de tri ferroviaire, la camionnette se gare à côté d'une berline noire aux vitres teintées. Les hommes de main sortent Antoine et le font asseoir sur la banquette arrière de la voiture. Juste à côté de lui, bien entendu, il y a Charles Péloquin.

— Bonsoir, Antoine. Ça s'est bien passé, la *game* de hockey?

— Très bien, merci. Jusqu'au moment où j'allais mettre mon équipement dans le coffre de mon auto et rentrer à la maison...

— *I know.* Je suis désolé pour les méthodes de gangsters. C'est pas juste pour *flasher* que je fais ça. Tu serais surpris de voir comment les films de Hollywood ressemblent à la réalité dans mon domaine. Un cellulaire ou une ligne téléphonique, c'est comme un policier assis à côté de moi, qui prend des notes. Le téléphone, je m'en sers pour parler à mes enfants ou à ma femme. Le reste de mes activités, je fais ça en personne, face à face. On dit que les paroles s'envolent. Je trouve ça pratique. Et je tiens à ce que ça reste comme ça.

— Vu de même...

Curieusement, Antoine se sent moins intimidé face à Sir Chuck, comme si un début d'intimité s'était installée entre eux. Mais il est tout de même loin de se sentir à son aise. Le choc de la première rencontre n'est plus là, soit, mais le malaise est maintenant nourri par la raison de ce deuxième rendez-vous en presque deux semaines. Antoine a une bonne idée de ce que son « nouvel ami » a à lui dire.

— Antoine, j'ai juste l'impression que le message a pas bien passé la dernière fois qu'on s'est parlé. J'ai comme le *feeling* que t'as pas compris à quel point je suis sérieux quand vient le temps de suivre mon code de vie et de payer mes dettes. Je veux être vraiment certain que tu penses pas que tu peux laisser aller l'affaire et que je finirai par t'oublier.

L'atmosphère vient de s'alourdir. Antoine ne sait pas quelle attitude emprunter. Il reste silencieux. Le caïd n'est plus du tout sympathique. Il mord dans chaque mot.

— Antoine, mon code, je le suis sans aucune exception. C'est grâce à ce code-là que je suis encore en vie. Alors, je l'applique sans jamais en déroger. La prochaine fois qu'on se voit, c'est pour commencer les remboursements. Est-ce qu'on se comprend bien ?

— C'est simple comme ça, pour vous ? Ça vous vient pas à l'esprit que, moi aussi, j'ai un genre de code de vie dans lequel y a, entre autres, une règle qui dit que je tue pas les gens ?

Sir Chuck pousse un bref soupir d'irritation. Son non-verbal est sans équivoque. Antoine l'a visiblement contrarié. On ne doit pas souvent discuter ses demandes. Le ton du caïd est cassant.

— Écoute-moi bien, Antoine Aubin. Je vais te repayer ma dette d'honneur, que ça te plaise ou non. C'est comme ça. Tes problèmes de morale, je m'en contrecrisse. Et là, tu commences à me faire un peu chier. Dans mon code, j'ai aussi une règle qui s'applique aux gens qui me font chier. Veux-tu qu'on en parle ?

Le coup de gueule du caïd fait son effet. Antoine mesure soudain à quel point cet homme puissant est cinglé. Il fixe le vide devant lui. Plus un mot ne passe ses lèvres. Il n'y a de place pour aucune discussion. Il a étiré au maximum le temps qui lui est alloué dans cette histoire. Sir Chuck se rassoit bien droit sur la banquette. Il baisse la vitre de la voiture, fait un signe aux hommes restés dehors puis se tourne vers Antoine.

— La patience, c'est pas ma plus belle qualité. J'attends de tes nouvelles. Bientôt. Quand tu auras fait ton choix, tu appelles au numéro qui est sur ma carte, tu te nommes et tu dis seulement que tu veux me parler du remboursement d'une facture. Quelqu'un ira te chercher.

Il dit tout ça sans même un regard vers Antoine.

— *Take him back to his car…*

15

Jeudi 11 octobre 2018 – 8 h 15

«L'horreur est humaine.»
Coluche

Les deux enquêteurs en civil du SPVM montent l'escalier menant au balcon du premier étage de l'immeuble et à l'entrée d'un des appartements minables, typiques du quartier. La peinture sur la porte est presque complètement écaillée. Deux des quatre petits carreaux sont brisés et on a placé des bouts de carton pour boucher les trous. Les policiers se parlent à voix basse en gravissant les marches. Ils ont l'air tendus et inquiets. Le sergent-détective Vincent Gagné ouvre la marche. Ce n'est pas le genre d'homme à prendre des détours. Ni à parler pour rien. C'est plutôt toujours le premier à foncer dans le tas. En ligne droite. Il a connu une brillante carrière au football collégial avec ce style de jeu et a continué à avancer dans la vie de la même façon. Ç'a l'avantage de ne pas laisser de zone d'ombre sur ses intentions. Il se retourne pour adresser un regard à son collègue, tout en défaisant le bouton-pression qui fixe la petite courroie de sécurité de son arme de service dans le holster sous son bras gauche.

Deux marches plus bas suit le sergent-détective Charles Léonard, le dernier entré à la section. Lui non plus n'est pas du type à faire dans la dentelle. Un beau duo de *tough cops*. Léonard s'arrête au milieu de l'escalier et regarde la devanture délabrée de l'immeuble.

— Simple et chic. Si je faisais des décors de cinéma, c'est exactement comme ça que j'aurais monté l'appartement d'un pédo récidiviste.

Les deux policiers arrivent devant la porte et dégainent leurs armes. Elle n'est pas bien fermée. Gagné la pousse du pied et ils entrent avec précaution, le plus silencieusement possible. Ils sont debout dans le vestibule de l'appartement. Il y fait très sombre. Il n'y a pas de fenêtre et aucune lumière n'éclaire l'intérieur. Les deux hommes tiennent leur Glock 19 à deux mains, le pointant vers le linoléum usé du logement. Cette précaution est laissée à la discrétion des enquêteurs, selon leur évaluation du risque de l'opération. Les forces policières sont sur les dents depuis la disparition du petit Valencienne. Cet appartement n'inspire absolument rien de rassurant et ils y sont pour y chercher un suspect dans une affaire de meurtre. Ils ne se sont même pas consultés avant de sortir leur Glock.

Ils remontent un couloir étroit qui s'étire jusqu'au fond du logement. On peut distinguer deux cadres de porte du côté gauche du mur, donnant accès à ce qui doit être une chambre et plus loin à une petite salle de séjour. Au bout, le corridor débouche sur une cuisine. On entend faiblement le murmure de ce qui semble s'échapper d'un poste de télévision. Une voiture de patrouille avec deux agents à bord est garée dans la ruelle pour couvrir la sortie arrière de l'appartement. Gagné, toujours en tête, brise le silence.

— Police ! On veut parler à Réginald Bertrand !

Pas de réponse. Les policiers continuent d'avancer vers le fond de l'appartement. Le volume du murmure augmente à mesure que les enquêteurs s'en approchent. Arrivé au premier cadre de porte, Gagné pénètre lentement dans la chambre, pointant désormais l'arme devant lui. Resté en retrait pour faire le guet dans le couloir, Léonard voit la lumière de la petite chambre s'ouvrir. Gagné en ressort après quelques secondes, hochant la tête négativement vers son collègue pour lui signifier que la pièce est vide. L'air humide de l'appartement sent mauvais. Léonard est sensible à ce genre de détail et cet endroit misérable l'écœure souverainement. Il a déjà hâte d'en ressortir. Alors qu'ils arrivent devant le second cadre de porte donnant sur un petit salon, c'est lui qui gueule.

— Bertrand ! C'est la police ! On veut juste te parler !

Le salon est à peine meublé. Il n'y a qu'un vieux sofa trois places défoncé et une boîte de carton à l'envers, servant de table, sur laquelle est posé un cendrier plein de mégots. Le dégoût du policier s'amplifie. On distingue maintenant des bribes de phrases venant de la télé allumée dans la cuisine. Les prévisions météo sonnent on ne peut plus faux dans cette atmosphère lourde. Soudain, les deux policiers sursautent en entendant le raclement des pattes d'une chaise qu'on déplace sur le plancher. La tension monte d'un cran. Gagné avertit.

— Monsieur Bertrand ? On va entrer dans la pièce.

Les deux policiers débouchent dans une petite cuisine où la seule source de lumière est l'écran de la télévision. Le store de la seule fenêtre, celle de la porte arrière, est abaissé. Léonard actionne l'interrupteur mural près de l'entrée de la pièce, mais l'ampoule est grillée. Ils doivent se contenter de l'éclairage fantomatique que procure le téléviseur.

Réginald Bertrand est assis bien droit sur la seule chaise autour de la table. Il a sur les genoux un petit chien qui semble s'intéresser plus que lui à la présence des deux policiers. Gagné le reconnaît tout de suite. C'est bien le pédophile qu'il a interrogé plusieurs mois plus tôt au moment de la disparition d'un autre petit garçon. La même sale gueule, le même regard vide et glacé. Les enquêteurs remettent leur arme dans leur étui. Le quinquagénaire qui gratte le derrière des oreilles de son chien et qui ignore totalement les deux agents ne représente pas un danger contre lequel une arme à feu est la réponse adéquate. Pas en ce moment, en tout cas. Le sergent Léonard ne voit pas pourquoi ils traîneraient une minute de plus dans ce décor de cauchemar.

— OK, Bertrand. On va aller jaser au poste.

L'homme lève lentement la tête vers les deux policiers. Il sourit froidement.

— On va parler de quoi ?

Réginald Bertrand n'offre aucune résistance et suit les deux enquêteurs jusqu'au bord du trottoir où l'attend une auto-patrouille qui effectuera le transport du suspect jusqu'au quartier général. Les policiers ne l'ont pas mis en état d'arrestation. Pour l'instant, il est considéré comme un « témoin important », pour reprendre la formule consacrée.

Les voisins le regardent monter à l'arrière de la voiture de police, par les fenêtres sales des autres logements de l'immeuble. La rue est déserte. La seule chose qu'on entend, ce sont les jappements ininterrompus du chien, furieux d'être laissé derrière. Bertrand peut l'apercevoir, sautillant sur place, par le carreau du bas de la porte.

16

Jeudi 11 octobre 2018 – 11 h 25

Antoine, le menton appuyé dans la paume d'une main, fixe le téléviseur accroché dans le coin droit de la pièce. Il écoute une chaîne de nouvelles continues. S'adressant directement à la caméra et se tenant debout devant le quartier général du SPVM, la jeune reporter fronce beaucoup trop les sourcils pour se donner un air inquiet de circonstance.

« Le SPVM affirme détenir un suspect qui pourrait être lié à la disparition du jeune Benjamin Valencienne il y a maintenant quatre jours. L'homme de race blanche, connu des milieux policiers, a été emmené au quartier général de la police pour interrogatoire. Il aurait des antécédents en matière de santé mentale et de crimes sexuels. On l'avait également interrogé lors des cas de disparitions d'enfants l'année dernière, puis relâché sans que des accusations soient portées. Selon les enquêteurs au dossier, pour l'instant, l'homme est considéré comme un témoin important dans l'affaire. »

La porte de son bureau s'ouvre et la jeune réceptionniste lui annonce que le lieutenant-détective McGraw est là pour le voir. Elle s'écarte pour laisser entrer le policier.

Antoine se lève et accueille McGraw, qui lui donne une solide poignée de main.

— Je veux pas vous déranger longtemps. Comme on a dit qu'on se reparlerait quand vous auriez rencontré Sir Chuck, je me demandais comment ça s'était passé...

Antoine se raidit. Il ne sait pas trop comment réagir, mais vu la façon dont McGraw a lancé sa dernière phrase, il serait stupide de nier. Le fait que le policier soit au courant de sa rencontre avec Sir Chuck ne fait qu'augmenter l'impression d'être pris dans un engrenage inextricable.

— Vous allez pas me dire que vous me faites suivre ?

McGraw a un petit sourire. Un peu parce qu'il est soulagé qu'Antoine renonce à lui raconter des salades. Et beaucoup parce que le jeune homme s'imagine que le SPVM a suffisamment de ressources pour faire suivre un publicitaire sans histoire juste pour le plaisir de voir ses prédictions se concrétiser.

— Toi ? Non.

— OK, je comprends. La filature, c'est sur Péloquin, et vous avez vu qu'il m'a « convoqué » pour un entretien.

— Genre... Deux fois, même.

En entendant la réplique du policier, Antoine éprouve de nouveau cette sensation de jouer dans une version surréelle de sa propre vie. Donc, lui, Antoine Aubin, simple citoyen quand il se promène dans la rue, est épié par des flics comme s'il était dans *Homeland*.

— Vous autres, vous êtes témoins d'un enlèvement et vous regardez ça sans broncher ?

— On avait aucune raison de penser que tu étais là contre ton gré. Comme je peux le voir, ton kidnapping a pas été trop *tough* ?

Antoine se rassoit derrière son bureau. Encore une fois, la prestance de McGraw opère. Le policier s'assoit lui aussi et appuie ses avant-bras sur le bureau devant lui. Il plante ses yeux dans ceux d'Antoine, qui jurerait que la justice elle-même, avec un grand J, le dévisage.

— *So ?*

S'il y a bien une personne à qui Antoine ne peut pas dévoiler son secret, c'est au lieutenant-détective McGraw.

— Ben, pas grand-chose à dire. Vous aviez raison, il voulait me remercier...

Le vieux policier reste totalement immobile. Son regard se durcit imperceptiblement.

— Antoine, commence pas ça avec moi.

— Quoi ?

— Sir Chuck t'a pas fait venir juste pour te dire merci. Il te doit sa vie. Pour lui, ça vaut plus qu'un remerciement.

— Où vous voulez en venir ? Vous pensez qu'il m'a offert de l'argent ?

— Possible. Mais je pense pas. Connaissant Sir Chuck, ça serait trop facile, ça manquerait de... de classe.

— Vous le connaissez quand même pas mal, votre gros bandit.

— Antoine, ça fait plus de dix ans que je le suis, que je l'enquête, que je recueille des renseignements sur lui. Sir Chuck, c'est la pierre angulaire du crime organisé à Montréal, un incontournable. C'est un personnage complexe, sophistiqué même, dans la mesure où un bandit peut l'être. C'est un *brain*, ça fait aucun doute. Bien au-dessus de la *crowd* avec laquelle il travaille. Il fait les choses à sa manière. C'est ce qui le rend imprévisible, d'une certaine façon. Mais c'est un tueur, Antoine. Sur ça, trompe-toi pas. Charles Péloquin est un criminel irrécupérable, un psychopathe. Pour un gars comme lui, tuer, ça fait partie de sa description de tâches. C'est pas exceptionnel et c'est pas plus grave que ça. Ça n'a aucune implication morale. Ça fait partie des choses qu'il doit faire, à l'occasion, dans l'exercice de ses fonctions. Comme toi, dans ta job, tu dois faire des affaires forcées, des fois ? Comme lécher le cul des gens du marketing des grosses compagnies que vous avez comme clients? C'est une des choses que tu dois faire dans ta job, non?

Antoine fait oui de la tête.

— *So*, pour Sir Chuck, éliminer des gens, c'est une des nombreuses tâches qui vont avec son métier.

Un silence s'installe entre les deux hommes. Antoine songe une fraction de seconde à tout raconter à McGraw son histoire de dette d'honneur et comment il doit l'effacer, mais il revoit les yeux du caïd lors de leur dernier entretien. Il chasse l'option. Il faut tout de même qu'il donne quelque chose au policier.

— Péloquin m'a dit qu'il avait une dette envers moi. Et c'est pas une dette qui se repaie en argent. Alors, si un jour j'ai besoin de quoi que ce soit, je lui fais signe...

Antoine mime des guillemets avec ses doigts en disant «quoi que ce soit». Ça l'aide à glisser la demi-vérité.

— Ah! Ça, déjà, c'est plus le genre de Sir Chuck.

Le policier fait une moue admirative.

— T'as tout un *joker* dans ta manche, monsieur Aubin. J'espère que tu sais tout ce que ça implique.

Antoine ne peut s'empêcher de retenir son souffle en se disant que McGraw ignore à quel point ce qu'il vient de dire est vrai. Sauf pour le nombre. Antoine n'a pas un, mais bien cinq *jokers* dans sa main. Cinq cartes mortelles sur lesquelles il devra mettre un nom et un visage.

— Je suis allé rencontrer Sir Chuck le lendemain de votre soirée au Planqué. Il me fallait sa déposition. C'était toujours ben lui la cible du tueur, et deux de ses gars y sont restés. Évidemment, j'ai absolument rien appris d'utile pour l'enquête. Un gars a essayé de le descendre, ça n'a pas marché. *End of story*. Mais ça va brasser dans le milieu à Montréal, et dans pas long, crois-moi.

McGraw se lève. Il serre la main d'Antoine et la retient juste un peu trop longtemps, le temps de dire sa dernière phrase.

— Et j'espère aussi que tu sais, Antoine, que tant que t'auras pas joué ta carte tu vas rester lié à Charles Péloquin. C'est pour ça qu'on va probablement se recroiser.

Quand le policier quitte son bureau, Antoine a carrément l'air piteux. Il a reçu l'estocade. McGraw vient de balayer ses derniers espoirs, même menus, de pouvoir encore sortir de cette histoire de fous sans semer cinq cadavres derrière lui. Ou pire, seulement le sien. Il doit réduire la situation à une simple question de survie. Ce sont ces cinq vies ou la sienne. Il n'a pas le choix. N'a-t-il pas toujours soutenu le contraire ? N'a-t-il pas toujours dit que, quelles que soient les circonstances, on peut faire un choix? Dans le cas présent, il pourrait choisir de se sacrifier plutôt que de porter le poids de la mort de cinq personnes. Mais cette pensée n'apporte aucun soulagement à l'angoisse qui l'étreint.

La réflexion devient de plus en plus tordue. Il en est maintenant à se dire qu'il doit bien exister cinq personnes dont la vie est moins précieuse que la sienne. Cinq vies qui méritent moins de se poursuivre ? Ça le rapproche beaucoup de la mégalomanie. Antoine n'est pas quelqu'un de vaniteux. Il a une estime de lui-même adéquate. Mais de là à se dire que sa vie vaut plus que celle de cinq autres... Il se remémore sa conversation avec Tamara ; l'ivrogne au volant, récidiviste, qui tue une mère et son enfant, continue de vivre alors que Béatrice, elle, a cessé. C'est un peu le même enjeu. Quand il s'agit de la vie de Béatrice contre celle du putain de soûlon, le calcul est d'une évidence, mais pour sa vie à lui, il a du mal à procéder aussi aisément à cet échange douteux.

Pourtant, s'il inverse l'angle de vision... Existe-t-il cinq personnes qui méritent de mourir ? Dont l'élimination ferait de ce monde un meilleur endroit? Antoine n'a-t-il pas des envies meurtrières tous les jours, en écoutant les infos? Cette marée d'indignation et de dégoût qui monte en lui quotidiennement... S'il rectifiait le pointage entre les bons et les merdeux, ne serait-ce pas une façon d'apaiser sa frustration ? Et si sa dette d'honneur devenait quelque chose d'utile ? S'il pouvait enfin réviser les injustices qui pourrissent la vie des gens bien ? Inconsciemment, il a ce fantasme en lui depuis toujours. Inutile de le nier. Et qui ne l'a pas ? se demande-t-il. Mais lui, Antoine Aubin, a maintenant réellement ce pouvoir de correction à sa portée. En fait, il se retrouve même dans l'obligation de l'exercer. Vues comme ça, les possibilités lui donnent carrément le vertige. Tiens, les talibans qui ont mitraillé les infirmières de la Croix-Rouge ! Ces enragés, totalement abrutis par les dogmes dont on a gavé leur cerveau et qui ont oublié ce qui les différencie des animaux ! Bien sûr, on peut philosopher éternellement sur les affres de notre civilisation, le tout sur un fond de géopolitique capitaliste et du grand complot des multinationales saignant les pays en voie de développement. Mais la question qu'Antoine se pose arrive un quart d'heure avant ce débat : est-ce que ce serait vraiment une perte pour l'humanité si cinq de ces talibans, qui ont assassiné six infirmières et onze enfants au nom d'Allah, disparaissaient ?

Évidemment que non. La réponse est facile dans ce cas-ci. Antoine n'y voit même pas une punition, mais bien une mesure bénéfique pour tous ceux qui ne cherchent qu'à vivre paisiblement.

Bon. Concrètement, ça se complique. Il se voit mal demander à Sir Chuck de se lancer dans une expédition punitive en Asie du Sud-Ouest. Même les durs à cuire de l'armée russe ont fini par abandonner le projet. Mais il tient un début de piste pour trouver un ordre acceptable dans lequel placer les morceaux du puzzle sans y laisser sa raison et son équilibre moral.

Rectifier les injustices…

Il est tiré du tourbillon de ses réflexions par Elizabeth qui arrive à sa porte. Ils ont prévu un lunch ensemble. Un rendez-vous plus léger que leur dernier, au cimetière Notre-Dame-des-Neiges, devant la sépulture de leur enfant.

17

Jeudi 11 octobre 2018 – 12 h 10

Antoine et Elizabeth s'installent sur un banc du parc situé à deux rues de l'agence. Ils préfèrent s'attraper un sandwich et casser la croûte à l'extérieur pour profiter du soleil d'automne particulièrement splendide aujourd'hui. L'air frais et doux d'octobre et la présence d'Elizabeth l'auraient normalement comblé et il aurait badiné comme un gamin tout au long du dîner pour allumer un sourire sur le visage de son ex. Mais pas aujourd'hui. Son nœud dans le ventre reste bien serré. À moins que ce ne soit autour de son cou que ça se resserre…

Pour une fois, c'est Elizabeth qui engage la conversation.

— T'as vu les nouvelles ? Le petit garçon enlevé… C'est épouvantable.

— C'est pas épouvantable, c'est inhumain. C'est « hors humanité ». Pour moi, quelqu'un qui fait ça à un enfant, c'est plus un être humain.

— Bon, bon, OK. Je voulais pas te partir dans une grande envolée sur la race humaine. On change de sujet.

Elizabeth connaît trop bien Antoine pour ignorer qu'elle a maladroitement ouvert avec un mauvais choix de sujet. Elle doit rapidement en trouver un autre.

Trop tard. Antoine est lancé.

— C'est ça ? On change de sujet, Eli ? Tu veux pas me réentendre te parler de l'odeur du monde ?

Elizabeth baisse la tête, résignée.

— C'est ma faute, j'aurais pas dû évoquer cette affaire-là...

— Non. C'est pas ta faute. C'est toujours comme ça, et de plus en plus. Je fais peur au monde. Je suis tellement révolté par un tas de choses, mais j'ai toujours l'impression d'être tout seul à l'être. On dirait toujours que je suis le seul à être aussi dégoûté. J'imagine que c'est moi le malade mental.

Le silence ne dure pas assez longtemps pour qu'Elizabeth réussisse à renverser la vapeur. Elle se dit que, même si elle est habituée aux élans d'indignation du père de sa fille, elle ne l'a pas vu souvent aussi troublé. Il y a quelque chose qui est hors contrôle dans ce qui se dégage d'Antoine aujourd'hui. Une intensité inhabituelle, si ça se peut.

— Ce pédo-là, qui vient probablement de tuer un troisième enfant, il est censé être à l'asile, dans une salle capitonnée et une camisole de force. Ou tellement gavé de médicaments qu'il fait même plus la différence entre un pied de céleri et un archevêque. Et ce serait très correct comme ça. Pour tout le monde, sauf pour lui. Parce qu'il faut protéger les enfants avant les pédophiles. C'est eux qui devraient avoir le droit d'aller jouer dehors sans danger, pas les assassins psychopathes. Me semble que ça se tient, ça, non ? Je suis pas un monstre quand je dis ça ?

Elizabeth regarde Antoine en se disant qu'il ne va pas bien pas du tout. Il y a un je ne sais quoi qui a changé dans sa façon de mener sa charge. Il a l'air paniqué.

— Mais non. Il est en liberté et ça va coûter la vie à quelqu'un. Est-ce que je suis tout seul à me scandaliser qu'y ait un grand spécialiste de l'évaluation psychiatrique qui s'est dit : « Bon ben, je pense que vous pouvez sortir, monsieur le pédo récidiviste. Vous avez l'air pas pire. Ça devrait être correct. Ce serait vraiment pas *cool* de vous garder plus longtemps. » Ce grand spécialiste-là, aujourd'hui, il regarde les nouvelles, comme toi et moi. Il se dit quoi ? « Hon ! Finalement, c'était pas correct. Me suis trompé, faut croire. Ah ben, tabarouette ! » Mais, le grand spécialiste, c'est pas son enfant qui a été enlevé. Qui est sans doute mort à l'heure qu'il est. Pour lui, c'est pas concret, c'est un dossier qui n'a malheureusement pas tourné comme il pensait, fort de sa vaste expérience en débiles mentaux. « On fera mieux la prochaine fois, monsieur le directeur de l'asile... » Mais pour la famille du p'tit gars, s'il est mort comme je le pense, tu le sais comme moi, ce que ça veut dire. Tu sais trop bien à quel enfer ils viennent de s'abonner, ces pauvres gens-là...

— Antoine... Calme-toi.

— C'est exactement ça qui me fait capoter, Eli : je dois me calmer. Je suis trop énervé. Toi, ça te rend pas folle, ces nouvelles-là ? Les gens autour de toi, ça les énerve pas ? C'est moi qui suis hystérique ? C'est moi qu'il faut *loader* de pilules ?

Elizabeth pose sa main sur celle d'Antoine. Bizarrement, elle a l'impression que son coup de gueule ressemble à un appel à l'aide.

— Antoine, est-ce qu'y a quelque chose qui va pas ? On dirait tellement que tu *rushes*, mais j'suis pas certaine que c'est juste à cause des infos du soir...

La dernière phrase trouve un écho dans le regard d'Antoine. Elizabeth voit que la question le trouble. Mais il secoue la tête et poursuit.

— Et attends, le meilleur est à venir : si la police arrête le pédo, il va y avoir une autre sorte de bouffeur d'humains qui va apparaître dans l'ordre convenu de notre belle société civilisée. Ça s'appelle un avocat, un criminaliste. Et là, ce qui va devenir super important dans l'histoire, ça va être les droits d'un assassin d'enfants. Ça va avoir préséance sur tout. Et les droits du p'tit cul qui s'est fait dépiauter ? Bof ! De toute façon, il est mort, on n'y peut plus rien. Les droits de sa famille ? Ben voyons, c'est très laid, la vengeance, faut pas encourager ça. Alors, notre grand génie du droit va mettre toutes ses connaissances de la loi au service du pédo et va tout faire pour qu'il ne soit pas reconnu coupable. Fouille-moi pourquoi. Fie-toi sur moi, Me Trou-du-cul va trouver un détail qui a rien à voir avec la vie ou la mort d'un enfant, mais qui va faire que le pédo paiera pas pour ce qu'il a fait. Et cette petite merde diplômée du barreau va renvoyer un tueur sur le trottoir en se disant qu'il a juste fait sa job, comme le fonctionnaire qui a jugé que le pédo pouvait ressortir de l'hôpital. Y a pas de faute ! Ils ont juste fait leur job, hein ? C'est ça. Mais juste faire leur job, Eli, ça donne des enfants qui meurent. Évidemment, nos champions, ils sont coupables de rien ! Ils ont rien à voir dans la mort de cet enfant-là. Ils ont juste fait leur job. Tout va bien.

— Antoine. Ça fait combien d'années que tu ressasses ce discours-là ? La seule chose qui change, c'est que ça devient de plus en plus intense. T'as raison. Des fois, ta colère me fait peur. Le pire, c'est que je suis pas capable de dire que je suis pas d'accord, mais l'intensité que tu y mets, ça me met mal à l'aise, et au lieu d'avoir envie de te suivre là-dedans, je me pousse dans l'autre direction, comme si je sentais que c'est sur le point d'exploser. Mais là, c'est pour toi que j'ai peur. Tu vas faire quoi avec ça ? Avec la rage que tu contiens à peine ? Tu pourras pas passer le reste de ta vie à lire les journaux tous les matins et maudire l'humanité sans rien faire ?

— C'est justement pas contre l'humanité que j'en ai. C'est le contraire. C'est contre l'inhumanité dont je te parle depuis tantôt. Contre les humains qui ne se comportent plus comme des humains, mais qu'on tolère et qu'on traite encore comme des humains.

Elizabeth tente un tout petit sourire. Antoine redescend un peu, elle peut le sentir. Elle les connaît tellement, Antoine et ses lubies. Il y a quelque chose de familier, de touchant presque, à le revoir s'emporter comme ça.

— Mais Antoine, la seule solution pour que tu trouves la paix, c'est pas simple…

Antoine observe Elizabeth avec un regard curieux, il n'a aucune idée d'où elle s'en va avec cette phrase.

— Faut que tu deviennes Capitaine America ! Batman ! Spiderman !

Antoine ne peut s'empêcher de sourire à son tour. Ce genre de discussion a toujours été un classique dans leur relation, et ça le touche lui aussi de retrouver cette complicité.

— Arrête de me niaiser, Eli.

Elle est soulagée d'avoir réussi à faire atterrir Antoine en douceur. Une petite victoire sur la marée montante. Elle les prend toutes.

— Le pire, c'est que je niaise à moitié. Des fois, je me dis que la seule chose qui t'apporterait la paix, c'est de pouvoir toi-même changer les choses qui te mettent dans cet état, punir toi-même les coupables, à ta manière. Les sortir de la *game*, comme un arbitre au soccer qui présente le carton rouge à un joueur. Dehors ! Toi, t'es trop con, tu joues plus avec nous ! Si tu pouvais rectifier les choses…

La boutade d'Elizabeth saisit Antoine. Le choix de ses mots : un carton rouge. Comme au soccer. C'est exactement ce qu'il a en poche : cinq cartons rouges. Les sortir un à un lui apparaît de plus en plus comme la seule façon de trouver la paix. Et, accessoirement, de sauver sa peau. Ou le contraire. Qu'importe.

— Oui. C'est ça. Un carton rouge qui te sort de la *game* dans la ligue de l'humanité… Wow ! Eli, tu trouves toujours les mots. Quand tu y penses, le pédo qui a tué l'enfant, est-ce que c'est grave si on le sort de la *game* ? Est-ce que ça fait de la peine à quelqu'un ? Est-ce que ça cause du tort à la société ? Est-ce que c'est injuste ?

— Woooh ! Attends un peu, mon extrême arbitre. Tu peux pas commencer à penser comme ça, Antoine.

La vie, c'est pas une partie de soccer. Quelqu'un qui tue quelqu'un, c'est un tueur.

— Ou c'est Capitaine America qui combat les méchants…

— D'une façon ou d'une autre, ça se peut pas. On est pas dans un *comic book.* On élimine pas les gens. C'est pas comme ça que fonctionne notre société.

— Ah ! Parce que tu trouves que ça fonctionne, toi ?

Antoine fixe à nouveau le vide devant lui. Elizabeth pousse un petit soupir. Le moment qu'elle arrivait presque à apprécier, quelques secondes plus tôt, les mène dans le cul-de-sac habituel.

18

Jeudi 11 octobre 2018 – 13 h 20

« Prévenir la trahison, débusquer le faux ami, le jaloux parent, le traître avant qu'il inocule son venin est une opération aussi complexe que de nettoyer l'anus d'une hyène. »
Ahmadou Kourouma

Une fois sorti du bureau d'Antoine, McGraw s'enfile deux hot-dogs et une frite en passant devant son *greasy spoon* favori, le Green Spot à Saint-Henri. Le secret des frites du gros Costa, le patron, est probablement de ne changer l'huile de la friteuse qu'une fois tous les dix ans. Ensuite, il prend sa voiture et se dirige à Pointe-Saint-Charles, pour s'accouder au comptoir du Time Out, une petite brasserie un peu glauque où la faune locale le connaît bien. Et le respecte. Pour les gens du coin, Donald McGraw est un p'tit gars du quartier devenu un flic honnête qui sait faire la part des choses entre emmerder le petit monde et faire respecter la loi. Il va téter deux ou trois bières en jasant avec Mel, le barman, « Buddha » Logan, le gérant, et quelques piliers de taverne qui s'accrochent les pieds au Time Out depuis aussi longtemps qu'il arrive à s'en souvenir. Il veut prendre le pouls. Si réellement une taupe de sa section a commencé à opérer, à vendre des renseignements, un détail va attirer son attention. Quand on l'observe depuis toujours, pour un enquêteur, le terrain devient comme une entité vivante, une bête qui respire. Le moindre changement se sent, quand on côtoie cette créature au quotidien depuis des années. On ne peut pas vraiment décrire de quoi il s'agit, mais on le perçoit, si quelque chose a changé.

McGraw ne sait pas exactement ce qu'il cherche, mais il est convaincu qu'une trahison aussi grave qu'un policier vendant le nom de leurs sources ne peut que jouer sur le souffle de la bête. Si son patron dit vrai, il va remarquer un détail inhabituel qui sera pour lui le début d'une enquête pénible qu'il n'a pas envie de mener. Ce ne sera probablement rien de flagrant. Une petite froideur avec Mel, le barman ? Un poivrot sympathique qui préfère rester seul avec sa grosse bière plutôt que de venir le saluer, prendre de ses nouvelles et lui demander de lui en offrir une autre. Un petit *pusher* qui ressort du bar sitôt qu'il aura reconnu McGraw. Ou encore, juste un *gut feeling*. Des trucs qui ne s'enseignent pas aux recrues et qu'on ne peut pas expliquer à un adjoint du procureur général pour obtenir un mandat, mais qui confirment à un vieux policier que quelque chose se passe. Ou s'est passé.

Après une heure et demie à s'imprégner de l'ambiance crade du Time Out, après un peu de *small talk* avec les personnages habituels du décor, quelques questions un peu plus pointues que d'habitude, et après deux bières, McGraw est fixé. Les craintes de son patron sont fondées. C'est le silence et le sourire de Buddha Logan quand McGraw lui partage ses doutes, juste avant de s'en aller, qui balaient ses dernières hésitations.

Il y a une taupe à la section. Un de ses frères d'armes joue aussi pour l'autre équipe. Celle des *bad guys*.

La suite est toute simple : trouver lequel de ses chums vend des infos et l'envoyer mourir en prison. L'espérance de vie d'un flic en milieu carcéral est mince. C'est un fait connu et tristement vérifié.

C'est ce qui attend un des policiers de la section, maintenant que McGraw a décidé d'ouvrir son enquête.

19

Jeudi 11 octobre 2018 – 15 h 05

«Je ne joue pas au boss ! C'est moi, le boss ! »
Céline Dion

En signe de confiance, Sir Chuck et ses deux hommes n'ont pas été fouillés en arrivant au pub irlandais de la rue Bishop qui sert de quartier général à Kelly « Thug » Hennessy, le doyen incontesté de la pègre irlandaise. Depuis qu'il a réglé le problème avec les Italiens qui voulaient changer les règles dans le port de Montréal, Péloquin s'est acheté un allié loyal dans le crime organisé local. Une fois les deux capos trop ambitieux partis, le calme est revenu et les familles italiennes ont fini par avaler la pilule. Preuve que la mafia italienne respecte aussi Sir Chuck. Une autre démonstration assez éclatante de son influence : c'est nul autre que Don Guido Conolzi que les Italiens envoient en émissaire pour cette rencontre. C'est la surprise que Sir Chuck réserve à Hennessy. Convoquer un Don de la *maf* italienne au quartier général de la *maf* irlandaise, sans lui demander sa permission, c'est gros, mais c'est fait sciemment. Ça ne laisse aucun doute sur qui dicte le fonctionnement des affaires à Montréal.

Depuis le *hit* raté au Planqué, il doit prouver à tout le monde que ça n'a pas fragilisé son emprise sur la business locale. Les perceptions sont cruciales dans cet univers.

Le message doit passer clairement. Sir Chuck a bien l'intention de nettoyer toutes les zones grises qu'aurait pu laisser la tentative de meurtre. Ensuite, il fera payer ceux qui ont eu l'inconscience de s'en prendre à lui. Il commence sa campagne aujourd'hui avec les Irlandais et les Italiens. Dans deux jours, il a rendez-vous avec les motards. Puis, il rencontrera les Asiatiques. Il a activé toutes les sonnettes qu'il paie pour le renseigner. On a pris la peine d'engager une ressource de l'extérieur, mais la commande est passée par quelqu'un d'ici. Bien sûr, il a déjà une bonne idée du commanditaire, mais fidèle à ses habitudes, avant d'agir, il doit veiller à ce que tout soit béton.

Kelly Hennessy est assis tout au fond du pub, dans un coin d'où il peut voir tout ce qui se passe entre lui et la porte d'entrée. Deux de ses gars assurent le comité d'accueil. Ils conduisent Sir Chuck directement à la table de leur patron, qui se lève pour lui servir une chaleureuse accolade. Les deux hommes qui accompagnent Sir Chuck s'installent avec les deux hommes de Hennessy, à l'entrée du pub. Devant quatre Guinness.

Kelly Hennessy est exactement comme on imagine un chef de gang irlandais. Trapu, les épaules larges, le corps massif, les avant-bras gros comme ses cuisses, velu comme un sasquatch. Avec une gueule de *tough*, évidemment. Thug est le genre d'homme à ne pas prononcer plus de trois phrases par jour quand il se sent bavard. Il est au début de la soixantaine et dirige le clan irlandais depuis une bonne dizaine d'années.

— Content que tu sois ici, en vie, Chuck. Vraiment.

— Pas autant que moi. Merci de me recevoir.

Kelly se lève pour aller chercher sa bouteille de whisky, réserve privée, derrière le bar. Il se rassoit lourdement et remplit deux verres. Il en pousse un devant Sir Chuck. C'est le *single malt* de la paix. Les deux hommes cognent leurs verres, prennent une large gorgée. Le meeting peut commencer.

— Santé pour toi. J'imagine que tu es en train de t'arranger pour le rester?

— Oui, exactement. Toi, ça va? La business est bonne, tout est *good*?

— Oui. On a eu des choses à ajuster avec les Jamaïcains des blocs au sud de Sherbrooke, mais là, on est *all good.* J'étais triste quand j'ai su ce qui t'était arrivé. C'est mauvais pour tout le monde si t'es plus là.

— Toujours le fun à entendre.

— Qui a *callé* cette *shot*-là, Chuck?

— J'ai mon idée. Inquiète-toi pas. Je veux juste rencontrer les boss pour être certain que tout va bien pour tout le monde. Si quelqu'un a un *beef* avec moi, je veux le savoir. Et si quelqu'un a un *beef* avec quelqu'un, je suis encore celui qu'il faut venir voir en premier.

— *Crystal clear* pour moi.

La porte d'entrée s'ouvre et déjà un des hommes de Hennessy arrive à la table d'un pas rapide, l'air contrarié.

— Kelly, y a Conolzi avec deux autres Italiens qui sont là!

— *You are fucking kidding me!*

— C'est beau. C'est moi qui l'ai invité.

Sir Chuck a lâché la dernière phrase très calmement. Hennessy se retourne, incrédule.

— T'as invité la *maf* italienne dans mon pub sans m'en parler, Chuck?

— Exactement. Comme je viens de te le dire. Je m'assure que personne a de problème avec personne. Depuis l'histoire dans le port, je pense pas que vous avez eu l'occasion de faire tchin-tchin ensemble, les Irlandais et les Italiens. Conolzi est ici pour ça parce que, moi, je l'ai demandé. Et on va recevoir le Don avec tout le respect qu'on lui doit...

L'Irlandais reste silencieux et toise Péloquin durant de longues secondes. Il finit par hocher la tête.

— C'est pas des gosses que t'as, toi, c'est des boules de bowling.

Sir Chuck se lève pour aller accueillir Don Conolzi. Le capo italien est vêtu de façon impeccable. Complet trois-pièces, cravate et trench noirs. Guido Conolzi, fin cinquantaine, est grand et svelte, les cheveux coupés en brosse. Tout de son personnage jure avec le lieu et les Irlandais qui s'y trouvent. En retournant avec son invité vers la table de Hennessy, Péloquin passe derrière le bar pour attraper un troisième verre. Les deux hommes s'assoient à la table du boss irlandais. Sir Chuck prend la bouteille et verse du scotch au nouveau venu. Il lève son verre avec un sourire froid, en plantant son regard dans les yeux des deux autres hommes à la table.

— Santé, paix et prospérité, mes amis.

Les paroles de Sir Chuck restent suspendues en l'air, le temps d'un flottement. Puis, les deux autres finissent par lever leur verre et répéter le toast prononcé par Sir Chuck, qui sourit toujours.

— Bon. C'est ça que je veux voir en ville. Des hommes d'honneur, raisonnables, qui savent vivre, qui se respectent et qui lèvent ensemble leur verre à la prospérité et à la paix. C'est comme ça que les affaires marchent à Montréal. C'est comme ça que JE veux que les affaires marchent à Montréal. Et c'est comme ça que les affaires VONT marcher à Montréal.

Sir Chuck vide son verre d'un trait, imité immédiatement par Hennessy et Conolzi. Le silence est chargé. C'est l'Irlandais qui le rompt après un instant.

— Tant que tout le monde respecte la business et le territoire des autres, je vois pas pourquoi y aurait des problèmes. D'accord avec ça, Don Conolzi ?

L'Italien hoche la tête pour dire qu'il est d'accord. Sir Chuck reprend la parole.

— *Good.* Je rencontre les *bikers* samedi. Je vais leur dire la même chose. Et ils vont passer le message aux *Blacks* du nord de la ville et aux Latinos. Je vois aussi les Chinois la semaine prochaine. Y a quelqu'un qui a pensé que les choses pouvaient changer dans ma ville, et il a fait une grosse erreur. J'ai des antennes partout. Ici et ailleurs. L'info commence à entrer. La commande vient de l'extérieur. Je vais régler mes comptes. *For sure.* Et si j'apprends que quelqu'un savait que ça s'en venait et m'a rien dit, je ne vais pas faire de différence entre lui et celui qui a fait l'erreur. L'idiot qui a trempé dans ce *hit*, je vais le massacrer. Et massacrer son clan. Je vais raser sa business. Je vais brûler son territoire et partager ce qui va rester des cendres avec ceux qui respectent les règles que j'ai posées à Montréal. Les règles qui font que tout va bien. *Just watch me !*

Les deux hommes en face de Péloquin l'écoutent respectueusement. Ils ne l'ont jamais vu aussi tranchant. Guido Conolzi lève un doigt comme pour demander la parole.

— Parlant d'antenne, on a quelqu'un des crimes majeurs sur notre *payroll* depuis un bout. Un gars bien placé pour savoir plein de choses. Et je sais que depuis le *hit* contre toi, t'es *watché.* Caméras de surveillance devant chez vous, filature, tout le kit.

— Je m'en doutais. Merci.

L'Italien rend le remerciement de la tête. Sir Chuck poursuit.

— Un gradé sur ton *payroll* ? Respect, Guido !

— Je sais aussi qu'à cause des budgets ta filature durera pas longtemps. Peut-être une semaine, dix jours encore. Max.

— Wow ! C'est précis, les infos de ta *mole* !

— On paie bien.

— C'est toujours bon à savoir que vous avez un *snitch* à l'interne. Il sait rien sur le *hit* ?

— Non. J'ai demandé. Je sais juste que, pour la police, c'est gros et que ça les inquiète. Et que tu es *watché. That's it.*

Les trois hommes discutent encore un peu. On s'offre une autre tournée de scotch. Le dossier du port est définitivement clos. Conolzi s'excuse même auprès de Hennessy et remercie Sir Chuck d'avoir ramené les choses à la normale. C'est théâtral et aussi sincère qu'un huissier qui te jure qu'il est désolé de repartir avec ta télé, mais c'est ce qu'attendait Sir Chuck. L'Irlandais et l'Italien se donnent une solide poignée de main avant de se séparer. Péloquin est content. Il sait que le coup ne peut pas venir de ces deux clans, mais en réunissant de gros joueurs comme Hennessy et Conolzi, le récit de cette rencontre fera rapidement le tour du milieu. Il n'y a que lui pour faire boire du *single malt* écossais à un capo italien dans un pub irlandais.

20

Jeudi 11 octobre 2018 – 16 h 45

En sortant de l'ascenseur, McGraw sent une ambiance inhabituelle dans les locaux de la section. Plusieurs enquêteurs sont rivés à un écran de télévision et écoutent un reportage sur une chaîne d'information continue. À la télé, il y a un journaliste qui se tient debout devant un boisé clairsemé. Derrière lui, de nombreux policiers s'affairent. On distingue aussi une ambulance. En gros plan, deux paramédicaux sortent du bois en portant une civière sur laquelle est posé un sac de plastique noir. On remarque tout de suite que le corps qu'il contient est tout petit. Des rubans jaunes marquent les limites de la scène de crime.

Quelqu'un monte le volume. McGraw se glisse dans l'attroupement et concentre son attention sur le reportage.

« … et c'est à la suite d'une information obtenue par le SPVM que des fouilles ont été entreprises dans ce boisé isolé de Mont-Saint-Grégoire, situé au bout du rang des Cinq. On a trouvé et déterré un bac qui, vraisemblablement, pourrait contenir le corps du petit Benjamin Valencienne, six ans, disparu il y a trois jours alors qu'il jouait dans un parc près de chez lui. L'interrogatoire d'un suspect dans cette affaire aurait mené les enquêteurs jusqu'à l'endroit où était enseveli l'enfant. La police a annoncé qu'il y aurait un point de presse au cours des prochaines heures... »

McGraw se tourne vers un des enquêteurs qui l'entourent.

— Le gars qu'on a arrêté, le pédo, il a parlé ? C'est lui qui a donné l'endroit où on a trouvé le corps ?

— Oui...

Le policier a répondu à voix basse, l'air visiblement troublé. McGraw se dit qu'il est affligé par la découverte du corps du petit garçon. Les meurtres d'enfants sont toujours révoltants. Pour les enquêteurs aussi.

— Les enfants, c'est toujours *tough*...

— C'est pas ça...

— C'est quoi d'abord ?

— C'est Charles pis Vinny qui ont interrogé le pédo.

McGraw se tend. Le policier évite son regard.

— Ils l'ont chauffé pas mal. Le temps pressait, on savait qu'on avait juste une couple d'heures pour retrouver l'enfant. Y ont mis beaucoup de pression, t'sais, comme beaucoup...

— OK, mais j'imagine qu'ils ont eu des aveux ? Ça les a menés au *kid* ?

— Oui.

— *So ?*

— En fait, il a avoué et leur a dit où il était enterré... mais sans la présence de son avocat.

— Tu me niaises ?

McGraw ne croit pas ce qu'il entend. Des enquêteurs chevronnés ont brassé un suspect et obtenu des aveux sans la présence de son avocat. Il est complètement découragé.

L'enquêteur poursuit, sans conviction.

— Non. Chaque minute comptait, les gars le savaient. Ils se sont énervés. Ils pensaient pouvoir sauver le p'tit gars...

Le lieutenant McGraw explose. Tout le monde se retourne pour regarder dans sa direction.

— Ah ! *Come on !* On sait c'que ça veut dire, des aveux pas d'avocat ! Ça veut dire pas de procès !

— C'est Vinny qui a été sur le dernier cas du pédo, l'an passé. Il avait interrogé Bertrand pendant des heures. Ç'avait rien donné. C'est lui pis Léonard qui ont trouvé le corps, trois semaines trop tard. C'est sûr que, ce coup-là, c'était le même gars, tout collait. C'est certain que c'était Bertrand qui avait kidnappé l'enfant. Ils savaient que, pendant qu'on attendait son avocat, y avait un petit garçon en train de s'asphyxier, enterré quelque part. T'aurais fait quoi, toi ? Ils se sont dit qu'ils avaient une chance de le sauver s'ils faisaient vite…

— *Shit !*

McGraw se laisse tomber lourdement sur une chaise.

— Pis l'avocat de Bertrand, c'est Jacob Liebstein…

L'enquêteur pousse un long soupir en secouant la tête, l'air totalement dégoûté. Il écrase son poing sur le coin du bureau.

— *Fuck !*

21

Jeudi 11 octobre 2018 – 16 h 45

Debout devant son bureau, la télécommande dans sa main droite, Antoine ne quitte pas des yeux l'écran plasma. Il vient de voir passer les images des ambulanciers faisant rouler une civière transportant le sac de plastique noir contenant ce qui, de toute évidence, est le petit corps recroquevillé d'un jeune enfant.

Le mot qui lui vient en tête est « immonde ». Comme dans « immondices », ces déchets et autres pourritures qui découlent invariablement de l'activité humaine et qu'on met aux poubelles pour s'en débarrasser. Se débarrasser des « immondices », dans notre civilisation, est une simple question de salubrité.

Quand Antoine pense à l'homme qui a pu faire ça à un enfant, le seul mot qu'il trouve pour décrire cet individu est « immondice ». Inconsciemment, il serre très fort les mâchoires.

22

Vendredi 12 octobre 2018 – 10 h 15

Le ciel maussade et chargé ajoute à l'atmosphère lourde qui pèse sur tous les hommes présents dans le bureau du commandant Lavigne. Celui-ci marche en parlant. Il a réuni ses deux sergents, Gagné et Léonard, ainsi qu'un substitut du procureur général. Le juriste vient de les informer que les aveux de Bertrand ne seront pas recevables, vu les circonstances dans lesquelles ils ont été obtenus. Et comme on n'a rien d'autre de concret à présenter en preuve, en étirant les choses, en attendant l'autopsie ou en faisant analyser, par exemple, sa voiture et son appartement par la police scientifique pour trouver des traces d'ADN, on réussira sans doute à garder le récidiviste en détention jusqu'à sa comparution lundi matin et peut-être même quelques jours de plus. Mais sans autres preuves, ça ne suffira jamais pour déposer des accusations et encore moins pour avoir la moindre chance de gagner un procès. On fonde peu d'espoirs dans les résultats de l'autopsie, si l'on se fie aux deux affaires précédentes. Réginald Bertrand est un meurtrier très méticuleux. Par conséquent, il sera fort probablement libre comme l'air d'ici la fin de la semaine suivante. Et on peut compter sur son avocat, Me Jacob Liebstein, pour que ce soit plus tôt que tard. Bref, un beau gâchis.

Les silences entre les phrases du chef sont éloquents. Il contient mal sa colère. Et la vaste médiatisation des événements de la veille ne fait rien pour le calmer.

— OK. J'ai vingt-cinq ans de police assis devant moi ! Pas deux bleus à leur première enquête ! Qu'est-ce que je vais dire aux journalistes ? Que j'ai deux sergents qui ont eu une crampe au cerveau en même temps ? Qu'ils ont oublié qu'ici, les gens qu'on arrête ont des droits ?

Le sergent-détective Charles Léonard accuse le coup de gueule sans mot dire, puis lâche sa réplique d'un ton morne.

— Essayez donc quelque chose comme : pendant qu'on attendait l'avocat d'un pédophile récidiviste, y avait un p'tit gars de six ans qui asphyxiait dans un bac de plastique, enterré quelque part. On a décidé que la chance de le retrouver en vie, ça passait avant le droit à la présence de l'avocat…

— Ah ! C'est *cute*, ça ! Tu diras ça aux parents du prochain enfant que ton salopard va tuer quand on va le remettre en liberté ! Parce que tu le sais, hein, qu'on va finir par le remettre en liberté ? Faire parler de force un suspect sans la présence de son avocat, j'ai-tu besoin de te dire que ça équivaut à aller le reconduire en bas, lui ouvrir la porte pis lui *caller* le taxi ?

Léonard hausse le ton.

— Pis attendre son avocat, ça équivalait à l'arrêt de mort de l'enfant. Si on était arrivés à temps, on n'aurait pas cette conversation-là.

— Heille ! On est au Québec, on est au paradis des droits de la personne, bâtard ! Ici, les pourris, y ont plus de droits que les victimes, t'es dans la police depuis assez longtemps pour savoir ça !

Le sergent-détective Gagné, que tout le monde appelle Vinny à l'escouade, n'a pas prononcé un mot depuis que son coéquipier et lui se sont assis dans le bureau du patron. Alors que le sergent Léonard tente encore de justifier leur conduite, même s'il sait pertinemment que devant la Charte canadienne des droits et libertés c'est indéfendable, Gagné, lui, a renoncé à se battre. Il connaît trop bien son métier pour nier que c'est perdu. Mais il assume pleinement sa « faute policière » puisque c'est pour lui la seule façon de continuer à se respecter. Comme policier et comme être humain. Il n'en est pas moins atterré par la situation. Il a envie de poser son badge et son Glock sur le bureau de son patron et de rentrer chez lui promener son chien. Mais cette fois, il décide de ne pas écouter ses impulsions. Toutes ces histoires de policiers qui agissent sous le coup de l'émotion se terminent mal. Il doit mettre à profit ce qu'il lui reste d'énergie pour réussir à fermer sa gueule. Il se lève lentement et se dirige vers la porte. Le commandant Lavigne l'interpelle.

— T'en vas-tu quelque part, Gagné ? J'ai pas fini.

Le sergent Gagné s'arrête dans l'embrasure et se tourne vers son chef.

— Moi oui, boss. J'ai fini. Tu peux m'engueuler encore, me suspendre, tu peux même donner mon nom aux journalistes et me crisser dehors, si tu veux. En fait, c'est probablement ce que tu devrais faire. Parce que si on pouvait rembobiner le film, je te referais exactement la même câlisse d'affaire.

Le patron des crimes majeurs se tait. Quand un policier de la trempe de Vincent Gagné parle, tu écoutes ce qu'il a à dire.

— Parce que je peux pas vivre avec l'idée que j'ai pas tout fait pour sauver cet enfant-là. Pis encore moins avec celle qui dit que c'est plus important d'attendre l'avocat de cet ostie de pourri-là que de sauver la vie d'un p'tit gars de six ans. Pour moi, ça, c'est une connerie. Pis pas mal plus grave que celle qu'on a faite, Léonard pis moi.

Le souffle court, les yeux rougis par la fatigue, Gagné poursuit.

— On le sait que c'est lui, il nous l'a dit. Pis tu sais quoi ? Il nous l'a pas dit parce qu'on le brassait pis qu'on lui parlait fort à deux pouces de la face. Non. Il nous l'a dit parce que ça lui faisait plaisir de nous le dire, parce que y était content de voir c'que ça nous faisait, ce qu'il avait fait. Il savait qu'il gagnait, crisse…

Il s'arrête pour se ressaisir un peu. Il sent sa gorge se nouer et ses lèvres trembler. Il est épuisé. Profondément découragé. Ses yeux s'embuent.

— Demande à Charles le sourire qu'il avait quand il a fini par nous dire où il avait enterré le kid. Il trippait parce qu'il voyait qu'on capotait. Y avait un ti-cul enterré quelque part, et le gars assis devant nous dans la pièce, il savait où il était. C'est certain qu'on lui a sauté à la gorge ! Y avait encore une chance de sauver le kid pis on l'a prise !

Toujours debout dans le cadre de la porte, il fait une longue pause et, toisant tout le monde à la ronde, il lance :

— Pis c'est nous, les tout croches ? Parce que ce malade-là a des droits pis qu'on les a pas correctement respectés ? Vous trouvez que ça se tient, tout ça ?

Personne n'ose ajouter quoi que ce soit. Même Lavigne a baissé les yeux et fixe le plancher.

— Non. Y a rien qui a du sens dans tout ça. Absolument rien.

Il tourne les talons et quitte le bureau. Le sergent Léonard lui emboîte le pas en silence. Le commandant Lavigne ne bronche pas.

23

Vendredi 12 octobre 2018 – 16 heures

Ninon Lavallée aime traîner au bureau le vendredi. Cette heure est spéciale. L'étage de la rédaction du journal *La Presse* est à moitié vide. Les journalistes du quart de jour ont fermé leur ordinateur et sont partis un à un pour le week-end. Pour la jeune journaliste des faits divers, le martini du vendredi se boira plus tard. Elle est sur le dossier le plus chaud de l'heure. On lui a sorti tout ce qui s'est écrit sur les deux autres affaires de meurtres d'enfants qui présentent le même *modus operandi.* De toute façon, il n'y a pas d'enfant ni de fiancé qui l'attend pour célébrer la fin de la semaine.

Elle lit le dossier en annotant des passages avec un surligneur et un stylo rouge. Cette affaire va rouler intensément toute la fin de semaine et, son rédacteur l'a prévenue, elle aura certainement à y consacrer rapidement un ou deux autres papiers. Sur le coin de son bureau, son cellulaire émet un son. Elle a programmé trois alertes différentes pour ses messages textes : une clochette pour les communications personnelles, les amis, la famille. Un bip électronique pour les trucs professionnels, le boulot, son comptable. Et finalement, un effet sonore imitant le sonar d'un sous-marin pour identifier les quelques sources auxquelles elle a parfois recours. Un journaliste aux faits divers doit avoir ce genre de réseau, autant chez les policiers que dans le milieu interlope. C'est ce son que son iPhone vient d'émettre.

Sur l'écran du téléphone, elle voit que le message texte provient de « Dirty Harry ». C'est le nom de code de sa source aux crimes majeurs du SPVM. À l'occasion, les policiers ont besoin d'un petit coup de pouce médiatique pour faire bouger des choses ou déplacer les projecteurs sur quelqu'un. En général, c'est pour un dossier qu'ils ne peuvent faire avancer de façon *legit.* Elle ouvre sa messagerie texte.

« Go ahead… make my day. »

Cette réplique célèbre de Dirty Harry, un flic aux méthodes brutales joué par Clint Eastwood dans les années 1970 et 1980, signifie pour Ninon que le sergent-détective Charles Léonard a de l'information pour elle. Il a quelque chose à dire sur l'affaire du pédophile, ça ne peut être que ça. Elle répond au texto de la façon habituelle.

« 30 ? »

Le chiffre représente le nombre de minutes avant qu'ils se rencontrent. Toujours au même endroit. Le sonar de sous-marin lui répond presque immédiatement.

« 15 »

Quinze minutes ! De toute évidence, il y a des développements brûlants aux crimes majeurs. Elle attrape sa veste et sort de la salle en coup de vent. Elle a tout juste le temps d'aller rejoindre le policier sur le banc du coin sud-ouest de la grande place devant la cathédrale Notre-Dame. À trois coins de rue du quartier général du SPVM et seulement deux des locaux de *La Presse.* En écrivant vite et en mettant la rédaction en attente, elle pourra certainement attraper l'heure de tombée pour l'édition du lendemain matin.

24

Samedi 13 octobre 2018 – 8 h 20

Tamara dort paisiblement. Sa tignasse est répandue sur l'oreiller. Antoine la regarde depuis un moment déjà. Il se lève très doucement pour ne pas briser la beauté fragile de cet instant. Il referme la porte de la chambre et descend à la cuisine. Il met la cafetière en marche, moud du café et attrape son iPad.

Évidemment, l'histoire du pédophile est partout. Une journaliste de *La Presse* semble avoir un train d'avance sur ses collègues. Son article contient plus de détails. L'homme détenu par la police se nomme Réginald Bertrand. C'est un pédophile notoire qui a été interrogé par le passé dans deux affaires de meurtre d'enfant qui présentent les mêmes caractéristiques : un jeune garçon, cinq ou six ans, kidnappé et retrouvé enterré dans un bac de plastique. Mort par asphyxie. Agressé sexuellement. On avait relâché le suspect, faute de preuve.

Selon toute vraisemblance, ce dernier va comparaître le lundi suivant devant un juge et faire face à des accusations de meurtre prémédité. La police se montre prudente et refuse de parler de tueur en série, même si les deux autres meurtres d'enfant démontrent un mode opératoire identique. La police dit ne détenir aucun autre suspect pour le moment.

Comme tous ceux qui lisent le journal ce matin-là, Antoine contient mal sa rage devant une affaire aussi abjecte. Dans l'imaginaire public, les tueurs en série sont de loin les créatures les plus terrifiantes qu'on puisse rencontrer. Celui-ci s'en prend à des enfants. On est au-delà de toute horreur. L'indignation est à son paroxysme.

Antoine boit une longue gorgée de son latté fraîchement coulé. Il ne peut s'empêcher de voir dans ce pédophile récidiviste un début de solution à son problème avec Sir Chuck. Faire éliminer une pareille pourriture ne représente pas un grand dilemme moral. Et puisqu'il a apparemment à choisir entre sa propre existence et celle de cette ordure totale, le choix n'est pas difficile à faire. Mais le pédo a été arrêté et il se dirige selon toute évidence vers un quart de siècle de prison, au minimum. Alors, Réginald Bertrand ne sera pas la sortie de secours qu'Antoine cherche de plus en plus désespérément. Le temps va bientôt lui manquer et il lui faudra envisager de fournir le nom d'une personne à éliminer. Le premier d'une liste de cinq.

Cette situation est complètement lunaire.

25

Samedi 13 octobre 2018 – 11 heures

Lavigne ne se souvient pas d'avoir vécu une telle situation. C'est vraiment peu commun. Il a devant lui, un samedi matin, deux juristes qui sont aussi impuissants que lui devant un cas de figure bien singulier. Ils ont un suspect en état d'arrestation, un meurtrier avéré. Mais ils ne pourront pas le détenir longtemps, aussi graves soient les accusations qui pèsent contre lui. Me Nathalie Laberge est une jeune substitut du procureur général. Elle est nouvelle au DPCP et il ne l'avait jamais rencontrée. À côté d'elle, Me Jean-Marc Létourneau, un avocat sénior qu'il connaît bien. Il est responsable de la cellule homicide au bureau du procureur général. C'est un quinquagénaire à l'esprit vif. L'analyse qu'il fait d'une cause est toujours très éclairée et il n'est pas du genre à reculer devant un procès difficile. Mais ce matin, quel que soit l'angle dans lequel il pose le problème, ils n'ont d'autres solutions que de libérer un dangereux assassin qui va récidiver à coup sûr. Me Laberge est la procureure qui s'occupe pour la Couronne de cette cause qui fait rager tout le monde.

— Me Liebstein veut que son client sorte aujourd'hui. Il est en état d'arrestation officiellement depuis vendredi.

On l'a amené au poste jeudi pour l'interroger, mais on l'a mis en état d'arrestation un peu passé minuit, donc en date de vendredi. Je n'aurai pas de difficulté à repousser sa comparution devant un juge à lundi matin. D'ici là, il reste incarcéré. Et c'est même pas discutable. Les accusations sont lourdes.

Me Létourneau enchaîne.

— Jusque-là, ça va, Nath, c'est après que ça se gâte. Il n'y a aucune chance pour que le juge accepte les aveux de Bertrand en preuve. Aucune. Pas dans le contexte où ils ont été obtenus. Stéphane, on a vraiment rien d'autre contre lui ?

— Non, rien encore. La police scientifique épluche l'appartement et la voiture de Bertrand au moment où on se parle, et on verra bien si on a quelque chose à déposer contre lui. Il a fait des aveux qui se sont avérés. Ç'a quand même du poids devant la cour. Mais lundi, ça vient vite. Même si on trouve quelque chose, faut l'analyser, faut faire la job de labo correctement.

— Je peux gagner du temps lundi. Demander un quarante-huit heures supplémentaire, le juge va me le donner. Mais sans rien d'autre à déposer contre Bertrand, il sort mercredi ou jeudi. Et vous le savez comme moi, si on remet ce pédo-là en liberté, on va se faire lyncher par l'opinion publique. Faut que ça se voie qu'on a tout tenté pour empêcher ce gars-là de s'en tirer. C'est ce que notre boss nous a demandé. Quand le juge va finir par le remettre en liberté, c'est lui et tout notre système judiciaire qui vont prendre la pression. Je veux pas être déplaisante, mais si vos hommes avaient fait leur job comme des pros, on en serait pas là.

— Faites très attention à ce que vous dites, maître Laberge. Si mes gars avaient suivi les règles à la lettre, on n'aurait même pas un corps pour ouvrir la poursuite et Réginald Bertrand serait chez lui, tranquille, à fantasmer sur le prochain petit garçon de cinq ans qu'il va violer et enterrer dans un sous-bois. Je veux bien admettre qu'on l'a échappé sur ce coup-là. Je vais *dealer* avec le *mess* de mes gars, mais je vais aussi les *backer* jusqu'au bout. J'aurais voulu vous voir devant un écœurant comme Bertrand, qui vous rit dans la face pendant qu'un enfant suffoque, enterré quelque part. Vous auriez fait quoi ? Même moi, je pense pas que j'aurais pu me retenir. En ce moment, on a un tueur en série en détention, c'est ce qu'on peut faire de mieux aujourd'hui. Et c'est déjà ça. Je peux pas croire qu'on va pas trouver une façon de garder cet enfant de chienne sous contrôle. On va trouver une façon. On a encore du temps...

— Qu'est-ce que ça dit du côté de la scientifique, toujours rien trouvé chez Bertrand ?

— Non. Sont à peu près certain que l'enfant est jamais passé par l'appartement. Ils pensent que Bertrand avait préparé toutes ses affaires et qu'il est allé enterrer le garçon tout de suite après l'avoir kidnappé. Et l'avoir agressé. Pour ça, à l'autopsie, ils ont trouvé tout ce que vous pouvez imaginer comme preuves. Sauf de l'ADN, bien évidemment. Des lésions à l'anus, aux testicules, des traces de lubrifiant jusque dans la bouche, nommez-les ! Y a rien que cette pourriture a pas fait à cet enfant-là. Mais il a bien travaillé. Proprement. Avec un condom.

— Son auto ?

— Rien non plus. Il avait probablement recouvert la banquette et le coffre d'une bâche de plastique. Et il s'en est débarrassé. On a rien encore. Et j'ai pas l'impression que ça va changer d'ici la comparution.

— Donc, en principe, lundi vers la fin de l'avant-midi, ou mercredi si le juge nous aide, Bertrand sort du palais de justice en homme libre. C'est complètement malade...

Lavigne est atterré.

— Oui, ça l'est. Donc, Bertrand sort mercredi, au plus tard. Je vais mettre une équipe sur lui vingt-quatre heures sur vingt-quatre, mais ça pourra pas durer des semaines, on a pas les budgets pour ça. Et on le sait, après chaque meurtre, il se calme pendant un temps. C'est de la marde *all the way*! Quel que soit le bout par lequel on essaie de prendre cette histoire-là, c'est de la marde…

26

Samedi 13 octobre 2018 – 15 heures

Penny entre en éclaireur. Sir Chuck attend dans l'Audi stationnée devant la porte du Mania. Ce n'est pas la première fois que l'homme de Sir Chuck met les pieds au Sexe Mania. Ce bar de danseuses est une institution dans Hochelaga-Maisonneuve. Il appartient à un des *fronts* des motards et c'est souvent là que les rencontres sont organisées. Il y a une salle de réunion à laquelle on accède en traversant le vestiaire des filles. Un des lieutenants de Ghislain « Slow legs » Lavery, le chef de guerre des motards, rejoint Penny, qui est planté debout à l'entrée du bar. Il regarde vers la scène, l'air aussi excité par le spectacle qu'un végétalien devant un *rack* de côtes levées.

— T'es venu avec ton boss pour voir Slow?

— Donne-moi une autre bonne raison d'être ici.

— T'aimes pas ça, les belles filles, toi?

— Oui. Justement.

— OK. Ça part fort.

— Slow est arrivé?

— Oui, y vous attend dans la salle au fond. Va chercher ton boss pis présentez-vous dans le vestiaire des filles. Je vais les prévenir qu'on a de la belle visite...

Penny sort chercher Sir Chuck. Il n'y a rien à craindre des motards. Les relations sont excellentes. Ce sont de gros joueurs localement, mais jamais ils n'essaieraient de descendre le caïd. Sir Chuck fait quand même sa tournée pour rassurer tout le monde.

Il a aussi un message spécial à livrer à Lavery. Il veut lui dire de se tenir prêt. Si ses renseignements se vérifient, dans un avenir rapproché, il y aura un territoire à occuper dans Rosemont et Villeray pour l'organisation de Lavery. Le motard demande comment il saura que la place est libre. Sir Chuck le dévisage avec un air sinistre.

— Tu regarderas les nouvelles. Tu vas l'savoir, quand le territoire va être disponible. Ça va être ben clair. Pour tout l'monde.

27

Lundi 15 octobre 2018 – 10 h 10

La salle d'audience est pleine à craquer. On sent clairement une tension inhabituelle. Le juge Duprat la sent lui aussi.

Depuis son assermentation, il adore son métier. Il a un plaisir réel à le pratiquer tous les jours, autant sur le banc que lorsqu'il rédige ses jugements, toujours avec la même rigueur. Mais ce matin, l'honorable juge Charles C. Duprat aime beaucoup moins son rôle, qui n'a soudain plus rien d'honorable. Ce matin, il devra appliquer la loi, respecter à la lettre les règles du jeu et libérer un assassin.

Chauffée à blanc par les médias tout au long du week-end, une foule surexcitée s'est massée dans la salle B-612 dans l'espoir de voir le coupable de cette ignominie subir les foudres de la loi et être puni comme il se doit pour son geste. Le meurtre d'un enfant est probablement l'accélérant le plus spectaculaire pour enflammer la soif de justice des honnêtes contribuables. Devant un acte aussi incompréhensible, aussi révoltant, le système doit répondre de la seule façon acceptable et faire s'abattre sur le monstre tout ce que notre justice offre comme arme de protection du citoyen. Cette bête malfaisante doit être enfermée pour toujours. Aucune autre logique ne tient la route.

Le greffier appelle les parties. Le juge Duprat ne quitte pas Réginald Bertrand des yeux lorsque ce dernier prend place dans le box des accusés. Malgré toute l'impartialité à laquelle il s'oblige, la vue de cet homme le répugne et lui glace le sang. Son regard creux et vide, l'expression sur son visage, ce petit rictus qui peut ressembler à un sourire glauque ; tout dans ce personnage donne froid dans le dos. D'autant plus depuis qu'on sait ce qu'il a fait. Le magistrat prend pleinement conscience qu'il est assis à quelques mètres à peine de quelque chose d'inhumain. Alors pourquoi doit-il appliquer aussi aveuglément la justice des hommes ? Il est probablement le dernier rempart entre cette monstruosité et la prochaine victime. Pourtant, rien ne lui permet légalement de retirer Réginald Bertrand de la circulation pour qu'il ne tue pas d'autres gamins. De toute évidence, laisser sortir cette chose immonde sur le trottoir équivaut à signer l'arrêt de mort d'un quatrième enfant. Malheureusement, aussi absurde que cela paraisse, le juge Duprat est impuissant, ce matin. Il doit s'en tenir à la loi et respecter la Charte canadienne des droits et libertés. Ceux qui l'ont conçue puis rédigée ne se sont jamais retrouvés à quelques mètres de Réginald Bertrand.

Le magistrat ressasse ces idées très noires en essayant de freiner le sentiment de colère qui monte en lui devant l'aberration juridique qu'il vit en ce jour.

Après les formules et les annonces d'usage, il s'adresse aux parties.

— Maître Laberge, outre les aveux que le prévenu a faits dans les circonstances que nous connaissons, est-ce que la poursuite compte déposer d'autres preuves ?

— Votre honneur, au moment où l'on se parle, la police scientifique recherche d'autres éléments de preuves au domicile de M. Bertrand et sur la scène de crime. On analyse également son véhicule. Plusieurs pièces collectées sont déjà au labo et on attend des résultats. Comme vous le savez, ce sont des procédures qui doivent être faites avec minutie. Les équipes sont encore au travail et nos chances de trouver de nouvelles preuves sont excellentes. C'est une question de temps.

— Maître Liebstein, vous avez pris connaissance de la preuve ?

— Oui, votre honneur. Et je voudrais déposer *un* requête pour que *le* preuve d'aveux de mon client, elle soit non admise. Ces aveux ont été obtenus par la violence et sans le respect des droits de mon client à *une* avocat.

— Maître Laberge, comptez-vous vous opposer à cette requête ?

— Oui, votre honneur.

28

Lundi 15 octobre 2018 – 12 h 35

Vers la fin de la matinée, la nouvelle déferle sur toutes les plateformes. Au beau milieu d'une réunion, Antoine entend l'indicatif sonore des alertes-infos de l'application *La Presse+* sur son iPhone. Il jette un bref regard et fige en lisant les deux lignes qui s'affichent. « Affaire Valencienne : Réginald Bertrand sera libéré faute de preuve. » Il ne quitte plus des yeux l'encadré lumineux, laconique, qui a surgi sur l'écran du cellulaire. Il lui faut plusieurs secondes pour revenir à la réalité du moment et s'excuser auprès de ses collègues. Il sort de la salle de conférences et se rend directement à l'ascenseur. Il choisit un banc isolé à l'autre bout du square de l'autre côté de la rue et sort un petit porte-cartes de plastique qu'il a toujours sur lui. Il fixe longuement la carte d'affaires de Charles Péloquin et finit par composer les dix chiffres inscrits dans le coin droit au bas du bristol.

*

Le rendez-vous a été organisé promptement. Sir Chuck attend Antoine dans les prochaines minutes. Il ne parvient pas à décrire clairement pourquoi cette victoire le réjouit autant. Car c'est une victoire, il n'y a pas à en douter.

Bien sûr, le besoin – l'obsession – de s'en tenir impérativement à son code va bientôt être comblé, et sa dette envers Antoine sera réglée. Mais ce n'est pas ce qui le fait jubiler.

Antoine a quelque chose que Charles Péloquin ne possédera jamais. D'abord, il est un « citoyen ». Dans son milieu, on nomme ainsi les gens comme Antoine. Un citoyen est une personne qui ne retire aucun avantage, de près ou de loin, des affaires liées au crime organisé. La loi non écrite, dans le milieu, veut qu'on ne touche pas aux citoyens.

Ensuite, il est brillant et intègre. Il mène sa vie en s'appuyant sur de belles valeurs qui lui viennent fort probablement de ses parents, « citoyens » eux aussi. Une chance que n'a jamais eue Sir Chuck. La seule valeur que son père à lui connaissait était la force des coups qu'il pouvait asséner, et il ne chipotait pas sur la distribution.

Mais, par-dessus tout, Antoine est innocent.

Et Charles Péloquin va maintenant lui ravir cette innocence. Il va la lui prendre, la souiller et se prouver ainsi qu'elle n'existait pas vraiment. À tout le moins, que l'innocence a toujours une date de péremption. Qu'elle n'est que le résultat de circonstances.

Les miroirs ne sont jamais conciliants. Face à lui-même et à ce qu'il est devenu, quand Chuck croise son regard dans une glace, il aime se convaincre que n'importe quel homme, en possession du pouvoir que le destin lui a mis entre les mains, aurait fait la même chose que lui, serait devenu ce que lui est devenu. Ni pire ni meilleur. Un homme implacable et puissant, qui fait ce qu'il doit faire pour le demeurer et pour survivre. Mais un homme sans innocence.

Il veut croire que, d'une certaine manière, il n'a jamais eu le choix.

Dans peu de temps, Antoine ne sera plus innocent. Il sera comme lui. Et Chuck en est enchanté. Comme si ce qu'Antoine était sur le point de faire justifiait ce que lui-même est devenu au fil des ans.

La porte s'ouvre et deux de ses hommes entrent, encadrant un Antoine à l'air résigné. Il n'a pas ce regard apeuré qu'il jetait autour de lui lors de leurs deux premières rencontres. Sir Chuck prend la parole avec ce ton calme et ce débit lent qui fait que tout devient lourd dans la pièce quand il parle.

— Antoine, tu commençais à m'inquiéter. Il me semble que c'est pas compliqué. C'est pas le choix qui manque. Moi, je lis les cinq premières pages du journal et je peux mettre facilement cinq noms sur une liste ! Non ?

— J'imagine que je suis moins susceptible que vous...

Le caïd se contente de sourire légèrement.

— *Whatever*... Fait que tu viens me dire que je peux commencer à te payer ma dette ? Et ça me soulage énormément. T'as raison, je suis plus *grumpy* que toi. Et là, j'étais pas loin d'être *pissed off*. *So*, tu as fait un choix ? Je t'écoute.

— Le pédo qui va être libéré après-demain. Réginald Bertrand. Je pensais qu'on avait un système judiciaire qui faisait que ce malade-là allait finir sa vie en prison. Il semble que non. Si notre société décide que les droits de ce fou furieux passent avant ceux d'un petit garçon de six ans, alors, oui, je veux bien qu'on trouve un plan B avant qu'un quatrième enfant soit assassiné par le même pédo.

Sir Chuck fixe Antoine intensément. Son sourire n'a pas diminué. Il laisse flotter un long silence avant de reprendre l'échange.

— OK. J'aime ça. Tu vas la jouer « Antoine le redresseur de torts ». C'est tout réfléchi, tout pensé, tout justifié. *Nice move*, Antoine. Mais c'est pas nécessaire de m'expliquer pourquoi tu as décidé que c'est cet homme-là qui allait mourir, t'sais. J'ai pas de jugement là-dessus. Tu me donnes un nom et je m'en occupe. Fait que, tu vois, c'est tout simple ! Après cinq noms, on est *even*. Dans ce cas-là, ton choix est facile. Personne va pleurer ce *scumbag* et tu vas faire plaisir à tout le monde, même à moi. Je suis un papa, moi aussi. OK. *Consider it done.* Et on se reparle bientôt.

— C'est tout ?

Ça lui a pris du temps et d'intenses réflexions avant de mettre cette étrange machine en marche. La simplicité mécanique du reste du processus le laisse pantois. Il vient de commander l'exécution d'un homme comme on commande un numéro 2 au service à l'auto du Harvey's. Sir Chuck n'a rien manqué du désarroi d'Antoine.

— Ben oui ! C'est pas compliqué, notre *deal.* Tu réfléchis trop, Antoine, tu me fais rire avec ta morale de bon gars. Donne-moi une raison, une seule raison pour qu'un *motherfucker* comme ça pèse sur ta conscience ? Je suis certain que beaucoup de gens voudraient avoir le pouvoir de faire ce que tu fais aujourd'hui. *You're a lucky guy !*

Sir Chuck s'adresse à un des deux hommes qui ont accompagné Antoine à l'intérieur de son bureau. Un homme d'une cinquantaine d'années, crâne rasé, grand et sec, dont les sourcils hirsutes surplombent un regard taciturne.

— Penny, t'arranges le *hit.* Passe par une famille de New York, ou les Cortalino du New Jersey. Je veux personne de local d'impliqué. *And make it fast,* le gars sort après-demain. Antoine, *see you soon.*

29

Mardi 16 octobre 2018 – 8 h 15

Antoine court depuis une demi-heure. Son rythme est bon, ses jambes enchaînent les foulées sans peine et, curieusement, pour la première fois depuis les événements au resto de François, il va relativement bien. En fait, il a moins l'impression qu'il va bientôt mourir. Plus facile de mieux se porter. Il a donné un nom à Sir Chuck. Il l'a fait. Et, à sa grande surprise, il est plutôt en paix avec son choix. Grâce à lui, Réginald Bertrand sera éliminé. C'est lui qui va mourir. Pas Antoine. La seule culpabilité qu'il éprouve est justement de n'en ressentir aucune face à la mort imminente de ce monstre.

Il sent aussi quelque chose de plus vague au creux de l'estomac. Comme un léger vertige. Il faut bien qu'il se l'avoue, ça ressemble étrangement à de l'excitation devant les événements des prochaines heures. Comment Réginald Bertrand va-t-il mourir ?

Bientôt, cette nouvelle déferlera dans les médias. Et il en est le responsable. C'est encore sourd et confus, alors il tente de chasser cette pensée rapidement, mais ce qu'Antoine éprouve à travers ce trac, c'est sans l'ombre d'un doute de la puissance.

Il augmente le rythme de ses foulées. La journée commence bien.

30

Mardi 16 octobre 2018 – 18 h 40

«La moitié d'un ami, c'est la moitié d'un traître.»
Victor Hugo, *Le Cid exilé*

Donald McGraw marche d'un pas pressé en remontant la rue Saint-Jacques en direction du XO, le restaurant du chic hôtel Le St-James. Le bar à l'entrée du resto est l'endroit où les policiers ont l'habitude de se réunir pour saluer les départs ; départ à la retraite ou mutation vers une autre escouade du SPVM. Ce soir, les enquêteurs de la section se sont donné rendez-vous pour souligner le départ à la retraite de Pat Desjarlais, un bon flic qui a fait et bien fait son temps.

Policier discret, taciturne, consciencieux, il était visiblement plus à l'aise dans les bureaux que sur le terrain. Au fil des années, il est devenu le spécialiste en informatique de la section. Il a installé de nombreuses banques de données pour leurs besoins. Il a mis de l'ordre dans la classification des tonnes d'infos utiles dans un service comme celui des crimes majeurs, et il a même supervisé l'arrimage de plusieurs plateformes qui facilitent le travail des enquêteurs au quotidien. Les gars l'aiment bien, sans le connaître vraiment. C'est tout ça, Pat : il a fait la guerre avec eux, et là, il part prendre soin de sa pelouse.

Quand McGraw pousse la porte du resto, l'ambiance est réchauffée, ça parle fort et de gros éclats de rire percent le fond de musique qui remplit les lieux. Il n'a aucun problème à repérer les policiers de sa section, à l'arrière. Tout le monde est là pour une dernière bière avec leur collègue. Il ne manque personne, même Lavigne, le patron, est passé plus tôt. Mike Davignon aussi est présent. Il discute avec Violaine Trudeau, la seule femme de l'escouade. McGraw commande une pinte de Smithwick's au comptoir et se joint à eux. Le bar du XO est un des derniers endroits où l'on trouve encore de la Smithwick's en fût à Montréal. McGraw ne peut pas laisser passer l'occasion. Il s'accoude au comptoir, à côté d'eux. Davignon parle de sa famille, de ses enfants.

— Nathalie a lâché les HEC. Elle s'est parti une p'tite business de paysagement avec une de ses chums. C'est niaiseux, mais ça marche sans bon sens ! Leur carnet de commandes est plein jusqu'à la fin novembre et ça se remplit déjà pour la saison prochaine. Elles ont acheté un camion et de la petite machinerie, et ça va vraiment bien. C'est drôle, je pensais jamais que ma fille lâcherait l'université. Nath, c'est la studieuse, la sérieuse. Seb, mon plus jeune, a lâché cet automne, mais lui ça me surprend pas. L'école et mon gars, ç'a jamais cliqué. Là, il aide un de ses chums qui fait de la réno. Y a ses cartes, pis toutte. C'est pas un mauvais kid, il va trouver son chemin.

McGraw a croisé la femme et les enfants de Davignon à quelques reprises. Une belle famille. Sans histoire.

— C'est pas facile de trouver son chemin. Et c'est long. Au moins, ils font quelque chose, tes jeunes. Faut pas arrêter d'essayer des affaires pis un jour tu tombes sur ce qui fait assez la job pour que tu y passes le plus clair de ton temps.

Mike Davignon, même en discutant, garde les yeux fixés sur le liquide qui danse au fond de son bock.

— Maudit que tu parles ben, Donald. T'es rendu sage. Quand on est rentrés dans la police, si je me rappelle bien, tu t'exprimais plus avec des tapes su'a yeule qu'avec des belles phrases songées comme la dernière. Tu vieillis bien, *buddy*.

— Vieillir bien ou vieillir mal, c'est vieillir pareil. Et ça, c'est jamais bien. Peut-être que j'ai *switché* aux belles phrases parce que j'ai plus les bras pour les donner, les claques sur la gueule.

Davignon pouffe de rire, mais il reprend rapidement un air taciturne.

— Mais l'envie d'en donner, ça s'en va pas, ça, hein ? Vinny et Charles en ont donné une couple de trop l'autre jour, et demain y a un tueur qui va sortir au grand soleil.

— C'est la *game*, Mike. Tu le sais, je le sais, ils le savaient.

Le silence qui s'étire est le silence dépité, désabusé, de deux vieux policiers qui n'ont plus rien à ajouter pouvant changer quoi que ce soit à la situation. McGraw n'aime pas ce silence entre flics. Il le connaît trop.

— Mais j'suis d'accord que, des fois, c'est vraiment plus *tough* à prendre. Faut pas y penser trop longtemps, sinon on vient fous.

— Crisse, oui…

Pour McGraw, le bout qu'il déteste vraiment dans son métier est celui-là : son impuissance devant des aberrations judiciaires. Lui et ses collègues réussissent parfois à débusquer un pas bon, à le coincer et à le mettre en cellule, non sans prendre des risques. La suite ne leur appartient pas. Ils passent la rondelle au DPCP, le Directeur des poursuites criminelles et pénales. Et une fois le dossier rendu dans un bureau, loin du terrain, c'est souvent là que ça chie.

Le policier détourne la conversation vers un autre sujet.

— Mike, on est rentrés à peu près en même temps au SPVM, ça veut dire qu'on va arrêter en même temps, nous deux ?

— À peu près, oui.

— C'est quoi, ton plan ?

Davignon finit par lever les yeux de sa bière, mais la question de McGraw le fait replonger tout au fond de son bock.

— Ah… rien de spécial. J'en parle avec Sonia de temps en temps. Ça s'en vient vite. J'm'inquiète pas trop avec ça. On verra ben.

McGraw a l'impression que son collègue fait tout pour éviter que leurs regards se croisent. Davignon brise le court moment de silence.

— S'cuse, faut que j'aille pisser…

Même si l'atmosphère est à la fête, le vieux flic combat, une gorgée de Smithwick's à la fois, un solide cafard qui monte en lui. Ce soir, c'est la soirée de Pat Desjarlais. Dans dix-huit mois, ce sera son tour. Pour McGraw, la retraite approche trop vite à son goût. Il le sent déjà dans de petits détails, dans des gestes qu'il est de plus en plus conscient de faire pour la dernière fois. Il s'en est fait la réflexion l'autre soir en arrivant au resto où Sir Chuck a failli se faire descendre. Trois corps sur le plancher d'une même scène de crime, il ne reverra certainement plus ça avant la fin de sa carrière. Pas qu'il le souhaite, mais c'est tellement ça, sa job. Cela dit, c'était une affaire facile à boucler. On ne perd pas de temps avec ces histoires, aux homicides. On ferme rapidement le dossier et on laisse le milieu s'occuper des coupables. Chez les bons gars, on sait apprécier la fonction autonettoyante du crime organisé. Les mauvais s'éliminent entre eux, en général de façon assez professionnelle pour éviter les bavures. C'est un peu comme si ça ne concernait pas vraiment la police. On a tout de même mis sur pied une opération de surveillance du caïd, parce que c'est atypique qu'un homme aussi puissant soit la cible d'une tentative de meurtre et que la suite des événements sera assurément utile aux policiers. Ne serait-ce que pour garder un tableau fiable du milieu montréalais. Toutes les sources et tous les indics ont été consultés. Tout le monde est surpris. Personne ne sait rien. C'est rare.

Pour les trois méchants qui se sont fait dessouder, le dossier est sur le bureau du directeur des poursuites pénales et, vraisemblablement, aucune accusation ne sera déposée, le tueur ayant lui-même trouvé la mort lors de l'incident, et l'homme de main de Sir Chuck qui l'a abattu était clairement en état de légitime défense. De plus, les forces de police ont cent fois moins de chances de découvrir qui est le commanditaire de l'attentat que l'organisation de Sir Chuck. Il faut juste être patient et ne rien manquer du spectacle qui va suivre. Il y aura bientôt d'autres morts. C'est inévitable. Sir Chuck va faire son ménage. Comme disait Big Matheson, le vieux lieutenant-détective qui a été le mentor de McGraw à son arrivée à la section : « *Lay low, and watch 'em go.* »

McGraw n'a pas vraiment fait de plans pour quand viendra *the never ending hangover*, une autre expression colorée du même Matheson. Big a raccroché son Glock depuis plusieurs années et est parti s'occuper de sa pourvoirie, en Haute-Mauricie. Lui et ses deux fils ont préparé soigneusement ce projet de retraite et tout va bien pour eux. Une quinzaine de petits chalets disséminés autour d'une demi-douzaine de lacs à truites. De gros problèmes à gérer comme boucher les trous dans le fond des chaloupes, ensemencer les lacs, s'assurer de l'efficacité des moustiquaires dans les cadres de fenêtre des chalets pour éviter que les clients se fassent arracher la peau sur le corps par les bataillons de mouches noires qui pourrissent la vie des humains sur la terre de Caïn.

Et lui, que fera-t-il dans dix-huit mois ? Il se dit qu'il pourrait peut-être appeler Matheson et lui demander s'il n'aurait pas besoin d'aide pour boucher les trous dans ses chaloupes. Il redoute tellement la retraite qu'il n'arrive même pas à mettre deux idées en place. Il chasse ce début de réflexion comme on chasse un vieux remords. Il fait du déni appliqué, il le sait. Mais le compte à rebours est bel et bien commencé.

Encore plus que la perspective de ne plus faire la seule chose qui le rend fier, la retraite représente pour lui l'étape finale d'une longue et lente capitulation. Après vingt-cinq ans comme policier, il se retirera avec une pension honnête qui ne lui permettra rien d'extravagant. Et ce quart de siècle à traquer les criminels n'aura absolument rien changé à l'ordre navrant des choses. L'expression *good guys finish last* est la conclusion qui lui vient en tête. C'était comme ça quand il est entré dans la police, et c'est encore comme ça alors qu'il est à quelques mois de la quitter. Après une vie entière à respecter les règles. Tandis que l'équipe adverse, celle qui gagne la *game*, ne respecte rien.

Alors, pour le lieutenant-détective Donald McGraw, la retraite, ce n'est rien d'autre que de s'avouer une fois pour toutes qu'il a perdu la partie, et surtout, qu'il l'a jouée sans la moindre chance de l'emporter.

Il termine sa Smithwick's d'un seul trait et enligne les pissoirs.

31

Mercredi 17 octobre 2018 – 10 h 20

Ninon Lavallée a été l'une des premières à s'installer devant les portes du palais de justice pour attendre la sortie de Réginald Bertrand et de son avocat, le gros Me Liebstein. Elle sait que c'est à l'extérieur que le criminaliste fera face au *scrum*, pour rendre encore plus spectaculaire l'image de son client, maintenant libre comme l'air. De toute façon, les constables du palais de justice ont reçu la consigne, vu leur nombre inhabituel, de rassembler les journalistes dehors en prévision de la mêlée de presse du défenseur de Bertrand.

Sa taupe l'a bien renseignée. Elle possède tous les détails nécessaires pour confronter Liebstein. Elle va enregistrer le *scrum* sur son iPhone, poser ses questions, puis elle ira rédiger son papier en mettant toute sa rigueur journalistique à rapporter les faits sans les teinter de l'indignation qui l'habite depuis sa rencontre avec le policier Léonard des homicides. Elle ne peut rien à cette situation révoltante, mais elle veut faire passer un sale quart d'heure à cette grosse merde d'avocat. Ils sont maintenant une bonne vingtaine de représentants des médias : télé, radio, presse écrite, Web. Toutes les plateformes sont au rendez-vous et Lavallée se dit que ça fait longtemps qu'elle n'a pas senti autant d'animosité au sein d'un groupe de journalistes. L'hostilité et le mépris sont palpables.

Les portes s'ouvrent pour laisser passer Me Liebstein suivi de Réginald Bertrand, qui cligne des yeux dans le soleil du matin. Les journalistes présents, Ninon Lavallée en tête, tentent tant bien que mal de trouver une faille dans la litanie triomphaliste de l'avocat, mais rien n'y fait. Ce gros fumier connaît sa Charte. Et tout ce qu'on peut faire avec. Sa dernière phrase, celle où il prend maintenant congé des médias réunis devant lui, vient à peine de s'achever quand une détonation retentit dans l'air frais. Par réflexe, Ninon Lavallée s'accroupit et porte ses bras au-dessus de sa tête. À travers les cris de panique et la pagaille, Ninon se tourne pour regarder dans la direction d'où semble être venu le coup de feu, puis reporte son attention sur le parvis du palais de justice, où elle aperçoit, derrière le corps inanimé de Réginald Bertrand, Me Jacob Liebstein qui rampe vers les portes. L'avocat a le visage maculé de sang mais n'est pas blessé, si on en juge par la vitesse à laquelle il se déplace à quatre pattes. Comme un porcelet grotesque pris de terreur. Son iPhone enregistre encore quand elle entend au loin les premières sirènes des véhicules d'urgence envoyés par le 911 pour intervenir sur la scène d'une fusillade avec blessés.

32

Mercredi 17 octobre 2018 – 11 h 01

Le son de l'alerte-info du cellulaire d'Antoine l'interrompt au milieu d'un *briefing* avec deux infographes qui commencent leurs maquettes dans le but de rafraîchir le logo de la SAQ. Cette fois-ci, l'indicatif sonore de l'alerte ne l'a pas surpris. En fait, il l'attendait. Il a quand même du mal à déglutir quand il lit les trois lignes laconiques qui se sont affichées sur le petit écran : Fusillade au palais de justice de Montréal. Au moins un mort confirmé.

Les engrenages implacables du terrible mécanisme qu'il a mis en marche se sont activés. Sir Chuck a remboursé un cinquième de sa dette à Antoine. Au moment où seulement une poignée de témoins ont une idée de l'identité de la victime de cette fusillade, Antoine peut la nommer sans se tromper, même s'il se trouve à plus de trois kilomètres de la scène. Forcément. C'est lui qui a commandé l'assassinat.

Antoine sort de la salle et s'adosse au mur quelques secondes. Il a toujours cette sensation ambiguë au creux de l'estomac. Une montée de puissance ou, pour la première fois, la marée de son indignation qui recule lentement vers le large ? Difficile à dire.

33

Mercredi 17 octobre 2018 – 19 h 50

Le volume de la radio est fort dans la voiture qui roule lentement dans le stationnement de l'aréna. On est mercredi, soir de hockey, exécution ou pas. Antoine a passé la journée scotché aux écrans plats où les images du raz-de-marée qu'il a déclenché déferlent sans s'interrompre. La secousse médiatique est d'une rare puissance. Le genre de bombe qui explose dans les infos et qui fait que tout s'arrête séance tenante. Et rien ne redémarre, comme si le déroulement normal de l'ordinaire était suspendu momentanément. L'identité de la victime est maintenant publique. Le pédophile récidiviste Réginald Bertrand, qui venait à peine de retrouver sa liberté, est le seul mort dans cet attentat, et tout porte à croire qu'il en était également la seule cible. Vu le nombre de caméras sur place, les images de l'exécution du pédophile sont aussi saisissantes les unes que les autres. En même temps que le son de la détonation, on voit clairement gicler un nuage rouge et rose là où se trouvait la tête de Bertrand juste avant qu'il bascule comme une quille.

Les journalistes parlent déjà d'un justicier. On spécule en outre sur un tireur d'élite qui aurait selon toute vraisemblance fait feu d'une fenêtre ou d'un toit à moins de 500 mètres du lieu. Le chef de la police, accompagné du ministre de la Justice, a donné un court point de presse en fin d'après-midi. Blablabla enquête, blablabla toutes les ressources, blablabla on baratine n'importe quoi parce qu'on est dans le noir total.

Ce qui saisit le plus Antoine, c'est ce vox pop où des quidams, à chaud sur le trottoir, émettent leurs points de vue sur le meurtre de Bertrand. À quelques variantes près, tous vont dans la même direction: «Bravo! Tant mieux! Si la justice ne peut pas faire le travail, au moins, quelqu'un s'en charge!» Évidemment. L'opinion du trottoir fait rarement dans la nuance…

Et lui?

Toujours aucune culpabilité. Réginald Bertrand est mort. Et tout est mieux ainsi. Les enfants pourront retourner jouer dans les parcs. Enfin, jusqu'à ce qu'un autre tordu perde le contrôle de ses pulsions après qu'un autre enfoiré non imputable aura signé son congé sans se demander s'il y aura des conséquences. Mais ce malade-là, Réginald Bertrand, ne fera plus jamais de mal à un enfant. Parce que Antoine a placé son nom sur sa liste.

Le monde est un endroit moins terrifiant sans ce monstre. C'est comme ça qu'Antoine met de l'ordre dans sa tête pour le moment.

Un jour à la fois.

Un mort à la fois.

Même une fois concrétisée, la mort de Bertrand ne lui pose toujours aucun problème moral. Par contre, il y a ce vertige qui a fait un bond en intensité. C'est bel et bien un sentiment de puissance qui lui vrille le ventre.

Antoine pousse la porte du vestiaire et voit que la conversation est déjà lancée. La déferlante n'a pas épargné ses coéquipiers. Aucune surprise quant au sujet qui les enflamme tous.

— Y était juste temps que quelqu'un allume et commence à régler les problèmes de la seule façon possible. C'est parfait. Un assassin d'enfants qui fera plus jamais de trouble et on économise des centaines de milliers de dollars parce qu'il ira pas faire la grosse vie sale en prison, aux frais des contribuables. Tout est bon pour moi...

— Le pire, c'est qu'y s'en allait même pas en dedans, il s'en allait chez eux, libre comme l'air...

Le peintre et le délégué syndical sont sur une lancée oratoire quand Antoine entre dans le vestiaire. Il se dirige vers sa place habituelle, à droite du gardien et à côté de Trudel, qui attache ses patins en écoutant le débat.

— Ce qui est dommage, c'est que le *sniper* ait pas descendu son avocat aussi. Paraît que la police avait des aveux, que c'était Bertrand le coupable, mais que c'est juste à cause d'une ostie d'affaire de procédure ou de charte que l'avocat a pu le faire remettre en liberté. J'peux pas croire que quelqu'un s'arrange pour faire sortir un malade comme ça ! C'est certain que, ce gars-là, y a pas d'enfant.

Le peintre vient d'en remettre une couche. Le syndicaliste a aussi son élan.

— Pas d'enfant, mais un gros compte en banque ben rempli par des clients qui auraient dû se ramasser en prison mais qui jouent au golf au grand soleil parce qu'il a trouvé une façon de leur éviter de payer pour ce qu'ils ont fait...

— Je sais pas c'est qui le gars qui a fait ça, mais ça nous en prendrait plus des comme ça, des gars qui font ce qu'y faut faire, parce que le système est pas capable de l'faire...

Antoine se sent comme une taupe dans son propre vestiaire de hockey. C'est son vieil ami Giovani, un honnête peintre en bâtiment, qui vient de lui rendre ce bref hommage, sans le savoir. Antoine se demande quelle serait sa réaction s'il apprenait que le « gars qui a fait ça » joue sur le même trio que lui. Antoine est, ce soir, le *talk of the town*, mais anonyme. C'est son moment Andy Warhol, ses quinze minutes de gloire, et il ne peut même pas les revendiquer.

Le juge rumine en attachant ses jambières. Éthiquement, il ne peut pas laisser cette conversation se poursuivre sans essayer de ramener un peu sa meute vers la civilisation.

— OK, le pédo ne touchera plus jamais à un enfant, y a personne qui va pleurer pour ça, mais on vit en société, et on s'est donné des lois qui font de nous des gens civilisés dans un pays civilisé. Si on se met à tirer sur tous ceux qui réussissent à profiter des petites craques dans nos lois, ce sera plus un pays civilisé, ça va être la jungle.

— OK, *judge*, je t'entends. Mais ça se peut-tu d'abord qu'on soit rendus trop civilisés ? Particulièrement avec les sauvages ?

C'est François qui vient de lancer cette tirade qui fait taire le groupe et laisse le juge sans réponse. Quand Trudel parle pour dire autre chose qu'une grosse niaiserie, tout le monde fige et l'écoute. Un ange passe. Il reprend. Sans son sourire habituel.

— Quand un accroc à une règle de procédure est plus grave que le meurtre d'un enfant, moi, je considère que c'est un abus de civilisation. Comme si on était devenus trop intelligents, trop évolués. Être une société civilisée, est-ce que ça veut dire que le gros bon sens s'applique plus ? Dis-moi ça, *judge*, t'es bien placé pour répondre !

Antoine reste silencieux, mais intérieurement il se sent soudain moins seul face à ce qu'il a fait. Son meilleur ami vient de le cautionner. Et Antoine n'en demande pas plus pour y trouver du réconfort.

Ce qu'il a fait n'est pas mal.

34

Jeudi 18 octobre 2018 – 8 h 40

McGraw est installé au comptoir du Green Spot. Le policier y prend son petit-déjeuner au moins deux fois par semaine. C'est dans son *hood*, à Saint-Henri, et les serveuses le connaissent bien. La belle Darcy, celle qui fait le quart du matin depuis plus de quinze ans, lui lance une phrase qui en dit long sur l'humeur du vrai monde, en déposant une tasse de café brûlant devant lui.

— *Donald, tell me you won't go after this bad guy, for God's sake! Leave him alone! He's doing good!*

— *Well... a bad guy is a bad guy, Darcy... I'm playing for the other team...*

Il aurait préféré qu'elle lui parle en français, à cause de son accent vraiment trop sexy. Pour McGraw, Darcy est la plus belle quinquagénaire du monde, avec ses grands yeux verts en amande, son joli visage aux traits fins, ses taches de rousseur et sa tignasse de cheveux châtain clair qu'elle attache en queue de cheval, ce qui lui donne l'air d'une collégienne, même à son âge. Elle a toujours été son petit *crush* secret. McGraw est un solitaire indécrottable, un *lonesome cowboy*. Même si quelques femmes sont passées dans sa vie, il n'a jamais eu d'histoires mémorables. Il n'a jamais trouvé son *match.* Ça arrive. Toutefois, avec Darcy, c'est différent. Il a toujours des papillons quand il la voit. Quand elle lui parle. Un jour, peut-être...

Elle s'accoude de l'autre côté du comptoir, à quelques centimètres de son visage, et elle pointe son index vers lui. Ça fait son effet.

— *OK, but I like this kind of bad guy. So, go after someone else ! Got it ?*

— *If you say so. You're the boss.*

Il parcourt les journaux du matin : *The Gazette, La Presse* et le *Journal de Montréal.* Évidemment, les trois ne parlent que de l'exécution de Réginald Bertrand par un *sniper.* Dans les trois quotidiens, on s'entend sur la thèse d'un justicier incapable d'accepter que le pédophile récidiviste reprenne sa liberté. Pour le vieux flic, c'est la théorie qui tient le mieux la route, même s'il a du mal à se convaincre que ce scénario hollywoodien est bien réel. Un justicier ? Il croyait avoir tout vu dans sa carrière, mais un citoyen assez contrarié par la libération d'un suspect pour l'exécuter ? Un citoyen capable de manier une arme de tireur d'élite, de toucher la cible à des centaines de mètres, de planifier une telle opération sans laisser de traces ? Ça commence à faire beaucoup de talents spéciaux qui viennent avec un entraînement poussé pour un simple citoyen indigné.

Le rapport de la balistique sortira avant midi. L'autopsie n'apprendra rien à personne. Généralement, quand on reçoit une balle de gros calibre en plein front, on meurt. C'est ce que Bertrand a fait, sans hésiter. On a quand même pu établir que le tireur était situé en hauteur et ainsi circonscrire une zone de toits à inspecter, tous offrant une vue sur le trottoir devant le palais de justice. On trouvera certainement quelque chose. Comme le triple meurtre du Planqué est déjà pratiquement classé, Lavigne a donné le dossier de l'assassinat du pédo à McGraw, au moins pour commencer l'enquête.

Quelqu'un a réparé la bourde de ses deux collègues. Le vieux pédo était coupable, il n'y avait pas le moindre doute sur ce fait. Et il a eu ce qu'il méritait. Ça aussi, c'est clair. Mais un justicier ? Vraiment ?

35

Jeudi 18 octobre 2018 – 8 h 45

Antoine aussi a parcouru les journaux montréalais et son étourdissement ne va pas en diminuant. C'est partout. Même quelques quotidiens américains et français ont relaté la mort de Bertrand. Ce genre de fait divers n'est pas courant. Assis sur une marche du petit escalier de sa cour arrière, il continue de constater l'important *splash* public de son premier mort. Dire que la nouvelle est devenue virale relève de l'euphémisme. Les images nombreuses et spectaculaires, prises en direct, ont largement contribué à sa diffusion.

La rumeur populaire gronde avec un certain consensus ce qui ressemble à la formule éculée «Justice est faite». Seules quelques voix dissidentes se sont fait entendre, le barreau du Québec entre autres, pour dénoncer l'exécution d'un suspect contre lequel on n'a pas été en mesure d'amasser une preuve suffisante pour porter des accusations et ouvrir un procès.

Le thème de *Love Story* tinte dans l'air frais du matin. Elizabeth.

— Tu dois jubiler?

La phrase d'Eli le saisit. Elle ne peut pas savoir.

— Qu'est-ce tu veux dire? Tu parles du meurtre du pédo?

— De quoi tu veux que je parle d'autre, Antoine ? Depuis hier, il existe juste plus aucune autre nouvelle…

— …

— Antoine Aubin, le révolté solitaire, l'outré tout seul dans son coin qui me casse les oreilles depuis des années avec l'injustice ambiante… Quelqu'un d'autre que toi se tanne pour vrai et élimine un pédo, et toi tu dis rien ? Es-tu sur le Prozac pis je le sais pas ?

— Ben non, mais je sais pas trop quoi te dire. Mais c'est certain que j'condamnerai pas ça.

— J'espère ben que tu condamneras pas ça ! Même moi, j'te mentirais si je te disais que je fais pas un p'tit *attaboy* bien senti. Un tueur d'enfants qui se fait descendre, y a pas grand monde qui va être fâché de ça. Mais je pensais que tu m'appellerais en premier pour m'exprimer ta joie ! Si c'était pas complètement impossible que tu aies fait ça toi-même, j'aurais presque pu croire que c'était toi le responsable…

Antoine est sans mots. Prendre connaissance de la réaction populaire, anonyme, est une chose. Entendre celle d'Elizabeth en est une autre. Plus troublante. Au moins, elle n'est pas révoltée par le geste. Cependant, discuter de la mort de Bertrand sans lui avouer la vérité lui donne l'impression de mentir. Et mentir à Elizabeth, il ne l'a jamais fait. Il est mal à l'aise.

— Eli, j'ai un déjeuner ce matin et je suis déjà un peu serré. On se rappelle plus tard ?

— Si tu veux. Pourquoi j'ai l'impression que quelque chose cloche, Antoine ? T'es bizarre.

— Non, non, tout est beau. Je suis juste préoccupé par mon meeting de tantôt…

— Non. Pas vrai. T'es jamais préoccupé par ta job.

— Eli…

— OK ! On se reparle plus tard.

36

Jeudi 18 octobre 2018 - 13 h 20

McGraw frappe deux petits coups dans la grande baie vitrée du labo de Claude Généreux, un des spécialistes en balistique de la police de Montréal qu'il connaît bien. L'expert lui fait signe de venir le rejoindre. Assis devant un clavier d'ordinateur relié à trois écrans, le scientifique a un regard enjoué et un large sourire. McGraw sait déjà que les résultats de ses analyses ne seront pas banals.

— Donald, tu fais ma journée !

— T'as terminé l'analyse balistique ? Ça donne quoi ?

— Ça donne quelque chose que j'ai encore jamais vu dans toute ma carrière. Et je trouve ça triste de tripper tout seul ici, dans mon labo. Là, t'arrives comme le père Noël et je vais pouvoir partager mon p'tit bonheur avec quelqu'un qui saura l'apprécier.

— OK. C'est ça, ce gros *smile*-là, dans ta face ?

— Mets-toi à ma place ! On a retiré de la cervelle du pédo une balle de calibre .50 BMG, 12,7 par 99 millimètres, si tu veux les détails !

— OK. C'est ça qui te met de bonne humeur de même ?

— Tu te rends compte ? C'est un calibre rare comme de la marde de pape, Donald ! C'est comme si on recevait de la grande visite au laboratoire : c'est la balle d'un McMillan Tac-50, l'arme des *snipers* des Forces armées canadiennes, des tireurs d'élite des Navy SEALs ! Ce *gun*-là, c'est une légende militaire !

— On achète ça où, une arme comme ça ? Ça doit pas être facile à trouver ici ?

— L'armée en a, mais c'est ultra surveillé et ça circule pas en dehors.

McGraw gamberge. Un calibre militaire, quand même...

— Un *sniper* des SEALs ? T'es certain de ton *call* ?

Généreux lève un regard outré vers McGraw qui en dit long sur la conclusion qu'il a inscrite au rapport balistique consigné dans le dossier qui repose sur son bureau. Il l'ouvre et en sort quelques feuilles. Il les retourne une à une, comme pour se convaincre que tout ça est réel.

— En fait, ce qu'on peut dire avec certitude, c'est que quelqu'un a utilisé l'arme d'un tireur d'élite des SEALs. S'il est dans les Navy SEALs ou l'armée canadienne, ça, je peux pas te le dire. C'est ta job de trouver qui tire sur le monde. Une chose est sûre, ton justicier est un pro.

— Attends avant de parler de justicier, Claude. On sait pas grand-chose encore.

— Pas grand-chose, mais certainement que c'est pas un assassinat politique, ni une exécution du crime organisé, ni un règlement de comptes. Ton pédo était juste un pauvre débile qui aurait dû être dans une cage à Pinel. Qui aurait intérêt à le descendre ? La maman du petit gars, une mère monoparentale haïtienne ? Si cette femme-là possède un McMillan Tac-50, moi, je prends ma retraite...

À voir la surprise de son collègue, Généreux sent qu'il doit préciser sa pensée.

— Donald, j'te dis pas que c'est elle qui a tiré...

— Ah, OK ! Alors, elle s'est payé un tueur à gages, un spécialiste à 50 000 dollars le *hit* pour venger la mort de son fils ? Elle a du *cash* pis des contacts, la mama haïtienne...

— C'est pas ça que je dis non plus...

— Qu'est-ce que tu dis, d'abord?

— Tu trouves pas ça gros, la thèse d'un justicier qui a les *skills* pour réussir un coup comme ça? Penses-y...

— Comme tu l'as dit tantôt, c'est peut-être pas le justicier qui a tiré.

— Alors, comme tu l'as dit toi-même, ça serait un justicier avec beaucoup de budgets et beaucoup de contacts pour engager un pro qui se sert d'un *gun* comme celui-là.

Claude Généreux regarde McGraw avec un sourire rempli de fausse compassion, en lui tendant le dossier.

— Arrange-toi avec ça, lieutenant McGraw! T'avais juste à étudier plus longtemps. Tu serais comme moi, un scientifique, et tu travaillerais sur des choses concrètes et explicables. Tu s'rais pas pogné à pelleter des nuages pis à inventer des scénarios pour expliquer ce qui s'est vraiment passé sur une scène de crime.

— Qui t'dit que j'aime pas ça, inventer des scénarios?

— Tant mieux si t'as du fun, Donald!

*

Le balisticien ricane encore quand le policier sort du labo.

Généreux dit juste. La mort de Bertrand ne peut avoir d'autre motivation qu'une quête de justice. Un taré comme Réginald Bertrand ne peut logiquement détenir des informations qui inciteraient quelqu'un à le faire taire. Il ne représente rien d'autre qu'un habitué de l'aile des dangers publics de l'hôpital psychiatrique, un malade qui n'aurait jamais dû se retrouver dehors sans surveillance. D'ailleurs, McGraw espère que le grand génie qui a signé le formulaire pour que Bertrand puisse sortir a des problèmes avec sa conscience depuis la semaine passée.

La seule explication logique est donc que quelqu'un a voulu rendre justice. Le coup sent l'entraînement militaire à plein nez. Mais pourquoi un *freelance* de ce calibre gaspillerait-il une balle pour un trou du cul comme Bertrand ? Même s'il reste beaucoup de questions sans réponses, McGraw accepte maintenant l'idée qu'il y a probablement un justicier derrière la mort de Réginald Bertrand.

37

Jeudi 18 octobre 2018 – 13 h 25

Antoine est à son bureau devant son portable. Il allume la radio et surfe sur les sites d'infos. Après vingt-quatre heures, la routine sociale n'a pas encore repris son cours. Le centre d'intérêt est toujours total sur l'assassinat de Bertrand. Rien de nouveau n'a filtré dans les médias quant à l'enquête du SPVM. On se rabat alors sur les sujets périphériques: biographie de Réginald Bertrand, chronologie des événements depuis le kidnapping du petit Valencienne, schéma couleur de la scène de crime avec un tracé rouge qui part d'un toit en face du palais de justice et termine sa course sur un bonhomme à la tête auréolée d'une étoile colorée, pour simuler graphiquement un impact de balle. L'avocat de Bertrand, Me Liebstein, est sorti de l'hôpital où il a été traité pour un choc nerveux. Il a refusé toutes les demandes d'entrevue et a annoncé à ses associés qu'il prenait des vacances d'une durée indéterminée. Visiblement, la perte de contrôle subite de ses fluides corporels, dans sa toge et dans l'exercice de ses fonctions, a eu un effet dévastateur sur son arrogance monumentale. Une sorte de rendez-vous avec son humilité…

La grande gueule qui anime l'émission du midi a ouvert les lignes et prend les commentaires des auditeurs. Le sujet du jour n'a pas été difficile à trouver.

— Est-ce qu'un justicier à Montréal, ça vous inquiète ? J'attends vos appels. On parle avec Damien. Bonjour, monsieur...

À entendre les auditeurs à qui on donne l'antenne, Antoine n'a pas trop à s'en faire. Si, par un improbable concours de circonstances, il doit un jour être jugé pour la mort de Bertrand, le peuple est prêt à entamer une grève de la faim pour qu'on le gracie et qu'on l'élise président à vie de la République du Québec dans la même foulée. Entendre cette charge collective est inquiétant, mais paradoxalement il trouve réconfortant de constater qu'il n'est pas seul à avoir atteint son « quota » devant le fonctionnement placide de notre société si évoluée et tellement démocratique. Cependant, être réconforté par la rumeur populaire n'est pas nécessairement bon signe, pense-t-il.

Le dernier auditeur conclut son intervention comme s'il donnait son opinion sur le gardien des Canadiens à Ron-Ron-Ron Fournier, le roi des tribunes téléphoniques de sport.

— Heille ! Ce gars-là, c'est mon homme ! Y fait la job en maudit ! C'est ça que ça nous prenait à Montréal !

Antoine est presque étonné qu'il n'ait pas ajouté : « Avec lui, on va aller la chercher, not' vingt-cinquième coupe Stanley ! » La dame suivante, dans un style moins sportif, abonde dans le même sens.

— Il était temps que quelqu'un arrête de niaiser pis se serve de son gros bon sens ! Est-ce que ça avait du sens que cet homme soit libéré, monsieur Gamache ? Ben non ! Si le système marche pas, ça prend d'autres solutions. C'est pas moi qui vas pleurer la mort d'un violeur d'enfants, monsieur Gamache...

L'animateur sonne faux-cul en tempérant les auditeurs, lui qui habituellement penche plutôt pour le lynchage des desperados sans trop s'enfarger dans les procès. Il avance sans conviction que, même s'il s'agit de la pire des ordures, la présomption d'innocence doit toujours s'appliquer. Le résultat reste le même. La mort de Bertrand fait du bien au peuple. Et, visiblement, ça fait longtemps que les citoyens n'ont pas pu célébrer cette jubilation, à les entendre canoniser leur nouveau sauveur: le justicier de Montréal.

Le titre d'un article attire l'attention d'Antoine. Son index glisse vers l'encadré de la nouvelle.

SORTI DE PRISON, LE BOUCHER DE LAMBTON TERRORISE SA FAMILLE À NOUVEAU

Sous le titre racoleur, il y a la photo d'un homme avec une tronche de cauchemar, la barbe mal rasée, la moustache jaunie par la nicotine, les cheveux coupés ras, la mâchoire serrée, le regard dur. L'image pourrait facilement figurer dans le *Petit Larousse illustré*, juste à côté de la définition du mot « consanguin ». Antoine se souvient de cette histoire. Et de la sale gueule du client. Une histoire d'horreur. Il ouvre l'article du bout du doigt. Il s'agit bien de l'affaire qu'il a en mémoire. Si on en reparle dans les journaux, c'est que Germain Béchard est sorti de prison deux semaines plus tôt après avoir purgé la totalité d'une peine de neuf ans pour homicide involontaire, ce qui est une anomalie dans le système carcéral canadien. Normalement, parce qu'on a tant à cœur la réhabilitation des criminels au Canada, les coupables d'un homicide involontaire obtiennent une libération conditionnelle après avoir purgé le tiers de leur peine.

Au cours d'un procès fort médiatisé, on avait surnommé Béchard le « boucher de Lambton ». À cause de ce qu'il a fait subir à sa femme et à ses enfants, mais aussi en référence au métier qu'il exerçait à l'abattoir de bisons où il travaillait. Lambton est un petit village de 1600 habitants situé en Estrie, profondément dans les terres, à une cinquantaine de kilomètres au sud de Saint-Georges. Germain Béchard était le père d'une famille de cinq enfants : trois garçons et deux filles. Le procureur avait révélé qu'il avait battu et agressé sexuellement ses enfants et sa femme durant des années. Les jeunes filles avaient été abusées dès l'âge de cinq ans. La famille vivait recluse au fond d'un rang. Le père était soûl la plupart du temps. Les voisins et les gens du village se doutaient bien que quelque chose clochait, mais personne n'avait osé faire quoi que ce soit. Germain Béchard faisait peur aux habitants de Lambton. Il était imprévisible et violent. On préférait se mêler de ses affaires et se contenter de commérer dans le confort de sa chaumière.

En fait, Béchard était un abruti et un ivrogne aux carences intellectuelles évidentes. Un dépravé d'une perversité insondable. Au procès, les témoignages sur les différents sévices sexuels dont il avait accablé ses enfants étaient insoutenables. Ce que sa famille avait enduré toutes ces années était à peine descriptible.

Comme éléments de preuve, on avait fourni les résultats d'examens médicaux pratiqués sur la mère et sur les enfants de Béchard, qui avaient révélé de nombreuses traces de fractures, plus ou moins récentes. Fractures aux côtes, aux bras, à la mâchoire, dents cassées. Un des garçons avait perdu un œil à la suite d'une raclée particulièrement violente. Pourtant, aucun dossier n'était ouvert au nom de la mère ou des enfants Béchard à la clinique médicale de la coop du comté, ni dans aucun autre centre hospitalier de la province. L'école du village avait bien fait quelques timides démarches auprès des services sociaux de la région pour qu'on investigue sur cette famille, dont les enfants, de toute évidence, étaient en détresse. Rien n'avait abouti.

Finalement, Germain Béchard s'était fait prendre quand des chasseurs avaient trouvé le cadavre d'un bébé dans les bois. Un de leurs chiens était revenu avec le corps d'un nourrisson dans la gueule. Rapidement, les enquêteurs de la SQ étaient remontés jusqu'à la famille Béchard. Ils avaient pu établir que le nouveau-né, un garçon, était celui de la plus vieille des filles, Carole, treize ans, que son père avait mise enceinte. Elle avait accouché prématurément à la maison. Constatant quelques jours plus tard que le nouveau-né était mort, le père s'était débarrassé du corps en l'enterrant dans les bois non loin de leur maison. Coup de malchance pour le boucher de Lambton, le lendemain matin, des chiens de chasse avaient senti quelque chose dans la forêt, et leur flair les avait menés à un endroit où la terre avait été récemment remuée. Les bêtes avaient creusé et déterré le petit corps. Les enquêteurs avaient facilement établi un lien avec la maison des Béchard, située à moins d'un kilomètre du lieu de la macabre découverte. En s'y rendant, les policiers avaient compris l'horreur de la situation de cette famille, et tout avait déboulé. On avait d'abord arrêté le père pour outrage à un cadavre, puis après les témoignages de la mère et des enfants, obtenus péniblement, on avait pu inculper Germain Béchard sous une kyrielle d'accusations, dont celle d'homicide involontaire. On l'avait envoyé en prison pour neuf ans. L'autopsie n'avait toutefois pas pu établir avec certitude les causes exactes du décès de l'enfant, mais les conclusions tendaient vers un cas grave de bébé secoué.

L'article spécifiait que Béchard avait soumis une requête de libération conditionnelle à trois reprises au cours de son incarcération. Chaque fois, son refus de reconnaître toute culpabilité, son absence totale de remords et son rejet systématique des thérapies proposées n'avaient laissé d'autre choix aux commissaires que de rejeter sa demande. En audition, il était même allé jusqu'à proférer des menaces envers sa femme et ses enfants. Quand il serait libre, « ces maudits ingrats verraient c'est qui le père de cette famille ».

Sitôt libéré, il était allé se coller à la clôture de la cour d'école que ses deux plus jeunes enfants fréquentaient, et à la sortie des classes il leur avait crié des menaces et des insultes. La police s'était pointée sur les lieux, mais n'avait pu l'arrêter puisque les deux adolescents, paralysés par la peur, avaient refusé de porter plainte contre l'enragé. Béchard s'était ensuite présenté au travail de sa femme, ivre mort, et l'avait terrorisée elle aussi. À elle comme aux enfants, le père avait gueulé qu'il leur ferait payer les années de prison qu'il avait dû purger par leur faute. Mme Béchard, elle, avait bel et bien porté plainte contre son mari, mais le seul résultat avait été une ordonnance de la cour lui interdisant de s'approcher à moins de 100 mètres des membres de sa famille. Depuis, il les suivait de loin, les intimidait en leur faisant des signes violents. La famille vivait un cauchemar sans que la justice y puisse quoi que ce soit. Béchard respectait la distance imposée par la cour. La mère suppliait les autorités d'intervenir, mais tant que son mari n'enfreignait aucune loi et s'en tenait aux exigences de l'ordonnance, ils ne pouvaient rien faire. Nicole Béchard était au désespoir, elle qui croyait être sortie pour de bon de son enfer.

« Quand il va tous nous avoir tués, il va être trop tard pour nous protéger ! » a-t-elle plaidé en larmes devant la caméra d'un journaliste. Pour elle, c'est simplement une question de temps avant qu'il passe aux actes.

Germain Béchard est à n'en pas douter un homme abject en tous points. Le peu qu'en sait Antoine est déjà suffisant pour l'amener à inscrire son nom sur la deuxième ligne de sa liste. Sir Chuck ne va pas laisser le nouveau héros du peuple rêvasser longtemps. Il va vouloir un autre nom sans délai.

Antoine commence même à se faire mentalement une liste de critères.

Y a-t-il une façon imaginable pour cet animal de redevenir un humain décent ? Non.

A-t-il causé beaucoup de souffrances autour de lui ? Oui.

Risque-t-il d'en causer encore ? Assurément.

Est-ce que la terre est un meilleur endroit sans lui dessus ? Une évidence…

38

Jeudi 18 octobre 2018 – 17 h 20

Antoine n'a pas perdu son temps à gamberger sur l'identité du prochain mort sur sa liste. Après sa journée de travail, alors qu'il recule sa voiture pour sortir de son espace de stationnement, un gros VUS noir s'arrête derrière lui et lui bloque le chemin. Deux hommes sortent du véhicule et s'avancent de chaque côté de sa BMW. Antoine baisse sa fenêtre et reconnaît tout de suite celui qui se penche vers lui. C'est un des bras droits de Sir Chuck. Celui aux traits de vieux corbeau, secs et tirés, et aux sourcils surdimensionnés. Le caïd l'appelle Penny.

— Tu nous suis ou faut qu'on t'embarque ? Ton *call*…

— Je dois vous suivre là, maintenant ?

— Tu peux laisser ton char ici et on vient te reconduire après…

— Ah ! Au moins je suis rassuré. Si y a un « après », ça veut dire que c'est certain que vous venez pas me chercher pour me descendre ?

L'homme de main du caïd plante son regard blasé dans les yeux d'Antoine, qui se sent aussitôt ridicule d'avoir lâché cette réplique.

— Ça veut rien dire… Si tu savais la *bullshit* qu'on peut dire à un gars avant de l'passer…

— Ah bon ! C'est gentil de m'en faire part. Comme ça, vous « passez » des gens, des fois ? Eh ben…

Antoine s'entend ajouter la dernière phrase. Sa voix est mal assurée. Le silence de Penny donne une idée de l'étendue de son sens de l'humour.

— OK, je pense que je vais vous suivre d'abord…

*

C'est la quatrième fois qu'Antoine se retrouve en tête à tête avec Sir Chuck. Il ne s'habitue pas à ce que dégage cet homme. L'étrange sourire sur son visage n'allège rien non plus.

— C'est bien parti, notre affaire, Antoine. T'as vu ? T'es un héros national ! T'as fait un bon *casting* sur ton premier client. T'as fait du bien aux citoyens. T'as puni un criminel et t'as probablement sauvé la vie des autres enfants que ce malade aurait tués. Tout est parfait, non ?

— Si vous le dites. C'est vous le pro, alors quand vous présentez les choses comme ça, je veux bien vous…

Le caïd le coupe sèchement.

— Y a pas d'autres façons de les présenter.

Un silence flotte dans la pièce. Le tintement des glaçons dans le verre de scotch du caïd est tout ce qu'on entend. Antoine a envie de dire à Péloquin qu'il s'excuse de ne pas être encore habitué à faire descendre des gens, mais l'ambiance n'est pas propice à plaisanter. Sir Chuck soupire, comme s'il faisait un effort pour redevenir aimable avec le « citoyen » qui lui fait face. Il se lève pour ramasser la bouteille de Balvenie PortWood vingt et un ans d'âge sur le bahut derrière son bureau. Il prend un deuxième verre au passage, ajoute deux glaçons et le dépose devant Antoine. Il y verse une solide lampée et remplit le sien.

On est jeudi soir. Antoine se dit qu'il vit en ce moment le 5 à 7 le plus *fucké* de son existence, à débattre de la vie ou de la mort des gens en sifflant un scotch à 400 dollars la bouteille. Sir Chuck s'est rassis et a retrouvé son sourire inquiétant.

— Faut pas s'arrêter là ! On est sur une belle lancée. « Antoine-le-justicier-anonyme » doit maintenant me donner le nom d'un deuxième, puis d'un troisième et ensuite de deux autres *lucky bastards* qui sont sur sa *death list.*

— Euh... Pas tout ce soir, toujours ben ?

— J'imagine que non. Tu dois être le genre de gars qui va me jouer ça un à la fois... Je veux un nom pour tout de suite, et on verra après...

— Le boucher de Lambton.

Antoine a lancé le nom trop fort et trop nerveusement. Il déteste la façon dont il se sent devant Sir Chuck. Petit et faible, comme quand il avait sept ans dans la cour d'école et qu'il répondait aux grands baveux de sixième année qui l'écœuraient, lui et ses amis. Sir Chuck fronce les sourcils et se tourne vers Penny, un point d'interrogation dans le regard. L'homme de main hoche légèrement la tête, l'air de dire « Je sais de qui il parle ».

— *So,* le boucher de Lambton *it will be*!

Le caïd a presque prononcé la dernière phrase avec bonne humeur, comme s'il s'agissait d'une excellente nouvelle. Il lève son verre pour trinquer avec Antoine, qui, machinalement, l'imite. Celui-ci avale sa gorgée et se lance dans une explication malhabile, essayant d'avoir l'air convaincu, comme si ça changeait quelque chose pour Sir Chuck.

— C'est un abuseur d'enfants, un salaud qui vient de sortir de prison et qui a recommencé à terroriser sa famille, et...

Pour la seconde fois, Sir Chuck coupe abruptement le laïus d'Antoine.

— *Buddy*, on l'a eue, cette discussion-là ! Pourquoi tu te justifies ? Quand même que le prochain ce serait le *goaler* des Canadiens, Miss Hawaïan Tropic 2014 ou un fonctionnaire du ministère du Revenu qui est après toi, je m'en suce le cul ! C'est ton *call*, ça te regarde. Moi, je te paie ma dette. *That's fucking it !* C'est tout ce qui m'importe. Te payer mon dû. Et le plus vite sera le mieux. Le boucher de Lambton, pour moi, c'est juste le numéro deux de tes cinq noms. Ça veut rien dire d'autre pour moi. Et *by the way*, on pourra pas attendre qu'un autre pédo soit relâché pour que tu m'appelles avec le prochain nom sur ta liste. Tu me suis bien, hein ?

— Oui, je vous suis toujours bien, monsieur Péloquin. Vous êtes le genre facile à suivre, inquiétez-vous pas.

Ce coup-ci, Antoine a laissé filtrer un peu plus d'irritation qu'il ne l'aurait voulu. Ce qui a pour effet de durcir le regard que Sir Chuck pose sur lui.

— Écoute bien ce que je vais dire, monsieur Justice. Techniquement, tu es maintenant responsable de la mort d'un et bientôt de deux hommes. Ça serait une bonne chose pour toi, je crois, que ça reste un secret entre nous deux. T'es lié à ces morts. T'es mouillé. Et contrairement à moi, tu sais pas comment *dealer* avec la police pour éviter les gros problèmes. Alors, arrête de jouer au *smart ass*, comme si t'avais pas les mains sales. Ça pourrait finir par me tomber sur les nerfs. La pognes-tu ?

Il fait un geste de la main. L'entretien est terminé.

Antoine prend conscience qu'il vient de condamner à mort un autre homme, de le tuer par personne interposée. Il a dit son nom, cet homme va mourir, et il est trop tard pour y changer quoi que ce soit. Il sauve sa peau, et le caïd, en remboursant sa dette et en respectant son code, sauve la sienne. C'est comme ça qu'il peut avaler ce qu'il accepte de faire. Sir Chuck vient aussi de lui signifier très clairement qu'il le tient par les couilles, dans ce jeu tordu. Le piège s'est refermé derrière Antoine, aucun doute là-dessus. Il ne peut que continuer à avancer vers la sortie, en espérant qu'il y en a une.

Il a ensuite une pensée pour la famille du boucher de Lambton, qui va bientôt pouvoir vivre en paix. Sir Chuck a peut-être raison, il réfléchit trop.

Alors qu'il passe la porte du bureau du caïd, celui-ci l'interpelle.

— Quel *feeling* ça te fait d'avoir ce pouvoir-là ?

Antoine se retourne vers Péloquin. Ce dernier s'est renversé dans sa chaise et a les deux pieds sur son bureau. Son air impatient l'a quitté et il arbore maintenant un sourire satisfait.

— Le pouvoir ?

— Ce pouvoir-là, le pouvoir de vie et de mort sur les gens, le pouvoir de tuer… Ça te fait quoi quand tu y penses ?

— J'avoue que j'essaie de pas y penser. Pas comme ça en tout cas…

— *Come on !* Tu vas me faire croire que ça t'a rien fait de faire descendre l'autre tueur d'enfants, de faire ce que tout le monde voulait faire ? Toi, tu pouvais agir et t'as agi. Tu l'as senti, le pouvoir, non ?

Antoine se sent comme si quelqu'un l'avait surpris les culottes à terre. Sir Chuck nomme précisément cette impression qui lui a vrillé le ventre quand il a constaté l'ampleur de ce qu'il avait déclenché. Ce sentiment de puissance, de satisfaction impossible à refréner. Si Sir Chuck lui pose cette question, c'est qu'il sait que ce vertige est bien plus lié à ce droit de vie et de mort qu'à un désir de justice. Pourtant, pour Antoine, la volonté de remettre les choses dans un ordre acceptable est au cœur de tout, dans cette histoire de fous. En fait, c'est la seule notion logique qui le différencie du psychopathe de l'autre côté du grand bureau d'acajou. Il n'est pas un tueur de sang-froid. Pas lui.

39

Jeudi 18 octobre 2018 – 19 h 20

McGraw est passé se chercher un *pack* de Kilkenny au supermarché et une boîte d'ailes de poulet congelées qu'il a enfournées en rentrant chez lui. C'est *hockey night* pour lui. Ce soir, Montréal joue contre Boston. Même à cinquante-quatre ans, McGraw se sent encore excité avant une partie de hockey. Quand c'est contre les Bruins, c'est encore meilleur.

Évidemment, ce n'est pas aussi intense que ce qu'il ressentait quand il avait douze ans et qu'il s'installait sur le vieux sofa avec ses frères et son père pour écouter une partie des Canadiens. Le père de McGraw, comme la plupart des familles irlandaises de Boston, avait grandi dans « Southie », ou South Boston, avant de venir s'établir à Pointe-Saint-Charles avec son épouse et leur premier fils, Donald. Aidrian McGraw prenait donc pour les Bruins. Donald et ses deux frères avaient le CH tatoué sur leur cœur de petits *blokes* de Montréal. Chaque but des Canadiens était suivi d'une attaque de coups de poing des trois fils McGraw sur les larges épaules de leur *daddy*, qui, lui, sacrait en anglais contre la Sainte-Flanelle. Trois décennies plus tard, Aidrian McGraw assiste maintenant aux affrontements Montréal-Boston du fond d'un pub irlandais au paradis. Si le paradis existe, il y a un pub irlandais et de la Guinness pression à profusion. La spiritualité de Donald McGraw ne va pas plus loin que cette conviction. Depuis, la fratrie McGraw s'est éparpillée entre Boston et Montréal. Le cadet de la famille, Nathan, est policier lui aussi. *State trooper* au New Hampshire. Il a épousé une fille de Durham qui est physiothérapeute pour l'équipe de football de l'UNH, les Wildcats. Tristement, les frères McGraw se sont pas mal perdus de vue. Reste qu'un classique Bruins-Canadiens, des *wings* et une Kilkenny, c'est encore un des bonheurs de la vie du vieux policier.

La partie de hockey va peut-être lui changer les idées. Il est frustré. Il n'avance pas dans le dossier de l'exécution de Réginald Bertrand. Outre le calibre très singulier de l'arme que le rapport balistique a identifié, on n'a rien. On attend qu'un enquêteur du SCRS ait terminé d'éplucher la liste des voyageurs arrivés une semaine avant le meurtre et celle de ceux qui ont quitté le pays depuis. S'il est vraiment chanceux, un ex-*sniper* des forces spéciales n'aura peut-être pas pris la peine de traverser les douanes canadiennes sous une fausse identité, avec un passeport d'une autre nationalité. Le nom d'un tueur professionnel déjà sur les radars de l'agence ressortira peut-être parmi les milliers de voyageurs. Sinon, rien du tout. Un travail sans tache, un *know-how* de professionnel. Avec un mobile étrange : la justice. Un justicier capable de tuer comme un *hitman* professionnel. Dans un roman de James Patterson, d'accord. Mais dans la vraie vie, ici, à Montréal…

Son cellulaire vibre dans sa poche de chemise alors qu'il sort ses ailes du four. L'afficheur indique que c'est Borduas, un des policiers affectés à la filature de Sir Chuck depuis la tentative de meurtre. Faute de budget, l'opération de surveillance se limite maintenant au minimum. Deux caméras installées dans des poteaux de téléphone devant le portail de la résidence de Sir Chuck. On peut ainsi capter clairement qui entre et qui sort de chez lui, incluant la plaque d'immatriculation de tous les véhicules. Les policiers dressent donc, toutes les douze heures, la liste des véhicules entrant et sortant, avec l'heure et le numéro de plaque.

C'est une drôle d'heure pour l'appeler. Donald répond avant la troisième sonnerie.

— McGraw.

— Donald, c'est Borduas.

— *What's up ?*

— Ce soir, on est en surveillance devant chez Sir Chuck et on a noté quelque chose de *odd.*

— Je t'écoute...

— Tantôt, y a un des *SUV* de Péloquin qui est sorti. Il est revenu suivi d'une voiture, une BMW. Une demi-heure plus tard, la BM est repartie.

— OK. *So ?*

— On a entré le numéro de plaque de la BMW dans le système. Elle est au nom d'Antoine Aubin. C'est pas le cave qui a sauvé Sir Chuck, ça?

— Direct lui. T'as vu si c'est lui qui conduisait?

— Non. Les vitres sont teintées et on n'est pas dans un angle pour voir qui est au volant.

— T'as raison, c'est *odd.*

— C'est ça que je me disais.

— Merci pour l'info. Je vais passer le voir. Lâchez pas.

— Ça, c'est certain.

S'il ajoute ce dernier morceau au casse-tête, ça donne une drôle de salade pour ses réflexions. Une tentative de meurtre sur le plus puissant caïd de la ville, sauvé par un imbécile heureux qui ne se doute pas des conséquences de son geste. Une dette d'honneur. L'exécution de Bertrand par un justicier. Un *hit* signé par un top pro. Et là, le citoyen Aubin qui stationne sa BM chez Sir Chuck pour l'apéro. C'est peut-être une coïncidence, mais il n'arrive pas à séparer complètement les événements.

McGraw se dit tout de même que, aussi floue soit son idée, il tient peut-être une première piste dans l'affaire du justicier. Encore un *gut feeling* d'Irlandais.

40

Vendredi 19 octobre 2018 – 14 h 05

Il pleut des cordes et les essuie-glaces peinent à repousser les trombes d'eau qui inondent le pare-brise de sa voiture. Tamara se fait une retouche maquillage dans le miroir du pare-soleil. Antoine et elle roulent en direction de l'aéroport. Elle part pour trois semaines. Au moins. Une tournée qu'Antoine a baptisée « la tournée des péteux ». D'abord, quelques jours à Toronto pour rencontrer des fournisseurs, puis l'itinéraire habituel : Paris, Milan et Londres, où Tamara fera des « coucous-bisous-ma-chérie » à une litanie de fendants insupportables qui seront beaucoup trop heureux d'être contents de l'accueillir avec un grand « Oh-My-God-Tata-tu-as-encore-maigri » et qui crieront tout ça trop fort en agitant leurs mains en l'air, à la frontière entre l'hyperventilation et le choc vagal. Un joli pélerinage à travers la quintessence du faux-cul et de la futilité d'humains friqués et fringués. L'espérance de vie d'Antoine dans ce genre de safari mondain se calcule en heures. Pour Tamara, faire la tournée de ses contacts, fidèlement, au moins deux fois par année est un *must* dans sa business. Elle doit aussi finaliser les achats pour la collection printemps et commencer à prévoir celle de l'automne.

Comme ils ne se verront pas durant presque un mois, Tamara s'est arrangée pour que son mec ne l'oublie pas. Elle est venue le cueillir à la porte de la maison. Elle portait les escarpins Michael Kors noirs qui font baver Antoine et... rien d'autre. Ils ont fait l'amour un peu dans le hall d'entrée, un peu plus dans l'escalier, beaucoup dans le corridor en haut des marches et, finalement, de façon plus convenue, dans son lit. Tout ça au beau milieu de la journée et dans l'urgence de filer vers l'aéroport pour ne pas manquer le Montréal-Toronto de 15 h 15. Ce genre de minitornade que Tamara sait si bien créer laisse toujours Antoine décoiffé, arborant chaque fois le même sourire béat. Cette femme est un toboggan. Et Antoine le dévale cul par-dessus tête sans se demander ce qui l'attend au bas de la glissade. YOLO !

Les mains sur le volant, Antoine se sent encore bercé par les vagues qui ont rythmé leur corps à corps, et les *flashs* de tout ce qu'ils viennent de faire rendent sa concentration difficile. Il peut presque sentir les effluves de leurs ébats flotter dans l'habitacle de la voiture. L'assaut de Tamara, en plus d'être plus qu'agréable, a réglé un problème. Antoine avait peur qu'elle lui trouve quelque chose de différent, de changé. Ils ne s'étaient pas vus depuis l'exécution de Réginald Bertrand. Ce que cet événement lui fait ressentir est tellement intense qu'il a encore l'impression d'avoir inscrit sur son front : « J'ai fait tuer le pédophile ! C'est moi le justicier ! »

L'opération « Michael Kors » de Tamara a fait diversion et elle n'a pas eu le temps de s'attarder sur ce qu'il avait d'écrit sur le front. Apparemment, il a passé le test. Avec Tamara, il est sauf pour au moins trois semaines.

— Alors, si tu m'attends ici sagement, que tu fais pas de conneries, que tu penses à moi et que tu sautes personne d'autre, je te refais le coup des talons hauts avec rien d'autre à la seconde où on passe la porte de chez moi en rentrant de l'aéroport, dans trois semaines. *Deal ?*

— *Deal...*

*

Après avoir déposé Tamara à l'aéroport, Antoine s'est arrêté au marché Atwater s'acheter ce qu'il faut pour se concocter un festin. Il va se gâter, cuisiner un peu en buvant trop de Barolo et en tentant de se sortir de la tête que la nouvelle de la mort du boucher de Lambton peut débouler à tout moment. La commande est passée. Mais ce soir, il se fait croire que tout va bien, que tout est OK. Juste un petit vendredi de justicier masqué qui décroche et c'est très bien comme ça.

Il a sauté dans ses shorts des Seahawks de Seattle trois fois trop grands et porte son plus vieux *hoody*, celui dont les coutures risquent de rendre l'âme à chaque lessive. Ce *hoody*, c'est un peu sa « doudou », la couverture qu'un enfant traîne partout pour se rassurer. Popoter dans son kit mou favori est déjà un bon pas vers une soirée normale. Installé à l'îlot de sa cuisine, il coupe les légumes en cubes pour faire la mirepoix qui passera deux heures à braiser avec les jarrets d'agneau, l'ensemble baignant dans un fond de vin rouge, tout comme lui. Il fait tout pour éviter de ressentir la nervosité qui l'habite à l'idée qu'un tueur est dehors pour descendre le boucher de Lambton, à sa demande. Nervosité ? Excitation ? Qu'importe. Il a volontairement ouvert la télé à une chaîne où l'actualité n'existe pas. Cette chaîne programme des *freak shows* ahurissants qui repoussent les limites débiles du racolage d'auditoire. Ce qu'il regarde, en sculptant des petits cubes égaux de céleris, porte le titre de *Docteur, ça va pas du tout !* Sur un fond d'anglais doublé en français, ce rendez-vous pour grands intellectuels téléphages présente des cas lourds de dégénérescence mentale, aussi authentiques et vérifiables que les intentions derrière le sourire d'un politicien dans un cocktail de collecte de fonds. Depuis quelques minutes, il écoute la confession très émotive d'une grosse dame de Houston en se disant que la locution « grosse dame de Houston » offre un bel exemple pour illustrer le pléonasme dans un cours de français de sixième année. Donc, ce soir, la grosse dame de Houston lutte contre une dépendance singulière : elle ne peut s'empêcher de dévorer ses serviettes hygiéniques. Propres et inutilisées, il va sans dire. Mais des serviettes hygiéniques tout de même. À travers de gros sanglots qui secouent la couche de saindoux qui l'enrobe, elle explique tous les problèmes de santé qui viennent avec l'ingestion quotidienne des ingrédients qu'on trouve dans une serviette sanitaire de qualité. Ben coudonc ! Super-Docteur, l'animateur de l'émission, toujours très professionnel et très scientifique, lui propose une cure révolutionnaire qui consiste, en gros, à cesser de manger des serviettes hygiéniques ! Brillant ! Fallait y penser. Avec ce traitement, tous les espoirs sont permis pour Brenda de Houston. Et le cerveau d'Antoine repose en paix.

41

Samedi 20 octobre 2018 – 9 h 05

> « Si la vie est un bien, la mort est son fruit ;
> si la vie est un mal, la mort est son terme. »
> Louis-Philippe de Ségur, *Les Quatre Âges de la vie*

Penny est de mauvaise humeur. À cinquante-deux ans, il se dit qu'il a passé l'âge de dormir dans sa voiture. Il aurait préféré que Sir Chuck demande à un autre de ses hommes de faire les trois heures de route pour aller exécuter le boucher de Lambton. Un gars moins expérimenté que lui aurait pu se charger de ce *hit* sans problème. Mais c'est Sir Chuck qui donne les ordres et l'idée même d'en discuter n'est pas une option.

De toute évidence, les choses sont plus compliquées qu'il ne l'avait prévu. Mais là, heureusement, cette petite escapade touristique dans les régions profondes tire à sa fin. Ce n'est pas trop tôt.

En principe, le coup était simple et sans risques. Cependant, Penny sait trop bien que c'est lorsqu'on pense que ce sera facile qu'on fait des erreurs. Il s'est donc imposé les précautions habituelles pour ce genre de contrat. Le problème quand on travaille dans un trou comme Lambton, c'est qu'il est impossible de se perdre dans la foule, et comme il n'existe qu'une route pour se rendre à ce village, on peut se faire prendre au piège par la police si notre véhicule est signalé par un témoin.

Il faut alors procéder rapidement après avoir abattu la cible.

D'abord, Penny a bien repéré sur Google Maps l'itinéraire qu'il devait emprunter pour arriver à Lambton, ainsi que les autres routes autour. Il a surtout établi très précisément le trajet de repli, qu'il suivra une fois le boulot accompli. Il a fait le voyage dans une fourgonnette louée, une Dodge Caravan vert forêt. Le genre de véhicule qui évoque plus une petite famille qu'un tueur professionnel. La flotte de voitures de Sir Chuck est constituée d'Audi A6 noires aux vitres teintées. Si Penny avait traversé la rue principale de Lambton à bord de ce genre de voiture, quelqu'un l'aurait inévitablement remarqué. Quand on planifie un *hit*, on souhaite précisément le contraire. Deux autres voitures ont suivi sa fourgonnette jusqu'ici, conduites par deux hommes de son équipe. La première, une quatre portes grise volée la veille. Le genre banal qui n'attire pas l'attention. C'est le véhicule dans lequel il se trouve en ce moment, celui qu'il a utilisé pour se rendre à sa cible et dont il se débarrassera après avoir éliminé celle-ci. Le dernier véhicule du convoi qui a ramené les deux hommes de Sir Chuck à la maison était une autre voiture louée, tout ce qu'il y a de quelconque.

Il a mis à peine une demi-heure pour dénicher le bon endroit où stationner la fourgonnette : un petit chemin discret situé à moins de 10 kilomètres de Lambton, menant à un vieux chalet visiblement inhabité si on se fiait aux fenêtres placardées avec des planches de contreplaqué. Impossible de repérer la fourgonnette laissée sur place à moins que quelqu'un décide de prendre ce chemin pour se rendre à cette cabane, ce qui est plus qu'improbable. Penny a ensuite pris possession de la voiture grise, et les deux autres hommes sont repartis vers Montréal à bord de la deuxième voiture louée. La routine de travail était en place.

Phase 1 : se rendre au boucher avec la voiture volée, le descendre, prendre la fuite vers le vieux chalet.

Phase 2 : au chalet, mettre le feu à la voiture volée pour détruire toutes traces dont la police judiciaire pourrait se servir pour trouver le ou les tueurs.

Phase 3 : rentrer tranquillement à Montréal à bord de la Dodge Caravan vert forêt en respectant les limites de vitesse.

Dans le coffre arrière de la voiture grise, Penny a déposé sa trousse de travail personnelle pour s'offrir un seul petit plaisir dans cette affectation merdique, quand viendra le temps de détruire l'auto volée. Penny est le spécialiste des explosifs dans l'équipe de Sir Chuck. Il a déjà fermé plusieurs dossiers pour le clan en les faisant voler en miettes. Le C4 n'a plus de secrets pour lui. Il sait doser la bonne quantité de plastic selon les besoins de la cible et installer les différents mécanismes de détonation : minuterie, amorce mécanique ou déclenchement à distance, son favori parce que c'est ce qui lui permet d'appuyer sur le bouton qui fait boum. Quelle sensation inégalable ! Libérer en une fraction de seconde toute cette puissance par une simple pression de son doigt sur un bouton. Il y a pour lui, à tous les coups, quelque chose de totalement extatique dans ce geste. Le tonnerre de la détonation suivi des centaines de morceaux incandescents qui volent en l'air. Le souffle si violent des flammes qui embrasent tout ce qui se trouve à portée, et surtout la dernière vision avant de quitter le site de l'opération : les carcasses, mécaniques et humaines, qui terminent de se consumer doucement, rouges et brûlantes, comme le fond des ténèbres infernales. Rien d'autre ne lui procure cette sensation dans son travail. Dans la vie en général, en fait.

Le temps alloué à la mission était largement acceptable vu le nombre restreint de voitures de patrouille de la SQ en devoir dans ce coin reculé. Il faudrait vraiment qu'il soit malchanceux pour ne pas réussir à se replier jusqu'au chalet abandonné. D'autant plus qu'il compte bien abattre sa victime sans bruit et sans que personne s'en aperçoive. En principe, on mettra un certain temps à découvrir le corps. Évidemment, les *bad lucks,* ça peut arriver. Un contrat sans risques, ça n'existe pas. Mais c'est le danger habituel lié à son travail.

La veille, avant de quitter le manoir de Sir Chuck, à Senneville, qui est le quartier général du clan, il a téléchargé et imprimé à partir d'une version numérique d'un quotidien une photo de Germain Béchard. Un plan buste avec sa tête de brute bien en évidence. Arrivé à Lambton un peu passé l'heure du lunch, il a stationné la voiture volée au coin d'une rue transversale à la rue principale, où se trouve le seul bar du village. Un petit bouge miteux dont l'affiche néon d'une autre époque annonce le Bar-Salon Les Amis de l'Estrie. Il s'est accoudé au comptoir et a commandé une bière pression. Et il a attendu. Un pochetron fini comme le boucher de Lambton, c'est prévisible. Penny savait que, tôt ou tard, il se pointerait au bar du village. Et il s'est effectivement pointé vers 15 h 30. Même gueule de taré que sur la photo. La cible était identifiée. Béchard s'est installé au fond du bar, seul à une table. Penny a entendu sans peine l'échange verbal entre lui et le serveur. L'abruti parlait trop fort et son élocution ne laissait aucun doute. Il était déjà passablement éméché.

— Une grosse Labatt Bleue, ben froide, pas tiède comme hier, câlisse…

— T'as pas un ordre de cour qui t'interdit de boire et de te trouver dans un bar, toi, Béchard ?

Le serveur a répliqué sans ménagement au ton rude de celui que tout le monde connaissait comme étant « le boucher de Lambton ». Tout à fait le genre de clientèle dont le bar peut se passer.

— Toi, le fendant, mêle-toi de tes câlisse d'affaires. M'as t'en chier un su'a yeule, un ordre de cour, tabarnak ! Tu veux-tu mon *cash,* ostie, ou tu le veux pas ?

— C'que je veux pas, c'est du trouble...

— On veut la même affaire. Faque tu fermes ta crisse de yeule pis tu me rapportes une grosse Bleue. Froide, OK?

— Demandée de même, ça va me faire plaisir de cracher dedans, ostie d'gros porc...

Le serveur a tourné les talons et s'est dirigé lentement vers le bar. Après cette scène, Penny s'est dit qu'il avait déjà hâte de mettre une balle dans la tête de ce gros demeuré. Ce n'était pas sa famille qui irait s'en plaindre. Ni le serveur du bar. Penny n'a pas de problème moral à tuer. Il n'a pas vraiment de plaisir à le faire non plus. Mais il arrive que cet aspect de son travail soit plus agréable que d'habitude.

L'endroit s'est rempli. C'était l'heure de l'apéro, vendredi après la journée de boulot, aux Amis de l'Estrie. Penny a compté deux heures et trois autres grosses Labatt Bleue vidées avant que Béchard lève son gros cul pour quitter le bar. Avant de partir, il a fait un arrêt aux toilettes, ce qui a donné à Penny le temps de sortir sans se faire remarquer et de l'attendre dans sa voiture. Il a fixé le silencieux au canon de son HK45 et l'a déposé sur le siège du passager, recouvert d'un journal. Le chargeur était plein, dix balles de .45 millimètres. Avec ce calibre, à courte distance, les projectiles taillent la victime en pièces en lui arrachant littéralement des morceaux de corps. Penny donnerait ensuite le coup de grâce en collant le bout du silencieux dans l'orbite de l'œil gauche du boucher de Lambton, sa signature, et la tête de ce champion éclaterait.

Béchard s'est traîné les pieds en marchant vers sa voiture, une poubelle sur roues, rongée par la rouille. Il était visiblement bien trop soûl pour prendre le volant. Penny a souri en se disant que, si cet ivrogne se faisait coller pour facultés affaiblies, ça lui sauverait la vie. Temporairement. Il a suivi la vieille voiture sans vraiment prendre de précautions. Béchard était trop imbibé pour être sur ses gardes. Ils ont roulé une dizaine de minutes jusqu'à une petite agglomération s'étalant en bordure de la route 108 qui croisait la rue principale. La pancarte verte et blanche plantée au bord de la 108 annonçait Courcelles.

Béchard a garé sa voiture le long du trottoir devant un duplex qui ne payait pas de mine. Penny a conclu que l'homme devait avoir loué l'appartement au deuxième parce que tout était éteint à l'étage alors qu'il y avait de la lumière au rez-de-chaussée. Il est passé en roulant lentement devant l'immeuble et s'est éloigné pour tourner au prochain coin de rue. Au bout de celle-ci, il a fait demi-tour pour revenir se stationner juste au coin de la rue principale, s'assurant d'avoir une vue sur l'appartement de Béchard. Quand viendrait le temps de passer à l'action, il n'aurait qu'à tourner dans la rue principale et se garer en face de l'immeuble.

Béchard s'est extirpé non sans difficulté de l'habitacle et s'est adossé à sa voiture pour reprendre son équilibre avant de marcher vers son appartement. Penny en a profité pour mettre la cagoule noire sur sa tête et enfiler une paire de gants de cuir souple. Il a pris le HK45 dans sa main droite et en a retiré le cran de sécurité. Ne restait qu'à attendre que Béchard entre chez lui. Il faisait déjà noir et la rue était faiblement éclairée. Du gâteau. Dans cinq minutes maximum, ce serait réglé, s'est dit Penny.

C'est précisément à ce moment que les choses se sont compliquées. Dans la pâle lumière qui éclairait le perron en haut de l'escalier, il a aperçu un jeune garçon, un adolescent qui devait avoir entre douze et quinze ans. Il attendait, assis en haut de l'escalier. Béchard l'a remarqué aussi, alors qu'il avait gravi la moitié des marches. Après avoir fait une courte pause pour fixer le garçon, il a continué son ascension et est entré dans son appartement, sans trop lui prêter attention. L'ado l'a suivi à l'intérieur. Penny s'est dit que ce garçon ne pouvait être qu'un des fils de Béchard, trop con pour se rendre à l'évidence que son paternel était un trou du cul irréversible. Les enfants ont cet amour inconditionnel pour leurs parents, même si ceux-ci sont des brutes sauvages, même s'ils les traitent comme du bétail et même s'il est évident que leur vie d'enfant serait moins misérable si quelqu'un s'arrangeait pour que ces géniteurs ne soient plus en mesure de la leur pourrir. Ce que Penny s'apprêtait justement à faire. Mais le fils Béchard était venu rejoindre son père. Pauvre imbécile.

La présence de l'ado posait un problème à Penny. Les femmes et les enfants ne doivent pas être impliqués dans cette business, et ce jour-là, la business consistait à descendre ce gros verrat. Pas question, cependant, de le faire devant son fils. Pas question non plus de descendre aussi le gamin. Ça ne plairait pas à Sir Chuck.

Penny a reposé son arme sur le siège du passager et l'a dissimulée avec la cagoule et les gants. Il a décidé d'attendre que le jeune quitte le logement. Vraisemblablement, il devait habiter avec sa mère, alors Penny s'est dit qu'il ne resterait pas éternellement avec son paternel. L'ordonnance de la cour stipule que Béchard doit demeurer à une certaine distance de sa famille. Cette distance ne permet certainement pas d'être dans le même appartement. Il a incliné son siège pour trouver une position plus confortable. Avec un peu de chance, l'adolescent retournerait coucher chez lui.

Finalement, l'ado a passé la nuit chez Béchard. Et Penny a dû, lui, la passer à grelotter dans sa voiture, en pestant contre l'esprit de famille de ce gamin et contre sa conne de mère qui n'a pas envoyé les policiers du coin le chercher.

*

Le cadran lumineux vient d'afficher 9 h 10 quand la porte du deuxième s'ouvre enfin. Le jeune homme descend l'escalier et part le long de la rue principale. Dès que Penny le perd de vue, il enfile ses gants et sa cagoule, prend son pistolet, met le moteur de sa voiture en marche, roule jusque devant le duplex, ouvre la portière et se dirige rapidement vers l'escalier qui mène chez Béchard. Il monte les marches deux à deux et arrive devant la porte de l'appartement. Penny cogne trois coups et s'adosse au mur à droite de la porte pour ne pas être visible de l'intérieur, le .45 serré dans sa main droite pend le long de son corps. Il entend le pas lourd de Béchard s'approcher et s'arrêter devant la porte. Il y a un léger cliquetis de serrure. Dès que la porte s'entrouvre, Penny pivote et, d'un violent coup de pied, la repousse vers l'intérieur, envoyant valser le gros homme sur son derrière, à quelques mètres de l'entrée, au milieu du corridor. Avant même que Béchard ait le temps de grogner, Penny fait cracher son HK45 trois fois, atteignant sa cible en pleine poitrine. Après un dernier sursaut, l'homme reste sur le dos. Le sang s'écoule déjà du torse nu de Béchard. Penny s'approche de sa tête, colle le bout fumant du silencieux profondément dans l'orbite de l'œil gauche et presse la détente, faisant littéralement exploser l'arrière de son crâne. Le boucher de Lambton vient de recevoir le coup de grâce *Penny's way*.

Penny tourne les talons en direction de l'entrée, sort puis s'avance vers l'escalier. Il stoppe net. Le fils de Béchard se tient debout, figé, sur la dernière marche du haut, les yeux exorbités, la bouche grande ouverte, fixant l'arme dans la main de Penny. Il bredouille d'une voix à peine audible :

— Je… j'ai… j'ai oublié mon… mon sac.

Penny écarte le garçon de son chemin, dévale les marches et s'engouffre dans sa voiture. Il appuie sur l'accélérateur et file vers la sortie du village. Décidément, la poisse colle à ce contrat. Normalement, il aurait refermé la porte derrière lui et, avant que quelqu'un découvre le corps de Béchard, il aurait déjà été de retour à Senneville depuis longtemps. Ce n'est plus un scénario probant. L'enfant doit déjà avoir trouvé le cadavre de son père dans le couloir. Il reste à Penny peu de temps pour se pousser avant qu'une auto-patrouille se pointe à Courcelles. Pas de raison de paniquer, tout est encore jouable. Dans un quart d'heure, la voiture volée brûlera comme un bûcher de la Saint-Jean et il sera sur la 108 en direction de Montréal au volant d'une Dodge Caravan vert forêt.

L'exécution de ce contrat est assurément plus brouillonne qu'elle n'aurait dû l'être. Sir Chuck déteste quand c'est *messy*...

42

Samedi 20 octobre 2018 – 14 h 45

Il n'a pas cligné des yeux depuis au moins quarante-cinq secondes, le regard fixé sur l'écran suspendu au-dessus du bar. Le son de l'appareil est éteint pour laisser l'espace sonore à la *playlist* de la barmaid qui emplit le Burgundy Lion, le pub où Antoine vient souvent luncher seul, au comptoir. Il n'a pas besoin de l'audio de la télé, le visuel suffit : un duplex de briques rouges au bord de la rue principale dans un petit village, une ambulance et des autos-patrouilles de la SQ, tous gyrophares allumés, et des policiers qui entrent et sortent du logement à l'étage, observés par des badauds qui se tiennent derrière les banderoles jaunes qui délimitent la scène de crime. Une image envoie un frisson dans la nuque d'Antoine. On voit le visage blême d'un jeune garçon à travers la vitre arrière d'une autopatrouille, son regard vide levé vers le haut de l'escalier.

Un meurtre a eu lieu dans un petit village en Estrie. L'homme abattu était le boucher de Lambton. La chaîne de nouvelles continues qu'Antoine regarde indique au bas de l'écran « Lambton's Butcher murdered ».

Antoine vient de signer sa deuxième exécution. En moins d'une semaine. C'est public. Ce deuxième mort le bouleverse moins. Est-ce parce qu'il s'y attendait ? Est-ce plutôt à cause de cet inavouable sentiment d'être satisfait, content même que Germain Béchard soit mort, qu'il ne puisse plus jamais martyriser personne ? Il n'arrive pas à démêler tout ça. La plupart des gens présents fixent l'écran de télé. Antoine se fait petit, comme si l'idée que le responsable de ce meurtre soit assis au comptoir du pub pouvait traverser l'esprit des gens autour de lui d'une seconde à l'autre.

Il y a quelque chose de différent dans ce qu'il ressent, un peu comme s'il assumait mieux la satisfaction d'avoir fait radier Béchard du registre des vivants. Ce coup-ci, il a du mal à ne pas se laisser griser. Toute la population est derrière lui, partout dans les médias, il le sait. Il vient de rectifier une erreur et les choses sont mieux ainsi.

Le caïd serait ravi de voir le changement s'opérer chez Antoine. Antoine le citoyen. Antoine le bon gars. Et là, Antoine le tueur.

*

Son cellulaire sonne alors qu'il marche vers sa voiture garée dans la rue Notre-Dame, à quelques portes du Burgundy Lion. C'est Elizabeth.

— Antoine, avoue que c'est toi.

— Hein ? Moi, quoi ? De quoi tu parles ?

— Ben voyons ! Le justicier qui a descendu les deux criminels, c'est toi ! Ça peut être personne d'autre.

Elizabeth a un sourire dans la voix, ce qui le rassure. C'est une boutade. Elle ne pense pas vraiment qu'il est derrière les deux meurtres. Mais elle connaît tellement les lubies de son ex qu'elle ne peut s'empêcher de trouver que ce personnage de justicier lui colle parfaitement à la peau. Sauf pour la violence de l'acte. Antoine ne serait jamais capable de tuer quelqu'un lui-même.

— Le meurtre en Estrie, ça parle encore d'un justicier. Envoye ! Dis-le que c'est toi !

Antoine pouffe de rire. Mais son rire sonne un peu faux.

— Voyons, Eli, tu me vois descendre des gars, comme ça ?

— Oui !

— Ben là...

— T'as tellement lu de polars, tu connais plein de techniques d'agent secret, ton idole c'est James Bond...

Elizabeth pouffe de rire à son tour. Ce rire de petite fille qui a toujours fait craquer Antoine. Il se dit qu'elle va mieux. Ce rire, ça faisait longtemps qu'il ne l'avait pas entendu. Le temps passe... Toutes les blessures finissent par devenir des cicatrices. C'est toujours une affaire de temps.

— Écoute, tu dois tripper comme un malade en écoutant les nouvelles ? Un champion des salauds éliminé, ça en fait un de moins, t'sais là, ton « la terre est un meilleur endroit sans... »

— OK, OK, arrête, tu me fais peur quand tu parles de moi comme ça.

Il y a un silence au bout du fil. Quelques secondes à peine.

— Moi aussi, ça me faisait peur quand tu parlais comme ça.

Elizabeth ne rit plus. Le silence s'étire. Les deux s'égarent en même temps dans des souvenirs amers. C'est Antoine qui le brise en premier. Comme toujours.

— Il fait beau, qu'est-ce que tu fais ?

— Pas grand-chose. Je vais faire du vélo, demain, en Estrie.

— Du vélo ? Depuis quand tu fais du vélo ?

— Depuis une couple de semaines. C'est Éric qui m'a fait essayer, pis j'ai vraiment aimé ça. Je me suis acheté une super bécane, pis j'en fais maintenant presque toutes les fins de semaine...

— Avec Éric ? Le gars du yoga ?

Antoine est surpris par l'intonation dans sa propre voix. C'est la première fois qu'Elizabeth lui parle d'un autre gars, et le pincement au cœur qu'il ressent est beaucoup moins léger qu'il l'aurait souhaité. Éric est le professeur de yoga avec qui Elizabeth a commencé à suivre des cours de façon intensive au moment de leur séparation. Curieusement, il a aussi senti un petit malaise chez Elizabeth quand elle a mentionné ses plans avec Éric. Quelque chose d'à peine perceptible, un effort pour qu'un bout de phrase sonne anodin, mais qu'un ancien amoureux ne peut pas rater. Quand elle reprend la parole, il y a de nouveau un sourire dans sa voix. C'est donc ça, la légèreté retrouvée d'Eli. Elle voit quelqu'un.

— Antoine Aubin, c'est quoi la grande inquisition, là ?

— Éric, le nirvana en gougounes qui plie dans tous les sens ? Tu fais du vélo avec ton prof de yoga ?

En badinant avec Elizabeth, ça lui permet de dissimuler la petite brûlure provoquée par l'idée de la voir avec un autre gars. Ça devait arriver. Il ne l'a juste pas vu venir.

— Heille, le *smatte* ! Est-ce que je t'écœure avec Miss Liban Chichi-Prada, moi ? Pis de toute façon, il se passe rien entre Éric et moi, on roule ensemble, c'est tout. Ça me fait juste du bien...

— Oui, oui, c'est ça, vous pédalez ensemble. *Cool !* J'ai lu un article qui disait que le vélo, à cause de la selle qui empêche la circulation, ça donnait des problèmes érectiles. C'est-tu vrai ?

— Là, t'es con comme un manche. Vraiment. T'es vraiment, mais vraiment con !

Il n'y a plus rien de léger dans le ton d'Eli.

— Je t'agace, tu l'sais ben, je suis content que tu voies quelqu'un, mais j't'imagine pas faire le lion rugissant, tout nu, avec un aspirant moine tibétain viril comme un flamant rose...

Dans le silence qui suit, Antoine imagine la tronche d'Elizabeth, outrée, la bouche grande ouverte. Ça l'amuse beaucoup.

— C'est pas vrai.

— Euh… qu'est-ce qui est pas vrai ? Que les flamants roses sont pas virils ?

— Non. Que la selle de vélo donne des problèmes érectiles.

— …

— *Namaste,* crisse d'épais !

Et Elizabeth lui raccroche au nez. Le « crisse d'épais » d'Eli est une excellente description de la façon dont Antoine se sent à cet instant.

43

Samedi 20 octobre 2018 – 17 h 02

Le type d'exécution, le genre de victime et l'absence de mobile font que les médias n'ont pas hésité à faire le rapprochement entre le meurtre de Bertrand et celui de Béchard. Un meurtrier pédophile, un abuseur abject et violent, deux ordures que personne ne va pleurer. Deux personnages répugnants contre lesquels la justice s'est révélée impuissante. On n'en demande pas plus pour relancer la rumeur d'un justicier qui fait ce que le système judiciaire est incapable d'accomplir. Et comme le second meurtre est survenu dans une municipalité qui relève de la Sûreté du Québec, leurs enquêteurs prennent l'affaire en main. McGraw, en tant que responsable de l'enquête sur le meurtre de Réginald Bertrand, a donc un prétexte pour communiquer rapidement avec celui qui est désigné au dossier. Un dénommé Kevin Beauchemin, dont McGraw n'a évidemment jamais entendu parler. L'agent de la SQ répond dès la première sonnerie.

— Kevin Beauchemin.

— Bonjour. Lieutenant-détective McGraw, police de Montréal. J'appelle concernant l'affaire de Lambton. C'est bien votre enquête ?

— Oui, c'est moi qui est là-dessus.

La voix est jeune et sympathique. Ce n'est pas toujours le cas dans les communications entre les deux corps de police.

— Moi, je suis chargé de l'affaire Bertrand, ici. Le pédo qui s'est fait descendre devant le...

— Oui, oui, j'ai vu ça.

— Bon. D'habitude, j'essaie de pas trop suivre les médias, mais là, comme tout le monde associe déjà nos deux enquêtes, je me suis dit qu'on pourrait s'en jaser. Y a quand même des ressemblances.

— J'ai suivi l'affaire du *sniper* dans les journaux comme tout le monde, alors je sais pas jusqu'à quel point nos enquêtes se ressemblent. C'est sûr que c'est deux beaux trous de cul, ça, c'est facile à dire. Et pour les deux, ç'a l'air d'être une job de pro.

— T'as vu le corps de Béchard ?

— Oui. Trois coups dans le *chest*, bien groupés, du gros calibre, pis le coup de grâce dans' tête. Y avait un silencieux, c'est certain. Personne a entendu de coups de feu. Quatre coups de gros calibre en plein jour dans un petit village comme ici, ça peut pas passer inaperçu.

— Le silencieux, c'est déjà une preuve que c'est pas un *punk* ordinaire. Pis c'est quoi au juste l'affaire du fils ? Il était avec son père ? Vous avez un témoin ?

— Pas tout à fait. Le kid a passé la nuit ici, pis rendu le matin il est reparti. Là, ç'a l'air qu'il avait oublié quelque chose et qu'il est revenu à l'appartement de son père. Il est tombé face à face avec le tueur en haut des marches. Le gars l'a contourné, pis il est reparti tranquille. Le kid a trouvé son père dans l'entrée.

— *God. Poor kid.* Il a pu vous décrire le tueur ?

— Oui, mais le gars avait une cagoule pis des gants, avec un imperméable long. Un grand et mince, c'est tout ce qu'il peut dire. Pis que le *gun* était très gros et très long.

À cause du silencieux, j'imagine. On a aussi eu un *call* pour une voiture en feu pas loin d'ici. Quand les pompiers volontaires sont arrivés, il restait juste une carcasse carbonisée. Ça sent vraiment le *hit* bien organisé.

— Ton boucher de Lambton, il a pas de lien avec la *maf*, avec un *shylock*, un *pusher*, quelqu'un qui pourrait engager un pro pour le descendre ?

— T'sais, on est au tout début de l'enquête, le médicolégal est encore sur place pis on est samedi, alors on a pas vraiment commencé à faire des appels pis à fouiller. Ça va aller à lundi, je pense. Si tu veux savoir ce que j'en pense, Béchard, c'est vraiment juste un sale. C'est un animal, un gars de violence conjugale qui a battu sa femme et ses enfants toute leur vie, un alcoolique fini aussi. Mais je serais le premier surpris si ce mangeux de marde-là avait des liens avec une organisation criminelle. Il est trop minable pour ça. Pour être ben honnête avec toi, qu'une charogne comme ça se soit fait descendre, je peux pas te dire que j'trouve que c'est d'valeur...

— Comme pour mon pédo à Montréal.

— Exact. Mais on sait toi pis moi qu'on peut pas se dire ça. On va faire une bonne enquête, inquiète-toi pas.

— J'en doute même pas. Y a quelque chose qui me dit que ça sera pas simple de trouver qui a fait ça. Bonne chance, pis si je peux vous aider, tu m'appelles. En passant, est-ce que je peux te demander de me faire suivre le rapport, l'autopsie pis toutte ? Je vais mettre ça dans le dossier d'enquête de mon pédo. On sait jamais quelle direction ça peut prendre pis y a quand même des ressemblances, fait que...

— Sans faute.

— Si tu trouves quelque chose, un lien avec le crime organisé, tu m'appelles aussi, OK ?

— Oui, pas de trouble.

McGraw est vraiment intrigué. On dirait que, soudainement, la demande pour les tueurs professionnels a grimpé en flèche. Pourtant, aucun macchabée célèbre à signaler dans le milieu interlope. Aucun gros nom criblé de balles au volant de sa voiture. Ce sont pour ces jobs qu'on fait habituellement appel à des *hitmen* qui coûtent très cher. Mais là, on sort l'artillerie lourde et on pète le budget pour deux péquenauds désagréables ? On envoie un tueur à gages jusque dans un trou perdu pour liquider l'un d'eux ?

— *Donald, you're missing something...*

McGraw a prononcé cette phrase à voix haute. Il espère peut-être qu'on l'entendra et qu'on lui répondra...

44

Dimanche 21 octobre 2018 – 9 h 20

« C'est moins le traître qui nous trahit
que nous qui nous sommes trompés d'ami. »
Robert Sabatier, *Le Livre de la déraison souriante*, 1991

McGraw est arrivé au moins une demi-heure avant les autres. Il a apporté une boîte de Timbits et un plateau de carton contenant quatre cafés. Il s'assoit à un des bancs qui donnent sur le fleuve qui fuit doucement vers la mer, en longeant le parc qui borde le boulevard Saint-Joseph à Lachine. C'est un beau dimanche matin d'automne. Sur les sentiers, il y a des joggers qui brûlent des calories, et, à une centaine de pas de son banc, deux pêcheurs lancent leur ligne sans se lasser. Le policier saute d'une pensée à une autre, le regard perdu vers l'autre rive. Les choses filent vite depuis les dernières semaines: les trois morts du Planqué, le pédo dégommé et le boucher de Lambton qui est maintenant lui-même une viande froide.

À travers tout ça, il y a eu cette rencontre avec son chef et la crainte d'un flic pourri qui coule de l'information. Un policier de sa section. Depuis hier soir, cette crainte est officiellement fondée. McGraw a reçu l'appel qu'il attendait. Sa source chez les Italiens lui a confirmé qu'il y a un policier sur le *payroll* d'au moins deux familles et que les infos ont été « utiles », ce qui veut dire que la mafia s'en est servi concrètement. Un ancien capo qui a collaboré à l'opération « Caruzo », une vaste enquête qui a mené à plusieurs arrestations au sein de la mafia montréalaise une dizaine d'années plus tôt, a explosé dans sa voiture en banlieue de Sudbury. Il vivait là tranquille, sous une nouvelle identité, avec sa femme et ses deux enfants. C'est dans cette petite ville ontarienne qu'on l'avait relocalisé à la fin de l'enquête. Sa maîtresse était assise sur le siège du passager lors de l'explosion. Une vengeance à l'italienne. Deux morts. La source dit que les familles ont obtenu l'info d'un délateur, un membre de la section des crimes majeurs du SPVM. Il est formel. La mafia a accès à des détails concernant des criminels placés sur le programme de protection des témoins. Ça en fait maintenant au moins trois qui sont retrouvés et châtiés. Quatre victimes confirmées de la taupe, en comptant la maîtresse.

Pour McGraw, cette source est en béton. Cet appel est venu la veille, en début de soirée, après sa conversation avec l'agent de la SQ. McGraw a immédiatement téléphoné à son chef sur une ligne « dure » sécurisée. Lavigne a approuvé les trois noms que McGraw lui a donnés pour l'assister dans cette affaire. L'Irlandais les a appelés tard en soirée. La nuit a été difficile.

Maintenant qu'il sait, il veut trouver qui est le pourri. Et le trouver vite. C'est le but de cette rencontre peu orthodoxe un dimanche matin dans un parc de Lachine.

Pat Desjarlais, le plus récent retraité de l'escouade, est le premier à le rejoindre. Violaine Trudeau arrive deux minutes plus tard. Suivie d'un gros barbu joufflu, qui boite laborieusement. Tout le monde au poste l'appelle juste G. G pour Gino. Quand tu t'appelles Gino, n'importe quel surnom est le bienvenu.

Gino Piccinin est une légende vivante du SPVM. Son jugement et son instinct sont respectés de tous les policiers qui l'ont eu comme collègue au fil des ans. Encore plus après ce qui lui est arrivé dix ans plus tôt.

Son parcours n'est pas banal. Après une courte période comme patrouilleur, il a vite été remarqué et a été recruté par les stupéfiants. Il a rapidement fait ses preuves, particulièrement dans les opérations d'infiltration. Sa tête de dur lui donnait un avantage quand venait le temps de se fondre dans la faune des petits et des gros *dealers*. Il s'est taillé toute une réputation aux stupéfiants ; il enfilait les bons coups les uns derrière les autres. Jusqu'à ce que la chance le laisse tomber, un soir glacial de février 2008. Un policier de son escouade coulait de l'info à un clan mafieux qui le faisait chanter pour une grosse dette de jeu, et la couverture de Piccinin a été brûlée. Avant qu'on ait le temps de l'avertir et de l'exfiltrer, G s'est ramassé assis entre deux tueurs sur la banquette arrière d'une auto qui l'emmenait faire une balade dont on ne revient pas. Au beau milieu du pont de l'autoroute 13, avant que le véhicule s'éloigne trop de la ville, il s'est dit qu'il avait plus de chances de survivre à un accident de voiture qu'à ce supposé rendez-vous avec un nouveau fournisseur qui voulait lui « parler affaires ». Gino Piccinin a alors fait la première chose qui lui est passée par la tête. Valait mieux que ce soit une idée, même mauvaise, qu'une balle de 9 millimètres. Il a sauté entre les sièges avant de l'auto, sans que les deux tueurs aient le temps de l'immobiliser, et a saisi le conducteur par le cou. La voiture a fait une violente embardée en frappant le parapet et s'est renversée sur le côté après deux tonneaux. La nuque du chauffeur n'a pas résisté au choc, mais les deux hommes derrière ont réussi à sortir de l'auto. Piccinin est resté coincé sous le corps du conducteur, plaqué au fond de la voiture. Un des tueurs est alors monté sur la carcasse de l'auto et a vidé le chargeur de son pistolet sur le policier à travers la vitre au-dessus de lui et celui-ci n'a rien pu faire pour éviter la pluie de projectiles. Les deux tueurs ont été immédiatement récupérés par une voiture de leur équipe qui les suivait. Quand les ambulanciers ont réussi à coucher Piccinin sur la civière, son cœur avait cessé de battre. On a dû le réanimer à deux reprises avant de pouvoir l'opérer au centre de traumatologie de l'hôpital du Sacré-Cœur. Après une nuit entière en salle d'opération, on a finalement retiré sept balles du corps du policier. Les dommages étaient énormes et les médecins ne lui donnaient pas beaucoup de chances de passer les prochaines heures. G a émergé du coma trois semaines plus tard.

Sa convalescence a été longue et ardue, mais il a rapidement compris que le travail de terrain était terminé pour lui. On avait dû procéder à l'ablation de sa rate, d'un rein et d'une partie du foie. Une des balles a même pulvérisé l'articulation de sa hanche droite et un fragment de plomb est allé se coincer entre deux vertèbres. On lui a installé une hanche artificielle, mais on a renoncé à retirer l'éclat métallique. Les risques d'endommager la moelle épinière étaient trop grands. Sa jambe droite est donc restée partiellement paralysée et il marchera en claudiquant péniblement jusqu'à la fin de ses jours. Qu'il soit encore en vie demeure un pur miracle.

Après quatre mois et demi d'hospitalisation, G est sorti de Sacré-Cœur sous un radieux soleil, se tenant difficilement debout grâce à deux cannes d'aluminium, sous les applaudissements nourris de tous les membres de sa section, réunis sur le terre-plein devant l'entrée principale de l'hôpital. Un moment d'émotion que pas un flic présent n'oubliera de sa vie. Il a repris son poste quelques semaines plus tard. La nature de son travail aux stupéfiants était désormais bien différente. Il n'ira plus sur le terrain, mais ses connaissances et son expérience en ont fait un analyste de premier ordre pour orienter efficacement les actions de la section. Il a pu identifier les deux tueurs à qui il devait ce changement de tâches. On a réussi à coincer un des deux hommes de main et à le faire condamner pour tentative de meurtre. L'autre a été liquidé avant son arrestation, vraisemblablement par son propre clan pour effacer les traces de ce boulot raté. Sur un policier qui les avait infiltrés, qui plus est. Des kayakistes ont repéré son corps accroché aux branchages sur les berges de la rivière des Milles Îles, probablement à l'endroit exact où lui-même devait conduire G quelques mois plus tôt pour l'exécuter. Coquin de sort...

En voyant le gros G traîner sa jambe en traversant le parc jusqu'à lui, McGraw se dit qu'il aurait pu choisir un lieu plus facilement accessible. Mais il tient à un point de rencontre loin des bureaux et de toute possibilité d'écoute, quelle qu'elle soit. Et personne ne doit être témoin de la formation de sa cellule spéciale. L'indic qui l'a appelé la veille a fait sauter le dernier verrou qui retenait McGraw de constituer une équipe parallèle pour débusquer celui qui a franchi la ligne que tous les policiers contemplent pendant toute leur carrière en se disant que, de l'autre côté, il y a beaucoup d'argent. Beaucoup plus qu'ils ne seront capables d'en coller dans toute leur vie. McGraw ne connaît pas d'histoire du genre qui se termine bien. Et pourtant, il ne peut plus nier qu'un de ses collègues, un ami, a choisi de passer ce point de non-retour. Il forme donc son équipe d'enquête. Ce matin.

Il n'a pas convoqué ces trois policiers par hasard. Ils se tiennent tous debout devant lui, un café dans les mains. G, plus détendu, ouvre la boîte de beignes. Ils regardent McGraw sans parler, l'air neutre. Ils savent que cette convocation singulière cache quelque chose de très sérieux. Donald McGraw a choisi Violaine Trudeau parce que c'est une solitaire. Elle est reconnue pour faire avancer ses affaires en solo, elle ne s'est liée à personne dans l'unité. Elle est discrète et réservée. Pour ce qui s'en vient, McGraw ne veut pas d'un flic populaire, qui jase avec tous les autres policiers de la section. Il ne veut pas courir le risque que quelqu'un remarque un changement d'attitude, une distance ou une froideur inhabituelle chez le policier qui enquêtera sur ses collègues. Violaine est parfaite. Avec son air maussade coutumier, personne ne verra rien de différent. Et c'est une excellente enquêteuse. Desjarlais est là parce qu'il ne fait plus partie de la section mais la connaît comme sa poche. McGraw trouve vraiment très utile d'avoir quelqu'un qui travaillera de l'extérieur, quelqu'un qui pourra faire des choses sans être en devoir. En plus de pouvoir compter sur un *crack* informatique. Et Big G était un choix évident. Son pif et son expérience seront indispensables. Son réseau de contacts est le plus solide de tout le SPVM. Il tient donc son équipe pour chasser la taupe, mais il sait déjà qu'il n'y aura pas de victoire au bout de cette enquête. Juste une fin d'histoire déchirante.

— Merci d'être là. Vous avez tous certainement des choses plus le fun à faire un dimanche matin. J'apprécie.

Les trois policiers le fixent en silence, lui laissant tout l'espace pour ouvrir son jeu. McGraw, qui ne veut pas de grandes gueules dans son équipe, est servi.

— Je suis ici ce matin avec l'accord du boss. Je vais vous demander de faire quelque chose *off the record* et quelque chose de *tough*.

Le silence se tend juste un peu plus. Sur les trois visages autour de lui, pas même un début de sourire curieux pour alléger l'atmosphère.

— Et vous ne pouvez pas refuser. Si vous me dites non, on va devoir vous transférer ailleurs, et tout de suite. Sauf toi, Pat, évidemment. Mais je te donne pas le choix à toi non plus.

C'est Violaine Trudeau qui parle la première.

— Coudonc ! C'est de plus en plus le fun, ton brunch du dimanche.

— Je sais, c'est pas *cool*, mais vous allez comprendre, une fois que je vous aurai appris la raison de votre présence ici ce matin, qu'on peut pas se permettre d'avoir quelqu'un au poste qui a cette info. Quelqu'un hors de notre équipe, *of course.*

— Pis qu'est-ce qu'on a fait de pas correct pour que tu nous embarques dans ça ?

C'est Piccinin qui a parlé. Il se doute de ce qui va suivre et n'aime pas ça du tout.

— Rien justement, au contraire. J'ai besoin de *top cops.* Mais des *tops cops* capables de jouer ça très discret.

— Moi, depuis vendredi passé, je suis même plus policier. Et demain, c'est mon premier jour officiel de retraite.

— Je t'ai trouvé des loisirs pour meubler tes temps libres, Pat. Pas longtemps, promis. C'est vraiment parfait comme *timing.* T'es plus au bureau, mais t'es encore à jour. Et je connais personne de mieux que toi pour fouiller dans l'informatique de la section, c'est pratiquement toi qui as mis en place nos systèmes.

— En fait, c'est moi.

— C'est ça que j'disais. On va rétablir discrètement tes accès à tous les dossiers, tu vas avoir carte blanche pour fouiller partout.

— Fouiller pour trouver quoi, Donald ?

G coupe McGraw avant qu'il ne réponde à Desjarlais.

— OK. Je la pogne. Y a un rat à la section qui coule du renseignement aux *bad guys.* On est la nouvelle équipe chargée de trouver c'est qui. C'est ça, hein, Donald ?

McGraw ne bronche pas. L'ambiance est chargée.

— C'est exactement ça. On a une taupe. C'est officiel. Il est sur le *payroll* des Italiens. Les Conolzi et au moins une autre famille. Lavigne est le seul qui sait que je vous ai convoqué ce matin. On a tous les pouvoirs pour trouver qui coule nos infos.

— On a des doutes sur quelqu'un ? demande G.

— Non. Rien sur personne. On va commencer par cibler les policiers qui sont à moins de trois ans de la retraite.

On les enquête sur tout, leurs comptes bancaires, on épluche les cartes de crédit, les REER, les CELI, les hypothèques, membership de golf ou de tennis, leurs dépenses. Tout, tout, tout. On part du principe que la motivation est le *cash*. On cherche une entrée d'argent qui colle pas avec la réalité d'un salaire de police. On commence comme ça. On va aussi passer à travers le registre des appels téléphoniques, lignes dures et cellulaires. On vérifie toutes les fois où ils se sont *logués* dans le système et ce qu'ils ont fait une fois dedans. Puis les voyages. Où, quand, avec qui. Ce gars-là est un policier, il sait ce qu'il faut faire pour voler en dessous des radars. On le coince, on l'arrête…

— … et on attend qu'il se suicide ou qu'il se fasse égorger en prison.

C'est encore G qui termine la phrase de McGraw.

— On peut pas penser à ça, G, tu le sais. On est des policiers, on connaît les limites du *ball park*. Et on sait ce qui arrive si on les respecte pas.

— Oui, je sais tout ça, Donald. Mais tu peux pas m'empêcher de penser que la plupart des noms que ce policier-là a vendus, les témoins sous protection qu'il a donnés, c'est des criminels. Aussi coupables que ceux qu'y ont balancés. Des *assholes* finis. Arrange ça comme tu voudras, mais au bout de notre enquête, c'est un policier avec une longue carrière derrière lui qui va tomber.

C'est le genre de conversation sans issue dont les policiers préfèrent se tenir loin. McGraw n'a pas envie de s'avancer sur ce terrain vaseux. La remarque de Piccinin le surprend quand même.

— C'est drôle, G, j'aurais cru que tu serais le dernier à défendre une taupe. C'est pas à cause d'un policier comme ça que tu t'es ramassé entre deux tueurs de la *maf* qui sont passés à ça de finir la job avec toi ?

— Donald, je t'aime bien. Mais ce sujet-là, c'est moi qui décide quand on l'aborde.

— *Sorry*...

— Je suis pas pour la peine de mort. Le policier qui a brûlé ma couverture, y a pas eu le *guts* de se tuer. Y a été battu à mort à sa troisième journée de prison, dans les douches. Y a des gars qui lui ont pété le crâne à coups de talon. Si tu penses que ça m'a fait du bien de l'apprendre, t'es vraiment dans le champ. J'ai beau me dire que c'étaient ses choix, que c'est à cause de lui si j'ai passé des mois à me refaire une vie, sa faute si je vais marcher tout croche jusqu'à la fin de mes jours, ce qui lui est arrivé, je peux souhaiter ça à personne. C'est une des choses qui me différencie des animaux qui l'ont passé dans les douches de la prison. Si je te dis que je suis pas capable de pas me sentir responsable de sa mort, tu pourras pas comprendre. Mais c'est ça pareil.

McGraw sent que les deux autres policiers écoutent Piccinin et que ça les ébranle. G regarde ses deux collègues et laisse flotter le silence. Ensuite, il penche sa grosse tête vers le vieux policier.

— On va le faire, t'sais. On va la trouver, ta taupe. Mais faut juste que ce soit clair pour tout le monde ici. Quand on va avoir fait notre job, ce gars-là, avec qui on travaille depuis des années, il est mort. Y aura pas de libération conditionnelle après une couple de mois pour lui. Contrairement à tous les *fuckers* qu'on finit par arrêter.

Le mutisme de Trudeau et de Desjarlais est éloquent. McGraw scrute le regard de ces deux policiers pour être bien certain.

L'équipe de McGraw est formée.

45

Dimanche 21 octobre 2018 – 11 h 30

Antoine s'est levé tard, vers 9 heures, ce qui est rarissime. Il a parcouru les journaux sur son iPad. On parle encore du meurtre du boucher de Lambton. La théorie du justicier demeure la préférée des médias. Pour la deuxième fois, un travail de professionnel, sans motif criminel apparent, comme une dette de drogue ou un règlement de comptes. La femme de Béchard a été poursuivie par le petit peloton de journalistes qui s'est formé devant chez elle, jusqu'à ce qu'elle finisse par se faire coincer par une caméra et qu'elle dise ce que tout le monde voulait entendre. Elle est soulagée que son ex-mari soit mort. Elle n'aura plus à avoir peur qu'il s'en reprenne à sa famille.

Antoine chausse ses *snicks* pour aller courir. Il se sent fébrile. Courir l'aide à se calmer. Il marche dans la rue Rachel, plein ouest, les écouteurs de son iPod enfoncés dans les oreilles. En arrivant devant les terrains de tennis du parc Jeanne-Mance, il sélectionne sa *playlist* « Run, Tony, Run ! » et se met à trotter en direction du mont Royal. Le Boss beugle *Born in the USA* dans les écouteurs. Ses pensées rebondissent au rythme de sa respiration et des coups de *snare* bien appuyés. C'est toujours sur ce *hit* de Springsteen qu'il commence à courir. Un *hit* en béton, qui roule depuis plus de trente ans. Un *beat* bien carré, accoté et puissant. C'est comme ça qu'il se sent ce matin.

Il a fait tuer deux hommes...

Elizabeth est en Estrie en train de pédaler avec son prof de yoga...

Il doit en faire mourir trois autres...

Le fils de Béchard aimait quand même son père...

Ça fait longtemps qu'il n'a pas ressenti monter des vagues de dégoût et d'injustice. C'était marée basse depuis un moment...

Elizabeth fait l'amour avec un autre mâle que lui...

Sir Chuck va vouloir un nouveau nom rapidement...

Il a tellement aimé faire l'amour avec Eli...

Et s'il se fait prendre, s'il se fait arrêter, il arrivera quoi ?

Tamara est vraiment un coup d'enfer, mais ça ne vient jamais le chercher comme avec Eli...

Ses foulées augmentent en vitesse, son souffle suit la musique. Dans sa tête, les idées partent dans toutes les directions, comme la grosse bille d'acier dans une machine à boules. C'est poussé par le *groove* de *Alive and Kicking* de Simple Minds qu'il attaque l'ascension de la montagne. Il a pris son rythme de croisière.

Qu'est-ce que les gens diraient s'ils savaient que c'est lui, le justicier ?

Il pourrait en parler à François...

Si Sir Chuck apprend que quelqu'un d'autre est au courant, il le fera descendre...

Pourrait-il expliquer tout ça à Béa, sa fille, si elle était encore en vie ?

Papa a fait tuer des gens, Béa.

Le prof de yoga, est-ce qu'il fait l'amour à Elizabeth aussi bien que lui ? Est-ce qu'elle s'abandonne comme avec lui ?

Et lui, est-ce que Sir Chuck va le laisser vivre après les cinq morts ?

Il court sur un de ses trajets favoris. Le sentier de gravier à flanc de montagne grimpe juste assez pour rendre l'exercice plus difficile, mais pas trop crevant. Il fait le tour du lac aux Castors, propulsé par *Natural* d'Imagine Dragons puis redescend vers l'avenue du Parc, avec Richard Séguin qui chante ce qu'il ressent quand il cesse de se raconter des histoires sur Elizabeth, *J'te cherche partout*. Il court maintenant sur place, à l'angle de la rue Saint-Urbain et de l'avenue du Mont-Royal, en direction de chez lui. Il attend que le feu rouge tourne au vert pour les piétons. Quand Antoine voit le petit bonhomme lumineux briller de la bonne couleur, il repart, mais une voiture noire lui bloque soudain la route, à lui et aux trois piétons qui traversent en même temps. Une jeune fille à ses côtés gueule à l'intention de ceux qu'abrite la vitre teintée de la grosse Audi, en tapant avec sa main. La vitre descend et Antoine reconnaît la tronche de corbeau de Penny, un des hommes de Sir Chuck, qui l'observe en ignorant la piétonne outrée qui vocifère à quelques pouces de son visage. L'homme fait signe à Antoine de monter derrière. Ce dernier lâche un « câlisse » bien senti en tirant sur le fil des écouteurs de son iPod et monte dans la berline. Quand le véhicule redémarre, Antoine voit le regard incrédule de la jeune fille suivre la voiture qui s'éloigne.

Antoine est seul sur la banquette arrière. L'homme assis sur le siège du passager est le grand maigre tout sec au crâne rasé qu'il a vu à chacune de ses rencontres avec Péloquin. Il tourne la tête vers Antoine.

— Sir Chuck veut un nom avant jeudi.

— Jeudi ! Jeudi de cette semaine ?

Antoine parle en reprenant son souffle. Le regard de Penny lui confirme que sa question est stupide.

— OK, avant jeudi. Avez-vous des suggestions ? Je commence à manquer d'enfants de chienne à faire buter…

La voiture freine brusquement, comme pour lui faire fermer la gueule. Penny lui fait signe de sortir de l'auto. Il se retrouve au coin de la rue Sherbrooke, à regarder l'Audi noire continuer sa route vers le sud. Il se met à marcher vers chez lui en se disant qu'il n'aura pas de pause et qu'il doit chercher immédiatement un nouveau nom à mettre sur sa liste. Sa première idée est Éric, le prof de yoga d'Elizabeth…

46

Lundi 22 octobre 2018 – 10 h 10

> « On supporte plus aisément une injustice quand elle n'est pas accompagnée d'un affront. »
> Quintus Ennius, *Fragments*, IIIe siècle av. J.-C.

Il *google* depuis une bonne heure, tapant désespérément des mots-clés comme « meurtres », ou « agressions Montréal ». Les résultats ne l'avancent à rien. La situation est singulière. S'il est bien un geste anodin et commun, fait par des millions de gens chaque minute, c'est bien de *googler*. Mais lui, il *google* pour tuer.

Ça donne des noms de criminels morts depuis longtemps, ou en prison. Des cas non résolus, avec des suspects de convenance. Si la police n'a pas trouvé assez de preuves pour déposer des accusations, il n'en trouvera certainement pas suffisamment pour commander une exécution. Finalement, peut-être que la justice n'en échappe pas tant. Et si beaucoup de choses le révoltent, les responsables ne méritent pas nécessairement la mort ! Ils méritent de se faire jeter en prison dans le pire des cas. Sinon, au moins de se faire montrer du doigt, gueuler dessus, foutre à la porte et botter le cul sans ménagement. Pas de se faire descendre par un tueur à gages professionnel.

Un collègue passe la tête dans le cadre de porte de son bureau.

— T'as vu la nouvelle ? Les Marsolais ?

— Quoi, les Marsolais ?
— Les actionnaires de Ciné-Art, les ex-employés !
— Je sais c'est qui, les Marsolais, mais quoi ?
— Y sont morts. Les deux.
— Quoi ?
Il prend son iPhone qui repose sur un coin de son bureau. Il était en mode silencieux et Antoine n'a pas vu l'avalanche d'alertes empilées sur son écran.

PIERRE ET SUZANNE MARSOLAIS TROUVÉS SANS VIE. LES CORPS DE L'HOMME ET DE LA FEMME ONT ÉTÉ TROUVÉS À LEUR DOMICILE DE LONGUEUIL TÔT CE MATIN. (PLUS DE DÉTAILS À VENIR)

La dernière parenthèse de l'alerte-info n'a pas mis de temps à se concrétiser. Moins d'une heure s'était écoulée quand des articles un peu plus détaillés ont été mis en ligne.

LA POLICE DE LONGUEUIL CONFIRME QUE LES DEUX CORPS TROUVÉS SANS VIE SONT CEUX DE PIERRE MARSOLAIS ET DE SON ÉPOUSE, SUZANNE. C'EST UN PROCHE DU COUPLE QUI A FAIT LA MACABRE DÉCOUVERTE EN SE RENDANT AU DOMICILE DE SES AMIS, INQUIET D'ÊTRE SANS NOUVELLES D'EUX DEPUIS PLUSIEURS JOURS. LES CORPS NE PORTAIENT AUCUNE TRACE DE VIOLENCE ET LA THÈSE DU PACTE DE SUICIDE EST ENVISAGÉE PAR LES ENQUÊTEURS, LE COUPLE AYANT APPAREMMENT LAISSÉ UNE LETTRE EXPLIQUANT LES MOTIFS DE SON GESTE.

Antoine est soufflé. Lui, comme tout le monde, s'était pris d'affection pour ce couple d'ex-employés de la compagnie Ciné-Art, une prospère maison de production de film et de télévision dirigé par Harold Rubenstein. L'homme d'affaires avait été au centre d'une saga judiciaire qui avait débuté quelques années plus tôt. Les procès de Rubenstein et de Ciné-Art avaient soulevé l'indignation à travers la province.

Tout avait débuté par le cas d'un auteur de roman jeunesse bafoué, Michel Mondor, qui avait engagé une bataille judiciaire contre la compagnie de productions télévisuelles Ciné-Art inc., dirigée par Harold Rubenstein. L'homme d'affaires avait plagié de façon peu subtile l'œuvre de Mondor, qui était allé lui présenter un projet d'adaptation cinématographique de sa série de romans jeunesse quelques mois plus tôt. Ciné-Art en avait fait une version pour la télévision qui avait connu beaucoup de succès au Canada, aux États-Unis et en Europe. Beaucoup de succès, donc pas mal d'argent. Considérablement, en fait. Le premier procès avait duré éternellement, Rubenstein et son armée d'avocats multipliant les requêtes, les demi-mensonges et les remises, étirant les délais et les limites de la mauvaise foi au maximum, sachant très bien que, sur le fond, la cause était indéfendable. Le patron de Ciné-Art avait enfin été reconnu coupable et condamné à payer la somme de 11 millions de dollars au romancier. Et tout le monde avait applaudi cette décision.

La justice. Elle existait donc encore. Ça faisait un moment qu'on était sans nouvelles d'elle.

Rubenstein, plutôt que d'accepter la défaite et de payer ce qui revenait de droit à Michel Mondor, avait porté le jugement de première instance devant la Cour d'appel du Québec. Presque deux ans plus tard, les trois juges de la Cour d'appel, signant la décision en bloc, avaient maintenu le verdict. Qu'à cela ne tienne, l'homme d'affaires multimillionnaire avait mandaté ses avocats d'aller jusqu'en Cour suprême avec la cause. Un autre délai de deux ans s'était ajouté à cette interminable traversée du désert judiciaire. Finalement, le plus haut tribunal du pays avait entériné les deux premières décisions et maintenu la condamnation de Ciné-Art et de Rubenstein.

Au fil des années de procédures, Harold Rubenstein, sentant que le vent ne tournerait pas en sa faveur, avait commencé à vider les coffres de Ciné-Art, en organisant frauduleusement des transferts de fonds dans des comptes *offshore* des Caraïbes, flouant ainsi ses actionnaires de plusieurs dizaines de millions de dollars. C'était une escroquerie éhontée et les accusations n'avaient pas tardé. Parmi les actionnaires floués de Ciné-Art, on retrouvait de nombreux employés de la compagnie qui, rassurés par les affaires florissantes de la maison de production, avaient été encouragés à faire l'acquisition massive d'actions. Ce placement représentant pour plusieurs ni plus ni moins que la totalité de leur fonds de pension. Pierre et Suzanne Marsolais, un couple d'employés de la compagnie à quelques années de la retraite, avaient tout perdu dans la fraude de Rubenstein. Ils étaient montés aux barricades et avaient multiplié les apparitions dans les médias, talonnant l'escroc sans répit. Avait débuté un autre procès, au criminel cette fois, aussi perdu d'avance pour le sympathique producteur. Les Marsolais étaient devenus l'incarnation de l'espoir auquel les gens ordinaires ne se résignent jamais à renoncer, celui qui veut que la justice finisse par gagner, quelle que soit la taille du Goliath à combattre.

Malheureusement, les actionnaires de Ciné-Art s'étaient aperçus trop tard du stratagème d'Harold Rubenstein. En quelques mois à peine, avec la complicité du comptable de la compagnie qui avait falsifié la tenue des livres et les bilans financiers, le président avait signé une flopée de chèques pour une valeur de plus de 100 millions de dollars, libellés à son nom et à celui de corporations coquilles dans des paradis fiscaux, dilapidant la quasi-totalité des liquidités de la compagnie.

Le mal était fait pour les Marsolais et tous les autres actionnaires de la compagnie. Harold Rubenstein avait bien préparé sa sortie. Au final, il avait joyeusement fourré tout le monde. Incluant les deux paliers de gouvernement qui avaient financé généreusement les activités de l'entreprise à travers nombre de programmes de subventions aux productions locales. Personne ne reverrait un sou de ses investissements, et, de toute évidence, personne ne recevrait jamais son dû, la compagnie et son P.-D.G étant maintenant, techniquement, insolvables. Même si tout ce qui pouvait être fait légalement avait été tenté pour que Rubenstein paie, Mondor s'était retrouvé avec des centaines de milliers de dollars de frais judiciaires à rembourser, un billet de 11 millions en main, mais aucune façon de récupérer son argent. Les Marsolais, eux, avaient vu s'envoler vers les banques des Caraïbes les économies de toute une vie.

Le patron de Ciné-Art, toujours libre comme l'air, attend peinard la fin du second procès qui le condamnera à coup sûr à quelques années de prison. Pour ce genre de crime, les peines ne sont pas lourdes, qui plus est s'il s'agit d'une première offense. Cette sentence sera ensuite divisée par trois ou par six, puisqu'il sera évidemment admissible à une libération conditionnelle à la première occasion permise par la loi. La durée de son séjour en prison se comptera sans doute en mois. Pas même une année complète. Après ce léger contretemps, Rubenstein ira récupérer les millions qui l'attendent au soleil. À Aruba, au Bélize ou aux îles Caïmans. Comme le climat est plus clément sous ces cieux, il s'y installera probablement et on finira par l'oublier.

Après des années à se battre, devant cette enfilade d'iniquités, le fait implacable était que, même s'ils avaient gagné leur bataille, Pierre et Suzanne Marsolais demeuraient les grands perdants de cette triste histoire. Ils avaient baissé les bras. Ils avaient de toute évidence laissé, dans cette confrontation navrante, leur santé mentale et leur goût de vivre. Devant la perspective d'une retraite famélique, après des mois de dépression, ils avaient décidé qu'ils en avaient assez. Qu'ils quittaient cette partie où les tricheurs l'emportent. Leur mort serait une blessure ressentie par toute une population. Sauf par une poignée d'ordures : Harold Rubenstein et ses avocats.

Antoine fixe la photo du couple, tout souriant, sur la page web de *La Presse*, et la tête de rat de Rubenstein, juste à côté. Ce qui monte en lui est un mélange de rage et de désespoir. Il en a presque la gorge nouée.

Il est en train de se dire que, finalement, il n'aura peut-être pas à attendre l'heure de la tombée de son ultimatum avant de contacter Sir Chuck.

La réceptionniste le tire de ses pensées. Quelqu'un est là pour le voir. Elle n'a pas terminé sa phrase que Donald McGraw se tient debout à côté d'elle. Antoine n'a pas assez de nerfs pour s'empêcher de pâlir. Et de figer. Son malaise doit se lire puisque le policier lance la conversation avec une question bien appuyée par ses yeux verts qui le fixent sous ses gros sourcils en bataille.

— Ça va, Antoine ?

Antoine essaie d'avoir l'air normal. Il se sent comme le méchant dans un épisode de *Columbo*. Et là, c'est la scène finale, quand l'inspecteur est sur le point de lui annoncer qu'il est coincé et que son alibi est craqué.

— Oui, je vais bien, pourquoi ?

— Parce que t'es blanc comme le bonhomme Pillsbury. Et que tu sais plus où te mettre, en ce moment.

Le policier prend un air sérieux.

— Je viens pas pour t'arrêter. Mais à voir ton air, je devrais peut-être le faire, non ?

Antoine retrouve assez de son sang-froid pour utiliser un peu de son sens de la répartie.

— Oui.

— Ah bon ? T'as des aveux à me faire ? Parce que je ne vois pas encore de chef d'accusation qui te colle dessus.

— En 1995, quand j'avais dix-sept ans, avec mon chum Jean-Marc, j'ai pété les fenêtres du local de comté du comité du NON de mon quartier, pendant le référendum. J'étais plus capable de voir leur drapeau du Canada.

McGraw finit par esquisser un début de sourire.

— T'es séparatiste, Antoine ? En 2018, c'est suspect. Surtout avec un petit penchant pour le terrorisme. Ça commence avec une fenêtre cassée, pis après c'est pas long que tu *blowes* des boîtes à malle dans Westmount…

— Je l'étais. Mais depuis que j'ai vu que notre grand et fier peuple latin était pas capable de construire un hôpital en moins de dix ans sans exploser le budget du triple et sans que la moitié des firmes de génie-conseil contractées soient corrompues, je me suis dit qu'on avait encore besoin des Anglais pour nous tenir la main, si on voulait pas finir comme Haïti.

— OK. Beau parcours politique. Je t'annonce qu'y est trop tard pour t'envoyer en prison pour les fenêtres du local du NON. Mais t'es pas complètement *off the hook.*

— C'est vraiment le seul crime que j'ai commis, je vous le jure. Passer des muffins au *pot* aux douanes de Plattsburgh, est-ce que ça compte ?

— En Malaisie, c'est la peine de mort, mais ici, c'est *chill…*

— Alors, je vois pas ce que la police peut me vouloir…

Le vieux policier se laisse tomber sur une chaise devant le bureau. Il replonge ses yeux dans ceux d'Antoine avant de continuer.

— T'es retourné voir Sir Chuck.

— …

— Ta BM a passé le portail de son château à Senneville, jeudi soir dernier.

— …

— Ça fait quatre fois, si mes renseignements sont bons, que t'as des meetings avec Sir Chuck.

— OK. Mais ça non plus, c'est pas criminel, me semble ?

— Non. Mais « entrave au travail des policiers » ou « dissimulation de preuves », ça peut commencer à devenir assez important pour que ça te fasse faire un tour d'autopatrouille jusqu'au poste. J'avais pensé qu'on se reparlerait sur une base volontaire. Je t'avais demandé de me rappeler quand t'aurais vu Sir Chuck. Quatre fois, ça fait beaucoup de conversations avec lui, et certainement plein de choses à nous raconter.

— Le monsieur veut vraiment me remercier de lui avoir sauvé la vie, et il cherche comment. Qu'est-ce que vous voulez que je vous dise de plus ? Pensez-vous que ça me plaît d'aller jaser avec un gars comme ça ?

— Vous jasez de quoi au juste ? Vous avez fait un *pool* de hockey ? Il t'a offert des parts dans sa compagnie d'extermination ? T'as des coquerelles dans ton condo ?

— Sir Chuck, c'est un homme qui a beaucoup de jasette. Il veut me remercier, mais on trouve pas comment. Je veux pas accepter de l'argent qui vient de lui, je veux rien lui devoir.

— Il parle jamais de ce qu'il pense de la tentative de meurtre contre lui ? De ceux qui ont commandé ça ? De la façon dont il veut répliquer ?

— Ben voyons donc ! Pourquoi il me raconterait ça ?

— C'est toi qui dis que Sir Chuck a de la jasette.

— Écoutez, si j'apprends quelque chose qui me semble utile pour vous autres, je vais vous prévenir.

— Ah bon ? Donc, c'était pas votre dernière conversation, jeudi dernier ? Vous allez vous revoir ?

Antoine se sent sur une pente un peu plus glissante à chacune de ses réponses. Il essaie de se raisonner. Le policier ne peut pas faire de lien entre les deux exécutions, lui et Sir Chuck. Ce marché entre le caïd et lui est beaucoup trop débile pour qu'un flic sensé arrive à l'imaginer par simple déduction. Pourtant, il a l'impression que McGraw peut lire en lui comme dans un livre ouvert.

— J'peux juste souhaiter que non, mais Charles Péloquin a l'air de faire pas mal ce qu'il veut dans la vie. S'il veut me reparler, il va me reparler. À moins que je me fasse opérer en femme et que je déménage dans un trois et demi en banlieue de Katmandou. Si Sir Chuck veut me revoir, il va me revoir.

— Je vois que tu commences à le connaître comme on le connaît. Je veux juste que tu saches que si t'es témoin d'un acte criminel et que tu préviens pas la police, je vais t'arrêter.

— Pensez-vous que Sir Chuck est assez cave pour commettre un crime devant moi?

— Assez cave, non. Mais peut-être assez arrogant, assez impulsif et assez convaincu qu'on le pognera jamais. C'est ça qui va le couler un jour. Et ce jour-là, je serai pas loin.

— C'est vraiment le bonheur que je vous souhaite, lieutenant McGraw.

— Je me le souhaite aussi.

Le policier s'apprête visiblement à sortir du bureau d'Antoine. La torture est suspendue jusqu'à nouvel ordre.

Avant de passer la porte, McGraw se tourne vers l'écran de la télé où les images défilent sans le son. La mort du couple Marsolais a explosé dans toutes les chaînes d'information continue et occupe tout l'espace. Tous les titres écrits en majuscules et en rouge, sous tous les lecteurs de nouvelles de toutes les tribunes sont les mêmes, à quelques virgules près: suicide de Pierre et Suzanne Marsolais.

— C'est triste, cette histoire-là, tu trouves pas?

Fausse joie. La torture n'est pas tout à fait terminée. McGraw vient d'ouvrir une porte dans laquelle Antoine va s'engouffrer sans retenue. Et sans prudence. Ça s'approche presque de l'acte manqué.

— Triste ? C'est ben plus que ça. C'est totalement dégoûtant. C'est révoltant.

— Là, tu penses à M. Rubenstein quand tu dis ça.

— Oui. Je pense qu'on peut tuer quelqu'un sans tirer dessus. C'est ce que Harold Rubenstein a fait. Le crime parfait : un vol suivi d'un double meurtre, en plein jour, devant sept millions de témoins, mais on pourra jamais l'arrêter. C'est vraiment dégueulasse.

— Woh ! T'es crinqué solide. Y a eu un procès, Rubenstein, à ce que je sache…

— Lieutenant McGraw, vous lisez les mêmes journaux que moi. Vous avez suivi la saga, comme moi. Vous avez vu un jury le reconnaître coupable d'avoir siphonné 100 millions aux actionnaires de Ciné-Art, scrapé leur retraite, gagnée une heure à la fois pendant des décennies, volé à Pierre et Suzanne Marsolais la fin de leur vie ! Tout le monde a vu ça ! Mais là, à la fin c'est Rubenstein qui gagne. C'est Mondor et les Marsolais qui perdent. Et des dizaines d'épargnants qui auront pas assez du reste de leurs jours pour se refaire. Ça donne rien, des procès, avec des salauds comme Harold Rubenstein, défendu par des fumiers en toge.

— Tu y vas fort. T'improvises pas. T'as tourné ce *speech*-là dans ta tête longtemps avant de me le servir. T'es trop dedans.

— J'suis peut-être juste ben écœuré de voir que c'est toujours pareil. Vous pensez que c'est une bonne chose que les Marsolais soient morts et que Rubenstein ait encore toute sa vie devant lui ? Vous trouvez qu'on y gagne au change avec plus de Rubenstein en vie et moins de Pierre et Suzanne Marsolais ?

— Je crois surtout que c'est pas toi ni moi qui va changer quelque chose dans ça. On attrape les *scum bags*. On leur fait des procès. Souvent on les perd. Des fois on gagne. C'est ça la *game*. La justice fonctionne comme ça.

— Ben, la justice fonctionne pas, alors...

Antoine remet le son du téléviseur et on entend un journaliste en direct, devant la demeure de Mondor, faire le résumé de ce qu'on sait de cette histoire pathétique. McGraw est surpris de la charge émotive qu'il vient de se prendre en pleine face. Il y a quelque chose, une intensité dans les propos d'Antoine, qui le fait tiquer. Non pas qu'il soit en total désaccord avec son point de vue, mais c'est presque trop pour être anodin. Ça ne colle pas avec le moment, avec la conversation qu'ils ont eue quelques secondes avant. Il a l'impression qu'Antoine cherche désespérément qu'on lui dise qu'il a raison de ne plus en pouvoir de tout ça. Il cherche une approbation. Mais il y a quelque chose de plus derrière ce discours. Plus que l'écœurement normal des gens normaux, que lui-même comme policier a souvent ressenti.

Encore un *gut feeling*. Un deuxième en une semaine.

À la télé, entre deux segments consacrés à la mort du couple, on donne de nouveaux détails sur la deuxième victime de celui que les médias appellent « le justicier ». Le boucher de Lambton avait recommencé à menacer son ex-femme et ses enfants. Le patron de Mme Béchard en témoigne. McGraw a une dernière question avant de partir.

— Fait que, tu dois pas haïr ça, toi, le concept du justicier ? Tu y crois, toi ? Au justicier ?

Antoine garde les yeux fixés sur la télé.

— C'est certain que ça sonne drôle, dit comme ça...

— T'as vu les deux victimes ? T'as pas besoin d'être policier pour déduire qu'à part une vengeance, y a pas un autre mobile qui tient la route, non ?

— Je sais pas, je connais pas tous les détails que vous avez.

— Arrête, Antoine. Tu le dis toi-même que tu lis les journaux. Les médias sont tellement bandés sur l'idée d'un justicier qu'y couvrent l'affaire comme si c'était le premier ministre qui s'était fait descendre.

— Peut-être que les médias sont bandés comme ça parce qu'ils savent que le monde en a besoin.

Antoine regrette déjà sa remarque. Il l'a laissée sortir. La théorie de l'acte manqué commence à s'étoffer drôlement. Si McGraw dit quelque chose de bon sur le justicier, ça soulage le bout de sa conscience qui résiste encore.

McGraw secoue la tête, l'air un peu dépité.

— Un tir de *sniper* en plein front d'un pédo, pis une job de pro sur un *low-life* du fin fond de la campagne. T'appelles ça la justice, toi, Antoine ? Tu devrais envoyer ton C.V. à Vladimir Poutine, vous avez des idées qui se ressemblent.

— Ça vous fâche vraiment, vous, que ces deux hommes-là soient morts ?

— Non. Pantoute. Y a d'autres choses qui me fâchent là-dedans, par contre. Quelqu'un exécute des suspects sans procès. Ça, oui, ça me fâche.

— Sans procès ? La justice a eu sa chance avec ces deux gars-là, me semble. Qu'est-ce qu'ils faisaient dehors, hein ?

— Ça aussi, ça me met en crisse. Évidemment.

— Pis vous avez raison de l'être !

— OK, mais entre être en crisse pis descendre les deux gars, y a une différence. Comme celle entre un citoyen pis un psychopathe.

— Un psychopathe ! Là, c'est vous qui poussez.

— Ah oui ? R'garde ben ça : y a aucun lien entre les deux gars, donc aucun lien entre les vengeances, *right* ? Ça veut dire que celui qui a fait ces deux meurtres, si c'est la même personne, ton justicier, c'est pas une victime directe. Cette personne-là a pas souffert directement de ces deux criminels, tu me suis ? Alors, tu vas me dire que la personne qui a commis ces deux meurtres violents, avec la justice comme seule motivation, c'est pas un malade dangereux? *Come on,* Antoine.

Le téléphone de son bureau sonne. La voix de la réceptionniste lui fait savoir que c'est Tamara qui appelle, de Paris. Il est un peu ébranlé. Il ne s'était jamais vu comme un psychopathe.

Annonçant son départ d'un geste, McGraw lui fait le signe du téléphone à l'oreille avec le pouce et l'auriculaire. Antoine acquiesce de la tête. Il sait qu'il n'en a pas fini avec lui.

47

Lundi 22 octobre 2018 – 23 h 20

Penny marche vers la porte du bureau de Sir Chuck, où il cogne deux coups discrets avant d'entrer. Sir Chuck est au téléphone. Il fait signe à son homme d'attendre une minute. Il finit par raccrocher et se tourne vers Penny.

— *So ?*

— Mon contact confirme que deux Mexicains du cartel de Ciudad Juárez seront en ville dans deux ou trois jours. Ils vont rencontrer Paquito à son garage. Visite de courtoisie du cartel pour parler de la business des prochains mois. Je pense qu'on pourrait faire ça au garage des Latinos. Ça s'organise assez facilement. Paquito est tranquille, il pense pas qu'on a déjà fait le lien.

— OK.

— J'appelle des gars, je monte la *O-line* et je vais aller repérer le terrain.

— Tu prends des pros, des Américains, des gars de *Black Ops.* Je veux personne d'ici, pas de locaux. Je veux tout ton monde avec des *mufflers* sur les *guns.* Je veux surtout pas que les gars de Paquito aient le temps de faire du bruit pis qu'on se ramasse avec deux chars du SPVM en face de la porte avant qu'on ait fini. Je veux que ton équipe ait du temps pour se pousser tranquille. Genre, vous rentrez tout le monde dans le garage, pis vous faites la job *quiet.* À part nos gars, personne ressort de là. *Got it ?* Tu mets ça clair avec le leader de ta *O-line.* Pis si ton contact fait partie du gang de Paquito, tu lui conseilles de *caller* malade pour la semaine…

Penny écoute son patron en silence. Il enregistre tous les détails même s'il sait déjà ce qu'il a à faire.

— Je veux aussi que tu me rapportes la tête de Paquito dans une glacière. On se rejoint à la cabane.

Penny ne peut retenir un air surpris. Il a l'habitude d'obéir aux ordres, et mettre la tête du Colombien dans une glacière ne le trouble pas une seconde. Cependant, il connaît son boss depuis longtemps, et les cochonneries salissantes, ce n'est pas le style de la maison. Il veut être sûr qu'il a bien compris.

— La tête de Paquito dans une glacière ?

— Oui, tu m'as bien entendu. Les Mexicains, ce sont des animaux sauvages avec des *guns.* Ils trippent sur ce genre de démonstrations débiles. On va parler le même langage qu'eux, pour être certains qu'on se comprend bien. On va leur faire du cinéma *Latino's style,* à nos *amigos* de Ciudad Juárez.

Sir Chuck se lève et se dirige vers le bahut. Il est concentré et ça paraît. Penny sait que, dans ces moments, on reste silencieux et on écoute attentivement.

— Je veux que ta *O-line* sorte du pays immédiatement après la job. Dans les heures qui suivent. Si on a des dommages, on laisse rien sur place. Mets une équipe d'évacuation *standby* pas loin. Prête à intervenir pour ramasser nos corps et les ramener à la cabane. On va gérer la suite. On a tout ce qu'il faut pour nettoyer.

Penny ressort du bureau. Péloquin boit son scotch en silence. Les choses tombent en place. La veille, sa source à la DEA, la Drug Enforcement Administration, un officier basé au Nouveau-Mexique, lui a envoyé un message crypté, comme c'est toujours le cas. Avec la DEA, c'est compliqué. C'est donnant donnant. Il ne peut pas simplement l'acheter. S'il a besoin d'infos, il doit en fournir en retour. Ça fait partie des choses que lui seul fait, dans le milieu, à Montréal. C'est pour ça qu'il est Sir Chuck. Il est le seul à vouloir disposer d'un tableau global à jour. Il faut qu'il ait toujours une longueur d'avance sur tout le monde. Ça entretient sa légende. Et le respect qui vient avec. Les narcos mexicains et colombiens, les milices suprémacistes blanches américaines, les familles de New York et de Chicago, les *fighting Irish* de Boston, les triades de Vancouver, les motards de Californie jusqu'à Halifax et les trafiquants d'armes des pays de l'Est; il connaît tout le monde et tout le monde le connaît. Il entretient précieusement son réseau d'infos et bénéficie d'une ligne directe avec chacun de ses contacts. Ça inclut aussi des policiers, là où c'est utile. L'agent de la DEA est une source dont il avait besoin. Il en a la preuve aujourd'hui. Le contenu du message lui a confirmé que le cartel de Ciudad Juárez qui fournit les Latinos de Paquito est en campagne agressive pour prendre plus de place dans les marchés canadiens. À Montréal et à Toronto, particulièrement. Ça joue de plus en plus dur autour de la frontière américaine, et l'idée est d'élargir la liste des clients pour écouler le stock et garder un niveau de revenus stable. Les Mexicains ont mis beaucoup de pression pour que Paquito double les importations et qu'ils agrandissent son territoire. Conscient que tant que Sir Chuck sera là il n'y aura pas d'expansion possible, le cartel a pris l'initiative d'envoyer quelqu'un pour l'écarter du chemin. Un pro, pas un de leurs gars. Il y a vraiment juste ces chiens fous de Mexicains pour faire quelque chose d'aussi stupide. Le cartel garantissait à Paquito qu'il aurait l'appui nécessaire, en muscles et en matériel, pour bien gérer son expansion une fois que Sir Chuck ne serait plus là pour dicter les règles. Les deux

Mexicains qui arrivent cette semaine viennent certainement visiter Paquito pour planifier la suite des choses.

Le pire, se dit Sir Chuck, c'est que Paquito n'a sans doute pas eu d'autre choix que d'embarquer dans ce piège à cons. Sa tête aurait fini dans une glacière mexicaine plutôt que dans celle que Penny lui prépare. Le choix de la glacière est probablement le seul qu'il a eu.

Dommage, pense le caïd. Il l'aimait bien, le jeune garagiste colombien. Il était venu le voir, une dizaine d'années plus tôt, dès que son petit réseau de revendeurs de rue avait commencé à prendre de l'importance. Il opérait principalement dans Villeray et dans Rosemont, où la concentration d'immigrés d'Amérique latine était plus importante. Il ne voulait pas d'ennuis, il voulait juste sa place, son territoire, et c'est Sir Chuck qui pouvait le lui donner, sans qu'il ait à l'établir de façon moins diplomatique. Et plus coûteuse. Péloquin se souvient qu'à leur première rencontre Paquito lui a apporté des *churros* que sa femme avait faits. Sir Chuck l'a tout de suite aimé. Un gars simple et poli, un bon père de famille, qui a commencé humblement et qui ne demandait qu'à respecter les règles locales. Sir Chuck a donné un terrain de jeu au garagiste colombien. Il a parlé avec les motards, a fixé leur *cut*, pris la sienne, puis il a averti tout le monde que Paquito était *legit*. Avec ce que ça implique: on le laisse faire sa business et on vient me voir s'il y a un problème.

Si Paquito était venu le voir en premier, quand les narcos lui ont mis la pression, il aurait peut-être pu arranger les choses pour lui. Ou pas. Pour Sir Chuck, les narcos ne sont pas intelligents. En général, ce sont des bouseux parvenus, des *happy triggers* imprévisibles et difficiles à contrôler autrement qu'avec de plus gros fusils qu'eux et en plus grande quantité. Avec ces *locos*, les alliances négociées tiennent le temps que l'un d'eux, ayant forcé sur la coke plus que les autres, décide qu'il mérite davantage de *platas*. Et là, ça se met à tirer dans tous les sens. Et ça empile les cadavres, les dommages collatéraux et les bavures. Ce qui rameute inévitablement les forces de l'ordre.

Pour Sir Chuck, il est évident que dans un pays civilisé, ce genre de scénario serait catastrophique pour les affaires et ne serait pas toléré par le milieu. Ces Chicanos sont tellement de beaux spécimens de morons, pense Péloquin. Son idée est faite depuis longtemps. Il considérera le Mexique et la Colombie comme des pays civilisés le jour où il n'y aura plus de provinces dans lesquelles l'armée ne chiera pas trop dans son treillis de camouflage pour entrer en armes et faire du ménage parmi ces barbares basanés.

Malheureusement, Paquito a manqué de confiance en Sir Chuck. Il a choisi sa glacière. Péloquin n'y peut plus rien. Une question de principe. Encore.

Conolzi lui a confirmé que sa filature sera levée dès jeudi. Il va pouvoir se remettre à bouger plus librement. Le moment est venu pour lui de régler ses comptes. Il enverra un message qui montrera très clairement aux narcos que leurs projets d'expansion vont devoir se réaliser ailleurs que dans sa ville. Et à tous les autres que, s'en prendre à lui, c'est de la pure folie.

48

Mardi 23 octobre 2018 – 9 h 10

McGraw fait le pied de grue, son café dans une main et son iPhone dans l'autre, devant la porte d'un immeuble commercial désaffecté de la rue D'Iberville, un peu au nord de la rue Sherbrooke. Il attend Pat Desjarlais pour visiter le local où il envisage d'installer l'équipe chargée de débusquer la taupe. L'édifice appartient à un vieil ami qui possède plusieurs immeubles commerciaux en ville. Cette ancienne manufacture de tissus est inoccupée depuis plus de trois ans. Comme le sol de la cour arrière a été analysé et déclaré contaminé, l'ami de McGraw a fait l'acquisition de l'édifice pour une bouchée de pain quelques années auparavant. Avec sa situation géographique, à la limite du Plateau et du quartier Hochelaga en plein embourgeoisement, ce vaste trois étages en grosses briques grises, une fois divisé en condos, aura un jour une deuxième vie qui vaudra bien plus que le prix de la décontamination du terrain. En attendant, c'est le repaire parfait pour une petite brigade spéciale d'enquêteurs, moyennant un aménagement interne adéquat.

Son ami lui a donné rendez-vous à 9 h 15 et McGraw a demandé à Desjarlais de venir visiter l'endroit avec lui.

C'est aussi Pat qui se chargera de toute la mise en place technique de l'équipe, incluant une machine à expresso italienne qui vaut aussi cher que n'importe quel ordinateur de l'escouade. C'est Piccinin qui l'a exigée et qui en a fait un *deal breaker*, comme il l'a lui-même dit. McGraw aperçoit Desjarlais qui tourne le coin de la rue et il se dit que c'est probablement cette fameuse cafetière italienne qu'il porte sous son bras. De toute évidence, son équipe a le sens des priorités.

Dix mètres derrière Desjarlais, l'ami de McGraw tourne aussi le coin de la rue et marche vers lui, souriant. Après les poignées de main et les présentations d'usage, le trio pénètre dans la vieille manufacture. L'air est humide et glacial. L'immeuble commercial est vaste et le rez-de-chaussée doit avoir facilement la taille d'une patinoire. Il n'y a aucune division. Seuls quelques piliers lient le haut plafond au sol de béton. L'éclairage ambiant provient de deux puits de lumière aux vitres crasseuses, au-dessus de l'escalier d'acier central qui permet d'accéder aux étages. Tout est couvert d'une bonne couche de poussière. Les trois hommes montent au deuxième. C'est comme au rez-de-chaussée, aucune division, juste une grande dalle de béton grise et les trois mêmes piliers de ciment au milieu de l'espace. La voix de Desjarlais résonne, dans le vide de l'endroit.

— C'est correct. On va s'installer dans le coin, là-bas, y a trois prises de courant assez rapprochées. Je vais vérifier la boîte électrique. Faudrait pas que les trois soient sur le même *breaker*, ça tire de l'ampérage, une cafetière comme ça...

Le coin sud-est de la bâtisse a de larges fenêtres qui s'ouvrent horizontalement, en basculant, quand on tire sur une chaînette. Il y a un long comptoir d'acier inoxydable qui fait l'angle et qui a besoin d'un solide coup de torchon, mais ça *looke*. Ç'a déjà des airs de loft d'artistes du Bronx new-yorkais dans un film américain. Desjarlais dépose son précieux paquet sur le comptoir pour inspecter la boîte électrique de l'immeuble. McGraw a un drôle de sourire en regardant le coin où va s'installer sa section spéciale. Pas encore d'écrans, pas un seul ordinateur, pas de bureaux ni de papeterie, mais déjà une rutilante cafetière La Pavoni, prête à cracher des *espressos* bien serrés.

49

Mardi 23 octobre 2018 – 15 h 25

La gentille dame de chez Scholastic Investors vient de sortir de chez lui. Davignon se sent toujours mal à l'aise quand il fait cette opération bimensuelle. Il remet à cette jolie représentante, toujours si souriante, 4 000 dollars comptant qu'elle dépose ensuite dans les deux comptes qu'il a ouverts pour ses enfants avec les Fonds Scholastic Investors : 2 000 dollars pour son fils et 2 000 dollars pour sa fille. Les Fonds Scholastic Investors offrent la gestion de régimes enregistrés d'épargne-études aux parents prévoyants qui veulent piler assez de sous pour contribuer financièrement aux études de leurs descendants. Geste honorable et altruiste. Davignon s'était dit que c'était une excellente façon de placer une partie de l'argent que la mafia lui verse sans éveiller de soupçons. La représentante doit trouver le mode de paiement original, mais les montants sont importants, alors elle ne pose pas de questions. Après tout, son client est un policier, il doit avoir ses raisons pour agir ainsi.

Davignon prépare sa sortie. Il ne fait rien de spectaculaire. Rien qui pourrait attirer l'attention, avant comme après la retraite. Le condo en Floride est payé. Les deux comptes Scholastic Investors sont remplis bien au-delà de ce qu'ont coûté les courtes études de ses deux enfants. Et il continue à y contribuer tous les mois. Ça *flashe* moins qu'une montagne de REER. Il a les deux kits de faux papiers pour Sonia et lui, indispensables pour brouiller les pistes et disparaître. Sonia a demandé pourquoi ils avaient ça. Il a répondu que c'était une précaution que beaucoup de policiers prennent, pour des raisons de sécurité. Quand on a passé vingt-cinq ans à faire chier des criminels, c'est une sortie de secours qui peut être utile en cas de besoin. Elle est rassurée. Sonia a appris à ne pas trop poser de questions. Puis, il y a aussi le coffret de sûreté qu'il a ouvert au nom de Pendleton, à la banque Citigroup de Boca Raton. Dans ce coffret dorment environ 350 000 dollars US. Suffisant pour aller s'enterrer plus au sud, dans un coin perdu du Honduras ou du Guatemala, si quelque chose se met à chauffer pour lui.

Mais rien ne chauffera. Il fait bien les choses. Les renseignements qu'il coule aux Italiens lui rapportent 10 000 dollars mensuellement, dont 6 000 virés sur un compte ouvert au nom de Pendleton dans une petite banque de Delray Beach. Pour la balance, Davignon a rendez-vous tous les mois chez son chiro, le Dr Forgione. Quand Davignon arrive à la clinique, on lui assigne une des deux salles de consultation. Sous le matelas de la table de traitement, il y a toujours une enveloppe contenant un carnet, un stylo et 4 000 dollars en petites coupures. Tous les deux mois, alternativement, 4 000 dollars sont déposés dans les comptes de Scholastic Investors, et 4 000 dollars sont cachés dans une trappe secrète du sous-sol de sa maison. Si, par malheur, il devait partir en cavale du Québec, il lui faudra pas mal d'argent comptant pour se perdre dans la nature.

Sur place, Mike Davignon a amplement le temps de rédiger les informations qu'il croit pertinentes et de répondre aux questions inscrites sur la première page du carnet avant que le Dr Forgione entre et lui fasse craquer le dos. Ce qui lui fait toujours du bien. Trois fois, Davignon a dû fournir des infos sur les délateurs relocalisés par le programme de protection des témoins. Ça, c'est plus costaud et beaucoup plus dangereux. Ça se paie à la carte. Très cher. Viré directement, et entièrement, sur le compte de Delray Beach. Pour faire passer la chose, il prétexte de temps en temps un voyage de quelques jours en Floride pour jouer au golf avec les frères de Sonia. Il en profite pour aller vider le compte de Delray et remplir le coffret de la Citigroup. Cette opération est toujours faite par M. Clarence Pendleton, qui porte invariablement un chapeau à larges bords et ne retire jamais ses lunettes aux verres fumés.

50

Mercredi 24 octobre 2018 – 22 h 50

Ils sont une dizaine, attablés à la brasserie Chez Vincent, après une partie de hockey comme on en voit juste dans les ligues de garage : 13 à 10 pour les Bleus. N'importe quel coach se serait pété une dépression après un score comme celui-là. Pas dans cette ligue.

La beauté dans une équipe de ligue de garage, c'est qu'il n'y a qu'un gardien par équipe et que, même après avoir accordé sept ou huit buts douteux, il reste devant son filet. En fait, les deux seules qualités qu'on exige d'un gardien de but de ligue de garage sont les suivantes : posséder un équipement de gardien de but et vouloir se planter devant le filet avec.

C'est un grand soir. Presque toute l'équipe a suivi « à la bière ». La première ronde de pichets a couvert la revue des faits saillants du match. À la deuxième ronde, la conversation bifurque toujours vers les sujets qui alimentent le *yak-yak* public du moment. Ce soir, sans surprise, le suicide de Pierre et Suzanne Marsolais en plus des prétendus exploits du justicier sont au cœur des échanges.

Le jury, composé de quatre défenseurs, cinq joueurs d'avant et un gardien de but, met moins d'un quart d'heure à délibérer et le résultat est sans appel. Si on servait des pichets de bière à tous les jurys, les procès aux assises se dérouleraient beaucoup plus rondement. Le verdict: Harold Rubenstein est une merde totale et il peut bien crever les tripes à l'air, le plus rapidement possible, s'il vous plaît. On suggère même que le justicier en prenne soin. C'est François Trudel qui émet cette idée, sans se douter une seconde qu'il est assis juste à côté de celui par qui elle pourrait se concrétiser. Antoine est plus silencieux que d'habitude. Le justicier boit doucement sa petite blonde bien fraîche, en se répétant que ce qu'il vit est débile. Il est le héros de son équipe de hockey, mais les joueurs ne le savent pas.

Un des défenseurs, celui qui a le meilleur coup de patin, propose un plan original, dans un élan du cœur et... des intestins. Un grand « chie-o-thon » sur le perron de la maison de Rubenstein. Il dépose une motion qui a au moins l'avantage, dans cette situation où la justice ne parvient pas à atteindre M. Rubenstein, de lui exprimer clairement ce que ses concitoyens pensent vraiment de lui. Allons tous faire caca directement devant sa porte ! Ça ne ramènera pas le couple à la vie et ça ne remboursera pas les actionnaires floués de Ciné-Art, mais maudit que ça va faire du bien ! Et c'est une idée 100 % bio. Il tient à le souligner.

Flottant tout seul sur le radeau de son opinion, le gardien de but-juge, sentant la compétition déloyale, est officiellement outré par les agissements du justicier. Mais personnellement, quand il se retrouve dans la solitude de son masque de gardien, il est ravi. Des ordures finies du calibre de Bertrand et de Béchard, il en a vu passer devant lui à quelques reprises et n'a jamais pu trouver à leur flanquer, dans l'arsenal du bon magistrat, quelque chose qui soit compatible avec ce qu'ils méritent. Gracieuseté des criminalistes, qu'on paie grassement pour être sourds, muets et aveugles. Alors, que quelqu'un collabore de façon aussi concrète au désengorgement des tribunaux n'est pas pour lui déplaire. Toutefois, ça, il ne le dira jamais à haute voix.

Le reste de l'alignement partant applaudit, grosso modo, et avec différents degrés de ferveur, celui qui a décerné des expulsions pour mauvaise conduite au boucher de Lambton et au pédo récidiviste.

Quand Antoine a dit à McGraw que le monde avait besoin de justice, c'est de cette unanimité qu'il parlait. Antoine a presque envie de se confier sur l'histoire surréaliste qu'il vit en ce moment, plébiscité qu'il est par cette assemblée de vieux chums. Une autre tournée de pichets et il craque. Mais des joueurs d'expérience comme lui savent écouter leur vieux foie qui les supplie de rentrer à la maison avant de tomber dans les deux bocks de trop ; ceux qui font mal le lendemain. Il se lève, prend son manteau et fait signe à la serveuse de lui apporter son addition.

Demain, c'est aussi sa dernière journée pour fournir à Sir Chuck un troisième nom. Son idée est faite.

François et les trois biberons assis avec lui ressemblent plus à des volontaires en route vers les joies de la cirrhose qu'à un groupe de vétérans à l'écoute des suppliques biliaires de leurs abats.

— OK, les boit-sans-soif, vous avez l'air d'avoir un bon élan, fait que j'me pousse avant la prochaine tournée de blonde.

— Oh ! Raisonnable, mon Tony ? Ça m'inquiète toujours quand j'te vois faire des choses qui sont bonnes pour ta santé.

— C'est fin de t'en faire pour moi. J'ai une affaire à régler pour demain. Je veux pas me coucher trop tard, et surtout pas me réveiller avec un mal de bloc.

Antoine laisse ses amis sur cette note raisonnable et sort de la brasserie. En marchant vers sa voiture, il prend son cellulaire et cherche la carte d'affaires de Sir Chuck dans la poche arrière de ses jeans. Elle y est. Il l'a toujours sur lui.

51

Mercredi 24 octobre 2018 – 23 h 55

Le rendez-vous a été pris promptement. On a répondu à l'appel d'Antoine dès la deuxième sonnerie. Il a reconnu la voix de Penny, à qui il a dit la phrase codée signifiant qu'il souhaite rencontrer Sir Chuck. Celui-ci est en ville dans un restaurant. Penny l'invite à l'y retrouver. Les gens avec qui il était viennent justement de partir, alors il l'attendra sur place tout simplement.

En arrivant à la Brasserie T, petit resto plus que sympa lové dans un des replis architecturaux de la Place des Arts, au cœur du quartier des Spectacles, Antoine repère facilement Sir Chuck, seul à une table, tout au fond et dos au mur. Évidemment. Antoine a remarqué l'homme qui monte la garde à l'extérieur du restaurant. Il note aussi les deux autres gardes du corps attablés un peu plus loin. Péloquin lui fait signe de venir le rejoindre. L'hôtesse qui l'a accueilli à l'entrée lui jette un drôle de regard, comme si elle trouvait qu'il jure dans ce film de gangsters. Rien pour lui donner de l'assurance.

Sir Chuck a l'air d'excellente humeur. Est-il heureux de voir qu'Antoine ne fait pas traîner les choses et que sa dette sera bientôt effacée ? A-t-il le vin joyeux après avoir un peu forcé sur le Château L'Évangile, pomerol 2001 à 716 dollars la bouteille? Ce soir, Belzébuth en personne se paie L'Évangile. Au diable la dépense. Avec un homme comme Charles Péloquin, c'est rarement aussi élémentaire que la gaieté qu'entraîne une légère ébriété. Il doit forcément y avoir une cause tordue derrière cette bonne humeur affichée. Sans pouvoir mettre les mots exacts sur ses impressions, Antoine sent que, plus il s'enfonce dans ce pacte fêlé, plus Sir Chuck semble se délecter de la situation. Il y a quelque chose de putride dans leur relation: lui, Antoine Aubin, un quidam innocent lié à un puissant caïd du milieu interlope. Tout cela va bien au-delà de la volonté de payer sa dette pour se conformer à son code de vie. Antoine en est un peu plus persuadé chaque fois qu'il se trouve en face de l'homme.

— Antoine Aubin. Mon créancier préféré. Assieds-toi, assieds-toi. Quelle belle surprise! J'étais certain que tu repousserais encore les délais jusqu'à la limite acceptable.

— Tant mieux si vous trouvez que je suis d'avance. J'avais compris que c'est demain le *deadline*. Demain, c'est comme dans dix minutes.

— Ton dix minutes d'avance m'en dit long quand même.

Le sourire équivoque de Charles Péloquin confirme à Antoine qu'il n'est pas adepte des petits bonheurs tout simples. Il a dû rater le numéro du *Elle Québec* qui en a beurré l'éloge sur 48 pages couleurs, un joli florilège bien mielleux de petits bonheurs béotiens de nos vedettes indépendantes de fortune. Une grande source d'inspiration pour des milliers de membres en règle de la classe moyenne québécoise, endettés et craignant l'impôt.

— Je te sers un verre de vin. Faut que tu goûtes à ça, c'est magique. Un pomerol 2001. Une grande année.

— Super. Merci.

— T'as certainement pas bu ça souvent.

— En fait, oui. Plus souvent que vous pensez…

— Château L'Évangile 2001 ?

— Je travaille en pub. Les clients chipotent sur des 500 dollars pendant les tournages, mais une fois au restaurant ils commandent des bouteilles à 700 dollars. Ils se sentent plus *big* quand ils nous *flashent* leurs comptes de dépenses.

— Tu penses que je fais ça pour avoir l'air *big* ?

— Non. Vous, vous êtes *big*.

Charles Péloquin, après une seconde de silence qui semble durer une éternité, éclate de rire. Un rire fort et franc. Satisfait. Oui, il est *big*. Il vient de régler les détails de la phase 2 de sa campagne de représailles. Phase 1 : Pacifico Mora et les deux envoyés du cartel. Demain soir. À la même heure, cet épisode sera clos. Phase 2 : Guillermo Vila à Toronto et deux autres émissaires détachés par les pauvres fous de Ciudad Juárez. Ces cinglés se sont franchement mal renseignés avant de monter une opération contre lui. *Tough luck*. Maintenant, la réplique du caïd va s'appliquer brutalement. Ce sera un rappel à l'ordre manifeste. À l'ordre qu'il a instauré et qui régule les choses pour que ce monde parallèle fonctionne et prospère. Sir Chuck est convaincu qu'après la phase de Toronto les Chicanos comprendront et élargiront leur marché ailleurs que dans ses plates-bandes. Il dépose le verre de vin devant Antoine.

— Oui, je suis *big*.

Il lève son verre et Antoine l'imite.

— Je commence vraiment à m'attacher à toi, Antoine. Dommage que ça achève, nous deux. Après ce soir, on devrait se revoir deux autres fois, puis c'est tout. Exact ?

— À moins que vous ayez vraiment du mal à vous trouver un partenaire de pétanque, oui, c'est ça. Deux autres fois.

Sir Chuck pouffe de rire pour la deuxième fois. Il est bon public, ce soir, le caïd. Antoine poursuit.

— Harold Rubenstein.

Les yeux de Charles Péloquin s'illuminent. Et son sourire aussi.

— Rubenstein, l'*asshole* de Ciné-Art ? Celui qui a torché les actionnaires de sa compagnie et qui a volé le gros monsieur qui écrit des romans pour les kids ? Ah ! J'adore ça ! Antoine, là, vraiment, tu me fais plaisir. Un pédo *fucké*, un alcoolo brutal, je trouve que ça relevait plus de la SPCA que de ce que je peux faire, mais là, Harold Rubenstein, un crosseur fini, un rat, un vrai sale ! Wow ! On va lui faire une belle job. On va se forcer pour toi, Antoine. Compte sur moi.

— Les détails, ça vous regarde. Je demande rien de spécial. Je fais ma liste, c'est tout. Et lui, il pouvait se retrouver dessus.

— T'es indigné. C'est ça, la différence. Les deux autres, c'était comme faire piquer un chien malade. Ta motivation était humanitaire. Mais là, c'est la vengeance d'un citoyen indigné. On monte à un autre niveau. Il a pas tué personne, Rubenstein, et il fera probablement plus rien de mal, il va se pousser avec son *cash*, c'est tout.

— Pierre et Suzanne Marsolais sont morts. J'irais pas jusqu'à dire qu'il les a tués, mais c'est tout comme. Et là, on parle même pas des autres actionnaires qui ont perdu les économies d'une vie. Leurs retraites sont *scrappées*. Pis lui, au lieu de se dire que, ce coup-là, il s'est fait pogner et doit remettre ce qu'il a volé, il s'engage les plus belles chiures du barreau et il étire les procédures jusqu'en Cour suprême, le temps de vider la tirelire de sa compagnie bien comme il faut.

— C'est ça que je disais. T'es indigné.

— Vous l'êtes pas, vous ? Ça vous laisse froid, un fils de pute comme ça qui s'en tire ?

— Je suis rarement indigné. Sais-tu pourquoi ?

— Ma langue au chat.

— Parce que si quelqu'un m'indigne dans la vie, je le tue.

La phrase reste suspendue dans l'air ambiant comme quelque chose de bien trop lourd pour quitter le sol.

— Ça calme l'indignation. J'accumule pas de colère ou de rage, comme toi. Moi, je joue pas dans le *team* des moutons qui subissent les chacals, je suis dans l'équipe des chasseurs qui les abattent. Je suis chanceux. Et j'ai de toute évidence l'indignation moins facile que toi.

— Faut croire…

Antoine vide son verre de Château L'Évangile et demande la permission de partir. Accordée. Charles Péloquin doit planifier la mise à mort de Harold Rubenstein. Une remarquable ordure.

52

Jeudi 25 octobre 2018 – 10 h 10

Penny est au Canadian Tire, dans le rayon du matériel de camping, debout devant les glacières. Le calcul qu'il fait, aucun campeur ne l'a fait avant lui : dans laquelle de ces glacières peut-on faire entrer beaucoup de glace et une tête humaine ?

Le portable prépayé vibre dans la poche intérieure de son veston. La conversation dure moins d'une minute. C'est le leader de l'équipe spéciale qui l'informe que tous ses hommes sont arrivés. La *O-line* est opérationnelle. Il a repéré le site de l'intervention la veille et il est prêt à lancer la mission.

Penny raccroche et choisit une glacière bleue à poignées et à roulettes, avec un couvercle blanc. Dès qu'il aura la confirmation de l'heure du meeting entre Paquito et les Mexicains, il donnera le *go*.

*

Deux jours plus tôt, Penny a loué un camion de déménagement avec une boîte arrière de 26 pieds. Il l'a laissée dans le stationnement d'une des succursales d'Extermination

Péloquin, située à l'angle de l'avenue Christophe-Colomb et du boulevard Rosemont, à moins de dix minutes du garage de Paquito. On a mis une plaque volée sur le camion. Précaution de base pour perdre la trace du locateur, si quelqu'un repère le véhicule et prend note de son numéro d'immatriculation au cours de l'opération. C'est le point de chute de l'équipe recrutée pour le *hit* sur le garage de Paquito. À mesure que les membres de la *O-line* arrivent à Montréal, ils se rendent à ce camion. Leur matériel de travail les y attend dans la cabine arrière, qui a été aménagée en conséquence. Le leader a fait parvenir la liste d'équipement à Penny et tout est prêt : fusils d'assaut belges SCAR-L MK16 avec silencieux et cache-flamme, pistolets Sig Sauer P226 MK25 calibre 9 millimètres, sans oublier les quatre débardeurs de kevlar, les gants et les cagoules. Ce *hit* aurait pu se faire de façon moins coûteuse et moins élaborée, mais Sir Chuck tient à ce que la signature soit spectaculaire. Il est probablement le seul en ville à pouvoir engager un *stick* de pros comme celui-là, et il juge qu'il faut que ça se sache, que ça se parle, que la rumeur circule partout à Montréal. On a aussi installé des tables, des chaises, des lits de camp, du chauffage d'appoint et un tableau avec des photos agrandies du théâtre des opérations. C'est à bord de ce camion qu'on se déplacera vers le garage de Paquito pour la frappe.

Quand Penny monte dans le véhicule, les quatre gars révisent leur arme et leurs munitions. La routine exécutée tant de fois avant une opération. Ils sont tous d'ex-militaires. Tous des durs ayant reçu des entraînements de niveau élevé. Delta force, SBS britannique, F01, ROSC et Spetsnaz russe. Penny ne peut pas deviner avec quelles unités spéciales ces quatre soldats ont servi avant de passer au privé, mais leur expérience se voit au premier coup d'œil. La froideur des professionnels qui inspectent les armes avec lesquelles ils vont tuer des hommes. Ils font ça avec la même désinvolture qu'un banlieusard qui sort sa tondeuse électrique pour couper son petit carré de gazon le samedi matin. Chacun son métier et ses compétences. C'est à peine si les hommes le regardent à son arrivée. En fait, leurs regards sont plutôt dirigés vers la grosse glacière à roulettes qu'il traîne derrière lui.

Le leader du quatuor vient l'accueillir, et les deux hommes se plantent devant les photos du tableau. Mora Mécanique générale est un petit garage de quartier à l'angle de la rue Gounod et de l'avenue Casgrain. L'immeuble n'a qu'un étage et est divisé en deux. La partie droite de la façade est réservée aux clients : porte vitrée, comptoir avec caisse enregistreuse, trois chaises et une table basse avec quelques magazines pour distraire les clients qui attendent leur voiture. Dans la partie de gauche, l'espace « mécanique générale ». C'est un garage de quartier comme tous les autres, à l'exception des deux portes qui ne sont pas vitrées et qui, lorsqu'elles sont fermées, empêchent de voir ce qui se déroule à l'intérieur. Toujours pratique quand, outre poser et balancer quatre pneus d'hiver ou changer les *calipers*, on fait dans le trafic de stupéfiants. C'est derrière ces portes qu'aura lieu la rencontre.

L'opération est simple. Un *sniper* sur le toit de l'autre côté de la rue, en face du garage, pour couvrir l'entrée et la sortie du *stick*. On stationne le camion sur Casgrain, au nord de Gounod. Hors du champ de vision des caméras de surveillance installées en devanture. Paquito placera fort probablement un ou deux guetteurs devant les grandes portes. Impossible pour les sentinelles de voir les hommes se déplacer vers le garage s'ils remontent Casgrain par le nord. Tout se jouera dans la vitesse d'exécution. Quand le *sniper* sur le toit verra les visiteurs arriver, il donnera le signal au leader, qui lancera l'assaut dès que le tireur d'élite aura couché le ou les guetteurs. Le silencieux fera son travail et personne à l'intérieur du garage ne remarquera quoi que ce soit. Les trois autres membres du *stick* entreront par la porte réservée aux clients et feront irruption dans l'atelier mécanique. Si, par miracle, quelqu'un réussit à ressortir de l'immeuble vivant, le *sniper* stoppera net sa fuite. Le leader affiche un calme inébranlable. *A walk in the park*, dit-il.

Penny ne sent pas une once de fébrilité chez le chef du groupe d'intervention. La longue, large et profonde estafilade qui marque son visage, de la narine droite jusqu'à la base de son cou, témoigne de son expérience sur des théâtres d'opérations beaucoup plus complexes que celle du petit garage de Pacifico Mora dans Villeray. Penny suivra derrière la *O-line*. C'est lui qui prélèvera la tête de Mora et la déposera dans sa jolie glacière à pique-nique. À partir du coup au but du tireur d'élite qui éliminera tout ce qui sera posté devant le garage, cent vingt secondes au maximum s'écouleront avant que les membres du *stick* remontent dans le camion et quittent les lieux. Ensuite, une heure et demie de route jusqu'à la petite cabane à Abercorn. Les quatre pros repasseront du côté américain la nuit même, à travers la forêt. La frontière étant à moins d'un kilomètre de la cabane.

53

Jeudi 25 octobre 2018 – 22 h 10

Paquito est nerveux. Toute cette histoire pue la poisse depuis le début. Il a beau avoir plaidé sa cause devant les boss du cartel, leur avoir juré sur la tête de sa mère, Maria Consuelo Ramos de Parragossa, que s'en prendre à Sir Chuck est la pire idée qu'ils ont eue de toute leur existence, rien ne les a détournés de ce projet insensé.

Le coup a foiré. *Shit happens.* Mais la réplique viendra inévitablement. Sir Chuck saura qui a commandé le *hit* et Paquito sera dans la mouise jusqu'aux yeux. Il a même pensé à contacter Péloquin directement pour tout lui raconter. S'il lui livrait les deux gus du cartel sur un plateau, il pourrait peut-être sauver sa peau. Une petite voix lui susurre à l'oreille, en espagnol, que sa chance de se sortir de cette galère est passée. Il ne l'a pas saisie. Ça sent maintenant le cramé pour lui et son clan. Solide. Il se serait bien permis de longues vacances dans un coin perdu du *bush* colombien, le temps de se poser et de réévaluer la situation calmement, mais la visite des deux hommes du cartel l'a cloué sur place. Le voilà donc à se faire du sang de cochon, debout entre les deux treuils hydrauliques de son garage, avec trois de ses meilleurs gars, attendant les deux messagers du cartel. Avec un peu de chance, Sir Chuck n'a pas encore remonté la filière jusqu'à Ciudad Juárez, et il pourra bientôt aller se faire pousser la barbe dans une *palapa* isolée, au fin fond du fond du pays qui l'a vu grandir. Avant la réplique du caïd.

54

Jeudi 25 octobre 2018 – 22 h 35

« Un affront est toujours bien réparé par un coup d'épée, et l'on n'a jamais tort avec un homme, pourvu qu'on le tue. »
Jean Baptiste Blanchard, *Les Maximes de l'honnête homme*, 1772

La limousine blanche des Mexicains est arrivée avec vingt-cinq minutes de retard. Déjà, ce manque de respect n'augure rien de réjouissant pour Paquito. Ils sont visiblement imbibés d'alcool et *high* sur quelque chose de costaud. Rien d'anormal jusque-là. Paquito s'attendait à ça. Cela confirme la réputation de *cabos locos* des narcos. Largement méritée. Ce qui l'irrite, ce sont les trois putes rutilantes qui accompagnent les deux Mexicains. Elles rient trop bruyamment, aussi défoncées que les deux *papis* qui leur crachent des dollars depuis la veille. Elles traînent tellement de *bling-bling* sur elles qu'on doit les entendre tinter à des kilomètres. Pour la discrétion de cette petite rencontre, il faudra repasser… Comble de connerie, les Mexicains insistent pour qu'elles restent avec eux à l'intérieur du garage durant la réunion. Paquito n'est pas d'accord, mais le duo de fêlés à qui il a affaire n'est pas du genre que l'on veut contrarier. De toute façon, la conversation se déroule en espagnol et les trois filles ne le parlent probablement pas. Les palabres sont lancés sur l'exécution ratée de Sir Chuck. Un coup de malchance. Un *cabrón* qui saute sur un tueur professionnel et l'empêche de gagner sa vie, quelle déveine ! Un plan est déjà en préparation pour frapper une deuxième fois et, ce coup-ci, retirer le caïd de l'équation afin de paver la voie à une expansion vers le nord au marché du cartel. Misère. Ces débiles mentaux de Ciudad Juárez n'ont donc pas renoncé à leur projet.

Malgré le dégoût qu'il éprouve en écoutant les propos avinés des deux morons, Paquito les traite avec déférence. Ces culs-terreux trop bien habillés sont des invités à considérer s'il veut revoir le soleil se lever.

Sur le toit en face, Mitch Bouwmister, un ex-tireur d'élite des Navy SEALs, ne manque rien de ce qui se passe devant Mora Mécanique générale depuis 20 heures. Renvoyé des Navy SEALs après son troisième tour en Irak quatre années plus tôt, il n'a pas chômé. Les gradés qui l'ont écarté de cette troupe d'élite n'avaient pas vu d'action réelle sur le terrain depuis des lustres. Ils étaient bien trop déconnectés pour qu'il se préoccupe du jugement qu'ils ont posé sur sa conduite lors d'opérations. Si on n'a jamais été éclaboussé par le sang d'un frère d'armes, on ne sait pas de quoi on parle en évaluant l'attitude d'un homme en situation de combat. *Fuck them !* La bonne nouvelle est que, quand on a subi avec succès l'entraînement des Navy SEALs, on ne cherche pas de boulot très longtemps dans la jungle des agences de sécurité privées. Ni dans celle des opérations obscures des organisations criminelles prêtes à payer le gros prix pour pouvoir compter sur les meilleurs.

Bouwmister roule sa bosse sans soucis financiers depuis son retour à la vie civile. Toutes les affectations qu'il a acceptées depuis n'ont rien à voir avec la folie dont il a été témoin dans le désert. Ce contrat ne fait pas exception. Avoir peur pour sa vie n'est pas dans les paramètres de cette mission. Après des années à côtoyer la mort au quotidien, il se trouve à Montréal pour la première fois de sa carrière, sur le toit d'un triplex du quartier Villeray, à épier les mouvements d'un petit trafiquant local. Du gâteau. Il est largement surqualifié pour un tel boulot.

À 150 mètres de là, plus au nord, sur l'avenue Casgrain, le camion est stationné. Le *squad leader* attend que le *sniper* lui fasse signe avant d'entrer en scène.

— *Tall boy to squad leader. We've got movement. Be ready.*

— *Copy that, Tall boy. We're ready to go.*

Le leader du *stick* a mis les deux autres gars en alerte d'un simple signe de la tête. Penny aussi s'est levé et a soulevé sa glacière. Il se sent ridicule avec son truc à pique-nique dans les bras à côté de ces trois chiens de guerre en tenue de combat, serrant leur MK16 dont ils viennent d'enlever le cran de sécurité. Alors que le groupe va ouvrir le hayon du camion, la voix du *sniper* résonne dans les écouteurs du système de communication.

— *No go. I repeat. No go. Stay put, squad leader.*

Bouwmister retient l'assaut pour trois raisons. La première : les deux cibles sont sorties de la *stretch*-limo avec trois jeunes femmes. Trois civiles. Il doit les signaler et obtenir une confirmation du statut de la mission. La deuxième : le chauffeur de la limousine décide d'attendre ses passagers assis confortablement au volant, directement devant les portes du garage. Ça fait un guetteur de plus à prendre en charge, mais impossible pour le tireur de le moucher à travers la vitre teintée du véhicule. La troisième est qu'un garde de Paquito se tient adossé à l'une des deux portes de garage. Le *sniper* craint que la balle, une fois qu'elle aura transpercé la cervelle du gus, poursuive sa trajectoire à travers la porte d'aluminium du garage et donne l'alerte aux hommes à l'intérieur. Ou encore que le corps inerte de l'homme s'affaisse trop bruyamment contre la porte, annulant l'effet de surprise qui est crucial au succès de l'opération. Il faut adapter la mission à ces nouveaux paramètres. C'est la responsabilité du *squad leader*, pas la sienne. Il lui transmet le topo complet de la situation et attend.

Le commandant du *stick* avise Penny de la présence des filles dans le garage. Les ordres sont de ne laisser aucun témoin vivant. Doit-on les maintenir ? Penny tique. Il ne peut pas prendre le risque de joindre Sir Chuck pour une confirmation. Il décide d'ajouter trois dommages collatéraux au bilan de l'opération punitive de son patron. Quatre avec le chauffeur. Un des hommes ira s'en charger simultanément au tir du *sniper*. Le chauffeur aura peut-être le temps de voir le garde de Mora s'écrouler, mais une seconde et demie plus tard il sera mort. Ça veut dire qu'ils ne seront que deux hommes pour éliminer huit cibles à l'intérieur, dont cinq fort probablement armées. Pour des pros, en tir automatique, avec la surprise, c'est encore jouable. Le risque est supportable. On peut y aller. Le leader descend du camion et remonte la rue vers l'intersection, suivi par les deux autres membres du *stick* et par Penny, qui ferme la marche avec sa glacière. À 3 mètres du coin, il lève le poing pour immobiliser les hommes derrière lui. La distance est suffisante pour surgir assez rapidement à l'intérieur du garage et faucher les *hostiles*. Seul l'homme désigné pour s'occuper du chauffeur continue et le double, s'arrêtant quelques pas devant lui. Tout est en place. Il communique le nouveau feu vert au *sniper* sur le toit.

Le tireur d'élite n'a pas à patienter longtemps. Trois minutes plus tard, le guetteur a l'idée géniale de faire quelques pas vers le trottoir. Pour l'ex-SEALs, le calcul est maintenant purement physique et facile à faire. Il attend une distance adéquate entre le marcheur et les portes du garage afin que son angle de visée en plongée soit assez prononcé pour que la balle s'écrase au sol si elle ressort du crâne de sa cible. Normalement, quand une ogive de ce calibre traverse la tête d'un quidam, il s'effondre sur place, foudroyé. Même s'il est à quelques pas des portes, il risque peu d'aller choir contre l'une d'elles. Bouwmister tient le point central de son *scope* directement au milieu du front de l'homme de Mora. Encore un pas, puis un autre. Il presse la détente puis lance le signal dans le micro de son émetteur.

— *Go, go, go!*

Le garde s'effondre comme prévu. Bouwmister voit un des hommes du *stick* se diriger vers la porte du chauffeur de la limousine et trois autres silhouettes tourner le coin de l'immeuble, s'arrêter quelques secondes devant la porte d'entrée de la partie droite du garage et s'engouffrer à l'intérieur. Il assiste au travail bien fait de l'homme en noir, quelques mètres plus bas. Son Sig-Sauer au poing, il ouvre la portière du conducteur de la limo et tire cinq coups très rapides, atteignant le chauffeur trois fois au haut du corps et deux fois en pleine tête, avant de repartir en vitesse rejoindre les autres dans le garage. Le *sniper* garde son index sur sa détente, prêt à abattre quiconque sortirait du garage ou tenterait d'y entrer.

La serrure de la porte avant cède facilement. Le *squad leader* et son complice s'introduisent silencieusement et se dirigent vers la porte vitrée qui donne sur l'atelier mécanique. Après un rapide coup d'œil pour localiser les *targets,* ils se coordonnent du regard avec l'autre commando, puis surgissent en faisant gicler une pluie de balles sur tout ce qui bouge, incluant les trois prostituées, qui n'ont que très peu de temps pour crier avant de tomber. Les cibles s'écroulent une à une. Le crachotement des rafales dure moins de dix secondes. Ils terminent le travail un coup à la fois, s'assurant que plus personne ne respire. Seul Paquito est parvenu à sortir une arme avant d'être abattu, mais, atteint par plusieurs projectiles, il n'a réussi qu'à ficher deux coups dans le plafond, dans un dernier spasme. Le bruit de ces deux coups de feu attirera rapidement quelques voitures de patrouille. Il faut dégager. Penny s'agenouille près du corps ensanglanté de Pacifico Mora. Il sort une machette de la glacière ouverte et sans la moindre hésitation décapite le garagiste.

Le leader a enfin sa réponse. Depuis hier qu'il se demandait pourquoi l'homme du commanditaire traînait son foutu *cooler*...

Le calcul du professionnel est précis. Penny et les trois commandos remontent dans le camion, qui s'éloigne du commerce exactement cent onze secondes après le tir de Mitch Bouwmister. Le *sniper* rejoint les autres et le camion repart en direction du local de la compagnie d'extermination. De là, ils prennent un véhicule différent pour se rendre à Abercorn, en Estrie. Juste au cas où un témoin signalerait le fourgon. Le quartier va bientôt fourmiller de voitures de police. Quand les premiers patrouilleurs découvriront les dix corps, dont un sans sa tête, les quatre commandos, Penny et la tête de Paquito « sur glace » seront en route vers les Cantons-de-l'Est.

À l'intérieur du garage, entre les deux treuils hydrauliques, de longues et larges rigoles de sang coulent lentement vers le caniveau percé au milieu du sol de Mora Mécanique générale, s'égouttant entre les fentes d'acier pour se mêler aux huiles usées au fond du réservoir prévu à cet effet.

55

Vendredi 26 octobre 2018 – 0 h 40

Les hommes de la *O-line* ont déjà quitté la cabane et emprunté un sentier étroit qui se perd dans la forêt. Le *squad leader* n'a qu'à suivre les points lumineux sur son GPS. Ce trajet préprogrammé mène vers la frontière américaine, où le groupe passera aux États-Unis à une distance sécuritaire du poste frontalier d'Abercorn. Un transport discret a été arrangé de l'autre côté pour récupérer l'équipe et ramener tout le monde à New York. Penny et Sir Chuck sont seuls à l'intérieur de la cabane. Ce chalet est pratique pour l'organisation. Isolé au bout d'un chemin de terre, on y accède par un rang la plupart du temps désert. La bicoque sert à toutes sortes de choses. C'est en fait un camp de chasse de 15 mètres sur 15 mètres en bois rond, avec une seule porte et deux fenêtres. Si un jour on entreprend des fouilles dans les bois autour de ce chalet, on pourrait résoudre quelques affaires classées non résolues à l'aide des empreintes dentaires des crânes qu'on déterrerait. Penny braque son iPhone à l'horizontale et filme en plan serré la tête sanguinolente de Pacifico Mora que son patron tient par les cheveux, bien en évidence devant l'objectif. Sir Chuck n'est pas assez imprudent pour qu'on le reconnaisse à la caméra, mais c'est lui qui se charge de la narration. Ce court-métrage maison sera ensuite envoyé à son contact à la DEA pour qu'il parvienne aux bons destinataires. Son laïus en anglais s'adresse aux chefs du cartel de Ciudad Juárez et ne laisse planer aucun doute quant à la raison de cette petite séance de cinéma *gore*. C'est sa réponse à ce qu'il considère comme une erreur de jugement de la part des Mexicains. Les narcos n'auront qu'à lire les journaux de Montréal pour savoir comment, ce soir, sur son terrain à lui, il a remis les ardoises à zéro. Si le cartel tient tant à faire de la business à Montréal, il n'a qu'à le respecter et à faire comme tout le monde : le contacter. C'est lui le patron. Ça doit passer par lui. Montréal, c'est sa ville.

Ustedes entienden ? Claro que si…

56

Vendredi 26 octobre 2018 – 9 h 40

Si les deux premiers morts d'Antoine ont provoqué des tempêtes médiatiques, le carnage effroyable chez Mora Mécanique générale doit être qualifié d'apocalypse multimédia. Le pays est sous le choc, d'un océan à l'autre. La tuerie roule même sur les chaînes d'information américaines et sur quelques autres grands réseaux en Europe. Un véritable massacre à la manière des narcos en plein cœur du quartier Villeray, à Montréal. À Tijuana ou Medellín, ce genre de boucherie, c'est juste un petit mardi soir comme les autres, mais à Montréal, au Canada, dix victimes, dont trois jeunes femmes… Du délire. Le chef du SPVM colle presque toute son escouade sur le dossier. Toutes les ressources sont disponibles pour eux et leurs demandes sont traitées prioritairement. Le porte-parole de la police est peu loquace avec les médias.

Pacifico Mora, de notoriété publique, était un trafiquant. Trois des Latinos refroidis et couchés dans les tiroirs adjacents au sien à la morgue étaient membres de son gang et connus des policiers. Ça se complique un peu pour les deux autres macchabées trouvés dans l'atelier. Il s'agit de deux citoyens mexicains, très probablement liés à un des cartels du nord du pays. Les trois jeunes femmes travaillaient comme « escortes » et, selon toute vraisemblance, il faut les compiler dans la colonne des dommages collatéraux. Même constat pour le chauffeur de la limousine, qui n'a pas de casier judiciaire.

On admet que c'est sans conteste du travail exécuté par des professionnels de haut niveau. Ce que les caméras de surveillance du garage ont capté ne laisse planer aucun doute sur ce point. Les enquêteurs ne rendent pas public le fait qu'on ait emporté la tête du patron du gang des Latinos. Pour les policiers cependant, tout indique clairement que quelqu'un de très puissant tient à envoyer un message. Ils se gardent bien de dire aux journalistes que pour eux l'enquête est pratiquement déjà close, puisqu'il n'y a en réalité qu'un seul nom possible sur la liste des suspects. Mais, comme d'habitude, ils ne peuvent rien prouver. Le ministre de la Sécurité publique aura beau déchirer sa chemise, menacer de faire rouler des têtes et exiger autant qu'il le voudra des coupables, des arrestations, quelque chose qui montre à la population que le gouvernement contrôle la situation, l'enquête ne mènera à rien qui puisse s'approcher d'un dossier potable pour le DPCP. La raison est toute bête : à Montréal, dans cet univers parallèle où tout est létal, ce n'est justement pas le gouvernement qui a le contrôle. C'est Sir Chuck Péloquin.

Antoine aussi sait trop bien qui a rasé le gang de Paquito et commandé ce bain de sang sauvage. C'était donc ça qui rendait Sir Chuck si joyeux l'autre soir, au resto. Il pourrait parier là-dessus. Et ça lui donne sérieusement froid dans le dos. Parce qu'il a justement trinqué avec lui, au Château L'Évangile 2001, deux jours plus tôt.

57

Vendredi 26 octobre 2018 – 11 h 05

Quand McGraw arrive au local de son équipe d'enquête, Piccinin manipule la machine à expresso avec des gestes précis. Desjarlais et Trudeau sirotent doucement ce que le barista en herbe leur a préparé. Les ordinateurs sont branchés et toute la paperasse est disposée sur des bureaux collés au mur. Un petit frigo ronronne à côté d'une table où l'on a branché un micro-ondes entre les serviettes de papier, les ustensiles en plastique et une boîte de carrés de sucre de canne. Les installations sont minimalistes mais n'empêchent pas les recherches d'avancer rondement. On a déjà classé R.A.S. (rien à signaler) la presque totalité des policiers des crimes majeurs.

Ce matin-là, Trudeau a appelé McGraw pour lui demander de venir les rejoindre. Le lieutenant-détective n'est pas sur l'affaire du gang de Paquito, mais lui aussi a rapidement conclu qu'on devait cette purge à Charles Péloquin. Il attendait la réponse du caïd après la tentative de l'éliminer. C'était maintenant chose faite. Le coup venait donc des Latinos de Mora. Pauvres fous…

Il règne dans la pièce un mélange d'excitation et d'amertume. On a fait une découverte importante, la veille, en fouillant dans le patrimoine d'un des vétérans de l'escouade. On a contre-vérifié la piste ce matin. L'équipe d'enquêteurs pense maintenant tenir quelque chose de probant. McGraw écoute Gino Piccinin exposer la façon dont les recherches ont été menées sans l'interrompre. Jusqu'à la chute.

— Mike Davignon a déposé 4 000 dollars le 23 octobre dernier dans les comptes Scholastic Investors ouverts pour ses deux enfants. On a remonté. Il fait ça tous les deux mois. Y a deux comptes *loadés* au maximum au nom de ses deux enfants.

— Continue...

— Violaine nous dit que le soir où on a souligné le départ à la retraite de Pat, Mike racontait que son fils travaillait dans la construction et que sa fille avait lancé une business de paysagement. Ses deux enfants ont arrêté d'étudier depuis plusieurs mois...

— Et il cotise toujours dans leurs comptes chez Scholastic Investors.

— C'est ça.

Le silence qui suit est lourd. McGraw fixe le vide. Ça ne prouve rien encore, mais c'est certainement préoccupant. Lui aussi se souvient de cette conversation au St-James, dix jours plus tôt.

McGraw connaît Davignon depuis longtemps. S'il le confronte, il saura tout de suite s'il a passé la ligne. Mais les conséquences de ces accusations sont beaucoup trop dramatiques pour qu'on règle ça dans une conversation franche et ouverte entre vieux policiers.

— Je vais demander un mandat pour mettre son téléphone sur écoute et pour lui coller un traceur. Vous avez tout épluché le reste de ses comptes, ses dépenses, ses déplacements, tout?

— Oui. Rien de fou. Pas de solde de cartes de crédit, presque pas d'achats par Interac. Moins que la moyenne des gens, mettons.

— Il paie souvent *cash.* Ça non plus, c'est pas bon.

— Il va chez son chiro une fois par mois. Rien de spécial. Le seul luxe qu'il se paie, c'est un petit trois jours de golf en Floride de temps en temps, avec les frères de sa femme.

— Regardez les dates de ses voyages de golf. Essayez de vérifier si les beaux-frères étaient vraiment avec lui en Floride. Regardez ses dépenses là-bas. Remontez aussi dans les versements à Scholastic Investors. On cherche quand il a commencé à cotiser, et surtout si les montants ont augmenté à un certain moment. On va voir si y a un *match* avec les fuites qui ont été signalées. Je veux ces dates-là. Mais, *for God's sake,* faites tout ça discrètement. Davignon, c'est un bon policier. S'il voit passer la moindre chose *odd,* il va disparaître, et là, bonne chance pour le retrouver. Si c'est comme je pense, il prépare sa sortie depuis un maudit bout.

McGraw sort de l'édifice et prend deux grandes respirations. Encore une fois, il éprouve cette sensation familière. C'est son instinct qui vibre. Cette sensation, il la perçoit trop souvent depuis les dernières semaines. Il doit voir son boss. Lavigne va vouloir coordonner lui-même les demandes de mandat. Il espère ne pas croiser Davignon sur l'étage. Il l'espère vraiment. Parce qu'il ne sait pas s'il pourra contrôler sa réaction. Il a peur de vouloir lui sauter à la gorge. Ou, pire, d'avoir envie de serrer son ami condamné dans ses bras en essayant de ne pas brailler sa vie.

58

Dimanche 28 octobre 2018 – 17 h 15

C'est imparable. Il est surexcité. Comme un petit cul de dix ans dans un parc d'attractions, debout dans la file pour les montagnes russes. Mais en bien plus fort. Parce qu'un petit garçon ne fait pas exploser les wagons d'un manège. Le père de Penny ne l'a jamais emmené à La Ronde. Ceci explique-t-il cela ? Peut-être. Aujourd'hui, Penny n'est plus un gamin, mais il est toujours fébrile avec un détonateur dans les mains et une charge de C4 prête à tout pulvériser. Ça le branche solide à tous les coups. Il tient les flammes de l'enfer serrées au creux de ses paumes et s'apprête à les relâcher pour qu'elles s'envolent, comme on lance une colombe vers le ciel lors d'un enterrement. Un enterrement, il y en aura assurément un d'ici quelques jours. Pour l'instant, il savoure ces secondes exquises qui précèdent le rugissement et le souffle chaud de la déflagration. Dans la vie, il n'y a pas de petites extases. Comme Larry Flynt l'a dit un jour : « *Never miss an opportunity to have an orgasm, 'cause you'll never be able to get it back.* » Flynt est à n'en pas douter un suppôt de Satan d'une grande sagesse. La chaleur du feu de l'enfer, il doit connaître. Le petit homme chauve à la gueule de rongeur s'approche de sa voiture. Penny ne le quitte pas des yeux. Son client fait démarrer sa Bentley à distance. Ça fait ricaner Penny, seul dans son auto garée à 40 mètres de la grosse berline de ce petit chieux pathétique. Un éloignement tout à fait sécuritaire compte tenu de la puissance de la charge qu'il a collée sous le véhicule. Pauvre crétin. Ça pense qu'un démarreur à distance va l'empêcher de cramer jusqu'à l'os. Bienvenue en 2018, monsieur Rubenstein.

Tard dans la nuit, la veille du *hit* sur le gang de Paquito, Sir Chuck lui a demandé d'organiser l'élimination du troisième nom sur la liste d'Antoine. Rubenstein doit mourir. Le citoyen Aubin en a décidé ainsi. Dès le lendemain matin, Penny a mis une équipe de deux gars en filature sur l'homme d'affaires afin de savoir en tout temps où se trouvait l'ex-patron de Ciné-Art. Son plan de match a été approuvé par son boss. Il pouvait donc sortir ses jouets préférés. Rubenstein vit dans un superbe *penthouse*, au dernier étage d'une tour à condos du quartier Griffintown. La nuit précédente, ç'a été facile et rapide de fixer la charge de plastic sous sa voiture, en échappant aux caméras de surveillance du stationnement souterrain de l'immeuble. Le piège se referme sur l'homme qui a poussé le couple Marsolais au suicide. Penny n'a plus qu'à se tenir pas trop loin de l'auto et à appuyer sur le bouton du détonateur quand bon lui semblera puisque c'est effectif dans un rayon de 500 mètres. L'homme est cuit, dans tous les sens du terme. La charge est solidement vissée au plancher de la Bentley, directement sous le conducteur. On est à un doigt d'un formidable méchoui. Les spécialistes de scène de crime feront plusieurs voyages pour embarquer la viande du monsieur dans le camion de la morgue. Il suffit maintenant d'attendre le bon moment. Il faut surtout éviter qu'il y ait des quidams trop près. Après les quatre victimes collatérales de jeudi soir, Sir Chuck a été très clair. Un mort, un seul. Celui d'Antoine.

Penny s'est d'abord dit qu'il le ferait sauter dans le parking souterrain de son immeuble. Il s'est ravisé. L'emplacement de stationnement réservé est trop près de la porte de sortie du garage. L'explosion pourrait l'endommager et l'empêcher de quitter les lieux. Le plafond très bas lui faisait aussi craindre un résultat imprévisible de la déflagration. Il valait mieux le faire péter à l'air libre. En prenant garde aux passants. Dans Griffintown, ce n'est pas si simple. Particulièrement près des tours à condos. Il a donc pris lui-même l'homme d'affaires en filature vers 12 h 30 ce jour-là.

En faisant ses petites courses du dimanche, il finirait bien par se garer dans un endroit propice. Ce qui s'est produit. M. Rubenstein prend soin, semble-t-il, de son corps et de son esprit. En ce beau dimanche ensoleillé, il doit estimer qu'il mérite de se gâter un peu puisqu'il s'est réservé un après-midi de détente au Strom Spa nordique de l'île des Sœurs, à quelques minutes de chez lui. Expériences thermales, soins esthétiques et massage. Harold le crosseur se présentera devant son Créateur très détendu, avec une manucure impeccable. Le stationnement du spa est parfait. D'un côté, un grand parc de terrains de soccer désert à ce temps-ci de l'année. De l'autre, un talus de pelouse qui descend vers un boisé. Les installations du spa se trouvent à une bonne distance à pied du parking. Rubenstein y est entré un peu avant 13 heures. Penny s'est calé dans son siège. Ne restait plus qu'à attendre. Le temps que le champion survive à un sauna suffocant, s'inflige un choc thermique scandinave dans un bassin d'eau glacée, barbote dans le bouillon de culture des baignoires à remous, le tout suivi de sa manucure et d'un massage suédois en profondeur. Il en émerge maintenant tout propre et l'âme légère, ce qui n'est pas rien dans son cas.

Une fois dehors, Harold Rubenstein prend une grande bouffée de plénitude. Il se sent encore bercé par les mains expertes de la thérapeute et la mélasse musicale descendue du ciel qui rend la zénitude rigoureusement obligatoire. Les douze cylindres bien huilés de sa grosse bagnole à un quart de million ronronnent depuis deux bonnes minutes quand il s'installe derrière le volant. Avant d'embrayer, il ferme les yeux et s'accorde encore quelques secondes pour ressentir son nirvana intérieur. Puis il décolle vers le bleu du ciel en pièces détachées fumantes de différentes dimensions.

59

Dimanche 28 octobre 2018 – 22 heures

Aux infos de 22 heures, à la télévision d'État, on ouvre avec l'explosion de la Bentley au spa de l'île des Sœurs. L'autopsie confirmera à qui appartiennent les morceaux calcinés du corps qu'on a collectés autour de la carcasse du véhicule, mais tout porte à croire qu'il s'agit de l'homme d'affaires Harold Rubenstein. L'immatriculation de la voiture et la présence de l'ex-patron de Ciné-Art au Strom Spa durant les heures qui ont précédé, corroborées par plusieurs employés, soutiennent cette théorie. On en profite pour revenir sur l'affaire Mondor, sur l'interminable saga judiciaire qui a suivi, sur la fraude des actionnaires de sa compagnie et sur le procès qui devait culminer dans quelques mois, selon toute vraisemblance, par une peine d'emprisonnement. On mentionne aussi pudiquement que Pierre Marsolais et son épouse, le célèbre couple d'actionnaires floués de Ciné-Art, se sont enlevé la vie seulement six jours plus tôt. À la télévision d'État, on fait toujours preuve de beaucoup de réserve, car contrairement à plusieurs autres médias qui couvrent la nouvelle, on se garde de relier cette mort violente au justicier anonyme à qui on attribue les exécutions de Réginald Bertrand et du boucher de Lambton. Est-ce lui qui a encore une fois rectifié une iniquité révoltante ? Une troisième en onze jours seulement ? On doit admettre qu'on est en présence d'un justicier vaillant, pas d'un tire-au-flanc.

C'est un soir de réjouissances pour tous ceux à qui Rubenstein a pourri l'existence. Ça sourit aussi sans retenue dans les chaumières des contribuables moyens qui ont assisté, dégoûtés, aux ravages impunis de ce trou du cul. La réaction est un brin moins remontée que celle qui a suivi l'élimination des deux premiers clients du justicier. L'homme d'affaires n'a tué personne. Enfin, pas directement. La rumeur populaire semble y trouver une nuance subtile.

Il faut reconnaître que très peu de gens vont pleurer la mort d'un infect fumier comme lui. Bon, peut-être sa famille proche... Ceux qui en braillent assurément un coup sont les augustes associés de la prestigieuse étude d'avocats hors de prix qui l'ont défendu au cours des dernières années. Aucun doute. Ça sanglote à gros bouillons ce soir au cabinet Grégoire, Delate et associés.

Antoine, rivé à son téléviseur, gobe chaque parole de la sémillante lectrice de nouvelles du 22 heures de Radio-Canada. Lui n'a pas à attendre qu'on associe officiellement les plombages de la version rôti de porc braisé de tonton Harold avec ceux apparaissant sur les dernières radiographies prises chez son dentiste. Il peut d'ores et déjà affirmer que justice a été rendue ce dimanche. C'est bel et bien Harold Rubenstein qui a sauté dans sa Bentley aujourd'hui un peu passé 17 heures.

L'autopsie le confirmera. Cette belle charogne est enfin parvenue à la phase ultime de tous les procès. Rubenstein en est maintenant au jugement dernier. Devant le tribunal des âmes, il devra se défendre seul. Ses légions de mercenaires en toge ne pourront rien pour lui. Bonne chance pour la suite, monsieur Rubenstein. Cet homme mauvais méritait ce qui lui est arrivé. C'est ce que se répète Antoine. S'il veut trouver le sommeil cette nuit, il n'a pas d'autre choix que de s'en convaincre.

60

Mardi 30 octobre 2018 – 8 h 10

McGraw est dans la lune. Il suit des yeux la belle Darcy qui balance gracieusement ses hanches entre les tables du Green Spot. Ce n'est peut-être pas le Bolchoï, mais pour le vieux policier, ce ballet est sublime. Elle brandit sans peur un pot de café brûlant dans sa main droite, au-dessus des têtes des clients, remplissant leur tasse au passage. Le métier de *waitress* comporte ses petits périls. McGraw la trouve magnifique. Plus encore que d'habitude. La lumière de ce matin d'octobre s'emmêle dans les mèches les plus pâles de ses cheveux. Elle fait aussi scintiller ses yeux verts quand elle se tourne vers les baies vitrées du *greasy spoon*. Elle vient de s'adresser à un autre client. En français. Ouf ! Le coup de grâce. Il craque vraiment. L'accent de Darcy… *Oh Lordy Lord…*

Mais là, il est réellement dans la merde. Trente secondes plus tôt, à quelques tables de la sienne, elle s'est retournée et a surpris le regard du policier sur elle. Un ange est passé. Elle a délibérément soutenu ce regard une seconde de trop, et si McGraw avait pour une fois porté ses lunettes, il aurait vu qu'elle avait rougi. Le sourire qui a suivi, il ne le connaissait pas. Elle se dirige maintenant vers lui dans son petit uniforme qui colle à ses courbes comme à celles d'aucune autre serveuse du Green Spot. Ça fait longtemps qu'il se dit qu'un beau matin il faudra bien qu'il fasse un homme de lui et qu'il l'invite à sortir. Mais aujourd'hui, ce genre de courage est *back order*. Ça lui rappelle son cinquième secondaire, quand il a branlé dans le manche durant un mois avant de demander à son gros *kick* de l'accompagner au bal de finissants. Un jour trop tard. Linda O'Donnell avait accepté la veille d'y aller avec Nadeau, le grand fendant du conseil étudiant. McGraw se souvient du regard désespéré qu'elle lui avait jeté quand il s'était enfin décidé. Ses yeux disaient: « Ça fait un mois que j'attends que tu me le demandes ! J'étais pas pour me ramasser *last call* avec un *geek* à lunettes, *damn it* ! Et là, je suis pognée avec Nadeau, le fendant du conseil étudiant ! *Shame on you*, gros pissou ! » Il se rappelle être resté longtemps devant son casier, se cognant doucement la tête contre la porte métallique, mortifié. Lui qui depuis des mois avait consacré à Linda O'Donnell des rouleaux entiers d'essuie-tout, au cours d'innombrables séances d'autoapprentissage de son fringant engin d'ado.

Darcy arrive à sa hauteur. Il va mourir. C'est ce que lui dit sa vieille patate qui palpite dangereusement. Pourvu que ses valves tiennent le coup. Son cellulaire se met à palpiter lui aussi, ce qui le sauve temporairement de l'infarctus du myocarde...

— McGraw.

— Salut ! C'est Kevin Beauchemin, Sûreté du Québec de Thetford Mines.

— *Yes !* Je me souviens de toi. Ça va ?

— Oui, correct. Je voulais juste te dire que j'ai des détails sur le meurtre de Béchard.

— Ah oui ? *Shoot !*

— Le calibre du gun, c'est du .45. Probablement un Heckler & Koch. Il niaise pas avec la *puck*, notre *hitman*.

— OK. C'est noté. C'est tout ?

— Non. Le char volé qui a brûlé dans le petit chemin pas loin de chez Béchard, c'est évident que c'est lié au meurtre. Probablement le char du tueur, incendié avant de quitter la région dans un autre véhicule.

— Ben logique. C'est comme ça que les pros font, d'habitude.

— Oui. Mais c'qui est pas comme d'habitude, c'est qu'on a fait sauter l'auto au plastic.

— *What?*

— Le labo parle d'une charge de C4. Y avait des bidons d'accélérant dans le char, mais c'est au C4 qu'on a fait exploser l'auto. C'est *weird*, hein?

— Oui. Vraiment. D'habitude, ils jettent du gaz partout pis y lancent une torche de signalisation dans le char. Du C4, c'est *fancy* pour rien. C'est pas facile à trouver, ça prend des gros contacts. Pis ça coûte la peau du cul.

— C'est pour ça que j'ai pris la peine de t'appeler. Me disais que ça sonnerait peut-être une cloche dans ton affaire de justicier.

Le jeune policier a rigolé en prononçant le mot.

— Parle-moi pas du *fucking* justicier. On a peut-être un autre mort à mettre sur son dos. Un gars qu'on a fait exploser dans son char. Avec une charge de plastic.

— Rubenstein, le gars de Ciné-Art. J'ai vu ça. Au plastic aussi?

— Oui. Ça commence à faire pas mal de C4 qui pète en pas beaucoup de jours.

— C'est *flyé*, cette histoire-là. J'ai jamais vu ça.

— Moi non plus.

— Tu devrais avoir reçu le rapport d'autopsie, je t'ai fait envoyer ça.

— Ah! *Cool.*

McGraw raccroche après avoir remercié Beauchemin. Il lève les yeux vers Darcy, qui s'est remise sur le cas de sa crise cardiaque.

— Donald, *you're staring at me* depuis vingt minutes. C'est *odd.* T'as quelque chose à me dire, *big boy*?

Darcy s'est encore une fois plantée à quelques centimètres de sa grosse bouille d'Irlandais. C'est au tour du policier de s'empourprer dans des tons gradués d'écarlate, comme si sa face était devenue une palette de couleurs Sico.

— *Me ?*

— Oui, toi, avec tes grands yeux dans *le* graisse *du* bines.

— Euh… non.

L'espace d'une seconde, il voit passer dans le regard de Darcy la même chose que dans celui de Linda O'Donnell, plus de trente ans auparavant.

— *Come on, Donald ! Grow up !* T'as l'air d'un *teenager.* C'est pas *super* sexy.

Il lève la tête, laisse tomber ses larges épaules et sourit à la serveuse.

— Je sais pas trop. C'est juste que… écoute, je vais le dire comme ça sort. C'est que t'es tellement belle ce matin, tu *shines,* Darcy…

— *Woh… Donald, I…*

— *Sorry,* Darcy, je l'sais, j'ai l'air d'un maudit mononcle…

— *No. Not at all…*

— …

— *But now, officer McGraw, if you don't ask this lady out on a date, next Friday, she will slap you in the face in front of all her customers.*

— *I… don't know…*

— *… and she will be VERY mad at you.*

Darcy a monté le ton. C'est un ultimatum. Il respire profondément.

— *So be it. I surrender. Darcy, may I ask you out next Fri…*

— *Yes ! Jesus ! T'was about time !*

La sonnerie de son cellulaire fracasse violemment le moment. McGraw prend son téléphone en s'excusant à Darcy, qui lève les yeux au ciel et repart en secouant la tête.

C'est Lavigne. Il veut le voir dès que possible.

C'est un drôle de petit mardi matin sur la terre, dans la vie du lieutenant-détective Donald McGraw. Il se dirige vers sa voiture, direction le QG des crimes majeurs du SPVM. Son cœur a un peu ralenti. Pas complètement. *Gee!* Il a une *date* avec Darcy vendredi soir. Mais avant, il a un rendez-vous beaucoup plus moche avec son boss.

*

Lavigne a demandé à McGraw de le rencontrer au stationnement intérieur du bureau. Il veut éviter qu'ils soient vus ensemble par Davignon ou d'autres policiers qui se poseraient peut-être des questions. On est dans cette phase de l'enquête où la paranoïa doit être la règle. McGraw monte dans la voiture de son boss et ils sortent du parking pour s'éloigner du poste.

— J'ai les mandats pour l'écoute et pour le mouchard. Le juge Lajarrige a été compréhensif, et surtout il va la jouer super discret.

— *Good.* Piccinin m'a donné d'autres détails hier soir. Davignon dit toujours qu'il va jouer au golf avec ses beaux-frères qui ont un condo en Floride. C'est pas vrai. Pas de propriété à leur nom là-bas. Et lors du dernier voyage de golf de Mike, aucun des deux ne l'accompagnait.

— On sait ça comment?

— Un appel aux ressources humaines de leur job. Un prétexte, vérification pour un emprunt à la banque, je sais pas. La *shit* habituelle. Ma gang sait faire sa job.

— Je sais. Continue.

— Les deux beaux-frères étaient au travail aux dates du voyage. Il est allé tout seul avec sa femme. Mais y a aucune trace de location de chambre d'hôtel ou d'un condo, ni même de dépenses dans un club de golf sur la carte de crédit de Davignon. On a les billets d'avion, des restos, l'auto louée, mais pas d'hôtels, pas de golf. Pas sur cette carte de crédit en tout cas. Il a pas dû tout payer *cash.* Il doit avoir un kit d'identité et s'en servir quand il est là-bas.

— Câlisse. Mike Davignon. Il lui reste pas deux ans avant sa retraite. Tout le monde l'aime.

— Je suis comme toi. Mais attends. Y a encore rien de béton.

— Donald, *fuck*! Tu sais aussi bien que moi que plus on va creuser et plus ça va sentir la marde. Y a déjà trop de choses qui clochent.

Lavigne parle tout bas, d'un ton monocorde. C'est de la tristesse et du dépit dans sa voix. Pas de la colère.

— Je sais. Mais on va continuer à creuser pareil. On a pas le droit de se tromper. S'il se *booke* un voyage en Floride, on le met en filature pour voir comment ça fonctionne quand il va là-bas. T'es *down* pour ça?

— Oui.

— Je suggère qu'on le fasse suivre ici aussi.

— Non, trop risqué.

— OK.

— On va se contenter de la puce GPS pour le moment. Comment on fait? C'est *touchy.* Faut faire ça au bureau, c'est certain.

— Laisse-moi voir.

Les deux hommes reprennent la route vers le poste en passant les affaires en cours. C'est la folie aux crimes majeurs. Lavigne a même demandé du renfort à d'autres sections. Il n'y a jamais eu autant d'homicides en si peu de temps. C'est une hécatombe depuis près de deux semaines. L'enquête sur le meurtre de Bertrand se dirige vers un cul-de-sac. Une job de pro, commandée, voire exécutée par un pseudo «justicier». Difficile d'enquêter sur des choses aussi floues. Et Rubenstein, qu'on a fait sauter avec une charge de C4 sous sa voiture, ça aussi c'est complexe. Ceux qui peuvent se procurer ce genre de matériel sont en général trop forts pour qu'on puisse prouver quoi que ce soit. On va évidemment interroger la très longue liste des gens qui se touchent en pensant à la mort du patron de Ciné-Art, mais ça prendra du temps. Le massacre chez Paquito, une autre affaire clairement menée par des professionnels. Ça fait beaucoup de jobs de pros en ville. McGraw voit mal qui a le pouvoir et les poches assez profondes pour engager du monde comme ça, dans un si court laps de temps. Charles Péloquin est probablement le seul. Mais pourquoi ? Le *hit* du garage, à la rigueur, est certainement lié à la tentative de meurtre dont il a été la cible. Sa réplique. Mais le pédo, le gros demeuré en Estrie, et là, Rubenstein… Pourquoi donnerait-il ces contrats ? Dans quel intérêt ?

Certainement pas pour jouer au justicier. Pas lui. La justice, il l'a autant dans le cul que tous les criminalistes. Pourtant, il faut que ça passe par lui, McGraw ne voit aucune autre possibilité. Mais il manque quelque chose pour que ça colle. Un mobile. Une raison. Il doit trouver le morceau qui fait défaut à ce casse-tête.

Lavigne prend la peine de faire descendre McGraw à quelques coins de rue du QG, au cas où. Le vieux policier profite de cette balade à pied pour réfléchir à la façon de fixer un traceur à Mike Davignon. Pour être certain qu'il aura toujours la puce GPS sur lui, le meilleur objet auquel la coller est son insigne de policier. Un flic ne s'en sépare jamais. Le service technique du SPVM a vraiment des gadgets minuscules, à peu près indétectables. Il leur faut ce qui se fait de mieux et de plus performant. Il mettra Desjarlais là-dessus. Reste à trouver comment fixer le mouchard à son badge sans que Davignon s'en rende compte.

Mais son patron a raison. C'est lui. On n'en est plus aux intuitions. McGraw ne doute plus. Davignon est la taupe au sein de l'unité des crimes majeurs.

61

Jeudi 1er novembre 2018 – 10 h 10

Antoine vient de relire pour la troisième fois l'article attendu d'Yves Boisvert dans *La Presse+*, qui s'exprime sur la mort violente de Harold Rubenstein. Toujours avec cette prose qu'il apprécie beaucoup. Ainsi, écrit le chroniqueur, l'escroc de Ciné-Art serait la troisième cible du justicier. Si la police se fait très réticente à admettre ce postulat populaire, médiatiquement, l'amalgame est officiel: Rubenstein, une crapule répugnante, est allé rejoindre Béchard le boucher bestial et Bertrand le pédo meurtrier. Tous les trois envoyés en enfer par le même héros qui répare les bévues judiciaires. Du bon boulot, estime un large pan de l'opinion publique. Bien fait pour ces gibiers de potence qui faisaient des doigts d'honneur au système.

Le chroniqueur note que Rubenstein n'a pas enflammé aussi ardemment le bûcher plébéien. Il a eu droit à une cuisson plus lente, mais il a quand même fini aussi rôti que les deux autres. Yves Boisvert, bachelier en droit de la promotion de 1987, chronique depuis longtemps sur les grandes affaires judiciaires qui sont débattues dans les bungalows des gens ordinaires qui ne fréquentent pas souvent les palais de justice. Il sait trouver les mots simples et sobres pour faire avaler à ses lecteurs ce qui peut avoir l'air d'une couleuvre, mais qui ne l'est jamais vraiment. Pas autant que les apparences peuvent le laisser croire. Il prend le temps d'abord de calmer, ensuite d'expliquer doucement, sans pédanterie. Antoine se disait qu'il finirait bien par publier quelque chose sur le fameux justicier. C'est fait. Le journaliste le compare à un genre de M. Net immaculé qui récure les bavures du droit et fait reluire la justice, laissant même sur son passage, allons bon, une agréable odeur de lavande. C'est du propre !

Mais on ne peut pas socialement se permettre un tel homme de ménage, souligne-t-il avec pertinence. Les conséquences sont trop dangereuses et poussent toute démocratie sur une pente savonneuse. Boisvert refuse d'accepter qu'on se substitue à la justice dans un État de droit. Et, Dieu merci, la peine de mort a été abolie depuis longtemps. Car c'est bien de ça qu'il s'agit. De la peine capitale. Il conçoit la jubilation du peuple mais ne la partage pas. Le plus loin où il se rend est d'écrire que les tribunaux ne se sont pas montrés à la hauteur des attentes légitimes des citoyens dans ces trois cas exceptionnels. Et que, s'il faut désapprouver fermement un tel redresseur de torts, le pouvoir législatif se doit d'entendre les vivats des gens qui manifestent une soif de justice. Antoine aurait bien voulu voir ce qu'il aurait fait, Yves Boisvert avec ses beaux principes, le canon d'une arme à feu collé sur le front, tenu là par un caïd *trigger happy* insistant pour lui payer une dette d'honneur. Ça aurait fait un bon article. Tiens...

Si ses débuts d'assassin par procuration ont été laborieux, il a pris sa troisième exécution avec plus de légèreté. Antoine Aubin, serais-tu en train de t'habituer au pouvoir de tuer ? C'est peut-être que, des trois noms qu'il a mis sur sa liste, Rubenstein était de loin le plus méprisable. Les deux autres étaient des erreurs de la nature, mais lui, c'était une vraie raclure, qui persistait et signait ses saloperies avec toute l'arrogance dont il était capable.

Antoine l'a effacé. Comme une vilaine tache de sauce tomate sur la chemise blanche de l'humanité. Antoine, le nettoyeur, le chasse-tache de la lessive humaine. La chronique de Boisvert a insufflé un peu de poésie dans ses tergiversations morales, d'où il doit sortir amnistié pour vivre avec ce qu'il a fait. Au bout du compte, il ne regrette pas d'avoir éliminé Harold Rubenstein. C'est là qu'il en est.

Il se force à sortir des brumes de sa tête parce qu'il n'est pas question de gâcher cette belle journée. Car c'est réellement une belle journée. Elizabeth l'a invité à souper au restaurant. Il s'en veut encore depuis leur dernière conversation. Il a été très ordinaire avec elle. Il est heureux que ce soit elle qui ait rétabli la communication. L'écho de son «*Namaste,* crisse d'épais» résonne encore quand il pense à elle. Ce qui arrive souvent. Un frisson le traverse soudain. Et si c'était pour lui annoncer officiellement qu'elle épouse ce grand invertébré du yoga? Ou pire? Elle porte son enfant sacré! Non. Impossible. Elizabeth ne peut pas tomber amoureuse d'un gars qui peut rentrer dans ses jeans, elle le lui a souvent répété.

Décidément, pas de cadeau pour Antoine Aubin en ce jeudi 1er novembre. Après avoir accepté le fait qu'il est un tueur sans remords, il doit maintenant assumer qu'il est jaloux en pensant à son ex-blonde. Tout ça le même après-midi... Il se dit que le dry martini sera de mise tout à l'heure. Il va rappeler à Elizabeth qu'avec deux olives et une larme de vermouth, un dry martini vaut bien toutes les salutations au soleil. Ils vont se faire un «jeudredi» soir comme ils s'en faisaient régulièrement avant. Avant qu'ils ne soient plus capables d'être heureux ensemble.

62

Jeudi 1er novembre 2018 – 13 h 45

Le dossier est ouvert devant lui. C'est le rapport du légiste qui a fait l'autopsie de Germain Béchard. Les photos sont saisissantes. Elles auraient pu servir à monter l'affiche d'un film bien *gore*. Le calibre .45, ça fait ce que ça fait. Surtout si on tire à bout touchant dans un œil. La pression du coup de feu crée le même genre d'effet que lorsqu'on fait péter un sac à lunch gonflé d'air. Ce coup de grâce a été donné alors que l'homme était déjà au sol. Forcément. La tache rouge foncé qui auréole l'arrière de son crâne et le trou dans le plancher où la balle s'est fichée l'indiquent clairement. Ce qui intéresse McGraw, ce sont les photos en extrême *close-up* de la blessure à l'œil gauche. Le silencieux après les trois premières balles était brûlant, et l'orbite de l'œil montre des traces évidentes de brûlure. Le rapport d'autopsie le souligne.

Quelques années plus tôt, McGraw a enquêté sur un règlement de comptes, un *dealer* trop *cocky* qui n'a pas voulu écouter les avertissements et qui vendait sur un territoire qui n'était pas le sien. Il s'est fait descendre dans sa voiture et on l'a achevé d'un coup de gros calibre à bout touchant dans un œil. Il s'en souvient très bien. La banquette arrière était maculée de sang et de morceaux de cervelle. L'enquête n'a abouti à aucune accusation, mais tout pointait vers Sir Chuck. Deux *snitches* ont confirmé qu'ils avaient accepté « d'enlever ce caillou du soulier » des Italiens. Un petit service à la mafia pour préserver la paix qui régnait dans le milieu montréalais. Comme d'habitude, à cause du manque de preuves solides, ce qui est presque toujours le cas dans ce genre de nettoyage interne du crime organisé, le directeur des poursuites pénales a refusé d'aller perdre son temps en cour.

Son cellulaire sonne. C'est Piccinin.

— *Yes ?*

— Je voulais te dire que ton traceur est là où tu le voulais et actif depuis ce matin.

— OK. Tout s'est bien passé ?

Piccinin résume la drôle d'opération menée par Desjarlais et Violaine Trudeau. Lavigne est passé devant le bureau de Davignon et lui a demandé de le suivre immédiatement, sur un ton qui fait qu'on se lève et qu'on suit… immédiatement. Sans prendre le temps d'enfiler son veston, muni d'une poche intérieure dans laquelle on garde toujours son badge de policier. Lavigne a prétexté un appel urgent pour faire le point sur la tuerie du garage de Pacifico Mora avec le sous-ministre de la Sécurité publique. Comme Davignon est un des enquêteurs sur l'affaire, il le voulait avec lui dans son bureau. Tout de suite. Le genre de gros appels pesant où le monsieur politique parle comme un chef et joue à qui pisse le plus loin avec le monsieur de la police qui ne lui a pas encore ramené les méchants, traînant dans le gravier, attachés derrière son *pick-up*.

Lavigne a descendu les stores horizontaux des fenêtres de son bureau. Ça faisait encore plus sérieux. Et c'est vachement pratique pour la collègue qui doit passer discrètement et ramasser le badge dans la poche du veston sur le dossier de la chaise de la taupe sans qu'on le remarque. Ç'a pris moins de six minutes. Violaine Trudeau a collé la minuscule puce GPS directement sur le métal derrière l'insigne. Le petit mouchard électronique est totalement introuvable si on ne sait pas qu'il est là. Après avoir testé l'émetteur avec Desjarlais, qui était au local de la rue D'Iberville, Trudeau a remis la plaque de Davignon dans son veston sur le dossier de sa chaise, toujours sans que personne se rende compte de quoi que ce soit, puis a envoyé un texto au commandant Lavigne pour lui signaler que tout était en place. Une fois terminé l'appel avec le sous-ministre, Davignon est retourné s'asseoir à son bureau.

— Pis ça marche ? Le cellulaire aussi ?

— Oui. On l'a sur nos écrans. Pis on entend tout ce qui passe à travers son iPhone.

— OK. On attend. Dès qu'on a quelque chose de solide pour le *squeezer*, on l'arrête.

— C'est ça le plan.

McGraw raccroche et se replonge dans le dossier du boucher de Lambton. Il se dit qu'il demandera qu'on ressorte le dossier de cette vieille affaire du *dealer* qui a reçu le coup de grâce dans l'œil. Parce qu'il se rappelle aussi que, dans cette enquête, il a recoupé deux autres affaires d'exécution liées au crime organisé où les victimes ont été achevées de la même façon. Dans un œil, à bout portant. Un pro du milieu signe ses *hits* de cette façon. Ce gars travaille pour Sir Chuck. Et si ce que pense McGraw est vrai, c'est ce même gars qui a fait trois heures de voiture pour liquider le boucher de Lambton. Mais pourquoi ? Pourquoi un péquenaud, creux en région, devient-il la victime d'un règlement de comptes du milieu montréalais ?

Et surtout, qu'est-ce que Sir Chuck en avait à foutre, de ce tas de merde. Beaucoup de questions et quelque chose qui ressemble à un début de piste. Un autre morceau du puzzle, mais pas encore celui qui peut attacher tout ça.

McGraw sent qu'il avance, mais il ne sait pas encore où ça s'en va, cette folie de justicier.

TROISIÈME PÉRIODE

Match sans lendemain

63

Jeudredi 1er novembre 2018 – 21 h 25

Elle a ri. Il n'a pas rêvé, Elizabeth a ri fort et longtemps. Avec ce rire juste à elle qui illumine tout autour, et elle avec, quand elle le laisse aller. Antoine en a eu une boule dans la gorge. Depuis la mort de Béa, Elizabeth ne rit plus. Et là, elle rit tellement ! Le seul problème, c'est qu'elle rit de lui. Après son troisième cocktail, il lui a avoué qu'il a eu peur qu'elle lui annonce ses épousailles avec le grand prof de yoga dépliable. C'est ce qui l'a fait éclater de rire. Il la regarde se marrer avec un grand sourire béat.

— T'es vraiment cave. Je t'ai toujours dit que je pourrais jamais sortir avec...

— Oui, oui, je l'sais : avec un gars qui peut rentrer dans tes jeans.

Il en a remis en disant que Shanti Eric flotterait probablement dedans.

— T'es pas *cool*. Y est super fin avec moi.

— Wow... Prends sur toi, Elizabeth ! Ça, c'est de l'énergie sexuelle dans le tapis ! Y est fin avec moi. Grrrrr ! J'espère que t'es pas tombée amoureuse de moi juste parce que j'étais super fin avec toi. Des plans pour bander mou. Ou bander gentil. Shanti !

Elle rit de plus belle.

Il poursuit en lui disant que ça l'a fait chier d'imaginer qu'ils allaient peut-être se marier.

Elle cesse de rire.

Mais elle sourit encore. Ils se regardent directement dans les yeux, le temps d'un silence gêné. C'est une soirée comme ils en ont tous les deux besoin depuis longtemps. Ensemble. Ils ont parlé sans arrêt, sans silences chargés, sans chercher les sujets, sans se protéger. Antoine se sent bien. Elizabeth aussi, c'est flagrant. Elle a quelque chose de différent. Finalement, son *fling* avec le grand fanal trop mou, ça lui a fait du bien. Peut-être qu'Elizabeth arrive doucement à se remettre en mouvement, à se remettre à marcher. Et à laisser des choses derrière elle. Elle est légère, ce soir. Il n'arrive pas à la quitter des yeux. Antoine est troublé. Vraiment.

— Je sais que je radote, je te l'ai dit l'autre fois, mais c'est trop fou. J'arrête pas de penser à toi depuis l'affaire du pédo qui s'est fait tirer en sortant du palais. Le justicier inconnu qui fait sauter les méchants dans leur auto, c'est tellement toi ! J'hallucine. Le gros sauvage dans les Cantons-de-l'Est, pis là Rubenstein. On dirait que c'est toi qui les choisis !

Antoine se raidit. L'éclairage tamisé du resto cache la lividité soudaine de son visage. Il se concentre sur ce qu'il va lui répondre. Pour deux raisons. La première, il ne veut pas verser dans ses tocs habituels, s'emporter et briser l'ambiance magique qui s'est installée. Il veut encore de ce moment. L'autre raison est que, si quelqu'un pouvait le démasquer et lui faire avouer qu'il est bel et bien derrière les trois exécutions, c'est Eli. Surtout après les dry martinis et un regard comme celui qu'elle vient de lui décocher. Fatal un jour, fatal toujours.

— Comment voudrais-tu que je fasse ça, moi ? Faire exploser des *assholes* ! J'ai peur d'allumer le poêle Coleman en camping. Tu me vois jouer avec de la dynamite ?

— OK. Je t'imagine pas fabriquer des bombes, c'est certain, mais je peux facilement t'imaginer décider qu'une merde comme Rubenstein doit flamber dans sa bagnole ou qu'un assassin d'enfants doit être éliminé. Ça, oui, je peux.

Elle se remet à ricaner. Il lève son index vers elle.

— Eli, c'est toi qui commences, là. Pis après tu vas me trouver intense, pis *heavy*, pis ça va te soûler de m'entendre te rabâcher mon indignation devant comment tourne le monde.

— Ben non. Mais si tu l'avais, le pouvoir de faire ce que fait ce gars-là, tu le ferais ?

— Oui.

— Mais c'est pas toi qui fais ça ?

— Non.

— La vraie vérité ?

— C'est pas moi qui tire. C'est pas moi qui pèse sur le piton de la bombe.

Elle penche la tête et baisse les yeux pour le regarder par-dessus ses lunettes, l'air de ne pas le croire. Elle sait très bien que c'est le genre de regard malicieux qui lui fait perdre ses moyens. Elle ne peut pas avoir fait ça par hasard.

— Coudonc, me *cruises*-tu, là, avec tes *moves* de secrétaire cochonne ?

— Moi ?

— Non, la blonde avec les grosses boules, là-bas, au comptoir.

— C'est pas des vraies.

— Je sais, mais on s'en crisse. On salue son plasticien qui a pas *cheapé* sur le silicone.

Antoine lève alors son verre et le vide d'un trait. Elle appuie doucement son menton dans ses mains.

Elizabeth soupire. Son sourire a changé. Ça devient sérieux.

— Ça fait longtemps qu'on a pas été bien ensemble, Eli. On était dus.

— …

— En général, quand tu me laisses parler tout seul, c'est que j'ai raison.

— …

Elle maintient son regard sur lui, sans fuir. Il va prendre ça pour un oui.

Ils étirent ensuite un dernier verre. Des silences s'immiscent dans leur tête-à-tête, mais ce n'est pas parce qu'ils manquent de choses à se dire, c'est justement pour ne pas s'en dire trop. Ces instants sont si fragiles.

Ils sortent du resto et marchent lentement sur l'avenue McGill, vers les écluses. Ils n'ont pas envie que la soirée finisse. Mais il est tard. Il pleut un peu. Ils sont à peine ivres, juste ce qu'il faut pour flotter. Antoine se dit que la soirée est parfaite. Juste comme ça.

— Je vais marcher avec toi jusqu'aux taxis.

— OK.

Devant quatre ou cinq voitures taxis garées de l'autre côté de la rue, Elizabeth se retourne brusquement et se serre contre Antoine, la tête enfouie dans le creux de son épaule. Il hésite deux secondes de trop à mettre ses bras autour d'elle, maladroitement. Elizabeth l'a pris de court.

— C'était une belle soirée, merci.

Elle se retire de l'étreinte aussi vite qu'elle s'y était blottie, pivote et traverse la rue d'un pas pressé vers les taxis. Presque rendue de l'autre côté, elle s'arrête pour lui faire un dernier geste de la main, juste comme le conducteur du petit coupé sport écrase l'accélérateur pour doubler la voiture devant lui, en franchissant la ligne continue. Le bruit du choc est atroce. Tout comme la vision du corps d'Elizabeth qui s'envole dans les airs et retombe une dizaine de mètres plus loin, sur le capot d'un des taxis, puis glisse mollement sur la chaussée mouillée. Inerte.

64

Vendredi 2 novembre 2018 – 0 h 35

— Eli !

Antoine ne sait pas s'il a hurlé pour de vrai ou seulement dans sa tête en se ruant vers Elizabeth. Elle est sur le dos, ses cheveux collent à l'asphalte trempé. Elle respire péniblement, haletante, laissant échapper de sa bouche un mélange de salive et de sang qui forme des bulles au bord de ses lèvres déjà enflées. Antoine regarde autour de lui désespérément. Un des chauffeurs de taxi lui crie que l'ambulance arrive. Derrière lui, il sent un regard et entend clairement l'exclamation de l'homme paniqué.

— *Fuck, man ! Is she dead ?*

C'est le chauffard qui vient de percuter Elizabeth. Il se tient debout au milieu de la chaussée, près de sa voiture dont le moteur tourne toujours. La porte du conducteur est grande ouverte.

— *Fuck man. She's dying !*

— Toi, mon ostie, tu bouges pas ! Tu restes là, mon câlisse ! Prenez ses clés, quelqu'un !

Il se retourne vers Elizabeth. Il se penche tout près de son visage pour lui parler.

— Eli, reste avec moi. Tu restes avec moi, tu m'entends? L'ambulance arrive, tu vas être correcte, mais reste avec moi. S'il te plaît, Eli, reste avec moi. Tu peux pas t'en aller, OK? Pas ce soir. Pas jamais, OK? Eli, ouvre tes yeux. S'il te plaît.

Il entend des bruits de sirènes qui se rapprochent. Puis, derrière son épaule, un claquement de portière. Le chauffard se pousse.

— Heille! Heille! Laissez-le pas partir!

Aucune réaction chez les badauds, qui restent tous immobiles. Les pneus du coupé crissent et il accélère vers le sud. Antoine fait quelques enjambées inutiles et regarde le véhicule tourner le coin et se perdre en filant vers l'est. Du coin de l'œil, il aperçoit la grosse masse jaune de l'ambulance qui s'est arrêtée à la hauteur du corps d'Elizabeth. Les ambulanciers s'affairent déjà autour d'elle, avec des gestes précis mais nerveux. Quand il s'approche, les paramédicaux tentent de lui parler, mais elle ne donne aucun signe de conscience.

— Je suis avec elle. Il l'a frappée juste devant moi.

— Vous êtes son conjoint? C'est quoi son nom?

— Elizabeth. Elle s'appelle Elizabeth.

— Elizabeth, est-ce que vous m'entendez?

Antoine ne distingue plus les traits du visage tuméfié d'Eli derrière les tubes, le masque, les pansements et le collier cervical. Les deux techniciens s'échangent des regards inquiets et se parlent par saccades, en jargon d'hôpital.

— J'ai un pouls au-dessus de 130, mais elle sature à 85, c'est trop bas.

— Probablement un pneumothorax. Faut l'aider.

Elizabeth est maintenant sanglée sur la civière qu'on roule vers l'ambulance. Antoine est livide. Figé. Le souffle court. Il murmure quelque chose, pour lui-même.

— NTYL 227… NTYL 227…

— Montez, monsieur! On part!

Antoine suit machinalement le jeune ambulancier et grimpe à l'arrière du véhicule qui fonce vers l'hôpital le plus proche comme une bête affolée hurlant sa détresse à travers l'indifférence de la ville.

— NTYL 227… Eli, reste avec moi. J't'en supplie…

65

Vendredi 2 novembre 2018 – 2 h 10

François Trudel sent les battements de son cœur sur ses tempes. Il remonte d'un pas pressé un corridor mal éclairé du neuvième étage qui mène à l'aile des soins intensifs de l'hôpital général de Montréal. C'est Oleinka qui se chargera de fermer le Planqué. Il a sauté dans un taxi dès qu'il a reçu le texto d'Antoine. Il ne sait rien d'autre que ce qui est écrit sur l'écran de son iPhone, mais ça suffit amplement à déclencher ses mesures d'urgence.

« Je suis au Montreal General. Eli a eu un accident. C'est grave. »

Le temps de texter un « J'arrive » et il a quitté le bar en coup de vent vingt minutes plus tôt. Il a littéralement couru jusqu'au coin de la rue pour attraper un taxi. Ironie du sort, il l'a pris exactement à la même station où s'est produit l'accident une heure plus tôt, le Planqué étant sur la rue William, juste à l'ouest de McGill. C'était encore le branle-bas de combat sur ce tronçon de rue. Il y avait des voitures du SPVM, gyrophares tournoyants, et des policiers qui posaient des questions aux badauds, d'autres qui se concentraient sur la chaussée, recueillant les quelques débris qui la jonchaient dans des sacs de plastique et prenant des mesures avec un long mètre à ruban. François n'avait pas le temps de s'attarder aux faits divers de son quartier, il devait rejoindre son meilleur ami au plus vite. Une fois le taxi en route, il a tout de même demandé au chauffeur ce qui s'était passé. Il a entendu, horrifié, l'homme lui raconter qu'un chauffard avait happé une jeune femme un peu plus tôt, devant lui et ses collègues. Une scène effroyable. D'après lui, elle était certainement morte. François n'a pas posé d'autres questions, mais une idée sombre a commencé à le tarauder. Un pressentiment qu'il a vite chassé. Non, ça ne pouvait pas être ça. Coïncidence, c'est tout. Ça ne pouvait pas être d'Elizabeth qu'il parlait.

Il hâte ses pas à mesure qu'il suit les panneaux indicateurs. Le couloir s'élargit à sa gauche, s'ouvrant sur un espace où quelques fauteuils sont disposés autour d'une table basse, devant une baie vitrée qui donne sur le sommet du mont Royal. C'est une des salles d'attente adjacentes à l'unité des soins intensifs. Un étage où l'on ne parle qu'à voix basse. Un coin d'hôpital où se succède, jour après jour, une litanie de petites tragédies ordinaires ou de miracles anodins. François est là pour faire partie du second cas de figure. Il est sur le point de passer tout droit quand il remarque une silhouette dans la pénombre, assise sur le large rebord du cadre de la fenêtre. Un homme penché, le visage enfoui dans les paumes de ses mains.

— Antoine ?

L'homme relève vivement la tête. C'est bien lui. Jamais François ne l'a vu dans cet état. Son ami marche vers lui en hochant la tête, les bras ballants. Il essaie de parler, mais les efforts qu'il fait pour ravaler ses sanglots l'en empêchent. Il prononce bien quelque chose, mais sans qu'un son parvienne à sortir. François sent la même boule monter dans sa gorge. Il réussit quand même à lâcher trois mots.

— Viens ici, *buddy*.

Trudel fait une bonne tête de plus qu'Antoine. Il le prend dans ses bras en lui balançant de grandes claques sonores dans le dos. À cet instant, ils sont frères de douleur et de consternation. Les deux restent un bon moment à se bercer dans cette accolade, sans rien dire. Le temps qu'Antoine renifle, s'essuie les yeux sur la manche fripée de sa chemise et arrête enfin de pleurer. François le tient par les épaules en cherchant à accrocher son regard.

— Parle-moi, là.

— Elle est au bloc opératoire. J'ai aucune nouvelle. Ils m'ont dit que ça pourrait être long.

— Elle a quoi ?

— Eli est massacrée, Frank. Quand on est arrivés avec l'ambulance, y avait déjà plein de gens qui l'attendaient et ils l'ont *rushée* tout de suite en salle d'opération. Y a une infirmière qui est revenue me voir un peu après et elle m'a dit qu'ils avaient réussi à la stabiliser et qu'elle était en chirurgie. Elle m'a dit d'attendre ici et qu'un médecin viendrait me donner des nouvelles.

— Mais qu'est-ce qui s'est passé ?

— Un crisse de fou a dépassé une autre voiture à contresens sur McGill. Y a coupé la ligne pleine pis y a clenché comme un ostie de cave, juste comme Elizabeth traversait l'avenue pour prendre son taxi.

François ferme les yeux et respire pour tenter de calmer l'affolement qui s'empare de lui. La femme probablement morte dont parlait le chauffeur de taxi, c'était bien elle. Elizabeth.

66

Vendredi 2 novembre 2018 – 8 h 40

Le vieux policier marche contre le vent, remontant la rue D'Iberville. L'automne avance, les journées s'écourtent et le vent commence à mordre. Piccinin et son équipe ont trouvé quelque chose qui vaut la peine que McGraw se pointe tôt au local. La bonne nouvelle, c'est que la machine à expresso La Pavoni va pouvoir justifier son prix.

Tout le monde est là, plus le petit nouveau. Piccinin et Desjarlais ont insisté pour qu'on embauche un jeune *crack* informatique, un *hacker*, un vrai. Le genre de *whiz kid* qui est capable de se brancher sur le *laptop* de Carmen Electra et de vous la montrer dans son bain en direct.

Là où ils en sont dans l'enquête, il faut ce calibre de magicien d'Internet pour fouiller ce qui doit l'être. Il est comme McGraw se l'imaginait. La tuque vissée sur la tête, le regard brillant derrière ses lunettes, un t-shirt trop grand flottant sur son *body* de *gamer*: musclé comme un bécyk à pédales. Mais avec un ordi entre les mains, il peut terrasser n'importe qui.

On le présente à McGraw sous le nom de *The Ultimate Mole*. Ça lui suffit amplement et c'est tout à fait dans le thème du jour. C'est sous ce pseudo que le jeune *hacker* opère quand il navigue à travers la galaxie web. En fouillant dans les détails triviaux du quotidien de Mike Davignon, on a découvert une vie rangée et réglée comme la plus ennuyante des montres suisses. Une des récurrences à son agenda est un rendez-vous mensuel chez le Dr Forgione, chiropraticien de son métier. On a creusé et on est rapidement tombés sur quelque chose d'intéressant. Domenico Forgione est le neveu de Don Guido Conolzi. Drôle de coïncidence qu'une taupe présumée du SPVM soit un client assidu du neveu du boss de la mafia montréalaise. *The Ultimate Mole* est entrée facilement dans les ordinateurs du bureau de Forgione pour se rendre compte que Davignon a justement rendez-vous le lendemain à 11 heures. Quand on verse de bons montants d'argent à quelqu'un, il faut toujours un point de chute, une façon de donner les liasses de billets qui ne laissent pas de traces. C'est souvent dans ce genre de rencontres anodines que l'échange se fait. Piccinin sait ça.

— Je suis certain que c'est là qu'il reçoit son *cash*. C'est trop gros, Donald. Le chiro est un proche de Conolzi, le fils de sa sœur, un lien direct. On l'a dans notre album de photos, Forgione. Y est à toutes les noces pis tous les enterrements de la *maf.* Davignon habite Laval-des-Rapides et il va chez un chiro dans la Petite Italie. *Something's fishy...*

— OK. T'as quoi en tête ?

— Si on niaise pas, on a le temps de faire installer des caméras chez le chiro. Cette nuit. J'ai la ressource qu'il nous faut. On s'arrange pour voir ce qui se passera dans les deux salles de traitement. Si tu veux jouer *by the book,* je crois que c'est encore possible d'obtenir un mandat. Si tu veux faire ça plus vite, mon gars est déjà *standby.* D'une manière ou d'une autre, on doit pouvoir voir ce que Davignon fait quand il va chez le Dr Forgione. Ma bite à couper que c'est pas juste pour se faire craquer le dos.

— Sors rien de tes *shorts* pour nous autres, G, lance McGraw.

Tout le monde rit, mais le silence retombe rapidement. Les policiers présents sont conscients que l'étau se resserre sérieusement autour de leur collègue.

— J'aimerais mieux la jouer *kosher*. J'appelle Lavigne. Toi, dis à ton poseur de kodaks de se préparer à une promenade de nuit dans la Petite Italie. On le fait de toute façon.

— On a aussi vérifié les dates des voyages de golf. Y a au moins deux voyages en Floride qui correspondent avec les dates d'assassinat de témoins du programme. Plus ou moins trois semaines. C'est flou, mais ça fait rien pour disculper Davignon. Si son *cash* est là-bas, il a dû en recevoir pas mal pour vendre des témoins sous protection. Il a peut-être voulu aller gérer l'argent sur place.

— Tout ça se peut. Je pense que ça vaut la peine d'aller poser nos caméras chez le chiro. Mais je veux que tu t'en occupes. Moi, ce soir, je suis pas disponible.

Il appelle Lavigne en marchant vers sa voiture. Son boss est d'accord et le juge Lajarrige le sera aussi. Il aura le mandat. Mais pour Donald McGraw, ce soir, taupe ou pas taupe, sa job de policier va devoir être mise sur « pause ». Il a une *date* avec Darcy et rien au monde ne lui fera manquer cette soirée.

67

Samedi 3 novembre 2018 – 7 h 13

La seule lumière qu'il y a dans cette chambre d'hôpital est celle qui émane faiblement des appareils cernant le lit où Elizabeth repose depuis qu'elle est sortie de chirurgie vendredi matin. Antoine vient d'ouvrir les yeux. Il a dormi une heure ou deux, recroquevillé sur un fauteuil dans un coin de la pièce. Il s'est couvert comme il a pu avec un drap d'hôpital et avec son manteau, mais il a frissonné toute la nuit. Il se tient debout à côté du lit et regarde le visage enflé d'Eli. Le tube du respirateur lui tord la bouche et déforme ses traits. Sa montre indique 7 h 13. Elizabeth vient tout juste de traverser les vingt-quatre premières heures suivant sa sortie du bloc opératoire. Le médecin a dit qu'elles étaient déterminantes. Les chiffres et les bips sur les moniteurs ne changent pas depuis la veille. C'est peut-être bon signe. Ou pas. Mais elle est en vie, c'est un début. C'est surtout la seule chose qui importe à Antoine.

La veille, le Dr Eric Sauvé, l'intensiviste de garde, lui a résumé ce que les chirurgiens qui venaient de passer la nuit à recoller les morceaux d'Elizabeth lui ont raconté. Il a pris son temps avec lui. Eli était aux soins intensifs, dans un état critique mais stable. L'expression consacrée qui veut dire en termes médicaux « pas mort, mais pas fort ». Il lui a fait le douloureux inventaire des ravages. Des fractures tout plein. Elle est fracassée. Au bassin, aux jambes et aux côtes, avec un poumon perforé, ce qui a provoqué le pneumothorax dont les ambulanciers parlaient. Dire qu'il était temps qu'elle arrive en chirurgie est un euphémisme. Pas de fracture du crâne, mais elle est à coup sûr salement commotionnée. Ses vertèbres ont supporté le choc. La moelle épinière semble, Dieu merci, intacte. Il a surtout fallu stopper de sérieuses hémorragies internes. Sa rate a éclaté sous l'impact. On a aussi été obligé de lui retirer un rein trop endommagé. On peut vivre avec une seule de ces pièces d'équipement, a assuré le Dr Sauvé. Elle a failli venir à bout à elle seule de la réserve de B positif de l'hôpital tellement on a dû lui faire de transfusions.

Maintenant, il faut attendre et espérer très fort que les réparations, les rustines et les sutures tiendront. Difficile de prédire combien de temps elle restera dans le coma. Difficile aussi de se prononcer sur les séquelles, mais il y en aura forcément. On verra ça plus tard, pour l'instant on se concentre sur une chose : qu'elle survive. Le personnel fait tout ce qu'il peut, elle est au bon endroit. Son corps l'est, en tout cas. Son esprit flotte on ne sait trop où. Pourvu que les deux parties d'Elizabeth veuillent bien reprendre contact un jour. Dans pas trop long, si possible.

Durant ce souper qui a précédé la cata, quelque chose s'est remis à battre entre Eli et Antoine. Il tient à aller au bout de cette palpitation. Mais ça implique le corps et l'esprit d'Eli. Réunis de nouveau. Le chirurgien l'a assuré qu'il pouvait rester au chevet de sa « femme » aussi longtemps qu'il le souhaitait. C'est le terme qu'il a employé. Antoine n'a pas corrigé la gentille boulette sur leur statut matrimonial. En inspectant l'intérieur d'Elizabeth, peut-être le médecin a-t-il vu des traces laissées par leur soirée, avant l'accident. Quelque chose qui brille autour de son petit cœur qui pompe toujours. Du sang et de l'espoir.

Antoine est resté dans la chambre toute la journée. En soirée, François est venu lui porter des vêtements de rechange, des sous-vêtements propres, et surtout un violent déodorant acheté au dépanneur d'en bas, qui promet la brise fraîche d'un printemps irlandais. Il avait remarqué que celui d'Antoine refusait formellement de faire des heures supplémentaires. Il s'est dit que, comme son chum ne voulait rien savoir de laisser Eli pour aller prendre une douche chez lui, il fallait passer à la méthode Louis XIV : le roi ne se lavait pas, il couvrait ses odeurs avec du parfum. Antoine a grand besoin de se servir de ce déo, aussi brutal soit-il, sinon il risque d'achever Elizabeth. La mère et la sœur de celle-ci sont en route. Elles ont quitté Mingan, sur la Côte-Nord, et ne seront à Montréal que dans plusieurs heures. Elles ont réservé une chambre d'hôtel au centre-ville et seront à son chevet en matinée samedi.

Dans l'après-midi de vendredi, un agent-enquêteur de la police est venu prendre la déposition d'Antoine et a fait avec lui le tour de ce qu'on sait sur le délit de fuite. Le suspect, un homme blanc début trentaine s'exprimant en anglais, est sorti du bar de l'hôtel St-Paul, un coin de rue plus loin, quelques minutes avant l'accident. Il a demandé son auto au voiturier. Une Nissan 370Z, modèle coupé, blanche et plaquée en Ontario. Comme le client semblait passablement éméché, le voiturier lui a proposé poliment de garder son véhicule et de lui appeler un taxi. L'homme l'a envoyé paître dans des termes très clairs, avec des mots qui commencent par F, comme dans « Faciles à comprendre » même si tu ne parles pas l'anglais. Il a démarré en fou, fait un demi-tour risqué sur McGill, coupant les voitures qui venaient en sens contraire, et il est parti vers le sud. Le voiturier a été témoin de la manœuvre qui a causé l'accident. Le chauffard a franchi la ligne continue pour tenter un dépassement par la gauche, dans le sens contraire de la circulation. Il a vu la victime projetée en l'air par l'impact. Malheureusement, il avait jeté le bout de papier sur lequel le numéro d'immatriculation du véhicule était inscrit pour que les employés puissent le retrouver dans le stationnement. Sur les caméras de surveillance du St-Paul, on ne le discerne jamais. On a vérifié. C'est ce dont on dispose comme infos pour l'instant. La déposition d'Antoine recoupe celles du voiturier et des chauffeurs de taxi, témoins de la scène.

— Vous avez pas eu le temps de prendre son numéro de licence, monsieur Aubin? Même partiellement?

Antoine a mis du temps à répondre, comme s'il était soudain perdu dans ses souvenirs de l'accident.

— Monsieur Aubin? Même pas un chiffre ou une lettre de la plaque d'immatriculation? Ça peut faciliter les recherches.

— Euh... non. Tout s'est passé trop vite. Désolé.

— OK. Si jamais quelque chose vous revient, vous avez ma carte avec le numéro pour me joindre. Si on arrête quelqu'un, on va sûrement vous demander de venir l'identifier au poste.

— Oui, c'est sûr. Pas de trouble.

— Je vous souhaite bonne chance pour le reste. Les médecins disent quoi?

— Faut attendre. Les premières vingt-quatre heures sont cruciales.

*

NTYL 227. Antoine l'a, le numéro de plaque. Mais quand on possède une liste qui nous permet d'épurer le paysage de sales petits merdeux comme celui qui a failli tuer Elizabeth, on garde cette information pour soi. Antoine sait trop bien ce qui se passera s'il donne le numéro d'immatriculation aux policiers. Ils iront l'arrêter. Les heures auront passé et le fêtard sera revenu à un taux d'alcoolémie légal. On l'accusera de délit de fuite, peut-être de conduite dangereuse causant, pour l'instant, des lésions. En forçant la main du DPCP. Sans antécédents, le danger public écopera d'une peine risible et en purgera le sixième. Et encore, de façon discontinue, seulement les fins de semaine où on annonce de la pluie. Il sera de retour au volant de sa bombe alors qu'Eli, elle, sera probablement toujours en réadaptation. Si elle ne meurt pas. Quelle espèce d'immonde bête humaine peut se donner le droit de faire ça ? Passer sur le corps d'Elizabeth et se sauver ensuite, comme s'il venait d'écraser un putois. Une femme merveilleuse, brillante, altruiste dans tout ce qu'elle fait, belle et douce, et mère de Béa. Massacrée par un *clubber* méprisable, soûl comme dix cosaques, au volant de son coupé sport *flashy*, qui a voulu jouer à *Fast and Furious* juste pour voir s'il bandait encore après six *shooters. Fuck you,* tout le monde ! *I'm the king of the world !* Vous pouvez tous crever ! Elizabeth peut crever. Ce qu'elle est peut-être en train de faire, en ce moment, sous les yeux d'Antoine.

Mais ce que monsieur le petit crotté immatriculé NTYL 227 ignore, c'est qu'il va crever lui aussi. Bientôt même. Antoine vient d'inscrire son nom sur la quatrième ligne de sa liste. Sir Chuck veut des morts ? Antoine en a un magnifique pour lui. Un caïd, ça trouve qui ça veut trouver, surtout avec un numéro de plaque.

Ce n'est pas la marée du dégoût qu'il sent gronder en lui, debout devant ce que ce fils de pute a fait de la femme de sa vie. C'est le rugissement déchaîné d'un ouragan de rage.

68

Samedi 3 novembre 2018 – 10 h 50

Quand Donald McGraw arrive au local, tout le monde sourit d'une drôle de façon en le voyant, sa grosse tignasse de cheveux gris en bataille, dans son vieux t-shirt des Celtics et avec les traces de son oreiller encore imprimé sur le visage. Il porte même ses lunettes, chose rare. Il n'a pas eu le temps de mettre ses verres de contact. McGraw a traîné au lit le plus longtemps possible. Il avait une merveilleuse raison de le faire. Mais là, devant la tête que lui tire son équipe, il prend immédiatement son air bourru.

— *What ?*

Violaine Trudeau ricane en se retournant vers la machine à expresso pour que McGraw ne voie pas la banane qui lui fend le visage. Piccinin ne dit toujours rien.

— OK, les *smattes*, c'est quoi que je manque, là ? Vous avez tous un *smile* de tatas dans la face en me regardant.

Piccinin, se proclamant porte-parole officiel du groupe de baveux, lui lance :

— Donald, je sais pas ce que t'as fait cette nuit. Non seulement ça t'a empêché de superviser une opération *undercover* comme tu les aimes tellement, mais là, à matin, tu *shines,* mon homme ! Attends, non, tu illumines ! T'as l'air du p'tit Jésus dans les cieux !

Tout le monde éclate de rire. Même Desjarlais, déjà assis à la table où l'on peut visionner les images des caméras dissimulées durant la nuit dans les deux salles de traitement de la clinique chiropratique du Dr Forgione.

— C'est écrit quoi, dans *mon* face qui *shine* ?

Si McGraw casse son français, c'est qu'il est gêné. Il rougit spectaculairement.

— *Man !* L'opération sur laquelle t'étais la nuit passée s'est vraiment bien déroulée. C'est ça qui est écrit en rouge dans ta face.

Les rires redoublent. McGraw fait aussi partie du groupe des crampés, ce coup-ci.

— *Congrats,* les grosses polices ! On vous en passe pas une, hein ? Votre instinct de *top cops,* c'est beau à voir.

McGraw a la tête dans la brume. Il ne s'est pas senti comme ça depuis son adolescence. Vu l'heure où Darcy et lui se sont finalement endormis, sa magnifique serveuse de petits-déjeuners doit encore ronfler, enroulée dans la grosse couette de duvet de son lit, qui craque vraiment beaucoup trop pour accueillir un deuxième passager. Il faudra d'ailleurs qu'il s'occupe rapidement de ce problème non négligeable. Il se pince pour croire ce qui lui arrive. Mais il aura tout le temps plus tard de reprendre avec Darcy exactement là où ils ont laissé. Dans quelques minutes, Mike Davignon va entrer dans une des deux salles pour recevoir les soins du Dr Forgione. Ou pour y faire autre chose. On verra bien.

La nuit dernière, un peu après trois heures, Piccinin et Desjarlais ont coordonné l'opération à partir du local. Violaine Trudeau était en liaison sur le terrain dans une camionnette stationnée juste en face du bureau du chiropraticien. Elle était avec le petit nouveau, leur *hacker,* et avec le spécialiste recruté par Piccinin. L'homme a planté les caméras dans chacune des salles de traitement après que *The Ultimate Mole* a neutralisé le système d'alarme de la clinique à distance. Un jeu d'enfant pour un *whiz* comme lui, quand c'est un gadget aussi bas de gamme que celui que s'est payé le Dr Forgione. La serrure de la porte d'entrée était d'aussi piètre qualité que le système d'alarme. La crocheter a pris moins de soixante secondes à l'homme de Piccinin. Le soleil était sur le point de se lever quand Desjarlais a confirmé que les deux caméras étaient fonctionnelles. Les images étaient reçues clairement sur les écrans du local de la rue D'Iberville. Trudeau et le jeune *hacker* y ont rejoint les autres policiers pour essayer de dormir une heure ou deux sur les lits de camp qu'on avait montés pour l'équipe.

Le rendez-vous de Davignon est à 11 heures. Dans précisément deux minutes.

— Il a son badge de police avec lui. On l'a tracé avec le GPS. Il est parti de chez lui y a quarante-cinq minutes. Il s'est stationné sur Saint-Laurent et il a marché jusqu'à la clinique. C'est sur Dante, au rez-de-chaussée d'un triplex. En passant, devine qui est propriétaire de l'immeuble.

— Conolzi ?

— Bravo. Tu gagnes un toutou.

— Attention, le v'là.

Sur l'écran appelé Salle B, c'est bien le lieutenant-détective Mike Davignon qui vient d'apparaître dans le champ de la caméra. Aucune difficulté à le reconnaître. En plus des images, on a aussi un retour de son d'une qualité surprenante. Le moindre bruit dans la salle est reçu cinq sur cinq.

L'attitude de Davignon cloche. Il reste debout, immobile au milieu de l'écran qui donne un plan large de la salle, du petit bureau avec deux chaises jusqu'à la table sur laquelle s'installent les patients du Dr Forgione. Le policier regarde autour de lui. McGraw retient son souffle. On jurerait que leur collègue se doute de quelque chose. Piccinin, plus habitué que les autres aux opérations de surveillance, rassure tout le monde.

— Pas de panique. C'est un policier qui s'apprête à faire un mauvais coup. Il se méfie, c'est normal. C'est instinctif. Ça nous en dit juste un peu plus long sur le *mind-set* du gars, et je pense que...

Piccinin s'interrompt. La scène sur l'écran est trop forte. Davignon vient de glisser son bras jusqu'au coude sous le matelas de la table de traitement. Après une courte fouille, il tient ce qui semble être une enveloppe beige format 8 ½ × 11. Il s'assoit devant le bureau. Dans l'angle de la caméra, on ne rate rien des gestes du policier. Après avoir humecté son pouce et son index, il se met à compter lentement les billets de banque qui forment l'épaisse liasse qu'il a retirée de l'enveloppe cachée sous le matelas. McGraw a la mâchoire crispée. C'est le seul du groupe qui s'autorise à parler. Les autres n'osent pas. Ils savent qu'ils regardent un frère d'armes en train de commettre ce qui fera de lui un homme mort.

— Mike, câlisse de cave. *For God's sake,* qu'est-ce que tu fais là...

Desjarlais hoche la tête, dépité. Mike et lui étaient des amis. Ils étaient voisins de bureau depuis plusieurs années, jouaient au golf ensemble, s'invitaient à souper avec leurs épouses. Il a envie de pleurer.

Davignon termine de compter son argent. Le compte a l'air d'y être. Le prix auquel il a évalué sa trahison, et sans le savoir sa propre vie, a été dûment payé, semble-t-il. Maintenant, il remplit sa part du contrat. Il ouvre le cahier qui traîne sur le bureau et prend un stylo. Il se met à rédiger. Après trois petits paragraphes, une demi-page à peine, il arrache la feuille du cahier et la glisse dans l'enveloppe, qu'il replace sous le matelas. Il enlève sa chemise, en attendant son chiro. Le reste se déroule comme une visite de routine chez le Dr Forgione. On entend nettement craquer le dos du policier. McGraw a une question pour Desjarlais.

— Si on *zoome* au maximum et qu'on *freeze* l'image, tu penses qu'on peut lire ce qu'il a écrit ?

— Avec ce que j'ai ici, non. Mais au labo, ils vont pouvoir le faire.

— Je veux pas passer par notre lab. Trop risqué. Le kid, toi, tu connais pas un *whiz*, quelqu'un qui pourrait travailler sur ça *right now* ?

— J'ai un chum infographe, je pense qu'y pourrait être *down* pour ça. C'est pas *full* compliqué.

— Appelle-le maintenant. Violaine, tu vas le chercher et tu le ramènes ici, *ASAP*.

Violaine Trudeau n'est pas certaine de comprendre l'empressement de McGraw à découvrir les infos que Davignon vient de vendre.

— C'est quoi le *rush*, Donald ?

McGraw ignore la question et s'éloigne pour appeler Lavigne. On tient sa taupe. Et on a maintenant ce qu'il faut pour l'arrêter. La suite, c'est de la cuisine opérationnelle. Piccinin répond à sa place.

— On sait pas ce qu'il a coulé comme info. On a du monde *undercover* en ville, on a des antennes, des *snitches*, des filatures en cours, des opérations de surveillance actives en ce moment même. Davignon a peut-être donné des renseignements qui mettent carrément la vie de certaines personnes en danger. Y a peut-être des gens sur le terrain qui vont être exposés aujourd'hui avec les infos qu'il a vendues, une fois que les Italiens les auront en main. Trompez-vous pas. C'est dégueulasse, ce qu'il fait, votre chum ! On sait déjà qu'on peut lui attribuer la mort de trois délateurs qu'on avait dans le programme de protection des témoins, plus une victime collatérale. On peut pas risquer que la liste s'allonge. La première chose qu'on doit faire, c'est de sécuriser notre monde. Après ça, on va s'occuper de notre pourri.

— Fais attention, G, ce gars-là en a donné beaucoup au service avant de faire ça.

— *Oh yeah ?* Pat, le gars à qui je dois les balles qui m'ont traversé le corps, les jours dans le coma, les mois de réadaptation et une jambe qui veut plus rien savoir de moi, lui aussi il avait servi la police plusieurs années. Ça l'a pas empêché de m'envoyer me faire tuer. Quand t'es policier, tu les connais trop bien, les conséquences qui viennent avec les infos que tu coules. Si tu traverses la *fucking line,* y a du monde qui va mourir. À cause de toi, direct. À partir de là, t'es rien d'autre qu'un ostie de pourri. T'es plus un policier. Tu vaux pas plus que ceux qu'on passe notre vie à essayer de *buster.* Pire, t'es un traître. Fait que, Pat, si t'as un problème avec comment j'appelle ton chum Mike Davignon, je peux te montrer les sept trous que j'ai dans 'peau. Tu veux les compter ?

Sans lui donner le temps de répondre, Piccinin soulève son chandail et Desjarlais détourne les yeux en voyant les cicatrices qui marbrent sa poitrine.

Le silence retombe. Lourd. Violaine Trudeau et le nouveau ont assisté au monologue de Piccinin sans rien dire. Il y a des choses qui ne guérissent jamais. Gino Piccinin vient de leur en servir la preuve.

— Viens-t'en, mon *pit,* on va chercher ton *king* de Photoshop, lance Violaine pour briser le malaise ambiant.

McGraw a fini son appel au grand boss et est revenu devant les écrans.

— Lavigne est au courant. On le met sous filature immédiatement. On le lâche plus des yeux pis on va l'arrêter lundi matin. On va l'attendre dans le stationnement de l'unité. J'ai pas le goût de lui passer les menottes, de lui prendre son Glock pis son badge devant le reste de la section. On va faire ça vite et discret. Mais on va avoir des gars du GTI avec nous, au cas.

Desjarlais réagit.

— Le GTI ? Calvaire ! C'est pas un terroriste.

— Non, mais c'est un gars armé qui aura plus rien à perdre quand il va comprendre qu'on l'a coincé. Tu ferais quoi, toi, Pat ? Un policier en prison, tu sais aussi bien que moi comment ça se termine.

Desjarlais en a assez de recevoir des évidences dans la gueule. Il est dégoûté. De tout. Il sort prendre l'air. Ils ont réussi leur mission. Ils ont trouvé la taupe responsable des fuites. Ils ont fait leur job. Reste que c'est une journée de merde, une opération de merde et une finale de merde.

Son ami Mike Davignon est mort. Mais il ne le sait pas encore.

69

Dimanche 4 novembre 2018 – 16 h 20

La mère et la sœur d'Elizabeth sont retournées à leur hôtel. Elles ont passé une bonne partie de la journée à son chevet. Antoine en a profité pour aller prendre une douche, ruminer sa vengeance et se faire un petit kit de survie. L'essentiel qu'on doit avoir avec soi quand on habite une chambre de l'unité des soins intensifs d'un hôpital. Une brosse à dents et du dentifrice, un déo moins brutal que celui que François lui a apporté. De la crème à mains. Pour celles d'Elizabeth, pas pour les siennes. Il sait à quel point Eli aime se tartiner chaque partie du corps vingt-deux fois par jour avec vingt-deux variétés différentes de crèmes. Quelques t-shirts confortables. Et, bien sûr, un haut-parleur Bluetooth et un iPod. Il a tenté de joindre Tamara au téléphone. Il ne sait pas comment décrire ce qu'il ressent. Depuis le souper avec Eli, depuis qu'il l'a entendue rire, quelque chose a changé. Mais l'accident et le cauchemar éveillé qu'il vit depuis ce soir-là ont relégué son statut Facebook « En couple » au dossier classé « Futilités ». Pour l'instant, il n'y a pas de place dans sa vie pour autre chose que tout faire pour qu'Elizabeth vive. Il est tombé sur sa boîte vocale. Il a laissé un message laconique et froid, comme s'il voulait déjà la prévenir qu'un orage se préparait.

— Tamara, je vais être difficile à joindre. Elizabeth a eu un accident. C'est très grave. Elle est aux soins intensifs, dans le coma. Pas certain qu'elle va s'en sortir. Je suis pas mal à l'hôpital, moi aussi. On doit éteindre le iPhone à cause des machines. Je te redonne des nouvelles. Bye.

Il a songé à joindre Sir Chuck pour lui donner son quatrième nom, celui d'un homme qui conduit une voiture immatriculée NTYL 227. Comme si plus vite ce fumier cesserait de respirer, plus vite Elizabeth recommencerait à vivre. Mais une part de lui le retient de passer cet appel. Ce quatrième mort potentiel n'est pas comme les trois autres. La puissance de son désir de le voir crever n'est pas la même. Il y a quelque chose d'incontrôlé dans cette envie de mort. Ou d'incontrôlable. Ça lui fait l'effet d'un avertissement, comme un voyant qui s'allume soudain sur son tableau de bord pour lui dire qu'un truc ne tourne pas rond dans sa mécanique. Pourtant, il n'a jamais senti son moteur vrombir de la sorte. Ça peut attendre encore un peu.

Il revient à l'hôpital vers la fin de l'après-midi. Sa coloc de la chambre numéro 16 n'a pas bougé. Elle semble paisible. Désespérément trop en paix. Les infirmières passent régulièrement noter les constantes vitales qui s'affichent sur les écrans des appareils reliés au corps brisé d'Elizabeth. Le Dr Sauvé aussi est venu faire sa ronde. Rien à dire de plus, si ce n'est que le bricolage de ses collègues semble tenir le coup. Elizabeth a survécu aux heures qui ont suivi sa sortie de chirurgie et c'est plutôt encourageant.

— Parlez-lui, monsieur Aubin. Même si elle ne réagit pas, parlez-lui.

— Sérieusement? Elle est dans le coma.

— Oui, justement. On aimerait bien qu'elle en sorte bientôt. Si ça s'étire, en toute honnêteté, c'est pas super. Alors parlez-lui.

— Elle m'entend?

— Je sais pas trop. Mais on s'en fout. Parlez-lui quand même. Elle plane quelque part entre deux mondes et il va falloir qu'elle décide vers lequel elle va s'engager. Aux soins intensifs, vous savez, on vit parfois des choses qui n'ont pas d'explications médicales. Je ne sais pas quoi vous dire d'autre, mais si j'étais à votre place, je lui parlerais. J'essaierais de la convaincre de revenir ici.

Il a salué Antoine et est reparti rafistoler d'autres grands abîmés. Il faut toujours écouter le médecin. Le Dr Sauvé en connaît certainement un bon chapitre sur la vie et la mort. Et sur le *no man's land* entre les deux.

*

Une fois seul dans la chambre, Antoine branche le haut-parleur et sort son iPod. Il a bidouillé une *playlist* spéciale pour les soins intensifs de l'hôpital général. Il l'a nommée « Chambre 16 ». Il a sélectionné un top 50 des chansons douces préférées d'Elizabeth. La plupart sortent directement d'une autre *playlist* intitulée « En attendant Béa », qu'elle écoutait en boucle durant sa grossesse. Il y a aussi un peu de sa musique à lui. Pour qu'elle sache qu'il n'est pas bien loin. C'est certain que si elle entend la *Gnossienne* d'Erik Satie, même au fin fond de sa purée, elle devinera qu'Antoine est là, avec elle. Peut-être aussi qu'elle se la coule douce, dans l'autre monde, avec Béatrice dans ses bras. Si c'est le cas, il n'a aucune chance de la ramener. Lui-même resterait là-bas.

Le volume du haut-parleur est faible, mais dans le lourd silence qui enveloppe la chambre, la musique occupe l'espace. Il approche sa chaise du lit, à la hauteur du visage d'Elizabeth. Il se sent un peu ridicule. La voix tout aérienne de Ghostly Kisses se met à flotter autour du lit.

Babe, what do you want from me ?
We've already tried everything
Hold me
Don't ask me why I still can't leave
This is where I feel at home
This is where my heart always belonged

Les paroles de *The City Holds My Heart* lui font fermer les yeux. Comme si Elizabeth les lui fredonnait doucement à l'oreille. Il appuie son front sur le barreau métallique du lit.

And I know, I know, I know, I know
I'll still love you
Even worlds apart

— Bon. C'est vraiment mongol de parler tout seul comme ça, Eli, mais je vais le faire. Juste parce que c'est toi, OK? Pis ça reste ici. Tu parles de ça à personne. François se foutrait de ma gueule pendant dix ans.

Sa voix grave vibre dans l'air. Ce moment lui semble tellement irréel. Tout a basculé si vite. Et là, il se retrouve à soliloquer dans une chambre d'hôpital.

— En fait, non, c'est pas vrai. François ferait comme moi. Il te demanderait de rester en vie, de rester avec nous. Pis y essaierait de pas se mettre à brailler sa vie, comme moi...

Sa voix se brise. Antoine ravale la boule qui lui noue la gorge. Mais pour les larmes qui commencent à couler sur ses joues, il ne peut rien faire. Tant pis. Si c'est ce qu'il faut pour qu'Elizabeth redescende sur terre.

— Eli, on s'est pas séparés pour les bonnes raisons. On se laisse quand on s'aime plus. Quand on se rend compte qu'on a rien à faire là, que c'est pas notre place sur la terre. Moi, depuis qu'on est plus ensemble, j'arrête pas de me demander ce que je fais ailleurs et pourquoi je trouve aucune autre place qui ressemble à la mienne si t'es pas là. On a perdu Béatrice, et même si je te l'ai souvent joué Antoine le *tough*, Antoine le résilient, je connais personne d'autre qui sait comment j'ai mal, comment je m'en remettrai jamais. Y a juste toi qui sais ça. Parce que c'est la même chose pour toi. On se remet pas de ça. On apprend d'abord à pas mourir, pis après, à survivre avec.

Il se sent pathétique, mais les vannes sont ouvertes. Il ne peut plus les refermer. Il retient ces flots-là depuis tellement longtemps.

— T'as eu assez de cran pour commencer tout de suite à purger ta peine, alors que moi, tout ce que j'ai fait, c'est pelleter la douleur par en avant. Je suis parti parce que je pensais que t'avançais plus, mais j'étais dans le champ, Eli. Je supportais plus de te voir faire face alors que, moi, j'en étais incapable. Je suis tellement désolé.

Ça sortait. Enfin. Il ne refoulait plus tout ce qui remontait.

— Mais même si on se sauve vers l'avant, on se sauve pareil. Toi, tu te poussais pas. Tu faisais face. Toute seule. Aujourd'hui, j'ai l'air fin. Je sais plus quoi faire avec ma rage, avec ma colère. Je suis rendu à tuer des gens, Eli, tu te rends compte ? Moi, Antoine le doux, je pense que je vais tuer le gars qui t'a fait ça. Ça se peut pas, ça, Eli. Je me rends compte que t'as beaucoup d'avance. Moi, je viens juste de commencer à pleurer Béa. Parce que, arrange ça comme tu voudras, quand ta petite fille meurt, y a absolument rien d'autre à faire que ça. Pleurer. Je pensais avoir trouvé une autre façon de traverser ce cauchemar, mais y en a pas. Alors, si tu voulais bien pas faire comme moi, beau cave, et pas me laisser brailler tout seul, ce serait vraiment, vraiment *cool*...

C'est tout ce dont il est capable. Il n'arrive plus à parler. Il pleure à chaudes larmes près d'Elizabeth. L'infirmière qui a entrouvert la porte de la chambre la referme avec précaution. Elle se dit qu'elle reviendra plus tard.

70

Lundi 5 novembre 2018 – 8 h 50

Même si les boutiques de la Place Versailles n'ouvrent qu'à 9 h 30, le stationnement souterrain est déjà rempli presque à moitié. McGraw est assis sur le siège passager d'une camionnette banalisée. Au volant du véhicule, il y a un sergent du GTI, et à l'arrière deux hommes en armes, prêts à intervenir. Une seconde camionnette identique est garée au bout de l'allée avec trois autres agents du GTI à son bord. On attend que Davignon arrive et se gare dans son espace réservé. Quand McGraw l'aura formellement identifié, il donnera le signal qui déclenchera l'intervention. Ce sera simple et rapide. Dès que Davignon sortira de son véhicule, une des camionnettes freinera directement devant sa voiture pendant que l'autre le bloquera par l'arrière. Les portes coulissantes s'ouvriront simultanément, les quatre hommes du GTI sortiront en le tenant en joue et procéderont à son arrestation. Il sera ensuite emmené au quartier général dans une voiture de patrouille du SPVM pour être questionné. C'est McGraw et Piccinin qui mèneront son interrogatoire. Le vieux policier a mal dormi. Il s'est fait une tête sur ce qui va se passer. Il est prêt. Il redoute quand même le moment où il apercevra la voiture de Davignon.

Par radio, l'équipe de filature a signalé à McGraw qu'il arrivait à la Place Versailles. Moins d'une minute plus tard, la Toyota Camry s'engage dans l'allée et roule jusqu'à son emplacement habituel. La portière s'ouvre et la silhouette grande et mince de Davignon se déplie pour en sortir. McGraw confirme la cible. C'est bien lui. L'officier donne aussitôt ses ordres dans l'émetteur de sa radio.

— La cible est confirmée. C'est un *go*!

Il écrase l'accélérateur, descend en quelques secondes les 15 mètres de l'allée et pile devant Mike Davignon, qui lève des yeux surpris vers la camionnette, dont la porte coulissante s'ouvre bruyamment sur deux hommes en uniforme noir qui pointent le canon de leur arme sur lui. Le crissement des pneus de l'autre véhicule du GTI qui lui freine dans le dos le fait sursauter. Il se retourne pour apercevoir deux autres agents du GTI qui l'ont eux aussi en joue. Il prend une longue inspiration avant de lever lentement les mains, et les yeux aussi, comme s'il voulait regarder vers le ciel, comme s'il attendait du secours de ce côté. C'est fini. On ne peut plus rien pour lui, ni au ciel ni sur terre.

— Je veux voir vos mains, monsieur. Gardez-les bien en vue. Aucun geste brusque.

L'homme du GTI donne ses ordres d'une voix calme et neutre. Sans crier. Davignon a fermé les yeux et demeure parfaitement immobile. L'agent le plus près de lui s'avance lentement, son fusil d'assaut toujours pointé vers sa cible. De sa main gauche, avec précaution, il retire le Glock du policier déchu de son étui et le passe à son collègue juste derrière lui. Il tâte ensuite Davignon pour s'assurer qu'il ne porte pas d'autres armes. Le sergent descend de la camionnette et se tient maintenant debout devant Mike Davignon, qu'on est en train de menotter. On lui fait une faveur en ne lui attachant pas les mains dans le dos.

— Lieutenant-détective Davignon, on vous arrête pour entrave à la justice, abus de confiance et gangstérisme. Vous avez le droit de recourir sans délai à l'assistance d'un avocat. Vous n'êtes pas obligé de dire quoi que ce soit…

C'est à ce moment que Davignon remarque son vieux collègue à travers la vitre de la camionnette. McGraw lui montre ses mains ouvertes, à la hauteur de son visage, l'air de dire : « *What the fuck, buddy ?* » Davignon lui sourit tristement en hochant la tête. Une voiture de patrouille du SPVM arrive et le sergent du GTI escorte le prisonnier jusqu'à la portière ouverte. Davignon prend place sur la banquette arrière sans le moindre geste de résistance. La porte claque dans l'air humide de ce matin de novembre et l'auto se dirige vers le QG. McGraw la suit longtemps des yeux. La carrière du lieutenant-détective Mike Davignon est chose du passé.

*

Piccinin l'attend près des salles d'interrogatoire. On a installé Mike Davignon dans la plus grande, celle qui dispose d'un miroir sans tain. Le policier déchu est assis seul depuis une bonne heure. Il ne bouge pas et regarde droit devant lui sans démontrer d'émotions, résigné et calme.

— Avant qu'on commence à l'interroger, me laisserais-tu seul avec lui ? Pas longtemps.

Piccinin accepte la demande de McGraw d'un signe de tête.

— OK, je vais sortir me chercher un café buvable. T'en veux un ?

— Non, merci. Quand tu vas revenir, peux-tu prévenir Lavigne qu'on va commencer ? Il attend dans son bureau avec un gars des affaires internes.

McGraw appuie sur le bouton qui déverrouille la serrure de la porte. Après le déclic, il entre dans la pièce et s'assoit en face de Davignon. Le silence s'étire entre les deux hommes.

— On peut se parler ou tu préfères attendre ton avocat ?

— Ça va, Donald. On est de vieux chums, non ?

Davignon a le même sourire qu'un peu plus tôt. Triste.

— Mike, comment t'as pu penser que ça pouvait finir autrement, ton histoire de marde ?

— Je vais être ben plate, Donald, pis j'vais te répondre comme un suspect le ferait. Je ne sais pas de quoi tu parles ni pourquoi vous m'avez arrêté.

Il a parlé sans conviction, la voix éteinte et lasse. Il n'a rien à perdre à livrer un dernier baroud d'honneur, même s'il n'y croit pas.

— Tu penses que tu serais assis ici si on avait pas du béton contre toi ? *Come on.* Tu me connais mieux que ça, Mike.

— Tu dirais quoi, toi, assis du mauvais côté de la table dans une salle d'interrogatoire de la police ?

— Je sais pas. Pis je l'saurai jamais. Parce que j'ai choisi mon bord de table. Je suis policier, pis ça vient pas avec un prix d'achat.

— Saint Donald, épargne-moi au moins ça. Pas vrai que j'me tape ton sermon de la bonne police Spic and Span icitte à matin.

McGraw s'adosse à sa chaise et cherche les yeux de Davignon. Il sait que, devant lui, il aura besoin de se justifier.

— Écoute, dans cinq minutes, Gino Piccinin va être assis lui aussi de ce côté-ci de la table et tu connais son histoire. Il a aucune considération pour ça, lui, un policier pourri qui vend de l'info aux *bad guys.* L'ambiance va changer, fait que, si t'as quelque chose à me dire, parle maintenant. Y a personne encore derrière la vitre. On est toi pis moi.

Davignon serre les dents, mais il garde le silence.

— Ça pouvait pas finir autrement, Mike ! As-tu pensé à ta femme, à tes kids, câlisse ?

— En fait, c'est justement pour que mon histoire de marde finisse pas comme c'était prévu que j'ai « peut-être » fait ce que tu dis que j'ai fait.

— *Big*, pousse pas ta *luck* avec tes « peut-être ». On t'a sur *tape*, chez le chiro. Quand tu comptes le *cash*. On a ce que t'as écrit dans le cahier. T'es mieux de nous aider, ça va peser dans la balance devant un juge.

— Ouin... mais ça pèsera pas grand-chose quand trois crottés vont venir me piquer dans un coin tranquille du pénitencier.

— Tu vas être en isolement en tout temps. C'est le mieux qu'on peut faire.

— C'est ça, comme un poisson rouge dans un ostie de bocal. Tu pourrais me passer ton *gun* pis me laisser deux minutes tout seul ?

— Non. Y est trop tard pour ça.

— Tu peux ben me parler d'une histoire de marde, Donald. Tu la prends, toi aussi, ta retraite dans pas long. T'es *cool* avec ça ? T'as tout donné pour l'équipe des bons gars. Pis tu finis avec quoi, là ? Tu vas t'en aller avec ta p'tite pension en d'sous du bras, faire une p'tite vie de *loser*, rejoindre le *rat race*, avec ceux qui attendent les soldes pis les rabais pour se payer c'qu'y méritent ? Tu vas t'être crevé l'cul, tu vas avoir risqué ta peau pour essayer de faire gagner les gens bien, pis à la fin tu perds. Les mangeux de marde, les *bad-ass*, ceux après qui on a couru pendant vingt-cinq ans, eux vont se la couler douce jusqu'à la fin, couchés sur le tas de *cash* sale qu'ils vont avoir ramassé sur le dos du p'tit monde à qui y ont *scrappé* la vie. T'aurais fait la même chose que moi si t'avais pu changer ça.

— *No. Not a chance.* Je vois pas ça comme toi. Souvent, tes *winners*, y crèvent avant leur temps, pleins de trous. Je l'sais qu'on joue pas à armes égales, mais c'est ça la *game*.

— Parce qu'on leur donne toutes les chances ! Ils peuvent trafiquer, voler, tuer, *name it* ! Alors que nous autres, on doit les appeler monsieur, leur dire s'il vous plaît, merci, on doit jouer *by the book,* selon les règles, comme des scouts ! Comme des ostie de ti-culs, qui écoutent monsieur le directeur. Et surtout, on doit respecter leurs droits. Crisse, dans l'affaire du pédo, c'est Vinny pis Charles qui sont mauvais ? Les criminels, tu penses qu'ils en ont quelque chose à crisser des droits du monde ? Si tu vis ben avec c'te fin là, si ça te dérange pas de perdre la *game* jusqu'à la fin, tant mieux pour toi, Donald. *Good guys finish last.*

— Ça valait la peine d'essayer de changer le sens dans lequel le monde tourne, Mike ? *Really ?*

— …

— T'as *callé* ta *shot.* Là, c'est *game over.* Pis t'as perdu toi aussi. T'es du mauvais côté de la table. Moi, si ça te dérange pas, je vais continuer de marcher dans le sens du monde en me disant que je vais ben finir par tomber sur quelque chose de beau.

Les yeux de Darcy viennent de s'allumer dans la tête de McGraw. Ce n'est peut-être pas le gros soleil qui brille sur le sable d'une *beach* éternelle avec le bruit des vagues tous les matins, mais c'est beau. Beau en masse pour lui. Et ça va l'être tous les matins.

— Bonne chance pour le reste, Mike. Bon courage. Merci pour tout ce que t'as fait.

Il y a un déclic dans son dos. Piccinin vient d'entrer dans la salle avec son café. Et un air dur et fermé que McGraw ne lui avait encore jamais vu. Celui d'un homme dont il ne faut attendre aucune pitié.

71

Mardi 6 novembre 2018 – 9 h 35

Le temps commence à peser. Elizabeth en est à son quatrième jour de coma. Elle plane entre deux mondes, comme l'a décrit le Dr Sauvé, depuis vendredi dernier. Antoine trouve qu'elle a une autonomie de vol inquiétante. Il a peur qu'elle fasse une Amelia Earhart d'elle-même et qu'elle s'enligne pour la grande traversée en solitaire. La pilote émérite a décollé un jour pour ne jamais revenir. Perdue corps et biens au beau milieu du Pacifique. Les experts d'histoire et d'aviation la cherchent encore. C'est ce qu'Antoine fera pour le reste de ses jours si jamais Eli refuse de se poser. Il la cherchera partout sans la trouver.

Il a quitté l'hôpital tard en soirée la veille, se disant qu'après une vraie nuit de sommeil, dans un lit, il sera plus en forme pour affronter une autre journée aux soins intensifs. À parler tout seul à son aviatrice. Il a décidé de prendre le métro et de marcher jusqu'à l'hôpital. Il a besoin de réfléchir, et l'air frais qui lui fouette le visage alors qu'il grimpe la rue Guy vers le haut de la montagne l'aide à mettre de l'ordre dans ses idées. Ça coince grave. Pour la première fois depuis qu'il a commencé à remplir sa liste pour Sir Chuck, ce n'est pas un dilemme moral qui lui taraude la conscience, c'est l'impression de ne plus être qui il était avant.

Comme Elizabeth, il a l'impression lui aussi de flotter entre deux mondes. Il y a celui où sa rage s'exprime, où il sanctionne enfin les injustices et élimine sans remords des affreux qui l'ont bien cherché. Ça calme ce qui gronde au fond de lui. C'est expiatoire et grisant. Dans ce monde, il est Antoine le juste, l'indigné, le nettoyeur, l'impitoyable. Puis il y a l'autre univers, celui d'Antoine le bon, le doux. Le vulnérable, celui qui parle à Elizabeth dans le coma durant des heures. Antoine le papa-poule, qui ferme parfois les yeux pour essayer de sentir encore le poids de Béatrice sur ses épaules. Ça aussi lui fait un bien immense. C'est tendre et c'est vrai. C'est lui. Cet Antoine-là s'est secoué et réclame sa place depuis qu'Eli menace de se pousser pour de bon, sans son prof de yoga, sans personne. Sans lui.

Elizabeth. Leur histoire simple et belle, cet amour qu'ils ont dû mettre sur la glace d'une banquise qui fond maintenant à vue d'œil. Les délires qu'il a imaginés pour elle, juste pour l'entendre rire, comme l'autre soir au restaurant. Eli et lui, et la petite merveilleuse qu'ils ont eue ensemble. Qu'ils ont perdue ensemble. Qu'ils auraient dû pleurer ensemble. Ressasser tout ça fait plus que lui faire du bien ou calmer ses orages ; ces choses le définissent. Et font de lui qui il est. Comme Elizabeth, il ne peut plus naviguer entre ces deux mondes sans perdre sa route. Sans se perdre lui-même. Cette évidence vient de s'imposer. Comme une épiphanie. Il s'arrête même de marcher pour regarder la masse de pierres grises de l'hôpital qui se dresse tout en haut de son chemin de Damas.

Le seul problème avec sa conversion, c'est qu'il lui reste deux morts à s'ajouter sur la conscience. Mais ça change quand même la donne. Ce nouveau nom sur sa liste,

Monsieur NTYL 227, ça ne va pas du tout. Pour les trois noms précédents, il est convaincu qu'il a fait du bien. Et il a sauvé sa vie au passage, ce qui faisait aussi son affaire. Mais là, le *clubber* ontarien, honnêtement… Ce minable ne peut pas cadrer dans son programme national d'exécutions philanthropiques. S'il le fait dépiauter, ce sera pour lui et pour lui seul. Et pour venger Elizabeth, même si elle ne serait jamais d'accord avec le projet. Bien sûr, il s'agit d'un humain sordide qui a commis une vacherie sans nom, mais s'il faut faire boucherie avec tous les pochetrons qui conduisent soûls et causent des drames, on aura suffisamment de barbaque pour fournir toutes les usines de hot-dogs du monde. Sa rage lui dit d'écraser ce cafard et il a le pouvoir de le faire. Impunément. Il revoit sa gueule de con aviné, debout dans la rue juste avant qu'il se sauve du lieu de l'accident qu'il venait de provoquer, et franchement ça ne milite pas en faveur d'un acquittement. Il ne représente pas une grosse perte pour la préservation de l'espèce. Il mériterait qu'Antoine l'inscrive sur la quatrième ligne de sa liste. Mais non. Ça n'a aucun sens. Ça ne peut pas marcher comme ça. Antoine le bon ne le peut pas. Et, franchement, Antoine le sans merci non plus.

Il reprend son ascension vers l'hôpital. C'est la fin de son quart d'heure cornélien. Il arrive à l'étage d'Elizabeth. Seul Antoine le doux a le droit d'entrer dans la chambre 16. Il en a long à lui raconter. En le voyant passer les portes de l'unité des soins intensifs, l'infirmière du poste de garde se lève d'un bond et marche vers lui d'un pas pressé. Il sent son cœur se glacer.

— Monsieur Aubin, on essayait de vous joindre. Elle s'est réveillée !

72

Mardi 6 novembre 2018 – 11 heures

Elle a finalement rebroussé chemin et effectué un atterrissage en douceur du bon côté de l'existence. Celui où Antoine l'attendait. Elizabeth a ouvert les yeux. Elle les referme souvent, semble se rendormir quelques minutes puis les ouvre à nouveau. Un réveil tout ce qu'il y a de normal après cinq jours de coma, assure le Dr Sauvé, avec un large sourire. Et tout ce qu'il y a d'encourageant. Tous les espoirs sont maintenant permis. Et Dieu sait si Antoine en entretient quelques-uns. Il a nettement l'impression que ce docteur tient particulièrement à ce que ça se termine bien dans la chambre 16. Il doit avoir flairé qu'il s'y passe quelque chose qui vaut la peine de survivre encore un peu.

Elizabeth entend et comprend ce qu'on lui dit. Elle acquiesce de la tête et a même prononcé faiblement quelques mots.

— Votre mari a passé ses jours et ses nuits ici, madame Aubin. Il a suivi mes conseils. Il vous parlait sans arrêt. Je lui avais demandé de vous convaincre de revenir parmi nous.

Antoine voudrait intervenir pour se défendre et se sentir moins ridicule. D'autant plus qu'Elizabeth réussit à sourire et à écarquiller les yeux, incrédule.

— Les infirmières me l'ont dit, monsieur Aubin, essayez pas. Vous êtes le gros *kick* de l'étage. Elles veulent toutes savoir si vous avez des frères célibataires ou si je peux vous cloner tellement elles vous ont trouvé *soooo* romantique. Ça parle juste de vous à la cafétéria.

Antoine ferme les yeux et baisse la tête, vaincu. Inutile de nier, il a été pris en flagrant délit par la brigade entière de l'unité des soins intensifs. Le Dr Sauvé quitte la chambre, laissant Antoine se démerder avec ça. Elizabeth le dévisage. Elle a l'air émue. Lui aussi l'est. Du bout des yeux, ils se raccrochent l'un à l'autre comme à la table du resto cinq jours plus tôt. Ça fera, pour l'instant. Mais ce coup-ci, il n'y a plus le moindre doute qui subsiste. Ils ne se laisseront plus jamais. Jamais.

*

— On m'appelle « votre épouse » et « madame Aubin » et tu dis rien ? Coudonc, j'ai-tu été dans le coma pendant cinq ans ?

— Non, cinq jours. Mais ça m'a paru cinq ans.

Elizabeth est sortie du coma depuis au moins trois heures. Antoine veut appeler sa mère et sa sœur, mais Eli lui demande d'attendre encore un peu. Elle a envie qu'ils soient seuls tous les deux. Encore un peu. Leur bulle est dense, mais sa mère en viendra à bout à coup sûr. Alors, elle retarde l'appel. Elle ne semble pas confuse. Elle se souvient de la rangée de taxis, du moment où elle a traversé la rue et de sa terreur quand elle a vu la voiture foncer sur elle. Les fractures sont nombreuses et elle est fortement engourdie par de puissants analgésiques, pour que la douleur ne se réveille pas trop violemment. Ça lui donne une élocution traînante et sa voix chevrote un peu.

— On est pas mariés.

— J'sais ben, mais j'aimais comment ça sonnait. Madame Aubin. Votre mari.

— OK. Le char t'a ramassé toi aussi…

— C'est ça, ris de moi, madame Aubin.

— Mme Aubin. Pfffttt ! *Dream on*, monsieur Aubin…

Elizabeth est bien de retour.

— Antoine, je me rappelle de tout.

— C'est certainement bon signe.

— Je me souviens du souper au restaurant. Je t'ai demandé si tu ferais comme celui que le monde appelle le justicier si t'en avais le pouvoir.

— Oui. Je m'en souviens.

— Tu vois, pour moi, ça, ça peut pas marcher.

— Je sais.

— Mais, tu m'as dit oui. Tu le ferais, Antoine.

— Je sais.

Il savait que ce moment viendrait.

— Je le ferais seulement si j'avais pas le choix de le faire. Si j'étais obligé, mettons.

— Ça se peut pas, ça.

— Mettons que ça se peut, Eli. Mettons.

— Je te suis pas.

— Essaie pas de comprendre, écoute juste ce que je te dis. C'est important.

Elizabeth fronce les sourcils. Antoine lui doit un début d'explication. Il ne peut pas lui en dire long, juste assez pour qu'elle sente qu'il ne lui ment pas. Et qu'il le sente lui aussi.

— Si j'étais obligé d'exercer ce pouvoir-là, alors je m'arrangerais pour que ça s'arrête. Je ferais ce qu'il faut pour plus être forcé de faire ça.

— Je suis pas certaine de comprendre ce que tu racontes.

— C'est correct. Pis je l'sais qu'avec toi ça peut pas marcher, un justicier. Je sais qu'il faut que je lâche prise sur l'odeur du monde et tout ça. Sur mon indignation devant cette *game*-là, où y a rien qui est juste. Je pourrai jamais changer ça.

Elizabeth ferme les yeux quelques secondes. Elle veut marquer une pause pour être certaine qu'elle a bien entendu. Elle attendait depuis toujours qu'Antoine prononce cette phrase.

— Tu sauveras pas le monde, Antoine. Mais peut-être qu'on pourrait essayer de se sauver, nous ? Sauver juste notre petit monde à nous ?

Elizabeth peine. Parler est encore laborieux. Mais cette conversation doit se faire maintenant.

— On pourrait commencer par ça, oui.

— Es-tu capable ? Le journal va continuer à sortir tous les matins, avec des écœurants à chaque page et rien qui a du sens.

— Oui, mais mettons que t'es là, près de moi, quand j'ouvre le journal. Tous les matins ?

— …

— Ça m'aiderait beaucoup.

73

Mardi 6 novembre 2018 – 17 h 15

Antoine doit à tout prix en finir avec sa liste. Il a une nouvelle raison de vouloir mettre cette histoire de fous derrière lui. Il attend devant l'entrée de l'hôpital que la voiture de Sir Chuck vienne le prendre. Il va lui donner le nom de son quatrième mort. Il a trouvé le client parfait pour faire un pas de plus vers son affranchissement. Il y a cet homme, un Sri-Lankais qui vit à Montréal. L'affaire a fait les manchettes quelques semaines plus tôt. Ce joyeux primate, tout imprégné d'une belle sauvagerie lyrique encore présente dans certaines traditions tribales, a fracassé le crâne de sa charmante épouse sur le rebord du comptoir de la cuisine de leur appartement et est parti prendre l'air, la laissant crever sur le plancher au bout de quelques heures d'agonie. Il regrette franchement les 1 000 roupies qu'il a déboursées pour cette folle qui a osé contester ses directives. Lui, acheteur de bonne foi, s'est fait avoir. Il est tombé sur un citron. Déjà qu'il la trouvait lourde parce qu'elle avait porté plainte deux fois contre lui dans le passé, après avoir séjourné quelques jours à l'hôpital à la suite de banales raclées, amplement méritées.

Les policiers canadiens ne comprenaient vraiment rien à rien. Il a fallu qu'il leur explique tout. Et malgré cela, ils ont maintenu ces accusations absurdes. Ça l'a vraiment énervé. Si on ne peut plus ravager une épouse qu'on a payée le gros prix, comptant, où va le monde ? qu'il se demandait. Avec le dossier accablant qu'il traînait, les enquêteurs n'ont pas mis longtemps avant de l'arrêter après la découverte du cadavre de la jeune femme. Son interrogatoire a été un morceau d'anthologie pour les policiers. Même le traducteur réquisitionné par le SPVM s'arrachait les cheveux, reprenant en français ce qui sortait de la bouche du taré. Malheureusement, avoir quatre cents ans de retard sur la civilisation humaine ne figure pas dans les articles du Code criminel du Canada. Il échappe à ce chef d'accusation. Par contre, le meurtre au second degré lui va comme un gant. On aimerait bien l'accuser de meurtre au premier degré et le mettre dans une cage pour vingt-cinq ans, mais il n'a clairement pas le quotient intellectuel suffisant pour qu'on puisse lui coller une préméditation.

Ça promettait un procès d'un ennui mortel. Avec les preuves en béton dont disposait la Couronne, c'était comme marquer dans un filet désert. Ça ne traînerait pas en cour.

Mais au bout de trente mois de *totonneries* juridiques et d'avocasseries navrantes, notre homme des cavernes pourrit toujours en détention sans que son procès ait débuté. Ce qui constitue au Canada, depuis l'arrêt Jordan, quelque chose de bien plus choquant que de broyer les os du crâne de son épouse. Alors, son champion d'avocat, moyennant des honoraires franchement modiques, a eu un *flash*. Il a demandé avec véhémence l'arrêt des procédures pour délais déraisonnables. Vous allez rire, mais il l'a obtenu. Dans notre société si évoluée, c'est inhumain de garder ce citoyen exemplaire incarcéré depuis plus de deux ans sans que son procès ait débuté. Bien plus inhumain que de tuer son épouse en lui frappant cinq ou six fois la tête sur le bord du comptoir de céramique, en l'agrippant par les cheveux. Notre mari floué est à quelques paperasseries de sortir de prison par la grande porte d'en avant. Se faire péter la tronche par son époux tellement violemment qu'on y reste, passe encore. Mais mettre trop de temps à tenir le procès de cette cause, c'est intolérable dans une société civilisée. Résultat des courses, on va relaxer le macaque. Sauf qu'Antoine a besoin d'un nom sur sa liste. M. Shyamaladiladan a gagné le concours.

Il se retrouve donc une fois de plus à l'arrière d'une Audi noir conduite par Penny. L'éclairage est pauvre, mais Antoine distingue tout de même que l'homme porte de sales marques au visage. Les yeux au beurre noir, les lèvres coupées et encore enflées. Les traces évidentes d'une solide volée.

— Êtes-vous marié à un Sri-Lankais, vous?

— *What?*

— Non, rien. C'est beau…

Le silence retombe. La voiture s'engage dans le flux de la circulation, en direction du domaine de Sir Chuck Péloquin.

Antoine commence à connaître les lieux. Il remonte le long couloir qui mène au bureau du caïd. Les lourdes portes sont fermées, mais on peut entendre des éclats de voix provenant de l'autre côté. À mesure qu'ils approchent, les vociférations deviennent plus distinctes et Antoine n'a aucune peine à discerner la voix de Charles Péloquin. C'est lui qui crie. Penny cogne deux coups et entre, Antoine suivant un pas derrière lui. Les deux hommes stoppent net. Le tableau est saisissant. Sir Chuck a roulé les manches de sa chemise blanche et détaché les premiers boutons du haut. À ses pieds, un de ses hommes geint, recroquevillé, ses mains protégeant son visage. Il vient visiblement d'encaisser un déluge de coups de pied. Péloquin est essoufflé et en sueur. Il a la mâchoire crispée et les yeux fous de rage. Antoine est figé, la bouche ouverte. Le caïd parle sans desserrer les dents.

— Assieds-toi, Antoine. J'en ai pour une minute. Juste le temps de finir d'expliquer à ce *fucker*...

Tout en parlant, il se remet à rouer l'homme au sol de grands coups de pied au corps et à la tête.

— ... que quand je donne un ordre...

L'employé, après trois ou quatre coups de plus, perd connaissance. Il gît maintenant mollement, sans se protéger.

— ... je m'attends à ce qu'il soit...

Péloquin le frappe toujours.

— ... à ce qu'il soit exécuté.

Comme son patron continue à balancer des coups de pied à l'homme, qui les reçoit sans bouger, Penny s'avance et lui touche le bras comme pour attirer son attention, le sortir de ce moment de folie avant qu'il tue le gars, si ce n'est pas déjà fait. Le caïd réagit alors très vite. Il se retourne, saisit Penny à la gorge et le plaque au mur violemment. Antoine peut voir les doigts de Péloquin serrer la trachée de son lieutenant, qui reste collé au mur, les bras ballants, les yeux révulsés. Avec l'autre main, Sir Chuck prend l'arme qu'il a dans son dos, glissée dans son pantalon, et il place le bout du canon sur l'œil gauche de Penny.

— T'as-tu quelque chose à dire, Penny ? T'en as pas eu assez ? T'en veux encore ? Ou tu veux que j'imite ta signature ? Que je te fasse exploser la tête devant la visite ? Parce que c'est vraiment ça que ça me tente de faire, *right here, right fucking now.* Après, je vais être obligé de tuer la visite, par contre. Pour pas laisser de témoin derrière. Une autre règle importante de mon code de vie.

En disant cela, il pointe maintenant l'arme en direction d'Antoine, qui en a assez vu.

— Monsieur Péloquin ! Lâchez-le, vous allez le tuer ! S'il vous plaît !

Après de longues secondes de silence à fixer Antoine, Péloquin lâche prise. Penny, plié en deux, cherche de l'air péniblement.

— Tiens ! Le héros du peuple qui s'en mêle. C'est comme un toc que t'as, toi ? Tu peux pas t'empêcher de sauver les gens.

Il se calme un peu.

— Sors-moi ce trou d'cul-là d'ici, Penny. Il va salir mon beau plancher. Laisse-moi avec mon ami. Pis t'attends dehors.

Penny se ressaisit. Il soulève l'homme inconscient par les aisselles et le traîne hors du bureau. Les portes se referment derrière lui. Antoine ne quitte plus Péloquin des yeux.

— Ce que tu viens de voir, c'est de la gestion interne de mes ressources humaines. Dans ma compagnie, c'est comme ça que ça fonctionne. Mêle-toi pas de ça.

Il tient toujours son arme, mais ça ne l'empêche pas de sortir sa bouteille de scotch et deux verres dans lesquels il jette des glaçons. Il se laisse tomber lourdement dans son fauteuil et pose enfin le .9 mm devant lui. Antoine n'arrive pas à détacher son regard du trou noir au bout du canon qui pointe direct sur sa poitrine. Un détail qui n'embête pas Péloquin une seconde.

— T'es pas habitué de voir des scènes comme ça, hein ? Ça paraît. Du vrai sang, pas de cascadeurs, pas d'effets sonores qui *pimpent* les coups. Juste le vrai son de la violence.

Péloquin parle à Antoine comme s'il était un peu gêné de ce qu'il vient de faire devant lui.

— Toi, la violence, tu veux pas la voir, tu fais juste la commander, pis après tu t'en vas.

Le caïd ricane tout seul.

— Avec tout mon respect, c'est pas moi qui ai demandé cinq morts.

— Non, tu faisais juste en rêver en écoutant les nouvelles. Mais tu trippes en estie, là, hein ? Méchant *power trip* ! T'es le justicier ! Le monde t'aime ! Tu règles les comptes du bon peuple avec les écœurants. Bam ! Le gros sale en Estrie. Boum ! Bye, bye, Rubenstein ! Avoue que tu t'es gâté avec celui-là !

Antoine a l'impression d'être en train de jongler avec des pots de nitroglycérine. Ça peut lui sauter au visage à tout moment. Il pèse chaque mot.

— Je suis venu vous donner mon quatrième nom. Je veux juste qu'on arrive au bout de ça, qu'on soit quittes.

— Quatre déjà ! Ça passe vite, hein, quand on s'amuse ?

— C'est le Sri-Lankais qui va être libéré de prison sans avoir été arrêté pour le meurtre de sa femme.

— Bon, Lancelot du Lac *is back* ! Le chevalier Antoine qui va venger la madame du Paki. C'est beau, ça. Encore une ostie d'histoire à faire brailler l'humanité qui va ben finir, grâce à toi. Le justicier qui se salit pas les mains.

— Excusez-moi, mais c'est pas un Paki, c'est un Sri-Lankais. Juste pour être sûr qu'on se trompe pas de gars. Il s'appelle Shyamaladiladan.

— Paki, Sri-Lankais, Hindou. C'est toute la même race qui sent le cumin.

Péloquin vide son scotch d'un trait et s'en sert déjà un autre. Antoine ne l'a jamais vu comme ça. Ce n'est plus le caïd tout-puissant, le *big boss* en parfaite maîtrise de ses émotions, qu'il a en face de lui. C'est un homme en rage, limite psychopathe, vicieux et arrogant. Raciste aussi, de toute évidence. Il ignore ce qui l'a mis dans cet état, mais ce n'est pas le Sir Chuck qu'il connaît. À moins justement qu'il vienne de faire connaissance avec le vrai visage de la bête. Et c'est terrifiant.

— OK pour ton gars. On va te régler ça vite, pendant qu'il est encore en dedans. C'est plus facile. J'ai des contacts partout. Du monde qui m'en doivent une. Des gens violents. Comme t'aimes pas.

Péloquin se lève et remet l'arme dans son pantalon, dans son dos, comme un simple portefeuille. Très *gangster style*. Il s'appuie sur le bahut, son verre à la main, et regarde Antoine.

— Il va t'en rester juste un.

— C'est ça.

— Choisis-le bien. Parce que c'est fini après, redresser les torts du monde. Tu retournes dans le troupeau des moutons qui se font manger par les chacals.

Antoine opine de la tête. Si Sir Chuck n'avait pas été de si mauvaise humeur, il lui aurait expliqué poliment que c'est exactement ce qu'il souhaite. Redevenir un mouton lambda dans le troupeau des ruminants ordinaires qui broutent tranquilles, sans faire assassiner personne. Un troupeau de bêtes paisibles, qui n'ont pas d'hypothèque sur leur âme qui sent encore le propre. Pourvu qu'on lui foute la paix, qu'on le laisse peinard dans sa bergerie, où il compte bien vivre le temps qu'il lui reste amoureux de sa moutonne. Mais avant de bêler de bonheur, il doit trouver un dernier nom à mettre sur la ligne du bas de sa liste.

Sir Chuck a dit de bien le choisir, ce dernier mort. Une idée émerge dans la tête d'Antoine. Une idée complètement cinglée, mais plus il y pense et plus il se dit qu'il s'agit probablement de la seule façon pour lui de rester en vie une fois que Péloquin lui aura payé son dû.

74

Mardi 6 novembre 2018 – 19 h 30

La voiture roule sur la 40, vers l'est. Antoine a demandé qu'on le dépose chez lui. Il veut se changer avant de retourner à l'hôpital. Ils sont seuls, Penny et lui. Le grand homme sec ne parle pas. Il semble moins impassible que d'habitude. Son arcade sourcilière gauche saigne. Le canon du 9 millimètres de son patron lui a laissé une bonne estafilade qu'il éponge régulièrement avec un mouchoir de poche maculé de taches rouges.

— Il est souvent, euh… fougueux comme ça, avec vous, votre patron ?

Penny se contente de hausser les épaules. Il ne veut pas ouvrir la porte à une conversation. Il garde les yeux fixés sur la route.

— Je vais être franc avec vous, il fait peur. Vous trouvez pas ? Tout à l'heure, il avait envie de vous tuer et de me tuer après. Il aurait pas fait ça pour vrai ?

— Oui.

Victoire. Antoine a réussi à faire sortir un son de l'homme de Sir Chuck.

— Je peux vous appeler Penny ? Si je vous dis, Penny, que ça respecte pas les normes du travail, ce qu'il vous a fait tantôt, et que vous pouvez porter plainte, je vous apprends rien. Je pourrais même témoigner, j'étais là.

Penny pouffe de rire. Antoine l'a exactement où il le voulait.

— Vous pouvez rien pour moi.

— Vous pourriez démissionner.

— *Yeah, right.*

— Ça fait combien de temps que vous travaillez pour Péloquin ?

— Longtemps.

— Quand on travaille pour Sir Chuck depuis longtemps, on peut pas vraiment penser à changer de job, c'est ça ?

— C'est ça.

— Vous avez déjà songé à partir avant qu'il saute une coche de trop et qu'il vous tue ? Parce que c'est ça qui va arriver un jour, Penny. C'est écrit dans le ciel.

— La seule raison de changer de job, pour un gars comme moi, c'est si mon boss meurt.

— J'ai l'impression que c'est pareil pour moi. Ma seule chance de survivre à ma liste, c'est si votre boss est mort.

Penny ne le contredit pas. Il ne fait rien pour le détromper. Pire. Il plante ses yeux dans le rétroviseur et dévisage Antoine, qui en a un frisson. C'est donc ça, la sensation de vivre sur du temps emprunté.

Le regard entendu de Penny est la confirmation qu'il lui manquait. Il sera un caillou dans le soulier de Sir Chuck quand celui-ci ne lui devra plus rien. Dans sa logique tordue de mégalo, une fois sa dette acquittée, il peut disposer du créancier qui en sait trop sans faire une entorse à ses principes. À son code de vie.

— Un gars comme vous, un pro, ça doit pouvoir disparaître dans la nature comme ça veut.

— Sir Chuck me retrouvera. Et là, ça niaisera pas.

— Fait que, *let's face it,* Penny ! Nos vies nous appartiennent plus. C'est Sir Chuck qui les tient dans ses mains et y en a pas grand-chose à foutre, surtout quand il prend le mors aux dents, comme tout à l'heure. Pis j'ai comme l'impression que ça doit lui arriver souvent.

Penny fixe toujours Antoine dans le rétroviseur. Son regard d'iceberg a changé. Une longue et mince trace rouge coule lentement vers le sud, sur le côté gauche de son visage amoché. Les yeux de cet homme sont en train de lui dire quelque chose. Si on peut être frères de sang, frères d'armes ou frères de bite, Penny et lui sont frères de mort imminente. Ça rapproche. Antoine sent une connexion. De toute façon, il n'a plus rien à perdre.

— Monsieur Penny, si vous avez deux minutes, il faut que je vous parle d'une idée que j'ai eue plus tôt.

Le tueur de Sir Chuck fait OK. En fait, non. Il ne fait rien du tout. Ça veut dire OK.

75

Vendredi 9 novembre 2018 – 14 h 05

Le bulletin d'informations qui vient de se terminer s'était ouvert avec la nouvelle du meurtre du Sri-Lankais au pénitencier de Bordeaux. L'homme a été trouvé sans vie. Pas plus de détails sur les circonstances de cet homicide, mais la lectrice a fini en soulignant que la victime, M. Shyamaladiladan, devait être libéré dans les prochains jours, à la suite de l'arrêt des procédures contre lui. *Four down. One to go*… Antoine n'a pas le temps pour des états d'âme concernant le quatrième nom de sa liste. C'est fait et puis c'est tout. On a mis cette bête à mort. Il y a bien plus gros qui va se jouer dans les prochaines heures.

Il écarte les lamelles du store horizontal de la fenêtre de son appartement, qui donne sur la rue. La voiture est toujours là. Depuis qu'il a quitté le domaine de Sir Chuck, mardi, il est suivi. Le caïd ne lui fait pas confiance. Il a mis deux de ses hommes sur lui, en rotation, vingt-quatre heures sur vingt-quatre. C'est exactement ce qu'Antoine souhaitait. Particulièrement cet après-midi. Il veut que Péloquin soit au courant de ses allées et venues. Dans deux heures, il a rendez-vous avec le lieutenant-détective McGraw et il faut absolument que sa visite aux locaux des crimes majeurs du SPVM soit rapportée à Péloquin. Ça enclenchera la phase 1 de son plan final. Final comme dans « ça passe ou ça casse ». Il a retourné l'affaire dans tous les sens. Il doit jouer sa vie s'il veut pouvoir la reprendre. Il n'y a pas d'autre issue, pas d'autre choix. Ce n'est pas une pile de jetons qu'il avance sur une table de poker. C'est sa peau qu'il parie. Il doit y aller *all in*. Il sait qu'en allant rencontrer McGraw il signe son arrêt de mort. Ça aussi, ça fait partie de son plan.

À 15 h 30, il est en route vers son rendez-vous avec le policier. Il voit dans son rétroviseur la voiture de l'homme de Sir Chuck qui ne laisse jamais plus d'un véhicule de distance entre eux. Il se dit que ça doit être comme ça que font les pros.

McGraw vient le chercher à l'entrée des locaux de la brigade. La poignée de main est toujours aussi franche et solide, mais le vieux policier regarde Antoine d'un air intrigué. Il l'invite à le suivre, et les deux se retrouvent assis face à face dans la salle même où ils ont fait plus ample connaissance près de quarante-cinq jours plus tôt, au lendemain de la tuerie du Planqué.

— Antoine Aubin. C'est une belle surprise pour finir ma semaine.

— Je suis pas certain que votre semaine est finie.

Antoine est nerveux, mais il fait ce qu'il peut pour que ça ne paraisse pas. Il veut avoir l'air d'être en possession de ses moyens devant un vieux policier qui en a vu d'autres. Il a besoin que McGraw lui fasse confiance. Totalement.

— Oh... T'es pas ici pour le 5 à 7 du vendredi, avec tes amis de la police ?

— Non. Pas de *Thank God it's Friday*. Ni pour moi ni pour vous, d'ailleurs.

McGraw sourit de moins en moins. Il s'appuie bien au fond du dossier de sa chaise, étonné du ton qu'a pris Antoine.

— OK. Mais je suis pas certain de trouver ça *super cool* que tu organises mon horaire sans me consulter.

— Lieutenant McGraw, je fais quelque chose de vraiment très dangereux en venant vous voir ici. En fait, je risque ma vie.

— *Cool down, buddy.* T'es dans un poste de police, ici. T'es protégé.

— Je veux pas être protégé. Ce que je veux, c'est que vous m'écoutiez attentivement. Et que vous me promettiez de faire ce que je vais vous demander. Sans poser trop de questions.

— *Gee*... Un chausson avec ça?

Le policier semble irrité.

— Je m'excuse, mais je suis vraiment sérieux. Vous m'avez demandé de venir vous voir si quelque chose de nouveau se passait avec Sir Chuck. Alors, je suis là. Mais c'est plus compliqué que vous pensez. Je suis pas venu vous raconter de quoi on jase, Péloquin et moi, quand on se voit.

— Antoine, je sais pas à quoi tu joues, mais là...

— Je suis venu vous dire comment l'arrêter.

— ...

— Je sais que ça va vous paraître insensé, mais j'ai jamais été aussi sérieux de ma vie. Je vais vous dire exactement ce que vous devez faire pour coincer Charles Péloquin, mais je pourrai pas tout vous expliquer. Va falloir me faire confiance. Sinon, vous allez rater votre chance, et moi... je vais me faire tuer.

McGraw croise lentement les bras et s'appuie sur le bord de la table devant lui, laissant traîner un silence chargé.

— Je t'écoute.

76

Vendredi 9 novembre 2018 – 18 h 25

Charles Péloquin vient de donner ses ordres. Ses sentiments sont mitigés. Il est plutôt content de faire éliminer quelqu'un qui en sait trop. Ce sera une bonne chose de réglée. Mais il est quand même très contrarié. Son expérience a foiré. Il a mis dans les mains du citoyen Aubin, un bon garçon, honnête, avec de solides valeurs, toute la puissance dont lui-même dispose. Il lui a donné le droit de vie et de mort sur les autres. Mais même avec ce pouvoir démesuré, même après l'avoir exercé, avoir senti le *high* intense qu'il provoque, Antoine Aubin ne s'est pas transformé en *mobster* implacable, il ne s'est pas corrompu. Péloquin n'a pas réussi à souiller son humanité et son innocence. Il a échoué. Il ne l'a pas rendu comme lui. Il n'a pas pu se servir de l'exemple d'Antoine pour justifier le monstre qu'il est devenu. Alors tant pis pour cette lopette sans envergure. Il peut garder son âme. Lui, Sir Chuck Péloquin, va lui prendre sa vie.

— Je veux faire ça comme du monde. Je veux qu'il sache ce qui va se passer, je veux qu'il me voie et qu'il chie de peur. Et je veux le faire moi-même. Je veux qu'on l'emmène à la cabane. Prends juste un homme avec nous. On fait ça ce soir.

— OK, boss.

— Merci, Penny.

77

Vendredi 9 novembre 2018 – au même moment

Antoine sort du poste de police et marche lentement vers sa voiture. Question d'être certain que le soldat de Sir Chuck a le temps de bien le voir. À l'heure qu'il est, le caïd doit être au courant de sa visite à l'unité des crimes majeurs. Les ordres doivent déjà avoir été donnés. Ses heures sont maintenant comptées. La seule chose qu'il espère avoir le temps de faire, c'est passer voir Elizabeth à l'hôpital.

Le plan s'est mis en branle. Il est désormais impossible de l'arrêter. Mais il peut au moins aller s'imprégner d'elle une dernière fois. Puisqu'elle est la raison pour laquelle il joue ce dernier acte.

Il doit y avoir un bon Dieu pour les kamikazes parce que Antoine arrive au chevet d'Elizabeth sans être intercepté. Elle dort profondément. Ça l'arrange. Elle aurait probablement senti le petit parfum d'adieux flottant autour d'eux. Il n'aurait pas su quoi lui dire pour la convaincre qu'elle se faisait des idées.

Il est passé 23 heures quand il quitte la chambre 16. Il vient de donner quelques heures à McGraw. Il espère que ce sera suffisant.

*

Antoine sort par la porte qui donne sur le chemin de la Côte-des-Neiges. Il ne fait que quelques pas avant de sentir une présence derrière lui. C'est Penny. Il lui attrape fermement le bras. On y est. L'entracte est terminé, le rideau vient de se lever pour la dernière partie.

— Tu viens avec moi. Tu fais pas le cave.

Ils traversent le débarcadère jusqu'à une longue limousine noire. Penny l'invite à prendre place à l'intérieur. À l'autre bout de l'habitacle luxueux, directement en face de lui, dos au conducteur, Charles Péloquin le regarde en silence, un verre à la main. Penny s'installe sur la banquette du côté gauche de la limo. Sir Chuck cogne deux coups secs dans la vitre qui le sépare du chauffeur et la limousine prend la route.

— Fouille-le bien comme il faut. Vide ses poches. Prends son portefeuille, son iPhone, ses clés, sa montre, sa ceinture, pis tous les objets qu'il a sur lui. On cherche un *belt-pack*, un micro, un cellulaire ouvert, un émetteur GPS, n'importe quel cossin que la police installe à un double pour pogner les bandits.

Penny obéit immédiatement. Antoine proteste.

— Pourquoi j'aurais ça sur moi ? Il vous reste un mort à me donner. Est-ce que votre code de vie a changé ?

— Si en plus tu me prends pour un imbécile, ça va être long pis ça va faire très mal.

— De quoi vous parlez, là ?

Sa voix tremble. Antoine n'a aucun mal à interpréter le gars mort de peur, c'est exactement ce qu'il est. En attendant d'être mort tout court.

Penny fouille Antoine avec soin, puis il se tourne vers son patron en hochant la tête en signe de négation. Le citoyen est sans arme et sans technologie. S'il est allé rencontrer les policiers, ceux-ci ne l'ont pas équipé pour le tracer ou pour enregistrer des preuves accablantes. Sir Chuck ouvre le bar de la limousine et se ressert.

— Y en a plus, de dette, j'te dois plus rien. T'as pas respecté le *deal.* T'es allé voir la police. T'es mort.

Sir Chuck prend une gorgée et regarde par la fenêtre. Antoine ne l'intéresse plus. Il représente un échec. Et dire qu'il déteste perdre est un euphémisme. Il n'a jamais supporté la défaite et Antoine lui en a infligé une vraie. Il va le payer. Antoine, lui, ne sait plus trop quoi dire. Il se contente d'enfouir son visage dans ses mains.

Penny sort son téléphone cellulaire, comme on le fait tous pour tuer le temps. Sir Chuck, lui, s'enferme dans son silence. Ils sont sur l'autoroute 10 et filent vers les Cantons-de-l'Est. Ils viennent de passer la sortie pour Marieville. Ils seront à la cabane dans un peu moins d'une heure. Le visage de Penny baigne dans la faible lumière de l'écran de son iPhone. Il parcourt ses textos, dont celui qu'il a envoyé juste avant de forcer Antoine à le suivre. Penny relit ce message et la réponse qui est entrée quelques secondes plus tard.

« leaving mtl 23:10 »

« Already there »

Il fait défiler les autres messages, d'autres échanges laconiques avec d'autres expéditeurs. Il s'arrête sur un message reçu plus tôt en soirée.

« All set. Waiting for you officer »

Tout le monde est prêt.

78

Samedi 10 novembre 2018 – 0 h 15

McGraw et Trudeau sont transis. L'air est humide et ils sont planqués dans cette forêt depuis au moins deux heures. McGraw a reçu par texto l'adresse d'un chalet à Abercorn, tout près de la frontière américaine. Il a pris la route sur-le-champ. Il n'avait pas le temps de respecter la procédure officielle, mais il ne pouvait pas non plus se précipiter seul là-bas. L'histoire d'Antoine est trop inquiétante pour un flic en solo. Par contre, c'était trop délicat pour débarquer là avec un régiment de cavalerie. Il a alors eu l'idée de contacter deux policiers de la petite équipe qui a débusqué la taupe des crimes majeurs pour leur demander de venir l'épauler dans cette opération de dernière minute. Gino Piccinin et Violaine Trudeau ont répondu présents. Il n'a pas appelé Desjarlais. Il est à la retraite, il ne voulait pas l'exposer. Arrivés sur place, ils ont repéré l'endroit et patientent maintenant, assis par terre, cachés à l'orée de la forêt, à une douzaine de mètres de la cabane. Ils attendent de voir si Antoine Aubin est au milieu d'un délire psychotique ou s'il est dans la réalité. Si c'est le cas, il va falloir jouer très serré. Piccinin, à cause de sa claudication, n'était pas vraiment partant pour la partie randonnée pédestre de la mission. Il attend en renfort dans une voiture, tous feux éteints et en retrait du chemin de terre battue qui mène à la cabane, à moins d'un demi-kilomètre de ses deux collègues. Prêt à leur fournir du soutien ou une option de fuite si ça tourne mal. Il pourrait aussi intervenir si un *hostile* tentait de se sauver. Pour ça, il tient dans ses mains le nouveau modèle de fusil d'assaut dont le SPVM a équipé ses patrouilleurs. Une belle arme, bon poids, bien balancée. Il espère vraiment avoir la chance de s'en servir ailleurs qu'au champ de tir.

McGraw et Trudeau se raidissent quand il y a un grésillement dans leur oreillette, suivi de la voix de Piccinin.

— Véhicule en approche. C'est Péloquin.

— Tu sais ça comment, Eliot Ness ? Le char est lettré ?

— Une *stretch*-limo noire dans un sentier de chasse, passé minuit, d'après toi, Donald ?

— OK. Tiens-toi prêt à nous recevoir pour dégager ou à venir nous rejoindre.

McGraw peut déjà voir le faisceau des phares de la voiture loin devant, à travers les arbres. La limousine s'engage dans le chemin qui mène à la cabane. Le ciel est sans nuage et la lune, presque pleine. On y voit bien. Il y a un espace d'environ 10 mètres carrés en gravier devant la maison. Trudeau et lui sont dissimulés derrière deux gros arbres, à la limite de cet espace déboisé. Ils dégainent leurs armes de service, enlèvent la sécurité. D'où ils sont, ils entendent tout ce qui se dit. Ils reconnaissent d'emblée Charles Péloquin et Antoine Aubin. Deux hommes de Sir Chuck se tiennent debout, encadrant Antoine. Ils portent des lampes frontales qui jettent un violent trait lumineux devant eux. Le petit groupe se met à marcher dans la direction des deux policiers sans les voir. Personne ne peut se douter qu'ils ne sont pas seuls au milieu de la forêt, à cette heure de la nuit. Ils passent devant eux et stoppent 6 ou 7 mètres plus loin. Chuck et les deux hommes de main se tournent face à Antoine. Péloquin et ses gars tournent le dos aux policiers.

McGraw fait comprendre par signes à Trudeau qu'il prend l'homme de gauche et qu'elle doit se charger de celui de droite. Ils essaieront de ne pas descendre Péloquin. Si possible. Mais rien n'est garanti. L'embuscade est en place.

— Antoine, crisse, ça me fait de la peine. C'était pas obligé de se terminer comme ça.

— Ah non ? Depuis le début, je me dis que vous allez jamais me laisser m'en aller, même après mes cinq morts. J'avais raison.

Sir Chuck sort son pistolet, toujours glissé dans sa ceinture de pantalon, dans son dos. Il prend un objet, un genre de long tube, dans la poche intérieure de son veston. Il le visse au bout du canon de son arme. Un silencieux. Trudeau et McGraw mettent leurs cibles respectives en joue, sans faire de bruit.

— Tu t'es même pas rendu à cinq. T'es allé brailler à la police, comme un chieux. Moi qui pensais que t'avais des gosses.

— Ah, parce que vous en avez, des gosses, vous ? Descendre un gars qui a jamais tenu un *gun* de sa vie, avec deux tueurs avec vous, juste au cas. Wow ! Faut être courageux en ostie.

Sir Chuck a un sourire baveux.

— On peut pas tous avoir l'esprit chevaleresque, hein ? Ça prend aussi du monde qui ont le *guts* de faire les petites affaires salissantes. Les quatre morts du justicier, ça prenait quelqu'un sur le terrain, pour faire la job. T'as pas de leçon de courage à me donner.

Antoine achète du temps. Il est tellement terrorisé qu'il a l'impression d'avoir le cerveau gelé.

— Vous devez en avoir buté une maudite gang ici. C'est le *spot* parfait pour tuer du monde.

— Ouin. Effectivement, si tu te mets à creuser autour de mon camp de chasse, tu vas déterrer une couple de nonosses...

Péloquin a dit ça en ricanant. Il se trouve drôle.

— Tu vas même tomber sur la tête de Paquito, le garagiste. Toi qui lis les journaux, tu dois savoir de quoi je parle ?

McGraw ne perd pas un mot de ce que dit Péloquin. Il prend des notes dans sa tête. Il y aura bientôt des fouilles archéologiques sur ce terrain d'Abercorn. Et l'enquête sur la tuerie au garage de Mora vient de faire d'énormes progrès.

— Comment vous faites pour vivre avec ça ? Vous regardez-vous dans le miroir des fois ?

— *For the record*, je vis très bien avec tout ce que j'ai fait dans ma vie. Je suis Sir Chuck Péloquin. J'ai gagné ma place. Personne me l'a donnée. Et personne va me la prendre. Parles-en au gang de Latinos du garage. Ils ont voulu *messer* avec moi et je les ai tous fait buter. Ils sont morts. Y a juste moi qui peut faire ça à Montréal. Mais là, je pense que ça va faire, les questions. Désolé, Antoine, j'ai plus le temps de jaser.

En disant sa dernière phrase, Sir Chuck lève son arme vers Antoine.

— *Freeze !* Police ! On bouge pas. Jette ton *gun*, Péloquin !

Tout le monde fige. Les deux hommes de Sir Chuck ont déjà les mains en l'air.

— Ton *gun*, Péloquin. *Droppe*-le ! *Now !*

C'est à ce moment-là que tout part en vrille. Sir Chuck pivote en déchargeant son arme vers la voix qui lui gueule de se rendre. L'homme de droite, profitant de l'instant de flottement créé par la riposte de Péloquin, veut sortir son arme de l'étui, sous son bras gauche. Mauvaise idée. Violaine Trudeau n'attendait que ça. Elle presse quatre fois la détente de son Glock et met quatre coups au but, groupés, en pleine poitrine. L'homme est mort avant de toucher le sol. Dès le premier coup de feu, Penny s'est jeté par terre et a roulé vers sa droite. Les balles de McGraw font voler des éclats de bois mais ratent la cible. Le temps que Sir Chuck vide le reste de son chargeur, Penny a détalé dans la forêt.

Péloquin, au bout de ses munitions, se met lui aussi à courir entre les arbres, McGraw à ses trousses. L'Irlandais, ayant joué son *high school football* pour les Warriors de Loyola, réussit quelques mètres plus loin un plaqué digne d'Étienne Boulay quand il était maraudeur pour les Alouettes. Le vieux policier se lance dans les jambes du caïd et l'écrase au sol. Violaine Trudeau, surgissant deux secondes plus tard, saute dans le tas, immobilisant Péloquin, lui bloquant violemment la nuque avec un genou. McGraw parvient finalement à le menotter. Péloquin ne peut plus rien faire. Piccinin, en entendant les coups de feu, n'attend pas. Il se gare de travers dans le chemin de terre qui permet de quitter la cabane et il clopine aussi vite qu'il le peut vers eux. Il arrive à temps pour contempler cette scène d'anthologie. Sir Charles « Chuck » Péloquin est au sol, le visage dans la terre humide, Violaine Trudeau est à cheval sur son dos pendant que Donald McGraw se relève pour reprendre son souffle. Sa carrière de *linebacker* est loin derrière lui. Mais dans cette forêt d'Abercorn, il tient son moment. Il vient d'arrêter le caïd. Et après tout ce dont celui-ci s'est vanté à haute voix quelques minutes plus tôt, même le plus tordu des criminalistes du barreau montréalais ne pourra pas l'empêcher de payer pour ses crimes. Il s'en va directement pourrir dans un pénitencier fédéral.

Antoine rejoint les trois policiers et fixe Péloquin, toujours au sol. Il essaie de sourire, mais c'est à peine si ses jambes peuvent encore le porter ; un effet secondaire de sa résurrection.

— C'est fini ? est tout ce qu'il trouve à dire.

— Oui, c'est fini. G, appelle du *back-up* pour ramener Péloquin en ville.

Il se tourne vers Antoine.

— T'avais raison, Antoine. Ma semaine était pas finie.

PROLONGATION

Fusillades

79

Samedi 10 novembre 2018 – 1 h 05

L'auto-patrouille de la SQ arrive à peine quelques minutes suivant l'appel de Piccinin. Sir Chuck ne dit plus rien et n'offre aucune résistance. Il semble muré dans son monde. Les deux policiers en uniforme beige et kaki ne sont pas bavards non plus. McGraw leur a remis le prisonnier pour qu'il soit le plus rapidement possible en cellule. Il veut que ça se fasse vite. Comme un des hommes de Péloquin a pris la fuite, il n'est pas question de risquer une opération de sauvetage de la part de son clan. Le caïd est sur la banquette arrière de l'auto-patrouille, toujours menotté.

— C'est où, les cellules les plus proches ?

— Cowansville. C'est là qu'on va. Vous allez venir le chercher demain ?

— Oui. Il va vouloir parler à ses avocats en arrivant au poste.

— La *shit* habituelle.

— Pour l'instant, on l'arrête pour tentative de meurtre, enlèvement et probablement aussi pour port d'arme illégal, plus un silencieux. Vous en avez assez pour le garder jusqu'à demain.

— *All good.* On y va, nous autres.

McGraw remercie le policier. Drôle de type, quand même. Le grand moustachu, la casquette enfoncée jusqu'aux oreilles, n'a même pas pris la peine de retirer ses lunettes fumées.

I wear my sunglasses at night...

Piccinin a remarqué lui aussi l'allure peu orthodoxe du flic de la SQ et fredonne le vieux *hit* de Corey Hart en rejoignant McGraw, qui regarde l'auto-patrouille s'éloigner.

— Je pensais que tous les chars de la SQ étaient rendus noirs et blancs, leurs nouvelles couleurs.

— Ç'a l'air qu'y en reste encore qui sont pas passés au *paint shop*.

McGraw hausse les épaules et tourne les talons pour retrouver Violaine Trudeau, qui veille au corps de l'homme qu'elle a abattu. Antoine est avec elle.

— T'as pris des risques insensés dans cette affaire, Antoine. J'ai du mal à croire que c'était juste pour qu'on arrête Péloquin.

— Si je vous dis que j'avais plus le choix, ça va-tu faire la job, comme explication ?

— Mettons. T'sais, je saurai jamais trop c'était quoi ton *deal* avec Sir Chuck et ton lien avec les quatre morts du justicier dont il parlait tantôt, mais...

— Cinq.

— Quoi, cinq ?

— Cinq morts, lieutenant McGraw.

— Lui parlait de quatre. *Whatever.* J'te disais que je saurai jamais trop c'est quoi qu'il y a eu entre toi, Péloquin et le *so-called* « justicier », mais je pense que je chercherai pas trop longtemps à comprendre.

Antoine le regarde dans les yeux. Cette fois, il parvient à sourire au policier.

— T'as rien fait de criminel, tu peux me le jurer ?

Antoine pousse un long soupir.

— Moi, non. Juré.

Il y a un bruit sourd, comme un grondement lointain. On aurait dit une déflagration. Tout le monde se regarde, intrigué. L'ambulance vient de se stationner devant la cabane, suivie d'un autre véhicule de la SQ, arborant les nouvelles couleurs du corps policier. Les ambulanciers roulent la civière calmement. C'est un cas de mort évidente, alors rien ne presse. Les deux patrouilleurs de la Sûreté du Québec se présentent.

— On vient pour le prisonnier. On va le ramener à Cowie pour cette nuit.

— Comment ça ? Y a deux de vos gars qui sont partis avec y a pas dix minutes ! C'est *odd*, ça…

Deux autres véhicules de police arrivent par le chemin de terre. Toutes les autos-patrouilles du secteur ont été envoyées sur les lieux de la fusillade. Les gyrophares jettent un éclairage multicolore tout autour. Le second patrouilleur est déjà en train de vérifier les infos avec son répartiteur.

— OK. Dix-quatre, merci.

— Pis ?

— Selon eux, on est vraiment les premiers arrivés sur les lieux et nos ordres sont de ramener un suspect en état d'arrestation. Il est où ?

McGraw et Piccinin se regardent sans comprendre. Quatre nouveaux policiers de la SQ s'approchent d'eux. Aucun uniforme kaki et beige.

— Est-ce qu'y a encore des gars qui portent les anciens uniformes chez vous ?

— Dans notre district, non. Toutes les autos ont les nouvelles couleurs. Tout le *staff* porte les nouveaux uniformes.

Les radios des policiers s'animent simultanément.

— Central à toutes les unités : on a plusieurs appels pour un 0-22, *repeat* 0-22, à Sutton. Sur le chemin Morgan.

— Six–dix-huit à central. On est en direction du 0-22.

— Six–dix-huit, êtes-vous avec l'ambulance sur la fusillade ?

— Affirmatif, central.

— Emmenez-les avec vous. On mentionne au moins une victime.

— Dix-quatre.

McGraw se tourne vers le premier policier arrivé sur les lieux.

— *What the fuck's going on ?*

— Vous l'avez entendu comme moi. C'est un incendie après une explosion.

80

Samedi 10 novembre 2018 – 1 h 10

Penny vient de laisser le gars qu'il a engagé pour jouer le second patrouilleur à sa voiture, garée plus tôt par son acolyte sur le chemin Jordan, à la sortie du village de Sutton. C'est à moins de cinq minutes de la cabane où ils ont pris en charge leur prisonnier, Charles Péloquin. Comme Penny l'avait planifié, son complice l'attendait un peu plus loin sur le chemin menant au chalet de Sir Chuck. Dans une auto-patrouille de la SQ, blanche et brune dérobée la veille dans la cour arrière d'une compagnie de location de décors et d'accessoires de tournage pour la télé et le cinéma. Sur la banquette arrière, un uniforme supplémentaire attendait Penny. Il avait anticipé qu'une fusillade éclaterait. Sir Chuck ne se laisserait pas arrêter sans se défendre. Quand les balles se sont mises à pleuvoir, il savait exactement ce qui lui restait à faire. Il a couru directement vers la route de terre jusqu'à l'auto-patrouille.

En voyant les deux policiers descendre de voiture et l'échange d'argent entre eux, Sir Chuck sort de sa torpeur. Jusque-là, il n'avait même pas eu un regard vers les deux flics qui l'escortaient. Quand le grand sec avec la grosse moustache et les verres fumés se rassoit derrière le volant et reprend la route en laissant son collègue derrière, Sir Chuck commence à s'agiter. Il cogne dans la vitre épaisse qui sépare la banquette arrière et les sièges avant de la voiture de patrouille, en gueulant.

— Heille ! Heille ! C'est quoi ça ? Où vous m'emmenez ? Je veux appeler mon avocat ! Heille, *fucker* !

Penny, en conduisant, enlève lentement sa casquette et ses lunettes. Puis il tire d'un coup sec sur la fausse moustache. Quand Sir Chuck reconnaît son homme de main, il pousse un cri et est pris d'un rire incontrôlable.

— Penny, ah ben câlisse ! T'es trop fort ! Crisse que tu les as baisés, *man* !

Il rit comme un fou en frappant du pied le plancher de la voiture. Menotté, les mains dans le dos, c'est le mieux qu'il peut faire pour manifester sa jubilation.

— J'en reviens juste pas ! Penny ! Crisse que t'es fort ! Qu'y aillent tous chier !

La voiture traverse la route 139 pour monter le chemin Schweizer et tourner un peu plus loin sur le chemin Morgan, une petite voie en terre qui file sous les arbres jusqu'en haut de la montagne. Penny engage l'auto dans un cul-de-sac et éteint le moteur.

— Bon, c'est quoi le plan ? On passe les lignes cette nuit ?

Penny ne répond pas. Sir Chuck est habitué à son lieutenant amorphe, mais là, quelque chose ne va pas. Penny sort de la voiture et s'éloigne.

— Heille ! Penny ! *What's up ?* Penny !

Péloquin sent la panique monter. Il perd son homme de vue quand il tourne le coin du sentier pour retourner sur Morgan. Quelques minutes passent et il voit une voiture grise s'arrêter à l'entrée du cul-de-sac. Penny en descend. Il s'est changé. Il est en civil. Et il tient un objet dans sa main droite. Sir Chuck colle son visage à la fenêtre, les yeux écarquillés.

— Penny, non ! Penny, j'ai plein de *cash,* combien tu veux ? Penny !

Penny est vraiment privilégié dans sa job. C'est la troisième fois qu'il peut jouer avec du C4 en moins de trois semaines. Il entend les cris étouffés de son boss, coincé sur la banquette arrière de la voiture, juste au-dessus de la charge de plastic qu'il a installée un peu plus tôt. Ex-boss en fait. Il vient de trouver une façon de relancer sa carrière. Il va rejoindre l'organisation de son cousin Watson, qui fait la pluie et le beau temps à Jacksonville. Il s'offrira même un *road trip* jusqu'en Floride. Ça fait longtemps qu'il veut tailler la route jusque là-bas. Plus rien ne le retient ici de toute façon.

Il appuie sur l'écran de son cellulaire.

81

Samedi 10 novembre 2018 – 5 h 30

McGraw s'assoit sur le plancher de la galerie devant la cabane. Les pieds pendant dans le vide. Les gars de la SQ viennent de lui fournir les détails. Le 0-22 concernait une voiture qui brûlait après avoir explosé. Les pompiers ont rapidement maîtrisé l'incendie. Il s'agissait bien d'un véhicule de police. Un corps calciné a été trouvé à l'intérieur, menotté dans le dos. Pour le vieux policier, il n'y a aucun doute possible. On attendra bien sûr un test d'ADN, mais ça ne fera que confirmer que ce sont les restes de Sir Chuck Péloquin qui finissaient de griller dans la carcasse de l'auto. Antoine vient s'asseoir à côté du policier.

— Cinq morts, hein ? Pas quatre. C'est ça que t'as dit tantôt ?

— Oui. Cinq morts.

— *Fair enough,* Antoine. Je veux même pas la savoir, ton histoire.

Antoine garde son regard droit devant lui. McGraw lui donne un petit coup de coude.

— Aide-moi quand même un peu. On jase, là. Quand on va avoir analysé les fiches dentaires, fait les tests d'ADN et fermé le dossier de la mort violente de Charles Péloquin, on peut-tu aussi fermer les dossiers du pédo, du gars en Estrie et de Harold Rubenstein ?

Antoine sourit.

— Mais le quatrième, c'est qui ?

— Je sais pas, moi. Faites le tour des homicides des personnes qui le méritent…

McGraw pouffe de rire.

— Ben là, on va se ramasser facile avec une cinquantaine de noms !

— Là-dessus, on est d'accord…

Les deux hommes observent l'équipe d'experts en scène de crime qui s'affairent autour du coin de forêt où a eu lieu la fusillade. Le corps de l'homme de Péloquin est encore au sol. On a installé de puissants projecteurs qui donnent quelque chose de surréel au spectacle.

— T'sais, dans pas long, je vais prendre ma retraite. Je serai plus un policier, même si on le reste toujours un peu. Quand je serai redevenu un civil, j'aimerais ça qu'on aille prendre une bière, toi pis moi. Et là, si ça te tente, tu pourras me la raconter, ton histoire avec Sir Chuck.

— Lieutenant McGraw, vraiment, ça va être un honneur. Et ça va être ma traite.

— *Cool.*

Antoine sort un bout de papier plié en quatre de la poche arrière de ses jeans et le tend à Donald McGraw.

— C'est quoi ?

— C'est le numéro d'immatriculation de la voiture du chauffard qui a frappé une jeune femme sur McGill l'autre soir. Arrêtez-le. Les témoins vont pouvoir l'identifier facilement. Moi aussi.

— Tu pensais faire quoi avec ça ?

— Ça aussi, on va en reparler quand on ira prendre une bière.

Un patrouilleur de la SQ s'approche d'eux.

— Je suis censé raccompagner un témoin jusqu'à Montréal. Je suppose que c'est vous, monsieur ?

Antoine se lève et acquiesce. Il est temps de rentrer. Mais pas chez lui.

— Vous pouvez me laisser à l'hôpital général ?

— Je peux vous laisser où vous voulez. Mais si c'est pour vous, je vous conseille l'hôpital de Cowansville, c'est plus proche et vous allez attendre moins longtemps qu'à Montréal.

— Non, c'est ma femme qui est là-bas.

McGraw se lève aussi et tend la main vers Antoine, avec son sourire immense. Antoine serre la main du policier.

— Ta femme, Antoine ? C'est drôle, je pensais pas que t'étais marié.

Antoine lui rend son sourire.

— Moi non plus…

Antoine suit le policier de la SQ et monte à l'arrière de l'auto-patrouille. Ils prennent la route vers Montréal. Le soleil va bientôt se lever. Il veut arriver à la chambre 16 avant qu'Eli se réveille. Il va pouvoir parcourir les infos sur son iPad en attendant qu'elle ouvre les yeux, sans avoir peur que ça lui foute le cafard ou l'indignation.

Parce que, même si ça lui fait cet effet, il n'aura qu'à regarder Elizabeth dormir.

Et tout ira bien.

REMERCIEMENTS

Merci à Mathilde, à mes filles, Lili-Maud et Emma, et à mes deux chiens qui dorment à mes pieds, sous le bureau, quand j'écris. Ma tribu à moi. Merci d'écouter mes histoires et de trouver ça cool.

Merci Anouk, le Yang de mon Ying, initiée tout comme moi et témoin de tout, pour l'acceptation inconditionnelle de ma tête heureuse.

Aux Éditions Libre Expression, pour la confiance et l'enthousiasme de toute l'équipe. C'est un privilège de faire partie de la famille.

Un immense merci tout particulier à Nadine Lauzon, mon éditrice formidable, qui s'est arrangée pour que j'y croie. Et de deux, Nadine !

Merci à mon amie Josée Fortier, qui a été la première à aimer cette histoire.

Merci à Patrick Lagacé, garde-fou essentiel contre les dérives de l'opinion publique et ouvreur de porte hors pair.

Merci à Yves Boisvert, source indispensable de lumière éclairant les zones d'ombre de notre justice.

Merci à l'inspecteur André Durocher du SPVM pour son précieux temps et ses réponses à toutes mes questions.

Merci à Ronald Desrochers, sergent-détective du SPVM maintenant à la retraite, pour son temps précieux et ses éclaircissements. Et surtout pour m'avoir partagé ses souvenirs de policier si inspirants.

Merci à Carlos et Jib, les Blood Brothers, pour avoir validé les détails « explosifs » du récit.

Merci au Dr Eric Delage, urgentologue et accessoirement ailier droit les mercredis soir.

Merci à Stéphane « Le Groupe » Lavigne, pour son amitié indéfectible, ses encouragements précieux et ses conseils stratégiques en béton.

Merci à l'honorable juge François P. Duprat j.c.s. Avec déférence, « VotreMongoaler ».

Merci à Charles Léonard pour me reprendre à l'aile gauche chaque fois et pour le champagne de la victoire.

Restez à l'affût des titres à paraître chez Libre Expression en suivant Groupe Librex:
facebook.com/groupelibrex

edlibreexpression.com

Cet ouvrage a été composé en ITC Baskerville Std 11,5/14
et achevé d'imprimer en septembre 2021 sur les presses
de Marquis imprimeur, Québec, Canada.

100% PCF BIOGAZ ÉNERGIE PERMANENT

Imprimé sur du papier 100% postconsommation,
fabriqué avec un procédé sans chlore et à partir d'énergie biogaz.